Der Tod trinkt Rot

AF281520

Anna Dross

Der Tod trinkt Rot

...am Gardasee

Krimi

Bibliografische Information der Deutschen Nationalbibliothek: Die Deutsche Nationalbibliothek verzeichnet diese Publikation in der Deutschen Nationalbibliografie; detaillierte bibliografische Daten sind im Internet über dnb.dnb.de abrufbar.

Umschlaggestaltung, Herstellung und Verlag:
BoD – Books on Demand, Norderstedt

ISBN 978-3-7597-1641-5

Vorwort

Alle Frauen und Männer sowie die Handlung dieses Buches habe ich frei erfunden, eine eventuelle Ähnlichkeit mit lebenden Personen wäre rein zufällig. Das möchte ich vor allem in Bezug auf die Charaktere einiger Personen des öffentlichen Lebens betonen.

Den Wohnmobilstellplatz in Garda gibt es wirklich, nur der Platzwart wurde aus meiner Fantasie geboren.

Dem Rathaus / Gemeindeamt an der Uferpromenade habe ich einen großen Festsaal verpasst und neben das Amt ein Hotel gebaut, das Camporondo. In der Wirklichkeit existiert es genauso wenig wie die Trattoria Wagner. Außerdem habe ich die Polizeiwache ins Rathaus verlegt. Gänzlich meiner Fantasie entsprungen ist das Bordell des Ortes.

Anna Dross, im April 2024

Für Tinka

Alenka

So ein Zimmer hat Alenka noch nie gesehen. Dunkelrot gepolsterte Wände, überall Metall und Leder und kein Fenster. Sie denkt, dass die Kunden, die hier für Sex bezahlen, nicht ganz dicht sein können. Kerzengerade sitzt sie auf der Bettkante, eine Hand streichelt den roten Überwurf aus Pannesamt. Sie traut sich nicht, mit dem Po weiter nach hinten zu rutschen. Weiter hinten, da liegt Maria und beobachtet sie.

Alenka staunt nicht nur über die seidig glänzende Wandbespannung. Noch viel mehr beeindrucken sie die Gegenstände, die ordentlich aufgereiht von der Wand hängen. Oben die kurzen Stücke, sie müsste sich auf Zehenspitzen stellen, um eines davon runterzuholen. Darunter die langen, manche reichen bis fast auf den Fußboden. Auch der glänzt, in Schwarz mit einer Maserung in Weiß und Ocker, wie Marmor.

Ein Sortiment Handschellen, silbern, golden und auch schwarz. Kurze und lange Eisenketten, einige mit zierlichen Gliedern, fast wie ein Schmuckstück. Andere sind groß und bestimmt schwer, wie um einen wütenden Hund zu bändigen. Halsbänder, welche aus Metall und solche aus Leder. Breite und schmale, meist schwarz, aber auch ein rotes ist dabei. Auf den Halsbändern spitze, silbern glänzende

Applikationen. Wie winzig kleine Pyramiden sehen die aus. Oder wie Killernieten. Das rote Halsband würde dem schwarzen Fell eines Rottweilers bestimmt schmeicheln. Von gewienerten Haken baumeln komplizierte Gebilde aus glattem oder geflochtenem Leder. Sie erinnern Alenka an die Kandare ihres Pferdes zuhause in Dortmund. Auch Peitschen sieht sie, jede Menge Peitschen. Eine davon könnte ihre Reitgerte sein. Die anderen nicht, die sind entweder zu lang oder zu kurz. Auch eine geflochtene ist dabei und eine ganz grobe. Bestimmt hart genug zum Knochenbrechen.

Maria richtet sich auf. Alenka spürt ihre weichen Brüste an ihrem Rücken. „Hier", sagt Maria, und legt ihr Kinn auf Alenkas rechte Schulter. Über die linke schwingt sie ihren Arm, ein Hauch von süßlichem Achselschweiß umspielt Alenkas Nase. Maria drückt ihr einen matt glänzenden Penis in die Hand. So groß wie ihr kleiner Finger.

„Das?", fragt Alenka und kann es kaum glauben.

Maria lacht. „Ja, das ist er. Ich habe keinen anderen gefunden, und die Form ist doch scheißegal. Auf den Inhalt kommt es an, Kindchen, wie im wirklichen Leben." Maria kichert und zeigt Alenka, wie man den Kopf vom Schaft trennt.

„Immer gerade nach oben, dann klappt es auf Anhieb, du darfst nur nicht drehen. Und immer nur leicht drücken." Jetzt lacht sie. „Das kannst du doch, mit sanftem Druck ein paar Mal rauf und runter, und schon hast du ihn."

Mit flinken Fingern fährt sie von unten nach oben und trennt den Kopf vom Körper. Alenka pfeift durch die Zähne und übt ein paar Mal das Abziehen und Aufstecken des Kopfes, bevor sie den USB-Stick in das kleine Reißverschlussfach im Innenfutter ihres Parkas steckt.

„Schau dir die Bilder und Videos lieber nicht an. Es reicht, wenn ich mir das alles ansehen musste." Maria entrollt einen Bogen Papier mit mehreren aufgedruckten Farbfotos, ohne erkennbare Anordnung. Wie eine moderne Kollage sieht das aus. „Das gibst du ihm, dann weiß er Bescheid. Du musst nur sagen, dass du das alles von mir hast und ich die Originale an einem sicheren Ort versteckt habe. Ich habe auch noch einen anderen Stick mit denselben Daten. Für alle Fälle, das ist deine Lebensversicherung. Verlange mindestens 100.000 €, damit kommst du eine ganze Weile aus. Bestimmt hat er mehr als das Dreifache zur Seite geschafft, aber du darfst ihn nicht zu sehr in die Enge treiben. Dann verliert er die Beherrschung, ob er will oder nicht, und dann ist er unberechenbar. Und glaub mir, das willst du nicht." Maria streicht sich mit beiden Händen durch ihre pechschwarzen Haare und wiederholt die letzten Worte: „Glaub mir, Liebes, das willst du wirklich nicht! Wenn du das Geld hast, musst du so schnell wie möglich weg von hier und darfst auch niemals wiederkommen an den See. Versprichst du mir das?"

Alenka nickt, ihre Kehle ist trocken. „Und du? Was wird aus dir?"

Maria umfasst das schöne junge Gesicht mit beiden Händen und küsst Alenka auf die Stirn.

„Mach dir um mich keine Gedanken, Kindchen, ich habe meine Schäfchen im Trockenen, das kannst du mir glauben. Dieses Geld ist für dich, das bin ich deiner Mama schuldig. In zwei Stunden bin ich über alle Berge, mich kriegt der nie, das verspreche ich dir! Und bevor ich es mir noch anders überlege, gebe ich dir noch etwas."

Maria zieht den Reißverschluss einer Kissenhülle auf und kramt daraus einen Briefumschlag hervor. Sie knickt ihn in der Mitte um, lässt ihn in Alenkas Jackentasche fallen und knöpft sie zu. „Lies dir das in Ruhe durch. Aber nur, wenn du bereit bist dafür." Sie schwingt sich aus dem Bett, zieht Alenka auf die Füße und schiebt sie vor sich her zur Tür. Das Kratzen in Marias Stimme drückt Alenka die Kehle zu.

„Und jetzt raus mit dir, *la mia bellissima.*"

Freitag, 11. Oktober

Andere haben ihre Leiche im Keller, dachte Erika, wir fahren unsere im Wohnmobil spazieren. Sie hatten Bardolino hinter sich gelassen, nur noch wenige Kilometer trennten sie und Roland von Garda. Von dem Ort, wo vor einem Vierteljahrhundert das Siechtum ihrer Ehe begann.

Von ihrem hohen Beifahrersitz schweifte Erikas Blick durch den lichten Vormittagsnebel über das herbstliche Venetien und blieb an den Weinstöcken hängen. Die Zeit der Weinernte war vorbei, viele Blätter an den Reben schon vergilbt oder abgestorben, und nur noch wenige Trauben hingen an den Zweigen. Noch vor Mittag würde sich die Sonne durchsetzen, daran glaubte Erika ganz fest.

Seit ihrem zehnten Hochzeitstag am 15. Oktober 1994, ihrer Rosenhochzeit, hatte Erika oft versucht, Roland zu einer Wiederkehr an den Gardasee zu bewegen. Vergeblich. Nie passte es ihm, nie war es ihm recht. Erst jetzt, im Jahr 2019, zu ihrem 35. Hochzeitstag, hatte er zugestimmt. Wenn auch nicht ganz aus freien Stücken. Garda als Ziel ihrer ersten Reise mit dem Monsterauto, wie Erika das Wohnmobil im Stillen nannte, war ihre unumstößliche Bedingung gewesen für die Zustimmung zu dessen Kauf.

Dabei wusste sie selbst nicht, was genau sie sich davon erhoffte. Etwa, dass die Farben und der Duft des Herbstes, das köstliche Essen und der ungetrübte Blick über den See das schwarze Loch in ihrem Kopf ausfüllten? Dieses Nichts, diesen Hohlraum, in dem die Nacht im Hochzeitszimmer des Hotels ebenso versunken war wie der schlimme Verkehrsunfall auf der Rückfahrt. Danach hatte sie für einige Wochen im Koma gelegen.

Seit diesem unseligen Herbst war es mit ihrer Ehe schleichend bergab gegangen. Ein lautloses Begräbnis, das sich von Jahr zu Jahr in die Länge zog.

Kaum hatten sie das Ortsschild erreicht, besiegte die Sonne den Nebel. Erika lächelte bei diesem Wink des Schicksals in sich hinein und öffnete einen Spalt das Seitenfenster, weidete ihre Augen an üppig wuchernden Blumenkästen vor Fenstern und Hauseingängen. Selbst jetzt, Mitte Oktober und trotz des schlechten Wetters der vergangenen Woche, machten die Fleißigen Lieschen ihrem Namen alle Ehre und schmückten den grauen Asphalt mit bunten Tupfern.

Roland Milser folgte den Anweisungen des Navigationsgerätes, bog von der Strada Provinciale 8 in die Via C. Preite und ließ sich zum *parcheggio* gleichen Namens leiten. Ein Parkplatz für Autos, Busse und vor allem der Wohnmobilstellplatz von Garda. Roland ließ das Fahrzeug ausrollen und stellte vor der geschlossenen Schranke den Motor ab. Nervös und ratlos studierte Erika die Schilder zu ihrer Rechten. Gleich vier davon waren an einer einzigen Stange angebracht mit komplizierten Hinweisen für die Zahlung und den Aufenthalt. Auf Italienisch, Deutsch und Englisch. „Es ist verboten die markise zu öffnen und picknick zu machen", las sie ab und sagte: „Naja, in Italien wird ja so ziemlich alles klein geschrieben. Egal, ich muss erstmal aufs Klo."

Erika wies auf das langgestreckte, cremefarben getünchte Gebäude linker Hand, zu Fuß konnte sie auf dem Weg dorthin die Schranke umgehen. Ein Erdgeschoss mit niedrigem Giebeldach, das auf allen Seiten weit über die Fassade reichte und damit einen schattigen Gang entlang der Außenwände schuf. Entschlossen klickte sie den Sicherheitsgurt auf und fasste an den Türgriff. Roland zeigte mit seiner schmalen Hand auf einen jungen Mann in himmelblauem Overall, der aus einer der Holztüren getreten war.

„Warte einen Augenblick, das scheint der Platzwart zu sein. Bestimmt will er uns einweisen."

„Die können hier doch fast alle Deutsch, da brauchst du mich nicht. Ich bin auch gleich wieder da", antwortete Erika, und schon schwang sie das rechte Bein nach draußen. Der offene Blick des schlanken Burschen, der sich ohne Eile ihrem Wohnmobil näherte, ermunterte sie noch zu sagen:

„Der sieht doch nett aus."

Erikas Hüften knirschten um Hilfe, als sie den hohen Sitz hinabkletterte und die ersten Schritte machte. Sie nickte dem jungen Mann zu und konzentrierte sich darauf, sich ihren Schmerz nicht anmerken zu lassen.

„*Parli tedesco*?", fragte Erika und hörte seine deutsche Antwort nicht mehr, so schnell war sie in dem Toilettenhäuschen verschwunden. Nachdem sie sich erleichtert hatte und gründlich die Hände gewaschen, inspizierte sie die Dusche und beschloss, die winzige Zelle im

Wohnmobil, die der Verkäufer allen Ernstes Raumbad genannt hatte, wann immer möglich zu meiden. Auch wenn hier fünf Minuten Duschen einen Euro kostete. Das war es ihr allemal wert.

Aus den Augenwinkeln sah Erika, wie der Platzwart vor dem Fahrzeug herging und Roland beim Einparken half. Mit Schwung kreuzte er die Arme über dem Kopf und rief laut „Stopp!", worauf Roland sofort sein Parkmanöver im Rückwärtsgang beendete. Erika merkte ihm seine Erleichterung an. Der Platzwart kam ihr entgegen und tippte auf das Namensschild an seinem Overall: Andrea de Luca.

„Signora, ich bin Andrea. Willkommen in Garda."

Ein direkter Blick, aber keine Hand und auch kein Lächeln zur Begrüßung. Trotzdem blieb Erika der warme Glanz in seinen dunklen Augen nicht verborgen, und sie konnte nicht anders, als dem zerzausten Blondschopf ihre Rechte entgegenzustrecken. Ein fester Händedruck war das.

„Vielen Dank. Wie ich sehe, haben Sie meinen Mann schon eingewiesen. Aber warum so dicht an einem anderen Wohnmobil? Auf dem Platz ist doch noch so viel frei."

Vom Anfang November bis Mitte April wurde der Stellplatz geschlossen, schon jetzt verloren sich nur wenige Fahrzeuge auf den dreißig Parzellen. Erika konnte sich gut die Enge vorstellen, wenn alles voll war. De Luca drehte den Kopf zu Roland, der immer noch hinter dem Steuer saß, und fuhr sich mit knochigen Fingern durchs Haar.

„Ich habe nur getan, was Ihr Mann mir gesagt hat."

„Ach so. Na, dann wird es schon seine Richtigkeit haben."

"Wie lange wollen Sie bleiben?", fragte De Luca.

„Ein paar Tage, vielleicht eine Woche, das wissen wir noch nicht so genau", antwortete Erika. Sie zeigte auf den Bezahlautomaten in dem überdachten Durchgang, der das Betriebsgebäude teilte.

„Das Bezahlen scheint mir ziemlich kompliziert zu sein."

Wieder fasste sich Andrea an den Kopf. „Sie können auch bar zahlen, das macht dann zwanzig Euro pro Tag mit Strom."

Erika zog ihre Handtasche von der Sitzfläche und tauschte einen Hundert-Euro-Schein gegen eine formlose, handschriftliche Quittung ein. Andrea de Luca deutete auf einen Wohnwagen am Ende der Grünfläche hinter der Ver- und Entsorgungsstation für Wasser und Toilettenkassette.

„Da hinten wohne ich, das ist im Moment auch mein Büro. Das Büro im Haus wird gerade renoviert, sollte eigentlich erst im Winter passieren. Wenn Sie etwas brauchen, einfach anklopfen. Von 10:00 bis 12:00 und von 16:00 bis 18:00 Uhr bin ich da."

Erika lachte. „Na, hoffentlich langweilen Sie sich nicht bei den wenigen Gästen."

De Luca kratzte sich am Hinterkopf. „Nein, so wie es aussieht, ich glaube eher nicht."

Erika schien es, als ob er bei diesen Worten in sich hinein grinste.

„Das war ja ein netter Empfang", sagte Erika, „und der junge Mann kann sich gut auf Deutsch ausdrücken, sehr gut sogar. Wo er das wohl gelernt hat?" Sie schaute aus dem Küchenfenster. „Warum wolltest du eigentlich so dicht neben diesem Koloss stehen? Der ist ja sogar noch größer als unserer."

Rolands Antwort war ein Achselzucken, und sie fragte nicht weiter nach. Wahrscheinlich fühlte er sich in der Nähe eines anderen Wohnmobils sicherer und konnte das nur nicht zugeben.

Geschätzte vier Meter trennten sie von diesem Fahrzeug mit den Ausmaßen eines Linienbusses. Auf der Parkfläche zwischen ihnen prangte ein Motorrad mit viel glänzendem Rot. Vom Lenker baumelten geflochtene Lederfransen, unten protzte es mit einem unanständig großen Auspuff. Roland sicherte Fahrer- und Beifahrertür und gesellte sich zu Erika, als die Tür des Busses geräuschlos aufschwang. Ein Mann in den Fünfzigern, in überlanger Lederhose und offener Weste, beides schwarz und mit silbernen Nieten beschlagen, füllte mit seinem Körper fast die gesamte Öffnung aus. Er nahm einen kräftigen Schluck aus einer Bierflasche, weißer Schaum rann über seine gebräunte Hand.

„Willkommen Herr und Frau Nachbar!", rief er und schwang die Flasche in ihre Richtung.

Erika klappte das Küchenfenster nach außen auf und nickte dem Mann zu. „Guten Tag."

„Konrad mein Name, Konrad Schubert, aber die Nachnamen tun ja nichts zur Sache. Wir sind hier ja unter uns. Habe euch gerade kommen hören. Wir sind schon eine ganze Weile hier, also ich und meine Tochter. War dieses Bürschchen von Platzwart zu Ihnen auch so frech? Werde nachher im Rathaus anrufen und mich über den Kerl beschweren, kann euch die Nummer geben."

Erika reckte ihre 174 Zentimeter Körpergröße über die Spüle und streckte den Kopf soweit wie möglich vor. „Nein danke, nicht nötig, wir haben keinen Grund zur Beschwerde. Überhaupt keinen, Herr Schubert." Nach einer kurzen Pause stellte sie sich vor: „Ich bin Frau Milser, und das ist mein Mann."

Schubert nahm einen weiteren Schluck aus der Flasche, Erika hörte seinen Kehlkopf knacken.

„Soso", sagte er, „du bist also der Mann von Frau Milser. Dann frag ich am besten die Lady, ob mein Mäuschen stört. Ich meine die Harley, die Parzelle zwischen uns ist ja frei. Zum Glück, sonst könnten wir uns das Salz von Fenster zu Fenster reichen."

Er lachte über seinen Witz und sagte: „Ihre E-Bikes auf dem Anhänger, die können Sie von mir aus dazustellen. Habe ich nichts dagegen. Obwohl, weit kommen Sie hier nicht damit. Ist ja nicht gerade die beste Gegend für Radfahrer. Bierchen gefällig?"

Roland schüttelte den Kopf. „Nein danke, für mich nicht vor dem Essen."

Schubert wischte sich mit dem Handrücken über den Mund. „Hab ich's mir doch fast gedacht. Mit Rolf Milser haben Sie wohl nichts am Hut, was?"

Rasch legte Erika ihre Hand auf Rolands Arm und ließ sie einen Moment dort ruhen. Während seines Referendariats am Gymnasium und später als Studienrat hatte er immer wieder unter den Vergleichen mit dem fast gleichaltrigen Rolf Milser leiden müssen. Mit den Muskelpaketen dieses mehrfachen Weltmeisters und Olympiasiegers im Schwergewichtheben in den späten Siebzigern und den Achtzigern konnte Rolands schmale Figur wahrlich nicht mithalten. Vom mangelnden Siegeswillen ganz zu schweigen.

Plötzlich drehte Schubert den Kopf zurück und rief in Richtung Fahrerkabine: „Hey, wo willst du hin?"

Keine Antwort, nur das Schlagen einer Tür. Dann tauchte eine Gestalt in weiten Jeans und langem Parka hinter dem Wohnmobil auf, die Kapuze tief über den Kopf gezogen. Das musste die Tochter sein.

Erika taufte ihren Nachbarn Sugar-Daddy, wegen seiner zu blonden Locken, wegen der goldenen Halskette mit Medaillon, wegen der protzigen Uhr am linken und wegen dem halben Dutzend Armbänder am rechten Handgelenk. Zu viele Klischees auf einmal, dachte sie. Seine Augen linsten zwischen hängenden Lidern und Tränensäcken hervor, und obwohl er nicht wirklich dick war, nur irgendwie fleischig wirkte, stellte sie sich seinen Körper schwammig vor. Bestimmt schwitzte er leicht.

Sugar-Daddy verschwand in seinem Reisebus und öffnete seinerseits das Küchenfenster, streckte den linken Arm nach draußen und hielt ihnen ein Messer entgegen, mit der Spitze gen Himmel. Ein Messer aus einem Guss mit einer langen schmalen Schneide. In seine rechte Handfläche hatte Schubert ein Stück Fleisch gepackt. Einfach so, das dunkle, von wenigen breiten Fettstriemen durchzogene rohe Fleisch direkt auf der Haut. Erika und Roland stützten sich mit den Unterarmen auf die schmale Arbeitsfläche des Küchenblocks und sahen zu, wie ihr Nachbar ohne Zaudern vier tiefe Schnitte in den Fleischbrocken zog.

„Da, schaut, das nenne ich mal eine feine Schärfe!" Triumphierend schwang er das Messer wie einen Degen durch die Luft. „Nicht ein einziger Blutstropfen zu sehen, nur ein bisschen Schmiererei. Wenn das kein gut abgehangenes Rindviech ist!"

Sorgfältig wischte er die blutige Schneide mit Küchenkrepp ab. „Schade nur, dass meine Kleine seit Neuestem einen auf Vegetarier macht. Aber auch das wird vorbeigehen."

Erika nutzte die Gelegenheit und rief über das Motorrad hinweg: „Dann guten Appetit, Herr Schubert! Wir müssen uns auch langsam ums Essen kümmern."

„Was meinst du", fragte Erika, „gehen wir zum Essen runter ins Hotel oder soll ich uns lieber etwas aus der Pizzeria an der Ecke holen?".

„Ach", antwortete Roland, „ich weiß nicht. Eigentlich habe ich gar keinen Hunger."

Die Metzgervorführung ihres Nachbarn hatte auch Erika fürs Erste den Appetit verdorben. Sie brauchte dringend frische Luft. „Dann verschwinde ich nochmal kurz aufs Klo und drehe eine Runde über den Platz. Du kannst es dir ja solange überlegen." Erika zählte 63 Schritte vom Wohnmobil bis zum Waschhaus. Das würde sie zur Not auch mit noch mehr Druck auf der Blase schaffen.

Das weite Rechteck rund um das Betriebsgebäude war asphaltiert, während die Fahrzeuge auf den Wegen des eigentlichen Stellplatzes über Bodenziegeln fuhren. Derselbe Belag markierte auch die höchstens einen Meter breiten Streifen zwischen den Abstellflächen für die Reisemobile, den sogenannten Parzellen. Sie parkten auf steinernen Bodengittern, aus deren Öffnungen Gras wuchs. Roland hatte den äußersten Platz in der ersten Reihe gewählt, mit nur wenigen Metern zur Versorgungsstation. Am anderen

Ende verband die erste und die zweite Reihe eine halbrunde Grasfläche mit einer Birke in der Mitte. Tatsächlich eine Birke, hier im Süden Europas.

Erika überblickte die langgezogene Grünfläche hinter der Servicestation, an deren Ende der Wohnwagen von Andrea de Luca stand, umgeben von Blumenkübeln. Im Sommer wohnte er dort sicher sehr idyllisch, wenn die fünf hohen Laubbäume Schatten spendeten und das volle Blattwerk der Büsche am Rand des Grundstücks den Einblick von außen verhinderte. Der Wind der letzten Tage hatte jedoch etliche faule oder abgestorbene Blätter von den Ästen gerissen. An einem Baumstamm lehnte ein Rechen, die Schubkarre davor war voller Laub. Erika fiel ein altmodisches und rostiges Damenfahrrad mit geschwungenem Lenkrad auf, das achtlos zwischen den Büschen klemmte.

In der Zeile hinter der ihren parkte kein einziges Fahrzeug. Gut so, dachte Erika, wenigstens kein Nachbar direkt hinter uns. Hinter dieser zweiten Reihe konnten die Fahrzeuge wie vor der ersten auf einem breiten Weg rangieren, der in einer leichten Kurve zur Ein- und Ausfahrt führte und an dessen Rand in einer dritten Reihe weitere Parzellen angeordnet waren. Auf ihnen verteilten sich noch einige Wohnmobile.

Vor einem schwedischen Nummernschild streckten drei große Hunde auf einer Wolldecke alle Viere von sich. Ein Mischling mit braunem Fell hob den Kopf und gähnte Erika aus müden Augen an. Auch Norweger machten hier Station. Deren kantiges Reisemobil wirkte selbstgebaut und wetterfest, von hohen Rädern blickte es auf die anderen herab. Ein kleiner britischer Camper mit dem Lenkrad auf der falschen Seite, zwei Wohnmobile aus Deutschland und zwei aus Italien, das war auch schon alles. Sieben Fahrzeuge, also insgesamt neun mit ihrem und dem von Schubert. Andreas Wohnwagen zählte Erika nicht mit.

Am Ende ihres Rundgangs schlenderte Erika über das langgestreckte Rechteck der Grünfläche auf Andreas Wohnwagen zu. Das kurze Stück zwischen dem letzten Baum und dem alten Camper säumten unterschiedlich große Eimer und Kübel mit immer noch üppig blühenden Herbstrosen in allen Farben. Die Gefäße aus Stein, Holz oder Kunststoff waren alt und vielfach angeschlagen, aber alle in demselben warmen Braunton gestrichen.

Eine Gardine hinter dem einzigen Fenster auf dieser Seite des Wohnwagens verhinderte den Einblick. Erika beugte sich zu einer blassgelben Blüte und sog den süßlichen Duft ein. Je näher sie dem Wohnwagen kam, desto stärker witterte sie neben dem Rosenduft noch etwas anderes. Gebückt schnupperte sie sich von Blüte zu Blüte, bis es Klick machte in ihrem Gedächtnis und sich die Tür zur Erinnerung an die Partys ihrer Jugend in den Siebzigern öffnete. Erika lächelte. Sie stutzte, als schwache Stimmen durch die dünnen Wände der Behausung des Platzwarts drangen. Bei den letzten Rosenköpfen unter dem Schild neben der Tür richtete sie sich auf und studierte eingehend den kurzen Text mit Angabe der Bürozeiten.

Erika hörte Andrea fragen: „Weiß er das denn schon, dass du von ihm wegwillst?" Sein Deutsch war wirklich fließend und besser als das von manchen ihrer Landsleute.

Eine junge weibliche Stimme antwortete: „Noch nicht. Aber ich sag's ihm nachher." Sie stöhnte auf. „Stell dir vor, er hat schon wieder Fleisch gekauft, dabei weiß er doch ganz genau, dass ich Vegetarierin bin. Und wie er die neuen Nachbarn angequatscht hat! Bähh!" Das musste Schuberts Tochter sein.

Andrea fragte: „Wie willst du das denn finanzieren? Du willst ja wohl nicht so hausen wie ich, und richtige Wohnungen sind teuer. Und du brauchst einen Job."

„Meinst du etwa, das weiß ich nicht?"

Andrea quietschte, als ob sie ihn gezwickt hatte, und Erika hörte das Kichern und Juchzen einer freundschaftlichen Kabbelei. Sie verstand nur noch Bruchstücke der Unterhaltung, die für sie keinen Zusammenhang ergaben.

Dann wurde Andreas Stimme wieder lauter. „Wie, du hast jemanden in der Hand? Und sag jetzt bloß nicht, du hast dich versprochen." Mehr konnte Erika nicht hören. Die beiden sprachen leise weiter, gedämpft und gereizt, anscheinend waren sie alles andere als einer Meinung.

Die letzten Worte, die Erika hörte, kamen von Andrea. „Bloß nicht - viel zu gefährlich - den Kürzeren - hast keine Ahnung".

Plötzlich hörte Erika Schritte im Wohnwagen, einer oder beide waren aufgestanden. Rasch drehte sie sich um und stieß fast mit einem weißblonden Mann zusammen. Er war ungefähr in ihrem Alter, höchstens 65. Cordhose und Strickjacke standen ihm gut. Der schlanke Mann wies auf das Schild mit den Bürozeiten und erklärte ihr in akzentfreiem Englisch, dass über Mittag geschlossen sei. Erika dankte ihm mit einem Lächeln und fragte sich, wie lange er sie wohl schon beobachtet hatte.

*

Commissario Capo Salvatore Wagner betrat das Hotel Camporondo durch die Hintertür und ging den schmalen Flur entlang zur Küche. Seine Mutter schöpfte aus einem zerbeulten Kochtopf dampfende Suppe in zwei Porzellanschüsseln und wies ihren Jungkoch an, auf keinen Fall mit dem Rühren im *risotto ai funghi* aufzuhören. „Auf gar keinen Fall!" Auch dann nicht, wenn er gleichzeitig die Salatteller anrichten sollte. Wagner nahm dem dankbaren Angestellten den Holzlöffel aus der Hand und kreiste damit langsam durch den Reis. Die Brühe war schon ein wenig eingedickt und blubberte genüsslich vor sich hin.

„*Grazie, mio figlio*!" Anna Wagner legte die Schöpfkelle in einen Teller, stellte beide Suppenschüsseln in die Durchreiche und drückte auf die Messingschelle. Erst danach begrüßten Mutter und Sohn sich mit einem Kuss auf beide Wangen.

Wagners Magen knurrte hörbar.

„Fällt für uns auch noch etwas ab?", fragte er.

Anna lachte. „Sara ist noch oben, aber je eher du sie runterholst, desto weniger guckt sie sich ihre Augen am Computer wund."

„Sag ihr das bloß nicht, dann will sie, dass ich ihr einen größeren Bildschirm kaufe."

„Warum auch nicht? Wenn das besser ist für die Augen meiner Enkelin."

Ihr Sohn verdrehte die seinen und nahm zwei Stufen auf einmal hinauf in den zweiten Stock, wo er an Saras Zimmertür klopfte. Wie so oft in letzter Zeit war er überrascht, als seine Tochter vor ihm stand. Mal war es eine neue Haarfarbe, dann ein Fetzen von einem Rock, der nur wenige

Zentimeter länger war als das Oberteil, und manchmal erkannte er sie kaum wieder vor lauter Schminke.

Heute trug die Fünfzehnjährige einen schlichten Pullover zu ganz normalen Jeans, weder künstlich eingerissen noch mit Blech bestückt. Ihre über schulterlangen blonden Haare hatte sie zu einem Pferdeschwanz zurückgebunden. Keine Schminke, kein Schmuck, kein Parfüm. Für einen Moment hielt Wagner den Atem an. Die natürliche Schönheit seiner Tochter erinnerte ihn daran, dass ihre Mutter nur wenige Jahre älter war, als er sie kennen und lieben lernte.

Sara begrüßte ihren Vater und fragte: „*Ciao* Papa, *tutto bene?*" Sie stellte sich auf Zehenspitzen und küsste ihn rechts und links mit je einem kräftigen Schmatz. Wagner drückte seine Tochter fest an sich.

„Alles in Ordnung, Süße, alles bestens. Ich muss mir nur schnell die Hände waschen." In ihrem Zimmer zog er die Tür zum Bad weit auf und vermied es, Sara anzusehen. Ihre Augen leuchteten in dem gleichen Blau-Grün wie die ihrer Mutter. „Wenn du gestattest", sagte er und schloss die Badezimmertür hinter sich. Als er wieder herauskam, wartete Sara mit ihrem Rollkoffer im Flur.

Wagner deutete darauf. „Wo willst du denn damit hin? Du hast doch alles, was du brauchst, noch bei mir in der Wohnung."

Sara marschierte auf die Treppe zu. „Nicht alles. Aber das erkläre ich dir später. Ich bin voll hungrig."

Sie betraten den Gastraum vom Flur aus und setzten sich an den Familientisch in einer Nische gleich rechts, von wo es an der Flurtür vorbei nur wenige Schritte bis zur Küche waren. An dem Tisch mit seinen Kerben und Rissen vieler Jahrzehnte im Holz hatten acht Personen bequem Platz. Wenn die Esser auf der halbrunden Bank zusammenrückten, die sich perfekt in die Nische einpasste, und die übrigen ihre Stühle näher aneinanderschoben, konnte sich bis zur doppelten Anzahl satt essen.

Sara holte erst die Pastaschüssel aus der Küche und danach Fleisch und Salat. Alles war so köstlich wie immer. Wehmütig erinnerte sich Wagner an die Zeit, als er noch im Hotel wohnte und jeden Tag die Küche seiner Mutter genießen konnte. Aber nach seiner Beförderung zum Leiter der Mordkommission in der Questura in Verona war seine Arbeit zu viel geworden und er hatte sich schweren Herzens eine Wohnung in der Stadt gesucht.

Dabei wusste Wagner seine Tochter nirgendwo besser aufgehoben als bei seinen Eltern, und die räumliche Trennung hatte sie innerlich noch enger zusammenrücken lassen. Ohne eine Frau an seiner Seite fühlte er sich mit der Erziehung des Mädchens oft überfordert, vor allem, seit Sara immer hemmungsloser ihren weiblichen Charme ausspielte. Damit setzte sie bei ihrem Großvater jeden Wunsch und jeden Willen durch, und auch bei ihm erreichte sie weit mehr, als seine gedruckten Erziehungsratgeber erlaubten. Bei dem Gedanken, wen seine Tochter sonst noch alles um den Finger wickelte und wofür, verdoppelte der Polizist in ihm die Angst des Vaters.

„Ich habe gar nicht gesehen, dass du dein Zimmer abgeschlossen hast", sagte Wagner nach dem Essen.

„Scheiß Bulle!" Sara stand auf. „Dafür räumst du aber den Tisch ab!"

Brav stapelte Wagner Geschirr und Besteck und erwiderte den Gruß des Bürgermeisters, der ein paar Tische weiter sein Tiramisu verschlang. Das Hotel Camporondo lag neben dem Rathaus, weshalb seine Mutter auch außerhalb der Saison jeden Tag mit einem festen Kundenstamm von Beamten und Angestellten rechnen konnte.

„*Buongiorno* Domenico, hat es dir geschmeckt?"

„Wie immer, Salvatore. Wir können uns glücklich schätzen, eine Köchin wie deine Mutter im Ort zu haben. Wie sie italienische und deutsche Gerichte mischt, ist sensationell."

Domenico Fontana streckte seinem deutlich jüngeren ehemaligen Sportskameraden die Hand entgegen, die Wagner mit einem Blick auf das Tablett in seinen Händen zurückwies.

„Ja, danke, ich werde es meiner Mutter sagen." Er wich einen Schritt zurück, um die Kellnerin und ein älteres Ehepaar durchzulassen. Ein gutaussehendes Paar in gepflegter Freizeitkleidung, das untereinander Deutsch sprach.

„Tu das. Anna richtet auch das Catering aus für mein Jubiläum am Dienstag im Rathaus. Komm doch auch, wenn du Zeit und Lust hast, um 11:00 Uhr geht's los." Er lachte. „Du arbeitest zwar bei der Mordkommission, aber die Anwesenheit von Vertretern der Polizei kann nie schaden."

Salvatore Wagner blickte noch einmal auf das schmutzige Geschirr in seinen Händen und nickte dem Bürgermeister zu. „Ich werde sehen, ob ich es schaffe. Wenn Mama für das Büffet sorgt, kann ja nichts schiefgehen."

Er verabschiedete sich von seiner Mutter und fragte vergeblich nach seinem Vater, der laut Anna „mit irgendeinem Freund in irgendeiner Bar" steckte. Dann startete er den alten Lieferwagen des Hotels, einen Fiat Fiorino. Sein Vater pflegte das antike Stück aus dem Jahr 1993 zwar mit viel Kenntnis und noch mehr Hingabe, aber er wollte selbst testen, ob der Wagen tatsächlich noch verkehrstauglich war.

Wagner freute sich wie ein Kind auf ein freies Wochenende zusammen mit seiner Tochter.

*

Nach ihrem Rundgang über den Stellplatz fand Erika ihren Mann eingekuschelt in das Lammfell auf dem Fahrersitz. Diesen hatte er in Richtung Tisch gedreht und lag mehr darin, als dass er saß. Aus den kleinen runden Öffnungen, die im ganzen Wohnmobil wenige Zentimeter über dem Boden verteilt waren, blies warme Luft in den Raum. Sie beugte sich hinab und küsste Roland auf die Wange. Das belauschte Gespräch und dass sie dabei beobachtet worden war, kitzelten an ihren Nerven.

„Und? Hast du es dir überlegt?", fragte sie und streichelte seinen Oberarm. „Gehen wir ins Camporondo zum Essen? Dann sehen wir, ob und wie es sich verändert hat."

Roland blickte auf und sagte: „Bestimmt weniger als wir."

„Also ich finde, wir haben uns gut gehalten. Die paar Jahre!" Erika merkte selbst, dass ihr das ironische Lachen nicht gelingen wollte. „Wir sind gesund und … ".

„Du bist gesund", unterbrach Roland sie. Er erhob sich, nahm seine Jacke und forderte sie auf: „Dann lass uns gehen."

In Erikas Ohren klangen seine letzten Worte wie ein Je-eher-daran-desto-schneller-davon. Aber sie freute sich auf eine oder zwei gemeinsame Stunden im Restaurant und ließ sich nichts anmerken.

Knapp fünfzehn Minuten brauchten die Milsers für den Gang hinunter ans Seeufer. Hauptsächlich mehrstöckige Wohn- und Geschäftshäuser säumten die Straßen, aber je näher sie dem See kamen, nachdem sie auf den Corso Italia abgebogen waren, desto mehr warben Gästehäuser und Restaurants um die Touristen. Bei einem kurzen Abstecher ins alte Zentrum erkannte Erika das romantische Garda von vor 25 Jahren wieder mit seinen Arkaden und kleinen Plätzen, mit Bänken, Blumenkübeln und Palmen.

Immer noch hatten einige Restaurants am Seeufer geöffnet und ihre Besitzer freuten sich über das unverhofft schöne Wetter, das ihnen eine rege Kundschaft bescherte. Die meisten Mittagsgäste machten es sich auf den Terrassen bequem. Einige saßen in Jacken und mit Decken über den Knien im Schatten, andere krempelten Ärmel und Hosenbeine hoch und reckten ihre Nasen der Sonne entgegen. Zwischen Zwergpalmen und Magoliensetzlingen in Kübeln und den markanten Stämmen der Platanen genossen die Gäste einen ungetrübten Blick auf die fast unbewegte Wasseroberfläche. Nichts deutete auf die angekündigte Schlechtwetterlage hin.

„Ach wie schade", entfuhr es Erika, weil fast alle Stände des Freitagsmarktes am Seeufer schon abgebaut waren. An der breitesten Stelle der Promenade verfrachteten die fliegenden Händler in unmittelbarer Nähe vom Hotel Camporondo und dem Rathaus ihre nicht verkauften Keramiken und Tücher, Käse und Spaghetti Soßen in kleine Laster oder Wohnmobile. Erika fragte sich, ob diese Menschen womöglich auch noch darin wohnten.

An der Seepromenade erstrahlte die Fassade des Camporondo in lichtem Ocker, aber zur Seitenstraße hin, der Via S. Francesco d'Assisi, boten abblätternde Farbe und bröckelnder Putz einen armseligen Anblick. Aus dem ehemaligen Speiseraum, damals vorbehalten ausschließlich für Hotelgäste, war die Trattoria Wagner geworden, ein Restaurant mit separatem Eingang. Immer noch ohne Terrasse, obwohl sich zwischen Hotel und Seeufer viel freier Platz ausbreitete.

Innen schien auf den ersten Blick alles beim Alten, was vielleicht an der gastfreundlichen Atmosphäre lag, die die Milsers empfing. Immer noch leitete die deutsch-italienische Familie Wagner das Haus, darüber freute sich Erika am meisten. Vielleicht schon in der nächsten Generation? Sie erinnerte sich an zwei Kinder, damals studierte der Sohn in Verona, die Tochter ging noch zur Schule.

Sie hatten Glück, eine Kellnerin geleitete sie zu dem einzigen freien Tisch ohne Aufsteller *riservato*. Sie bestellten das Tagesmenü, das es in sich hatte mit einem würzigen Pilzrisotto, gefolgt von Scheiben eines im Ofen geschmorten Kalbsbratens und knackigem Feldsalat. Nach dem kurzen Gang am belebten Seeufer versetzte das italienische Geschnatter und das Klappern von Besteck und Geschirr Erika in Urlaubsstimmung.

Aus den Augenwinkeln bemerkte sie, dass Anna Wagner jedes Mal, wenn sie von der Küche aus in der Durchreiche hantierte, zu ihrem Tisch herübersah.

„Schau mal unauffällig in Richtung Küche", sagte sie zu Roland, „ich glaube, sie hat uns erkannt."

Roland hob nicht einmal den Kopf vom Teller. „Das kann ich mir kaum vorstellen, nach so vielen Jahren." Dann blickte er doch hoch, schaute sich um und bemerkte: „Und bei so vielen Gästen, der Laden scheint ja gut zu laufen. Was mich nicht wundert, bei der Küche!"

Erika verspürte einen winzigen Stich im Magen, dort, wo andere Frauen ihr Talent zum Kochen hervorholten.

„*Prego*, hat es Ihnen geschmeckt?" Anna Wagner war an ihren Tisch getreten und begann, das Geschirr abzuräumen. Erika wies auf die leer gegessenen Teller und lächelte geradewegs in die fast schwarzen Augen der Frau, mit der sie sich damals so gut verstanden hatte. „Das sieht man doch, oder?"

Anna Wagner lächelte zurück. „Allerdings, und genau so mag ich es." Sie stapelte Teller und Schüsseln, griff mit beiden Händen danach und fragte: „Sagen Sie, Sie waren doch schon einmal bei uns, oder irre ich mich?"

Erika sah triumphierend über den Tisch hinweg zu Roland. Die Augen der Küchenchefin folgten ihrem Blick und blieben mit ernster Miene an Roland haften. Dann sagte sie leise: „Jetzt erkenne ich Sie."

„Stimmt, wir waren vor langer Zeit schon einmal hier." Roland stand auf. „Aber das hat ja wohl heute keine Bedeutung mehr." Er wandte sich an Erika. „Tut mir leid, aber mir ist nicht gut. Ich - ich muss hier weg."

Sprach's und strebte zur Tür, wo er einem hochgewachsenen und immer noch kräftigen alten Mann mit Halbglatze Platz machen musste. Der Mann legte ihm eine Hand auf die Schulter, er schien etwas sagen zu wollen, dann stutzte er und schob Roland mit versteinerter Miene zur Seite. Ohne Rücksicht auf Tische und Stühle, geschweige denn auf speisende Gäste bahnte er sich den kürzesten Weg zu Anna Wagner.

Er sprach sie an, als ob sie sich allein im Raum befänden: „*Mia cara*, das war doch … ".

Anna Wagner unterbrach ihren Mann: „Ich weiß Erwin, ich weiß. Es ist alles in Ordnung." Sie zeigte auf Erika, die sich von ihrem Stuhl erhoben hatte. „Schau mal, erkennst du unseren Gast hier wieder?"

Erwin Wagner strahlte über das ganze Gesicht. „*La bella* Garbo, da ist sie ja wieder! Sie ist wieder hier!"

Seine Worte erinnerten Erika daran, wie geschmeichelt sie sich damals fühlte, als der Hotelbesitzer sie mit der klassischen Schönheit von Greta Garbo verglichen hatte. Dabei entging ihr nicht, dass heute mit Erwin Wagner etwas nicht stimmte, und das nicht nur, weil der Vergleich mit der berühmten Schauspielerin schon damals hinkte und heute stärker denn je wankte. Kurzentschlossen streckte sie dem alten Hotelier ihre Hand entgegen und begrüßte ihn herzlich. Anna warf ihr einen dankbaren Blick zu, bevor sie einen Teil des Geschirrs wieder auf den Tisch stellte, ihrem Mann die freie Hand auf den Rücken legte und ihn vor sich her schob in Richtung Küche.

Nur wenige Minuten später kehrte die Küchenchefin zurück mit einer extra großen Portion Nachtisch. Sie setzte sich zu Erika und legte ihr eine Hand auf den Arm. „Mal sehen, ob dir meine *salami di cioccolato* immer noch so gut schmeckt. Niemand macht sie so wie ich!", sagte sie stolz.

Auch Erika fiel sofort in das vertraute Du. „Dass du das noch weißt!"

Anna lachte und schüttelte den Kopf. „Nein, nicht ich, Erwin hat es mir verraten." Sie wurde ernst. „Was vor Jahrzehnten passiert ist, das weiß er noch genau. Aber heute

Abend hat er vielleicht schon vergessen, dass ihr mittags im Restaurant wart."

Die Küchenchefin entschuldigte sich für den Überfall ihres Mannes, und Erika für den Abgang des ihren. Immer wieder wurden sie unterbrochen von Hilferufen aus der Küche und schafften es trotzdem, einander innerhalb von 25 Minuten grob über die vergangenen 25 Jahre ins Bild zu setzen. Einschließlich der beginnenden Demenzerkrankung des einen und der jahrelangen Depression des anderen Ehemannes. Das Restaurant hatte sich fast geleert, da ging Anna noch einmal in die Küche und kam mit einer Weinflasche in einem Pappkarton zurück, den sie Erika in die Hand drückte. Die bedankte sich gerührt und versprach, so bald wie möglich wiederzukommen.

Die Schiebetür zum Schlafraum war geschlossen, bestimmt machte Roland seinen Mittagsschlaf. Er war oft müde, für Erikas Geschmack viel zu oft. Sie gab den Antidepressiva die Schuld, die sein Hausarzt ihm seit vielen Jahren verschrieb.

Das Schwätzchen mit Anna hatte sie angeregt. Sie spürte das gleiche tiefe Einverständnis mit der um wenige Jahre älteren Italienerin wie damals. Immer noch konnte Erika den wundervollen Abend ihrer Rosenhochzeit Minute für Minute nacherleben, immer noch kehrte zumindest eine Ahnung der zärtlichen Empfindung zurück, für Roland, für ihr ungeborenes Kind, für die ganze weite Welt.

An die darauffolgende Nacht und den Morgen des nächsten Tages hatte sie keinerlei Erinnerung. Nach Aussagen der Ärzte war dieser Gedächtnisverlust eine Folge des schweren Unfalls, den Roland auf der Fahrt nach Hause verursacht hatte. Die Kasseler Berge lagen bereits hinter ihnen, als er in Höhe einer Tankstellenausfahrt die Kontrolle über sein Auto verlor und sie mit fast 100 Stundenkilometern aus der Kurve flogen. Der Wagen überschlug sich, landete erst auf der Beifahrerseite und nach kurzem, aber heftigem Kippeln wieder auf seinen vier Rädern im Grünen. Erika erwachte erst nach über drei Wochen aus dem Koma, als Roland schon fast wieder genesen an ihrem Bett saß. Es dauerte weitere zehn Monate, bis sie wieder arbeiten konnte, und mehr als zehn Jahre brauchte Erika, um den Verlust ihres ungeborenen Wunschkindes zu verkraften. Jene kurze erste Schwangerschaft sollte ihre letzte sein, nach dem Unfall konnte sie keine Kinder mehr bekommen.

Erika versuchte, es sich auf der Bank am Tisch gemütlich zu machen, aber für ein bequemes Flegeln war die Sitzfläche entschieden zu kurz. Sie wechselte auf den in den Raum gedrehten Beifahrersitz. Dort konnte sie ihre Beine ausstrecken und die Füße hochlegen auf den Sitz neben der Tür. Erika drehte die Rückenlehne tiefer und wärmte sich unter einer Decke. Ihr Kopf blätterte in alten Erinnerungen und überschlug dabei großzügig die Seiten mit den dunklen Flecken. Was will ich eigentlich, dachte sie, es geht uns doch gut. Dieser Gedanke beruhigte ihren Körper und schenkte ihrer Seele zwei Stunden tiefen Schlaf.

Es war schon nach 17:00 Uhr, als Erika erwachte. Roland hantierte am Küchenblock. Sein wiederholtes Öffnen und Schließen der Schranktüren sagte ihr, dass er die Zutaten für seinen Kaffee nicht fand. Sie stand auf und legte die Decke zusammen. „Lass man, ich mache das schon", sagte sie und setzte den Wasserkessel auf für Filterkaffee. Dabei schaute sie unwillkürlich aus dem Fenster und sah einen Mann zwischen ihrem und Schuberts Fahrzeug. In elegantem Anzug, Krawatte und blank polierten Lederschuhen, denkbar unpassend für dieses Gelände. Im ZickZack bahnte er sich seinen Weg durch Elektroräder und Motorrad bis zur Tür des Reisebusses.

„Der war doch vorhin auch im Restaurant, das ist doch der, der so in das Tiramisu reingehauen hat." Erika trat einen Schritt zur Seite, um nicht gesehen zu werden, und behielt dabei die Tür im Blick.

„Meinst du?", fragte Roland und fügte an: „ach, ich weiß nicht."

Konrad Schubert öffnete und sagte zu dem Mann: „Da sind Sie ja endlich! Aber das kennen wir ja, hier dauert alles ein bisschen länger. Ich warte schon seit Tagen auf ein neues Schloss." Erst zeigte er mit dem Finger auf das Schloss an der Tür, dann auf seinen Besucher. „Verraten Sie bloß niemandem, dass es kaputt ist."

Erika schaltete die Gasflamme aus, bevor der Kessel zu pfeifen begann. Idiot, dachte sie, jetzt hast du es selbst verraten. Aber keine Sorge, freiwillig kommen wir dich bestimmt nicht besuchen. Sie bereitete den Kaffee für Roland, füllte sich selbst ein Glas mit Wasser und setzte sich ihm gegenüber an den Tisch im Salon. Welch ein hochtrabendes Wort für eine kleine Platte aus Kunststoff mit einer unbequemen Bank auf der einen sowie Fahrer- und Beifahrersitz auf der anderen Seite.

„Warum bist du denn so schnell gegangen heute Mittag?", fragte sie. „Anna und ich haben uns noch richtig nett unterhalten. Das war fast, als hätte es all die Jahre dazwischen nicht gegeben."

Roland ließ zwei Zuckerwürfel in die Tasse fallen. „Ach, Ich weiß nicht, irgendetwas hat mit dem Essen nicht gestimmt."

Du meinst wohl, irgendetwas hat mit dir nicht gestimmt, dachte Erika und sagte: „Der Risotto und auch das Fleisch waren doch ausgezeichnet, das hast du selbst gesagt." Sie leerte ihr Glas in einem Zug. „Ist dir auch aufgefallen, dass die beiden dich noch eher erkannt haben als mich? Dabei hast du doch damals kaum mit ihnen gesprochen."

„Wie auch immer", antwortete Roland, „mir war irgendwie komisch. Und da hielt ich es eben für besser zu gehen." Er verrührte den Zucker und starrte in die Tasse.

Irgendwie komisch fand Erika ihren Mann schon länger, aber das behielt sie für sich. Zumal sich erneut Ablenkung bot mit einer lautstarken Verabschiedung der beiden Männer nebenan. Damit nicht genug, nur eine Minute später erschien vor ihrem Fenster das ernste Gesicht einer jungen Frau, die sich sogleich abwandte und die Stufen zum Reisebus hinaufstieg. Ohne zu klopfen trat sie ein.

„Das muss Schuberts Tochter sein", sagte Erika. „Schade, dass du sie nicht gesehen hast, ein derart schönes Mädchen bekommt man selten zu Gesicht. Noch dazu von so einem Vater."

Auch wenn Erika sich immer noch nicht mit dem Wohnmobil anfreunden konnte, fand sie allmählich Gefallen daran, dass sie von ihrer Umgebung sehr viel mehr mitbekam als in einem Hotelzimmer. Langweilig war es hier jedenfalls nicht.

Abends löffelten Erika und Roland nur noch einen Becher Joghurt und schauten sich die Fernsehnachrichten an. Über den Bildschirm wackelten Bilder von den Brexit-Verhandlungen in Brüssel, vom Krieg in Nordsyrien und von der Trauerfeier für Karel Gott in Prag. Erika stellte das schmutzige Geschirr in die Spüle und wunderte sich über die Finsternis draußen. Vorhin hatte sie noch das grelle Licht der Laterne zwischen ihnen und dem Reisebus gestört, jetzt konnte sie in dem schwachen Schein, der aus ihrem Küchenfenster nach außen drang, Schuberts Tür nur erahnen. Dafür hörte sie die Stimme der Tochter, die sich lautstark empörte über irgendetwas, das sie nicht verstand. Genauso wie heute Vormittag vor dem Wohnwagen. Erika zog die Jalousie nach unten.

Eine Viertelstunde später, sie hatten gerade ihre Bücher aufgeschlagen, da schreckte der Anlasser des Motorrads die Milsers hoch, und gleich darauf knatterte die Harley davon.

„Der spinnt doch, am Abend noch einen solchen Krach zu machen", sagte Roland und klappte sein Buch zu. Nach einem Gute-Nacht-Kuss auf Erikas Stirn zog er sich hinter die Schiebetür in den Schlafbereich zurück.

Erika ließ sich von der Spannung ihres Thrillers mitreißen, bis das erneute Geknatter des Motorrads sie in die Wirklichkeit schubste. Sie schaute auf die Uhr, es war schon nach elf. Höchste Zeit zum Schlafengehen. Nur noch dieses eine Kapitel zu Ende. Sie hörte das schwere Aufsetzen harter Sohlen auf Metall. Danach ein Moment Stille, und dann ein grauenvolles Schreien. Der Schrei durchschnitt den Raum, explodierte in Erikas Herz und raubte ihr den Atem. Darauf folgte vielstimmiges Hundegebell, wie durch einen Schalldämpfer, bestimmt die drei Hunde im Wohnmobil der Schweden. Erika sprang auf und rief in Richtung Schiebetür: „Roland, wach auf, da ist etwas passiert". Sie zerrte die Jalousie des Küchenfensters hoch. Die Tür gegenüber war geschlossen.

Erika schnappte sich ihr Handy und fingerte am Sicherheitsschloss, dessen Riegel Roland vorgeschoben hatte. Sie brauchte eine Ewigkeit und rief noch einmal: „Roland!" Dann konnte sie endlich die Tür aufstoßen. Feuchte Kälte schlug ihr entgegen. Sie hätte sich etwas überwerfen sollen, aber dafür war es jetzt zu spät. In der Dunkelheit tastete Erika sich um ihre Behausung, fast hätte sie sich am Auspuff des Motorrads verbrannt, und auf dem letzten Meter stieß sie auch noch eines der Elektroräder um. Verdammt! Wer hat die denn umgestellt? Wir müssen sie zusammenbinden und zudecken, ging ihr durch den Kopf. Endlich erreichte sie Schuberts Tür. Dahinter unterdrückte Klagelaute, von ganz tief unten, hervorgestoßen mit jedem einzelnen Atemzug.

„Herr Schubert?" Erika klopfte an die Tür und zog sie auf, ohne eine Antwort abzuwarten. Sie wusste ja, dass das Schloss kaputt war.

∗

In seiner Wohnung in Verona wurde Salvatore Wagner schnell klar, wofür Sara den Rollkoffer brauchte. Sie kramte daraus ein weihnachtlich glitzerndes Kleid hervor, das gerade mal ihren Po bedeckte, und einen Schminkkoffer mit der Ausstattung für eine Maskenbildnerin der Arena di Verona. Sein kleines Mädchen war zu einer *festa* eingeladen bei dem großen Bruder ihrer besten Freundin.

Wagner war enttäuscht, weil seine Tochter eine Party unter Freunden einem Abend mit ihrem Vater vorzog. Er traute sich nicht zu fragen, ob sie nur wegen der Party das Wochenende bei ihm verbringen wollte. Der Polizist in ihm klapperte im Geiste die Umgebung der angegebenen Adresse ab, fand aber in seinem Gedächtnis keinerlei ernsthafte Vorfälle. Sie war doch erst fünfzehn. „Fast sechzehn!", protestierte Sara.

Nach langem Hin und Her brachte Wagner sein wandelndes Ausstellungsstück zum Mietshaus des jungen Mannes und bestand trotz Saras heftigem Protest darauf, sie eigenhändig in der Wohnung abzuliefern. Er war beruhigt, als er dort auf die Eltern des Gastgebers traf, die Saras Freundin gebracht hatten. Er schärfte seiner Tochter ein, sich auf die Minute genau um Mitternacht bereitzuhalten.

„Nicht jetzt", zischte sie, als er ihr einen Abschiedskuss geben wollte, drehte sich weg und verschwand in der Menge der jungen Leute.

Um 23:13 Uhr ging der Notruf von Erika Milsers Smartphone in der Zentrale ein. Nur eine Minute später erhielt Salvatore Wagner den Anruf von der Polizeistation in Garda.

„Ich brauche mindestens 25 Minuten, eher mehr", sagte er. „Ich muss noch meine Tochter abholen."

„Ihre Tochter?", fragte der Diensthabende. Wagner erkannte die Stimme, ein junger Kollege, der erst vor wenigen Wochen aus Bozen zu ihnen gekommen war.

„Genau, Herr Gasser, meine Tochter. Wenn man bedenkt, dass dies mein erstes freies Wochenende seit langem ist, ist das nicht zu viel verlangt. Fahren Sie schon mal hin und veranlassen Sie alles Übliche." Wagner unterbrach die Verbindung und fragte sich, ob Kollege Gasser schon aus der Praxis wusste, was bei einem Mordfall alles üblich war. Er rief Sara an, die sich augenblicklich meldete.

„Tut mir leid, Süße, aber ich muss sofort nach Garda, wir haben einen Fall. Ich bin in fünf Minuten unten vor dem Haus, aber warte nicht allein auf der Straße. Ich klingele kurz."

„Ist schon okay, Papa, ich beeile mich."

War Sara etwa froh, dass er sie jetzt schon abholte, eine Dreiviertelstunde vor der verabredeten Zeit? Als er vor dem Haus hielt, stand sie bereits am Straßenrand in Begleitung ihres Gastgebers, der dem jungen Mädchen die Beifahrertür aufhielt. „Danke, dass du da warst", sagte er, „tut mir leid, wenn du dich gelangweilt hast."

„Ist schon okay", murmelte Sara noch einmal und schnallte sich an. Salvatore Wagner trat aufs Gaspedal. Sie hatte anscheinend keine Lust, mit ihm über den Verlauf der Party zu sprechen, und er war froh, dass er sich auf den nächtlichen Verkehr konzentrieren musste. Zum Glück fragte sie ihn auch nicht nach dem neuen Fall. Er tat sich schwer, mit seiner Tochter über Mord und Totschlag zu sprechen, auch wenn sie als Polizistentochter einiges gewöhnt war.

Um 23:40 Uhr erreichten sie den Wohnmobilstellplatz in Garda. Wagner fuhr durch die offene Einfahrt, passierte das Betriebsgebäude und parkte den Fiorino rechts am Rand hinter den Containern für Restmüll. Mit erhobenem Zeigefinger wies er Sara an, auf keinen Fall das Auto zu verlassen. Auf gar keinen Fall! Am liebsten hätte er sie zum Hotel gebracht, aber er war ohnehin spät dran und durfte nicht noch mehr Zeit verlieren. Ein Carabiniere hielt Wache neben der offenen Schranke zwischen Parkplatz und

Wohnmobilstellplatz. Wagner kannte ihn nicht, zeigte seinen Dienstausweis und nickte ihm zu.

„Warum ist die Einfahrt nicht abgesperrt?", fragte er.

Der Polizist griff an die Mütze. „Keine Anweisung", sagte er, „aber ich pass ja auf. Auch auf Ihr Auto."

„Bitte vor allem auf meine Tochter im Auto. Ich lasse sie nach Hause fahren, sobald ein Kollege mit Fahrzeug frei wird." Der Carabiniere legte die Hand an seine Mütze und nickte dem Mädchen auf dem Beifahrersitz zu.

„Es wird mir eine Ehre sein, Commissario Capo." Dieser war sich nicht sicher, ob das ironisch oder ernst gemeint war, musste sich aber auf die Worte des Polizisten verlassen.

Wagner betrat den Stellplatz und verschaffte sich einen kurzen Überblick. Ein Polizeiwagen schickte mitten auf dem Fahrweg sein blaues Licht blinkend in die Runde. Ein Lieferwagen der Kriminaltechnik stand mit eingeschalteter Innenbeleuchtung quer vor zwei Wohnmobilen. Ein Fahrzeug der Notfallambulanz, ebenfalls auf dem Fahrweg, hatte beide Hecktüren weit geöffnet. Zwischen ihnen lehnten Notfallarzt und Sanitäter und schrieben ihre Berichte.

Wagner hielt ihnen seinen Dienstausweis entgegen. „Was gibt's?", fragte er den Arzt, worauf der mit dem Kugelschreiber auf die beiden Wohnmobile deutete.

„Jedenfalls gibt es da drüben nichts mehr zu tun für uns", antwortete der Mediziner, „mit allerhöchster Wahrscheinlichkeit Tod durch Erstechen. Der Kollege von der *medicina legale* müsste eigentlich schon hier sein."

Er trat einen Schritt vor und zeigte in den Ambulanzwagen. „Den hier müssen wir mitnehmen zur klinischen

Untersuchung, hat eine ordentliche Tracht Prügel bezogen. Und bekifft ist er auch, vom Alkohol ganz zu schweigen."

„Wieviel?" fragte Wagner.

„Auf die Schnelle 1,3 Promille".

Auf der Pritsche lag ein junger Mann unter einer silberfarbenen Rettungsdecke. Sein wirres blondes Haar wurde von einem Verband zusammengehalten, über dem linken Auge drang Blut durch den weißen Stoff. In die Vene seiner rechten Armbeuge tropfte eine Infusion.

„Wenn Sie bitte noch ein paar Minuten warten", sagte Wagner und ging weiter zu den Wohnmobilen. Beide hatten deutsche Nummernschilder. Gestreiftes Plastikband versperrte weiträumig den Zugang zu ihnen und zu dem Lieferwagen der Kriminaltechnik. Wagner umrundete das Wohnmobil am Ende der Reihe. Er erkannte das ältere deutsche Paar wieder, das heute Mittag die Trattoria betrat, als Domenico Fontana ihn aufgehalten hatte. Der Mann hockte auf einer Stufe vor der offenen Tür, während die Frau sich mit verschränkten Armen zu ihm hinabbeugte und leise auf ihn einsprach.

Sie bemerkten Wagner nicht und er kehrte wieder um. Auf dem Platz zwischen den beiden Fahrzeugen stand eine protzige Harley-Davidson mit dem Heck zum Fahrweg. Auf dem Boden lag ein Elektrorad, ein zweites der gleichen Marke lehnte an dem linken Wohnmobil, das wohl dem Paar aus dem Restaurant gehörte. Eine große Plastikschüssel lag umgedreht auf dem Gras. Vor dem rechten Wohnmobil, dem weitaus größeren, beugte Commissario Josef Gasser sich über einen Mann in schwarzer Lederkleidung, der mit ausgestreckten Beinen auf dem Boden saß. Sein Rücken lehnte an eines der riesigen Räder und sein Gesäß steckte inmitten einer Pfütze. Auch sonst war das Gras um ihn herum vielfach durchnässt.

„Hallo Kollege Gasser. Die Einfahrt muss abgesperrt werden, das hätte als erstes passieren sollen, und sorgen Sie bitte dafür, dass dieses verdammte Blaulicht abgestellt wird. Die sehen hier schon alle mehr als genug." Er blickte auf die Menschen, die sich hinter der Absperrung versammelt hatten. Frauen und Männer in Bademänteln, Schlafanzügen und Trainingshosen. Ein Polizist ging mit Block und Kugelschreiber von einer Person zur nächsten.

Zwischen den beiden Fahrzeugen hatten Kollegen von der Technik zwei Strahler auf hohen Ständern mit Dreifuß angebracht, die jeden Winkel ausleuchteten. Einer der Männer im weißen Schutzanzug reichte Wagner Plastikhandschuhe und -überzieher für seine Schuhe.

Gasser richtete sich auf und schickte eine junge Kollegin in Uniform zum Auto, um das Blaulicht auszuschalten und die Einfahrt abzusperren.

„Tut mir leid, dass ich daran nicht gedacht habe", sagte er zu Wagner.

„Das ist ihr erster Mordfall, nicht wahr?"

Gasser nickte und deutete auf den Mann im nassen Gras. „Das hier ist Konrad Schubert, der Vater des Mordopfers. Er hat die Leiche gefunden. Sie sind Deutsche."

Wagner seufzte innerlich. Wann würden die Kollegen aufhören, in Gegenwart der Angehörigen vom Mordopfer zu sprechen, oder noch schlimmer, von der Leiche, statt von Vater, Ehefrau, Tochter oder wem auch immer?

„Was hat das hier mit dem Wasser auf sich?"

„Anscheinend haben die Nachbarn versucht, ihn und den jungen Mann, den er verprügelt hat, mit einer ordentlichen Dusche zu trennen."

„Mein Beileid", sagte Wagner und beugte sich hinab zu Schubert. Keine Reaktion.

„War schon ein Arzt bei ihm?", fragte er seinen Kollegen. Gasser schüttelte den Kopf.

„Das ging noch nicht. Der Arzt musste sich erst um den jungen Mann kümmern, den der hier zusammengeschlagen hat." Schubert schaute zu ihnen hoch, machte aber keine Anstalten aufzustehen.

„Der Arsch hat meine Tochter umgebracht! Abgestochen hat er sie wie ein Stück Vieh! Ich bring ihn um, das schwöre ich euch, ich bring das Schwein um!" Zwischen Wut und Weinen hangelte er sich von Wort zu Wort. „Die Fernbedienung, wo verdammt nochmal ist diese verdammte Fernbedienung?"

Wagner blickte fragend zu Gasser. „Er meint den Platzwart, Andrea de Luca. Und er meint die Fernbedienung für das Hubbett." Erneut leuchtete ein Fragezeichen in Wagners Augen. Gasser fuhr fort: „Den Ausdruck habe ich auch gerade erst gelernt, das ist das Zusatzbett im Wohnmobil, das man von der Decke runterfahren kann. Die Techniker haben die Fernbedienung schon gefunden, wollen das Bett aber möglichst manuell runterholen." Er drehte den Kopf zur offenen Tür: „Am besten schauen Sie selbst, warum."

„Okay", sagte Wagner, „bringen Sie Herrn Schubert irgendwo hin, wo er sitzen und ein Glas Wasser trinken kann, und setzen Sie jemanden dazu. Er darf auf keinen Fall allein bleiben. Und der Arzt soll ihn sich ansehen. Vielleicht haben sie ja noch eine Decke für ihn dabei."

Wagner kannte sich mit Wohnmobilen nicht aus, aber den Ausmaßen nach musste das von Schubert zur Luxusklasse gehören. Trotzdem wirkte es überfüllt. Wagner blieb auf der obersten Stufe des Metalltreppchens stehen und schaute durch die offene Tür. Was er sah, war entschieden zu viel für den Raum. Zu viel weißes Licht, zu viele weiße Schutzanzüge. Zu viele Hände in weißen Handschuhen wollten das Bett in der Fahrerkabine nach unten ziehen, ohne die Position der Leiche zu verändern.

Das helle Parkettimitat auf dem Fußboden war stellenweise rot verschmiert.

„Kein Blut", informierte einer der Techniker den Hauptkommissar und zeigte auf eine fast leere Rotweinflasche: „Das war dieser Bardolino Classico. Nicht gerade der teuerste Rotwein unserer Region, aber ziemlich gut, man sollte ihn jedenfalls nicht auf den Boden schütten."

„Kein Glas?", fragte Wagner.

Der Techniker nickte in Richtung Hubbett: „Ihr letztes Glas hat sie im Bett geleert."

„Das hier", sagte eine Polizistin und schwenkte mit spitzen Fingern ein weißes Tuch, „das hier lag über dem Gesicht des Opfers. Es könnte eine Serviette sein. Ich musste es ihr abnehmen, um zu überprüfen, ob sie wirklich tot ist." Wagner nickte, worauf sie den Stoff wieder in die Tüte fallen ließ.

Die beiden jungen Techniker, die sich vergeblich an dem Bett versucht hatten, traten zur Seite. Wagner schätzte die Deckenhöhe auf über zwei Meter, die Oberkante der

Matratze befand sich zwanzig bis dreißig Zentimeter darunter. Auf ihr lag eine noch sehr junge Frau quer von Wand zu Wand, mit dem Kopf auf der Fahrerseite. Das Gesicht war ihnen zugewandt und fast gänzlich von langen blonden Haaren bedeckt. Als ob sie den Kopf hin und her geworfen hatte. Nur das Weiß der Augäpfel schimmerte durch die Strähnen. Der Daumen ihrer rechten Hand steckte in dem Griff an der Bettkante, mit dem das Bett rauf und runter bewegt werden konnte. Vielleicht hatte sie sich festhalten wollen. Ein sehr schlanker Arm. Blasse, fast weiße Haut.

Ein Techniker reichte Wagner einen Tritthocker, von dem aus er mit seinen fast 180 Zentimeter Körpergröße den Fundort der Leiche besser überblicken konnte. Die Frau, fast noch ein junges Mädchen, war unbekleidet. Teile des Brustkorbs und das linke Bein lagen frei, den übrigen Körper bedeckte das Bettzeug. Das Bein war in der Hüfte nach innen gedreht und im Knie angezogen. Unter der Bettdecke, ganz nah an der Kante, konnte man das durchgedrückte rechte Bein erahnen.

Ihren linken Arm hatte sie weit von sich gestreckt. Die Fingerspitzen lagen auf den Tasten der gesuchten Fernbedienung, daneben umgekippt ein leeres Weinglas. Nichts war ausgelaufen, sie musste den Wein tatsächlich im Bett getrunken haben.

Vermutlich hatte sie in Todesangst oder im letzten Todeskampf auf die Tastatur der Fernbedienung gedrückt und das Bett hochgefahren. Vielleicht in der verzweifelten Hoffnung, ihrem Mörder in die Höhe entkommen zu können. Das Messer musste schon in ihrem Bauch gesteckt haben, vielleicht nicht sehr tief, womöglich wäre der Stich nicht einmal tödlich gewesen. Durch das Hochfahren des

Bettes war der Griff an die Decke gestoßen und die Schneide tief in den Körper eingedrungen. Wagner konnte nicht sehen, ob die Klinge den schlanken Leib vollkommen durchstoßen hatte und in der Matratze steckengeblieben war.

Er verstand das Problem der Techniker. Niemand konnte an die Fernbedienung gelangen, ohne den eigenen Arm mitsamt Schulter und Kopf zwischen das tote Mädchen und die Decke des Wohnmobils zu quetschen.

So oder so, das Bett musste runter, und zwar möglichst ohne Gewalt. Wagner trat von dem Hocker herab und wäre fast auf den Spitzen schwarzer Lackpumps gelandet. Seine Augen wanderten nach oben und registrierten einen tiefen Ausschnitt. Das dunkelrote Kleid unter dem Tuchmantel betonte die Kurven einer vollschlanken Frau, ohne sie einzuengen. Ihrem eleganten Auftritt nach hatte man sie aus einer festlichen Abendveranstaltung geholt.

„Commissario Capo Wagner? Ich bin Aurora Crepaldi von der Rechtsmedizin. Ich glaube, wir kennen uns noch nicht."

„*Buena sera* Dottoressa Crepaldi. Nein, ich wusste nicht, dass Sie Ihren Dienst in Verona schon angetreten haben. Tut mir leid, wenn Sie Ihren Abend abbrechen mussten."

„Mir ganz und gar nicht, Commissario", sagte sie und lächelte verschmitzt, „ich habe mich schon lange nicht mehr so gelangweilt wie auf diesem Empfang zu Ehren des Dekans." Dann wurde sie ernst und fragte: „Warum ist das Bett noch oben?"

Wagner schob ihr den Hocker vor die Füße: „Schauen Sie selbst."

Dottoressa Crepaldi stellte ihren Untersuchungskoffer auf den Boden und ließ sich vom Commissario aus dem Mantel helfen. Sie streifte Handschuhe über und schob ihre Pumps in Plastikhüllen. Vom Schemel aus überblickte sie die Situation und wandte sich an die Kriminaltechniker: „Gibt es in der Küche keine Grillzange?"

Der Kopf des jüngsten Technikers lief rot an, als er einem der Materialkoffer eine lange Zange entnahm, mit der man genauso gut saftige Steaks hätte wenden können.

„Ich weiß auch nicht, Entschuldigung, das ist mein erstes Praktikum", sagte er leise.

Wagner beruhigte ihn: „Schon gut. In Zukunft wissen Sie es."

Die Rechtsmedizinerin zog langsam die Fernbedienung unter den leblosen Fingern hervor und hielt sie dem jungen Mann entgegen, der eifrig einen durchsichtigen Beutel für Untersuchungsmaterial öffnete.

„Jetzt ist Ihre Chance", ermunterte sie ihn und ließ das Gerät in die Tüte gleiten.

Er bestand die Prüfung, fand auf Anhieb die richtige Taste und senkte das Bett bis auf Tischhöhe herab. Vorsichtig zog die Ärztin das Messer aus dem Körper, gearbeitet aus einem Guss und mit langer, schmaler Klinge. Sie begutachtete es von allen Seiten, bevor sie es dem Techniker übergab. „Gute Qualität", sagte Dottoressa Crepaldi und diktierte ihre Beobachtungen in ihr *telefonino*, womit sie gleichzeitig den Commissario informierte.

Sie ging davon aus, dass Fundort und Tatort identisch waren und das Opfer noch nicht länger als eine Stunde tot, eher weniger. Todesursache waren nach erstem Augenschein starke innere Blutungen. Das Messer war unter dem linken Rippenbogen in den Bauchraum gedrungen und hatte mit großer Wahrscheinlichkeit die Milz zerrissen. Vermutlich hatte der Widerstand der kräftigen Rückenmuskulatur das weitere Hochfahren des Hubbettes gestoppt. Keine oberflächlichen Abwehrspuren.

Dottoressa Crepaldi leuchtete der jungen Frau mit ihrer kleinen Stablampe in beide Pupillen, bevor sie sanft und ohne Eile die Haare aus dem Gesicht der Toten strich und deren Augenlider schloss. Wagner war irritiert und erwartete für einen Moment, dass die Ärztin ihr noch einen Kuss auf die Stirn geben würde. Noch mehr verwirrte ihn der Gedanke, das Gesicht der Toten schon einmal gesehen zu haben. Es wollte ihm partout nicht einfallen, wann und wo.

Die Ärztin holte ihn mit leiser Stimme aus seinen Gedanken.

„Das arme Mädchen. Es hat eine Weile gedauert, bis sie tot war." Und zu den Technikern: „Sie können sie jetzt in die Gerichtsmedizin bringen lassen." Sie schaute auf die Uhr, es war kurz vor Mitternacht. „Ich sehe sie mir spätestens morgen früh an. Falls ich noch einen Assistenten auftreiben kann, auch noch diese Nacht. Sie hören von mir." Sie ließ sich von Wagner in den Mantel helfen und fragte, ob es irgendwo auf dem Gelände einen Waschraum gäbe.

Wagner begleitete die Rechtsmedizinerin zum Sanitärgebäude und verstand die bewundernden Blicke einiger Mitarbeiter und Schaulustiger. Nicht nur, dass Dottoressa Crepaldi eine attraktive Frau war, wenn auch mit markanter Nase, aber die stand ihr gut; in ihrer eleganten Aufmachung passte sie so wenig auf diesen Platz wie eine Auster auf den Tresen einer Würstchenbude.

Der Ambulanzwagen wartete noch an Ort und Stelle, damit der Commissario den jungen Mann einem ersten Verhör unterziehen konnte. Zu seinem Entsetzen sah Wagner, dass Sara mit Arzt und Sanitäter sprach. Er hatte ihre Anwesenheit vollkommen vergessen. Mit der rechten Hand umschloss seine Tochter ein Fußgelenk des Kranken, so wie eine Mutter ihrem Kind durch Körperkontakt sagen will, dass alles wieder gut wird.

„Sara! Komm sofort da weg! Du hast hier nichts zu suchen! Habe ich dir nicht gesagt, du sollst im Auto bleiben?"

„Ja, aber du hast nicht gesagt, wie lange." Immerhin zog sie ihre Hand zurück, auch wenn Wagner nicht entging, dass sie zuvor deren Druck verstärkte. Er musste sie unbedingt fragen, woher sie den Mann kannte.

Dottoressa Crepaldi kam aus dem Waschraum auf sie zu und lächelte beim Anblick des stark geschminkten Mädchens in seinem Glitzeroutfit:

„Ach, hat man dich auch aus einer Veranstaltung geholt?"

„Kann man so sagen" antwortete Wagner. „Das ist meine Tochter Sara. Sie sollte nicht hier sein." Wagner schaute sich um, sah jedoch das gesamte Team beschäftigt. Die Ärztin interpretierte seinen suchenden Blick richtig.

„Kann ich Ihre Tochter mitnehmen? Wo wohnen Sie denn? Ich fahre zurück nach Verona."

Wagner war erleichtert. „Das wäre fantastisch. Wenn es Ihnen nichts ausmacht, es sind nur wenige Minuten von hier."

„In Ordnung. Ich werde sie sicher bei ihrer Mutter abliefern und mich wegen der Obduktion morgen Vormittag bei Ihnen melden. *Buena notte*."

Jetzt erst schaltete Sara sich ein: „Besser Sie bringen mich zu meinen Großeltern. Zu meiner Mutter ist es zu weit und auch noch viel zu früh für mich."

Bis Mitternacht hatten die Carabinieri die Personalien aller Gäste auf dem Stellplatz erfasst und schickten sie zurück in ihre Behausungen. Sie wiesen jede Person einzeln an, sich bis auf weiteres zur Verfügung zu halten. Wagner wusste, dass Gasser wie fast jeder Südtiroler außer Italienisch fließend Deutsch sprach und vermutlich auch Englisch. Er konnte also auf die zeitraubende Anforderung der Dolmetscherin verzichten und seinen Kollegen noch in dieser Nacht für eine erste Befragung von Tür zu Tür schicken.

Mit einem Blick in den Geschirrspülraum überzeugte Wagner sich davon, dass eine Polizistin neben Konrad Schubert saß und dafür sorgte, dass er sich nicht vom Fleck rührte, bis auch der letzte Tropfen des Beruhigungsmittels aus der Infusionsflasche in seine Vene geflossen sein würde. Er erkannte die junge Kollegin, die das Tuch vom Gesicht des Mordopfers entfernt hatte. Schubert war eingewickelt in eine Wolldecke und lehnte mit geschlossenen Augen an der Kachelwand. Sein linker Arm mit der Nadel in der Ellenbeuge lag schwer auf dem Rand der Granitfläche. Die Hand hing schlaff im Waschbecken.

Aurora Crepaldi hatte Sara Wagner in ihren Zweisitzer einsteigen lassen und war mit knatterndem Auspuff in Richtung Zentrum abgerauscht. Nicht nur der Commissario schaute dem flotten Flitzer nach, bis er hinter der Ausfahrt abgebogen war. Danach wandte er sich an den Notarzt, der immer noch am offenen Krankenwagen lehnte und seine Ungeduld nicht verbarg. Wagner deutete auf den Patienten im Wagen.

„Kann ich ihn jetzt kurz befragen?"

„Wenn es sein muss. Aber wirklich nur ganz kurz. Seine Klamotten sind immer noch nicht trocken und er sollte so schnell wie möglich in die Röhre." Wagner wusste, dass er damit eine Computertomografie meinte.

„Okay, ich mach's kurz."

Er kletterte in den Wagen und setzte sich auf den tiefen Sitz neben der Trage.

„Hallo. Ich bin Commissario Capo Wagner. Vielleicht können Sie mir kurz ein paar Fragen beantworten. Sie heißen Andrea de Luca und arbeiten hier auf dem Stellplatz?" Andrea öffnete die Augen und drehte ihm mühsam den Kopf zu. Wagner wertete dies als Zustimmung. „Sie wissen, was mit Alenka Schubert passiert ist?" Durch den Körper des jungen Mannes ging ein kaum merklicher Ruck, eine Anspannung sämtlicher Muskeln. Die Wärmedecke knisterte, als De Luca stöhnend versuchte, sich wegzudrehen.

„Schluss jetzt! Vergessen Sie's", sagte der Arzt und winkte Wagner energisch heraus. „Das hat keinen Zweck und muss auch nicht sein. Fragen Sie morgen im Hospital nach ihm, wir bringen ihn in die Universitätsklinik, vielleicht geht es dann. Jetzt müssen wir aber wirklich los." Die letzten Worte richtete er an den Sanitäter, der bereits seinen Platz auf dem Fahrersitz eingenommen hatte.

Wagner nickte ihm zu. „Dann gute Fahrt und noch ein paar ruhige Stunden für den Rest der Nacht."

Doch so schnell sollte auch der Arzt nicht zur Ruhe kommen.

*

Durch das Fenster über dem Tisch beobachtete Erika, wie die Techniker penibel sämtliche Gegenstände auf der Parzelle zwischen ihnen und Schubert fotografierten und die Abstände unter ihnen ausmaßen. Danach räumten sie das Motorrad, die Fahrräder und auch die umgestürzte Plastikschüssel aus dem Weg. Auf der frei gewordenen Fläche setzten die Bestatter einen offenen Kunststoffsarg ab, auch sie waren noch vor Mitternacht eingetroffen. Sorgsam achteten sie darauf, dass der Sarg nicht in der Pfütze landete, in der Schubert gesessen hatte. Eigentlich hatte Erika für heute mehr als genug gesehen, trotzdem verfolgte sie gebannt das Geschehen.

Die beiden Männer trugen den schlaffen Körper vorsichtig die Stufen hinab nach draußen und legten ihn in die offene Plastikhülle im Sarg. Bevor sie den Reißverschluss zuzogen, sagte der eine etwas zu seinem Kollegen und deutete auf das Küchenfenster von Milsers Wohnmobil. Erst jetzt erfasste Erika, dass Roland sich mit erstarrter Miene an der Kante der Arbeitsfläche festhielt.

Erbarmungslos leuchteten die Strahler der Kriminaltechnik jeden Millimeter von Alenkas ebenmäßigen Gesichtszügen aus. Aber Roland schaute nicht auf das Mädchen im Sarg, er starrte ungläubig auf die Fensterscheibe vor ihm. Wie benommen strich er mit steifen Fingern darüber hinweg und stammelte ununterbrochen „nein - nein - das glaube ich nicht - das kann nicht sein". Die Bestatter hatten den Sarg schon verschlossen und weggetragen, als Roland zu einem Lappen griff und damit über das Fenster wischte. Als ob das nicht genügte, ließ er Wasser über den

Stoff laufen und rieb mit zunehmendem Druck. Mit einem Druck, der ihm ins Gesicht geschrieben stand.

Erika ging zu ihrem Mann, berührte ihn an der Schulter und versuchte, ihn zu beruhigen. Ihre Worte und Gesten erreichten ihn nicht. Er bemerkte seine Frau nicht einmal. So hatte sie Roland noch nie erlebt. Immer wieder murmelte, fast hauchte er: „nein - nein - das geht nicht - das kann nicht sein", und zitterte am ganzen Körper. Erika wusste sich nicht zu helfen, bis ihr der Krankenwagen mit dem Notarzt einfiel. Sie polterte die Stufe hinunter nach draußen und rannte so schnell sie konnte zur Ausfahrt, wo sie ihre Arme hochriss und die Ambulanz auf dieselbe Weise zum Stillstand brachte wie Andrea am Vormittag ihren Mann beim Einparken.

Alenka

Alenka sitzt neben Andrea auf der schmalen Bank, dicht an dicht, anders geht das nicht bei dem wenigen Platz. Der frische Strauß vor ihnen aus Feldblumen und Zweigen mit Herbstblättern wiederholt das Gelb, Grün und Orange vom Stoffbezug der Bank. Die Vase steht genau in der Mitte auf der karierten Tischdecke.

„Die Blumen sind schön, danke", sagt Alenka und küsst Andrea auf die Wange. „Ich habe auch etwas für uns." Sie streicht ihm mit einem Joint über die Haut zwischen Oberlippe und Nase. „Jetzt schon?", fragt Andrea. „Der Geruch zieht doch hier durch alle Ritzen, das kann man bis nach draußen riechen. Ich habe schon genug Ärger mit dem Chef." „Dann erst recht! Ärger habe ich auch, das kannst du mir glauben, und nicht zu knapp. Nun mach schon, nur ein paar Züge, den Rest lass ich dir da."

Andrea nimmt einen tiefen Zug und reicht Alenka den Joint zurück.

„Und? Wer ärgert dich denn so, dass du unbedingt kiffen musst? Lass mich raten, ist es Konrad?" Die junge Frau nimmt seinen Arm, legt ihn sich um den Nacken und schließt die Augen. Sanft schmiegt sie sich an ihn. „Du sagst es. Er geht mir immer mehr auf den Keks." Abwechselnd ziehen sie an dem Joint.

„Irgendwie hat er rausgekriegt, dass ich das Studium abgebrochen habe", sagt Alenka und kichert, „aber das hast du ja schließlich auch! Und jetzt triezt er mich jeden Tag von wegen ich soll mich wieder einschreiben, damit mal was aus mir wird. Als ob ich nicht schon wer bin! Und außerdem hat er selbst ja noch nicht einmal Abitur und trotzdem das größte und teuerste Wohnmobil auf dem Platz hier." Wieder ein Zug für sie und einer für ihn. „Ich will weg von ihm, einfach nur weg." Alenka richtet sich auf und legt eine Hand auf Andreas Oberschenkel. Der zuckt zusammen. Sie schaut ihm erst auf den Schritt und dann grinsend in die Augen: „Geht doch!"

„Muss aber nicht", sagt er und schiebt ihre Hand weg. „Erzähl lieber weiter." Andrea kann nicht von ihr abrücken, dafür ist die Bank zu kurz. Aber Alenka ist schon wieder beim Thema. „Ich will weg von ihm, ich will alleine sein, ich will mein eigenes Zuhause haben. Das ist doch nicht zu viel verlangt mit 24! Stell dir vor, heute kommt er mit seinem neuen ellenlangen und superscharfen Messer an und will mir zeigen, wie gut man damit Fleisch schneiden kann. Wo er doch genau weiß, dass ich Vegetarierin bin!" Alenka schüttelt sich.

Andrea nutzt die kurze Pause und fragt: „Weiß er das denn schon, dass du von ihm wegwillst?"

Kopfschütteln. „Noch nicht. Aber ich sag's ihm nachher, das mit dem rohen Fleisch heute war echt zu viel. Und wie er die neuen Nachbarn behandelt, einfach grauenhaft. Die hat er dann als Publikum für seine Messervorführung benutzt."

„Wie willst du das denn finanzieren? Du willst ja wohl nicht so wohnen wie ich, und richtige Wohnungen sind teuer. Und du brauchst einen Job."

„Blödmann, meinst du, das weiß ich nicht?" Alenka stupst ihn in die Seite. „Gejobbt habe ich schon neben dem Studium, und dabei echt gut verdient. Das Geld habe ich gespart, aber es reicht noch nicht. Ich habe da noch jemanden in der Hand - äh, ich meine, etwas auf der Hand, das wird mir eine Menge bringen. Eine Riesenmenge!"

Andrea richtet sich auf. „Wie, du hast jemanden in der Hand? Und sag jetzt bloß nicht, du hast dich versprochen."

„Nee, habe ich nicht." Alenka sieht ihm in die Augen. „Schwöre, dass du es niemandem sagst." Er hebt die rechte Hand zum Schwur: „Ich schwöre, dass ich das, was du mir gleich sagen wirst, niemandem weitererzähle."

Viel sagt sie nicht. Nur dass sie etwas weiß von jemandem, der dafür bezahlen soll, damit sie es nicht der Polizei verrät. Sie will Andrea aber auf keinen Fall sagen, wer und was das ist. „Und versuch bloß nicht, mich davon abzubringen."

Aber genau das versucht er: „Tu das nicht, Alenka, das ist Erpressung. Mach das bitte bitte nicht! Das ist viel zu gefährlich. Um wen oder was auch immer es geht, du ziehst dabei den Kürzeren. Du kannst dabei nur verlieren, das ist nicht deine Welt. Das hier ist Italien, du hast doch keine Ahnung, wie das hier abläuft."

„Glaubst du etwa, in Dortmund ist die Welt besser?"

Eine Weile schweigen sie beide. Alenka lächelt in sich hinein, verabschiedet sich mit einem Kuss auf die Wange und steht auf. „Danke, dass du dich um mich sorgst. Das ist lieb von dir. Aber glaub mir, ich weiß, was ich tue. Ich habe mir das lange überlegt. Das ist die einzige Möglichkeit für mich, von dem Alten wegzukommen. Jedenfalls wenn ich nicht wieder zurück in meinen alten Job will."

Andrea nimmt Alenka in die Arme, drückt sie ganz fest an sich und küsst sie zart auf den Scheitel. Bevor er die Tür des Wohnwagens aufschließt, stülpt er ihr die Kapuze über den Kopf und zieht sie bis über die Nase runter. „Bitte überleg es dir noch mal. Du bist ein schlaues Mädchen, aber das geht nicht gut. Das kann gar nicht gut gehen. Lass uns nachher nochmal drüber reden."

Samstag, 12. Oktober

Kaum hatte der Arzt Roland mit einer Beruhigungsspritze ruhiggestellt, betrat Salvatore Wagner das Wohnmobil der Milsers. Erika bat den Kommissar, auf der Bank am Tisch Platz zu nehmen, holte ein zweites Glas und setzte sich ihm gegenüber auf den umgedrehten Fahrersitz. Sie schob Wagner ohne zu fragen das volle Glas hin und goss auch sich Mineralwasser nach.

Der Kommissar stellte sich auf Deutsch vor. Erika zog die Augenbrauen hoch und fragte: „Wagner? Haben Sie etwas mit dem Hotel Camporondo zu tun?"

„Das Hotel gehört meinen Eltern, ich bin darin aufgewachsen." Erika erinnerte sich, ihn am Vortag im Restaurant gesehen zu haben. Mit einem Tablett voll schmutzigem Geschirr in den Händen hatte er ihr und Roland Platz gemacht. Und sich mit dem Mann unterhalten, der so gierig das Tiramisu verschlungen hatte und später am Nachmittag von Konrad Schubert in seinem Reisebus empfangen wurde.

„Dann sind Sie ja Salvatore. Mein Mann und ich, wir haben vor 25 Jahren im Camporondo logiert, da studierten Sie noch." Erika dachte kurz nach und lächelte. „Und Sie haben eine jüngere Schwester, Isabella heißt sie glaube ich.

Ihre Mutter hat mir erzählt, dass sie ein Hotel auf Mallorca leitet." Wagner trank einen Schluck Wasser und zog Block und Kugelschreiber aus seiner Jackentasche. Erika richtete sich in ihrem bequemen Sitz auf. „Das mit Ihrem Vater tut mir leid. Aber Sie sind ganz bestimmt nicht hier, um mit mir über Ihre Familie zu reden."

Wagner blickte auf. „Mein Vater? Was soll mit ihm sein?"

„Oh nichts, überhaupt nichts. Ich weiß auch nicht, warum ich das gesagt habe. Ich bin noch ganz durcheinander." Erikas Kopf brauchte Zeit und suchte sich positive Gedanken in einem belanglosen Gespräch. Immerhin war sie nach Schubert die erste am Tatort gewesen, und während Roland zusammengeklappt war und auf dem Bett vor sich hindämmerte, musste sie als Zeugin der Polizei Rede und Antwort stehen.

„Was ist mit Ihrem Mann?", fragte Kommissar Wagner.

„Ich weiß es nicht. Ich weiß es wirklich nicht", antwortete Erika und sagte: „Es muss an seinen Medikamenten liegen. Sie müssen wissen, mein Mann leidet an Depressionen, und das schon seit sehr vielen Jahren. Auch ist er sehr sensibel. Das alles nimmt ihn furchtbar mit. So ein schönes junges Mädchen … ".

Der Kommissar bat Erika, ihm genau zu schildern, wie es zu ihrem Notruf gekommen war. Sie leerte ihr Glas und begann.

„Es war um 23:10 Uhr, ich hatte gelesen, als ich das Motorrad zurückkommen hörte."

„Die Uhrzeit wissen Sie so genau?"

„Ja", sagte Erika, „es war schon ziemlich spät für einen solchen Krach, deshalb habe ich auf die Uhr gesehen, ganz automatisch. Und dann kam dieser Schrei". Erika hielt inne und schaute aus dem Fenster.

„Wo befanden Sie sich genau, wo haben Sie gesessen? Und wo war Ihr Mann?"

„Wo er jetzt auch ist. Mein Mann schlief schon, und ich saß auf dem Beifahrersitz. Da ist es am bequemsten, wenigstens kann man da die Beine hochlegen." Wieder stockte sie. Für einen Moment klammerte ihre Erinnerung sich an dem Schrei fest und wusste nicht weiter. Erika streckte ihren Arm aus, Wagner drückte sich in die Rückenlehne. Schnell zog sie die Hand wieder zurück. „Oh, bitte verzeihen Sie, ich wollte nur - Sie haben da einen Fleck oder einen Fussel auf dem Kragen." Wagner blickte sie mit ausdruckslosen Augen an, sie hatten denselben hellen Braunton wie seine dichten Haare, durchsetzt mit goldenen Sprenkeln. Ungerührt fragte er weiter.

„Sie hörten also einen Schrei, und was geschah dann?"

„Ich stand auf und rief nach meinem Mann."

„Der dann zu Ihnen kam?"

„Nein." Erika erhob sich und holte die Wasserflasche. „Oder möchten Sie lieber ein Glas Wein?" Erika glaubte Überraschung und Zweifel in seinen Augen zu sehen. „Die Flasche Wein hat mir Ihre Mutter mitgegeben." Wagner schüttelte den Kopf. Beide blieben beim Wasser.

„Ihr Mann kam also nicht."

„Nein, wie gesagt, mein Mann schlief schon, er hatte ja seine Schlaftablette genommen. Das macht er jeden Abend." Erika machte eine kurze Pause. „Also, ich zog die Jalousie hoch, die vom Küchenfenster, aber da war nichts zu sehen. Ach ja, das Licht draußen war ausgefallen, vorher schon."

„Das Licht? Meinen Sie die gesamte Stellplatzbeleuchtung oder nur die zwischen Ihnen und Ihrem Nachbarn? Und wann genau war das?"

„Ob auf dem ganzen Platz, das weiß ich nicht, aber auf jeden Fall die Laterne zwischen Herrn Schubert und uns. Das fiel mir irgendwann am Abend auf, als ich das Geschirr spülte, dass auf dem Rasenstück kein Licht war. Aber wann genau das ausgefallen ist, das kann ich nicht sagen." Wagner schrieb eine Notiz auf seinen Block und sagte: „Das macht nichts, fahren Sie fort. Sie haben also nichts gesehen. Auch nichts gehört? Ich meine, nach dem Schrei?"

Erika zögerte kurz, bevor sie antwortete: „Nein, da war nichts. Weder zu hören noch zu sehen." Sie hob die Schultern. „Es ist ja so hellhörig hier, diese Wohnmobile haben Wände aus Pappe, man bekommt alles mit von seinen Nachbarn. Wenn ich das vorher gewusst hätte ... . Wir haben unseres erst seit ein paar Tagen."

„Sie waren also beunruhigt."

„Ja, sehr sogar. Ich war sicher, dass etwas Schreckliches passiert war. Deshalb habe ich sofort mein Telefon genommen und bin nach draußen, zu Schubert."

„Stand die Tür offen?"

„Nein, sie war zu. Aber ich wusste ja, dass das Schloss kaputt ist."

„Das Eingangsschloss ist kaputt?"

„Ja, an der Aufbautür, das ist die seitliche Tür zum Wohnbereich." Erika deutete auf die entsprechende Tür in ihrem Wohnmobil und fuhr fort: „Herr Schubert hat uns das erzählt, er wartet wohl auf ein Ersatzteil, das hierher geliefert werden soll. Ich habe mich auch gewundert, warum er uns das erzählt hat, wir kennen uns doch gar nicht. Aber so ist er wohl. Und dann noch diese Schlägerei … ".

Wagner unterbrach sie. „Sie haben also die Tür geöffnet und sind in das Wohnmobil gegangen?"

„Nein, soweit kam ich gar nicht. Ich blieb in der offenen Tür stehen, vor mir war Schubert und stöhnte und ruckelte am Hubbett, das ist das Zusatzbett unterm Dach. Das kann man bei Bedarf runterholen. Auf dem lag dann seine Tochter. Ich nahm jedenfalls an, dass es seine Tochter war, das Gesicht konnte ich nicht sehen. Es war mit einer Serviette bedeckt." Bei dieser Erinnerung hielt Erika kurz inne und holte tief Luft. „Aber ich konnte die Hand einer Frau oder eines jungen Mädchens sehen. Und ein Messer, jedenfalls ein kleines Stück vom Griff. Das Bett steckte ja ziemlich weit oben fest. Herr Schubert stammelte immer wieder: ‚wo ist denn diese verdammte Fernbedienung, wo ist sie bloß?' Aber das wusste ich natürlich auch nicht. Und dann kam auch schon Andrea angelaufen."

Wagner fragte: „Andrea de Luca? Der Platzwart?"

„Ja. Der war ganz schnell da, er hatte ja auch diesen entsetzlichen Schrei gehört. Ich bin die Treppe runter, weil ich dachte, dass er Herrn Schubert vielleicht eher helfen kann als ich, aber der ist dann wie wild auf ihn los. Er hat Andrea regelrecht die Stufen runtergeschmissen und hat dann auf ihn eingetreten und ihn verprügelt und immer wieder gerufen, dass er ein verdammter Mörder ist."

„Und De Luca hat sich nicht gewehrt?"

Erika schüttelte den Kopf. „Nein, das war komisch, er ist doch viel jünger und bestimmt auch schneller und stärker. Aber er hat sich nicht gewehrt, er krümmte sich am

Boden und versuchte nur, seinen Kopf zu schützen. Da habe ich dann die 112 gerufen, und das ging dann auch alles sehr schnell."

Erika erzählte dem Kommissar noch, wie sie Roland hinter dem Küchenfenster gesehen und ihm zugerufen hatte, dass er ihr die volle Waschschüssel nach draußen reichen sollte. Dreimal hätten sie den Vorgang wiederholt und das kalte Wasser über Schubert ausgeschüttet, bis endlich ein paar Männer aus den anderen Wohnmobilen gekommen wären. Alle zusammen hätten sie Schubert von seinem Opfer wegzerren können. Dann sei auch schon der erste Polizeiwagen erschienen und kurz darauf der Krankenwagen.

*

Nur zu gern hätte Wagner das Angebot der Zeugin Milser angenommen und ein Glas Wein getrunken. Ein oder zwei in kleinen Schlucken geleerte Gläschen hatten seinem Gehirn noch immer auf die Sprünge geholfen. Sie ließen ihn Verbindungen sehen, die ihm auch ohne Rotwein nicht entgingen, sich aber manchmal erst viel später offenbarten. Aber noch arbeiteten zu viele Kollegen vor Ort, und Wagner hatte schon einen entsprechenden Eintrag in seiner Personalakte. Mehr konnte er sich trotz seiner guten Aufklärungsquote nicht erlauben. Solange Sara noch zur Schule ging und bei seinen Eltern wohnte, wollte er auf gar keinen Fall eine Versetzung riskieren.

Auf dem Stellplatz räumten die Techniker die ersten Teile ihrer Ausrüstung in den Lieferwagen. Die Stellplatzbeleuchtung funktionierte wieder, sie klappten die hohen

Strahler zusammen. Der junge Mann mit der Grillzange erklärte Wagner, dass im Wandkasten in dem Büro, das wohl gerade renoviert wurde, die entsprechende Sicherung fehlte und sie zufällig eine passende dabeihatten.

„Sehr gut", lobte Wagner ihn, „haben Sie auch an Fingerabdrücke gedacht?"

„Selbstverständlich! Den ganzen Kasten habe ich abgesucht, innen und außen. Komisch, dass er nicht abgeschlossen war. Und noch was. Der Bereich vor dem Gebäude wird videoüberwacht, aber die Kamera war außer Gefecht gesetzt, genauso wie die an der Schranke. Ich habe alles notiert." Er zeigte Wagner sein Tablet und sagte: „Wir sind am Tatort bestimmt noch ein paar Stunden beschäftigt, danach versiegeln wir die Tür zum Wohnmobil."

„Tun Sie das, bei dem kaputten Schloss am besten doppelt und dreifach. Ich gehe morgen noch einmal rein und versiegele danach neu. Das Absperrband lassen Sie aber noch, bei dem offenen Gelände hier hält das die Leute hoffentlich zurück." Trotz der nächtlichen Kälte standen immer noch ein paar Männer und Frauen um einen Campingtisch versammelt, den sie auf der kleinen Grünfläche unter der schützenden Birke aufgestellt hatten. In Sicht- und Hörweite des Geschehens. Sie unterhielten sich leise und schenkten heißen Tee in Plastikbecher ein.

„Die haben zu Hause was zu erzählen, so etwas erlebt man selten im Urlaub." Kollege Gasser trat zu Wagner und berichtete: „Soweit es ging, habe ich den Vater des Opfers befragt. Namen und Nationalität wissen Sie ja schon. Er ist 67, Witwer und wohnhaft in Dortmund. Dort hat er mit Immobilien gehandelt, sein Geschäft aber vor zehn Jahren verkauft. Er kommt mit seiner Tochter mehrmals im Jahr an den Gardasee. Dem Wohnmobil und seinem Wohnsitz in Dortmund nach zu urteilen, hat er wohl richtig Geld gemacht." Gasser hielt Wagner sein Tablet hin mit dem Foto einer herrschaftlichen Villa in einem parkähnlichen Garten. „Für so einen Besitz braucht man Kapital und Personal", sagte er und klappte das Gerät zu.

Je näher sie dem Sanitärgebäude kamen, desto langsamer gingen sie. „Warum hält er den Platzwart für den Mörder seiner Tochter?", fragte Wagner.

„Angeblich hat er ihr schon länger nachgestellt und auch Drogen verkauft. De Luca arbeitet erst seit einem Jahr hier, aber Schubert hat seine Tochter schon in früheren Jahren zusammen mit ihm im Ort gesehen. Er hat ihr den Umgang mit dem jungen Mann wohl verboten, aber … ".

Wagner vervollständigte den Satz: „aber eine heranwachsende Tochter lässt sich nichts mehr verbieten. Schon gar nicht, wenn es um Männer geht. War sie volljährig?"

„Ja. Sie sieht jünger aus, man könnte sie für siebzehn halten, aber sie war schon 24."

„Schon? 24 ist zu früh zum Sterben, viel zu früh." Für einen Moment schloss Salvatore Wagner die Augen. Er hatte ihr Bild schon länger nicht mehr gesehen, aber jetzt drängte es sich mit Macht in sein Bewusstsein und heftete sich von innen an die Netzhaut seiner Augen. Yolanta. Seine Yolanta in ihrem neuen Wintermantel. Auf nassem Asphalt. Ihr Gesicht so schön und so weiß wie der Pelzkragen, den sie sich zu Weihnachten gewünscht hatte. Yolantas Körper hochschwanger und dabei so zart. Hirntod. Dieser Arsch mit seinem Sportwagen. Dieser gottverdammte Arsch war einfach weitergefahren. Immer noch ballte er beim Gedanken an die Fahrerflucht des bis heute unbekannten Unfallverursachers die Fäuste.

Gasser traf keine Schuld. Er wusste nichts davon.

„Was ist mit der Mutter?", fragte Wagner.

Auch das hatte Gasser überprüft. „Eine gebürtige Weißrussin. Laut Schubert ist sie sogar noch früher gestorben, mit 22 schon, da war ihre Tochter gerade mal fünf. Das heißt, sie hat ihr einziges Kind schon mit siebzehn bekommen." Gasser hielt kurz inne. „Schubert hat also eine Minderjährige geschwängert und war mehr als zwanzig Jahre älter. Wenn ich mich nicht irre, genau 25."

Minderjährig war auch Yolanta, als Salvatore sie kennenlernte, und wie Alenka 24, als sie sterben musste. Und so unfassbar schön. So hatte er sich als kleiner Junge eine Fee oder eine Elfe vorgestellt und konnte sein Glück kaum fassen, als sie leibhaftig vor ihm stand. Dass das Mädchen vollkommen mittellos mit ihren Eltern aus Polen gekommen war, war ihm egal. Nicht aber, dass Yolantas Vater seine Familie kurz nach ihrer Einreise in Italien sitzen ließ. Anna und Erwin Wagner stellten Yolantas Mutter im Hotel ein, obwohl sie kein Wort Italienisch sprach, und sorgten dafür, dass Yolanta ihr Abitur machen konnte.

„Herr Wagner?" Die Stimme seines Kollegen riss ihn aus seinen Erinnerungen. Er fragte Gasser: „Jetzt sagen Sie nicht, die Mutter des Opfers wurde auch ermordet?"

„Nein, das nicht. Aber 1994 starben immer noch einige HIV-Infizierte, und sie war eine davon. Sie ist an AIDS gestorben, hatte aber weder die Tochter noch ihren Mann angesteckt."

Vor der Tür zum Sanitärgebäude hielt Wagner seinen Kollegen am Arm zurück. Er fragte: „Sie können auch Englisch, nicht wahr?"

Gasser grinste. „Ja. Sie brauchen die Dolmetscherin nicht anfordern, ich habe sowieso das ganze Wochenende Dienst."

Die junge Polizistin wachte immer noch neben Schubert vor der Zeile mit den Geschirrspülbecken. Der Mann starrte teilnahmslos vor sich hin. Beim Anblick von Wagner und Gasser hob er den Kopf und fragte: „Kann ich mir ein paar Sachen aus dem Wohnmobil holen? Da will ich nicht bleiben heute Nacht."

„Natürlich", sagte Wagner, „das geht auch gar nicht. Kennen Sie hier jemanden, wo wir sie hinbringen können?"

„Ich kenne nur das Hotel Camporondo unten am See."

Auch das noch, dachte Wagner, und sagte: „Kein Problem, dort ist sicher noch ein Zimmer frei für Sie."

Die Polizistin sah müde aus. Beutel und Schlauch der Infusion lagen im Waschbecken, sie hatte sie wohl selbst abgenommen. Wagner bat sie, noch ein wenig zu bleiben, und wandte sich an Gasser: „Ich will mir noch kurz den Wohnwagen von De Luca anschauen. Bitte sagen Sie den Technikern Bescheid, dass sich auch einer von ihnen darin umsieht und mögliche Spuren sichert."

Wagner verließ das Gebäude und ging zu der Grünzone hinter der Servicestation für die Wohnmobile. Ein Schild wies darauf hin, dass man hier Schmutzwasser ablassen und neues einfüllen konnte sowie die Toilettenkassette entleeren. Von hohen Pfählen beleuchteten Lampen die Begrenzung zwischen dem rot gepflasterten Busparkplatz und der Grasfläche, trotzdem richtete er die Taschenlampe seines *telefonino* auf den Boden vor sich. Er wollte nicht versehentlich in die Hinterlassenschaft eines Hundes treten.

De Lucas Behausung war nicht abgeschlossen. Wahrscheinlich war er sofort losgerannt, als er Schuberts Schrei gehört hatte. Egal, ob er ihr Mörder war oder nicht. Wagner schaltete die Innenbeleuchtung ein und registrierte eine halbleere Grappaflasche sowie ein kleines Glas auf einem Tisch mit karierter Plastikdecke. Außerdem ein Strauß aus Herbstblumen und buntem Laub in einer Kristallvase. Im Aschenbecher die kurze Kippe eines Joints mit Lippenstiftspuren. Die Einrichtung machte einen sauberen und ordentlichen Eindruck, fast bieder. Das Bettzeug lag zusammengefaltet auf einem Querbett im Heck. Im Trockengestell neben der kleinen Spüle steckten ein paar saubere Tassen, Teller und Besteck. An den Wänden hefteten Grafiken von Pflanzen mit lateinischen Bezeichnungen, und auf einem Regalbrett über dem Bett lagen ein paar Bücher über Pflanzenkunde. Wagner schlug zwei davon auf. Es handelte sich um wissenschaftliche Fachbücher, kein Lesestoff für den interessierten Laien.

Gasser erschien mit dem Kriminaltechniker, der sich immer noch abmühte, seine Schlappe mit der Zange wettzumachen. Wagner wies ihn an, nach etwaigen Drogen zu suchen, Flasche und Glas und die Kippen mitzunehmen und die routinemäßigen Untersuchungen nach Fingerabdrücken und sonstigen Spuren durchzuführen. Vorsichtshalber erinnerte er an das Versiegeln der Tür und Absperren des Zugangs nach getaner Arbeit.

Wagner verabschiedete sich und bedankte sich im Sanitärgebäude bei der jungen Polizistin, die sichtlich erleichtert aufstand. Er begleitete Schubert zu seinem Wohnmobil und wies die darin arbeitenden Techniker an, den Mann ins Bad und das Schlafzimmer durchzulassen. Nach wenigen Minuten verließ Schubert das Fahrzeug mit einer ledernen Umhängetasche, die er dem Commissario auf dessen Wink hin weit geöffnet hinhielt. Seine Hand fühlte nur wenige Kleidungsstücke, eines davon mit Pailletten, und Waschzeug.

Es war schon 01:30 Uhr, als Wagner seine Mutter auf ihrem Smartphone anrief. Sie meldete sich sofort, sicher hatte sie mitbekommen, dass Sara spät und ohne ihn wieder eingetroffen war und konnte danach nicht mehr einschlafen. Er bereitete sie auf seine Ankunft mit einem fremden Mann vor und bat um ein Zimmer für sich selbst direkt neben diesem. Am liebsten nach hinten, mit Blick auf den Hof. Aus leidvoller Erfahrung wusste Wagner, dass in Zeiten tiefer Trauer eine trübe Aussicht hilfreicher ist als eine unbekümmert heitere.

*

Sorgfältig schloss Erika hinter dem Kommissar die Tür ab und schob den äußeren Riegel vor. Sie wusste nicht einmal, ob das Wohnmobil über eine Alarmanlage verfügte, und bereute ihr bisheriges Desinteresse an dessen Technik. Mit einem Seufzer vergewisserte sie sich, dass alle Fenster verdunkelt waren. Roland schlief tief und fest. Gut so. Erika entkorkte die Rotweinflasche, die Anna Wagner ihr geschenkt hatte, und füllte ihr Wasserglas mit dem Bardolino. Der Wein glänzte in sattem Rot wie die reifen Perlen eines Granatapfels. Sie löschte das Licht bis auf einen kleinen Spot vor der Aufbautür, drehte Rolands Fahrersitz quer zum Tisch, mit dem Rücken zur Seitenwand, streifte achtlos die Schube ab und hob ihre schweren Beine auf den Beifahrersitz.

Endlich! Endlich allein. Erika nippte am Glas und versuchte sich zu entspannen. Sie schaute auf die Uhr, 00:40 Uhr. Nur wenig mehr als zwölf Stunden waren seit ihrer Ankunft auf dem Stellplatz vergangen. Der Wein schmeckte ihr, sie nahm einen kräftigen Schluck. Roland behauptet allen Ernstes, dass er keinen Bardolino mag, dachte sie. Was für ein Unsinn. Dann steht er auch noch vom Tisch auf und verlässt das Restaurant, einfach so, und kann ihr sein Verhalten nicht erklären. Oder will er das nicht? Und zum Schluss klappt er auch noch beim Anblick einer Leiche zusammen. Wenigstens beim Wasserschütten hatte er ihr geholfen.

Ihre negativen Gedanken über Roland erschreckten Erika, so kannte sie sich gar nicht. Sie schenkte Wein nach und schwenkte das Glas vor ihren Augen. Die tiefrote Flüssigkeit funkelte selbst in diesem Campinglas, das nicht aus Plastik, aber ganz bestimmt auch nicht aus Glas war. Überhaupt, dieser Schubert! Erst führt er ihnen sein Messer an einem rohen Stück Fleisch vor und dann steckt das Ding im Bauch seiner Tochter. Vorhin in Schuberts Reisebus, der jetzt ein Tatort war, hatte sie sich auf Zehenspitzen gestellt und das Messer sofort wiedererkannt. Warum hatte sie das nicht dem Kommissar gesagt?

Erika ließ den Wein genüsslich im Gaumen kreisen. Anna hatte erzählt, dass ihr Sohn bei der Polizei Karriere machte, aber nichts von der Mordkommission erwähnt. Wer hätte das gedacht, dass sie ihn noch am selben Tag treffen würde. Gut sah er aus, eine gelungene Mischung aus

Nord- und Südeuropa. Erika hob ihr Glas und prostete dem Abwesenden zu: „Zum Wohl, Salvatore!" Vielleicht hätte sie ihm nicht so viel verschweigen sollen, aber irgendwie konnte sie auch nichts dafür, schließlich hatte er nicht nach den Stunden vor dem Schrei gefragt. Grauenhaft, dieser Schrei, durch Mark und Bein war er ihr gegangen. Erika spülte die Erinnerung daran mit mehreren Schlucken runter und dachte an den schwachen Geruch von Marihuana, der vorhin durch die Ritzen von Andreas Wohnwagen gedrungen war. Worum war es eigentlich gegangen bei dem Gespräch der beiden? Wie auch immer, geendet hatte es in einem Streit, dessen war sie sich sicher. Ob der Mann, der sie dort beim Lauschen erwischt hatte, das der Polizei erzählen würde? Fragen über Fragen.

Je weniger Wein in der Flasche blieb, desto weniger Antworten hatte Erika. Sie seufzte, nahm einen letzten Schluck, drehte die Rückenlehne ihres Sitzes tiefer und sank in einen traumlosen Schlaf.

*

Während ihrer gemeinsamen Fahrt durch die sternenklare Nacht stellte Wagner keine Fragen. Auch Konrad Schubert sprach kein Wort. Im Hotel brachte Wagner ihn auf sein Zimmer, wo eine Flasche Mineralwasser und ein kleiner Imbiss für den Gast bereitstanden, und schärfte ihm ein, das Camporondo während der Nacht nicht zu verlassen. Er fragte sich, ob er einen Carabiniere hätte anfordern sollen und im Flur postieren. Gegen Schubert lagen jedoch keine Verdachtsmomente vor. Auch hielt Wagner es für ausgeschlossen, dass ein Vater seine Tochter umbringt. Er konnte sich keinen einzigen Grund vorstellen, der die Liebe eines Vaters zu seiner Tochter schmälern könnte, und schon gar kein Motiv für eine Tötung.

Am nächsten Morgen erwachte Wagner nach unruhigem Schlaf um 7:00 Uhr mit dem Bild seiner toten Yolanta im Kopf. Er rieb sich die Augen, sprang aus dem Bett und vergewisserte sich noch in Unterwäsche, dass Schubert nebenan schlief. Die Infusion schien eine Langzeitwirkung zu haben. Seine Kleidung und auch den Schlafanzug hatte er über die Bettkante am Fußende geworfen, der Mann schlief nackt. Wagner zog seine Sachen von gestern an und verschob das Duschen auf später, damit das Zimmermädchen nur das Bettzeug wechseln und nicht auch noch das Badezimmer putzen musste.

In der Küche empfing ihn ein betörender Duft von starkem Kaffee. „*Buongiorno* Mama", er küsste seine Mutter auf die Wange und fischte mit einer Serviette ein Croissant aus dem vollen Brotkorb, schenkte sich einen *caffè latte* ein und setzte sich an eine Ecke des großen Tisches in der Mitte der Küche. Vor ihm lag die Morgenzeitung, zum Glück fand er darin noch nichts von dem Mordfall. Seine Mutter arbeitete allein, sie bereitete das Frühstück zu und servierte es an den zwei besetzten Tischen im Restaurant, das morgens als Frühstücksraum für die Hotelgäste diente. Ein Büfett zur Selbstbedienung lehnte Anna Wagner kategorisch ab. Ihre Augen wirkten kleiner als gestern und die Falten um den Mund ausgeprägter. Kein Wunder nach der unerwarteten nächtlichen Rückkehr von Sara, und danach kam auch noch er mit einem fremden Mann zum Schlafen ins Hotel.

„Helfen Papa und Sara dir nicht?", fragte Salvatore Wagner.

„Nein, mein Sohn", antwortete Anna und lachte ohne Bitterkeit, „genauso wenig wie du."

Schuldbewusst stand Wagner auf, aber Anna drückte ihn sanft zurück auf den Stuhl. „Dein Vater ist schon unterwegs, er wollte wohl ausprobieren, ob du seinem heiligen Fiorino auch nichts angetan hast. Und deine Tochter schläft noch tief und fest, ich habe kurz reingeschaut bei ihr." Sie setzte sich mit einem Espresso zu ihm.

„Was ist denn eigentlich passiert heute Nacht?"

Wagner schwächte die Ereignisse der vergangenen Nacht rund um den Mord familiengerecht ab und erzählte seiner Mutter auch von dem deutschen Ehepaar, das er mittags im Restaurant gesehen hatte. Angeblich hätten sie vor vielen Jahren im Hotel logiert.

„Ja, die Erika, ich freue mich wirklich, dass sie wieder hier ist. Sie ist eine so kluge Frau. Wir verstehen uns fantastisch, wir sind einfach auf einer Wellenlänge."

Wagner wollte fragen, was es mit Erika Milsers Bemerkung über seinen Vater auf sich hätte, aber dazu kam er nicht mehr. Wie vereinbart betrat Domenico Fontana Punkt 8:00 Uhr das Restaurant. Auf der Info-Tafel am Stellplatz war sein Mobiltelefon als Kontaktmöglichkeit angegeben, und noch in der Nacht hatte Wagner ihm eine Nachricht geschickt und um ein Treffen gebeten. Er erinnerte sich noch an die pompöse Eröffnungsfeier vor einigen Jahren und dass sein früherer Schulkamerad Initiator des Stellplatzes gewesen war. Nach dessen Fertigstellung hatte er auch die Leitung der Anlage übernommen.

Die Männer setzten sich an den Familientisch, wo Anna Domenico Fontana ein reichhaltiges Frühstück servierte mit den Worten, dass die beiden sich mit ihren übermüdeten Gesichtern in nichts nachstünden. Beide ignorierten diese Bemerkung. Fontana sprach als erster.

„Was ist passiert, Salvatore? Du hast von einem Vorfall auf dem Stellplatz geschrieben, und das mitten in der Nacht. Tut mir leid, dass ich nicht gleich geantwortet habe, ich habe deine Nachricht erst heute früh gesehen."

Wagner berichtete in groben Zügen von der Mordnacht und fragte den Bürgermeister nach Informationen über den Platzwart. Fontana zeigte sich geschockt über den Mord an einer so jungen Frau und ließ kein gutes Blatt an Andrea de Luca. Er bezeichnete ihn als nachlässig und verantwortungslos und äußerte den Verdacht, dass er mit Drogen handelte.

„Im November, wenn der Stellplatz bis zum Frühjahr geschlossen bleibt, will ich ihn sowieso entlassen. Gestern noch hat Konrad Schubert mich angerufen und sich über ihn beschwert, dass er seiner Tochter nachstellt und ihr Drogen verkauft. Der Mann war gar nicht zu beruhigen, also bin ich nach Büroschluss zu ihm gefahren."

„Wann genau war das?"

„So gegen 17:00 Uhr, glaube ich."

Wagner bat ihn, im Laufe des Vormittags auf den Stellplatz zu kommen, wo die Kollegen ihm seine Fingerabdrücke zu Vergleichszwecken abnehmen würden. Fontana schüttelte den Kopf.

„Wer hätte das gedacht, meine Fingerabdrücke an einem Tatort."

Um 8:35 Uhr parkte Wagner sein altes Cabrio vor der Einfahrt zum Stellplatz. Nach einer klaren Nacht feuchtete nebliger Dunst seine Kleidung an. Vor der Stirnseite des

Sanitärhauses parkte ein Lieferwagen der Polizei auf dem Fahrweg. Im Heck wartete Gasser auf ihn.

„Na, jetzt haben wir ja unser eigenes Wohnmobil auf dem Platz hier", begrüßte Wagner seinen Kollegen.

„Sieht ganz so aus", antwortete Gasser, „fehlen nur noch Bett und Kaffeemaschine".

„Fassen wir zusammen, was wir schon haben", sagte Wagner und setzte sich seinem Kollegen gegenüber auf eine unbequeme Bank. Gasser zog eine schmale graue Kunststoffplatte aus ihrer Halterung an der Seitenwand und klappte das Tischbein auf. Auf der Platte drapierte er seine handschriftlichen Aufzeichnungen sowie ein elektronisches Tablet, bis kein Zentimeter mehr frei war.

„Okay, fangen wir mit dem Opfer an. Auffällig ist, dass wir weder eine Handtasche noch ein Smartphone gefunden haben. Auch keine Ausweispapiere, keinen Führerschein, keine Kreditkarte, nichts. Ich meine, es sind zwar drei Handtaschen im Schrank, aber alle leer. Die, die sie aktuell benutzt haben muss, ist verschwunden."

„Also kommt Raubmord in Frage?"

„Vielleicht. Ihr Vater konnte sich gestern nicht vorstellen, warum sie eine größere Barschaft bei sich gehabt haben sollte. Er hat ausschließlich De Luca verdächtigt und gesagt, dass der sich bestimmt auch mit wenig zufriedengibt. Außerdem lagen im Safe … ".

Wagner legte den Kopf in den Nacken und unterbrach seinen Kollegen: „In dem Wohnmobil ist ein Safe?"

„Ja, und tatsächlich gut versteckt, schwer zu finden. Die Techniker haben ihn erst entdeckt, nachdem sie fast das ganze Fahrzeug auseinandergenommen hatten. Er war leicht zu öffnen, mit dem Geburtsdatum der Tochter. Und da lagen über 5000 Euro in kleinen Scheinen drin."

Wagner unterbrach ihn. „Auf den ersten Blick erschien mir der Raum gestern nicht gerade durchwühlt, aber doch unordentlich. Nicht übermäßig, aber sichtbar."

„Ja, das haben die Techniker bestätigt. Als ob der oder die Täter etwas gesucht haben. Den Safe haben sie jedenfalls nicht gefunden." Gasser griff nach dem Tablet. „Noch etwas: Unter dem Bettlaken im Hubbett, wo die Tochter geschlafen hat, lag ein verschlossener Briefumschlag. Nur das Wort Alenka steht drauf, handschriftlich." Er öffnete die Datei mit dem entsprechenden Foto. Neben dem Namen sah Wagner einen roten Fleck, verschmiert und eingetrocknet. Gasser zeigte darauf und sagte: „Das hier könnten Reste von einem alten Lippenstiftabdruck sein."

Wagner fragte: „Sie haben den Umschlag geöffnet?"

„Nein, das hat die KTU gemacht. Zwei DIN-A-4-Bögen lagen drin, dünnes, billiges Papier, wie der Umschlag. Und wie dieser mit der Hand beschrieben." Er lehnte sich zurück.

„Haben Sie den Brief gelesen?", fragte Wagner. Gasser schüttelte den Kopf.

„Russisch gehört nicht zu meinem Repertoire."

„Russisch?"

„Na ja, die Schrift ist kyrillisch. Es könnte also auch Ukrainisch sein oder Weißrussisch oder aus anderen slawischen Ländern wie Bulgarien oder Mazedonien, das wissen wir noch nicht. Vor Montag werden wir auch kaum einen Spezialisten anfordern können, und dann ist es immer noch fraglich, wann er oder sie Zeit hat."

Gasser zeigte Wagner die Aufnahme einer Pistole. „Für eine solche Pistole lag eine Waffenbesitzkarte im Safe, aber die Waffe selbst konnten die Techniker nicht finden."

Wagner vergrößerte das Bild. „Nicht schlecht, eine SIG Sauer, 9 mm. Die kostet mehr als 4000 €. So etwas leisten sich nur Sportschützen, die es zu einer gewissen Meisterschaft gebracht haben. War denn wenigstens der Aufbewahrungskasten im Safe?"

Gasser schüttelte den Kopf. „Nein, auch der nicht. Nur die Karte."

„Schubert kann die Waffe nicht dabeihaben, das hätte ich gemerkt." Wagner schwieg einen Moment, ganz so sicher war er sich seiner Sache doch nicht. „Das heißt, vielleicht auch nicht. Seine Tasche habe ich heute Nacht zwar überprüft, aber nicht ihn selbst abgetastet. Schon möglich, dass er sie bei sich trug. Aber hätte er dann nicht auf De Luca geschossen, anstatt ihn zu verprügeln?"

Er gab Gasser das Tablet zurück. „Sobald Sie hier fertig sind, fahren Sie am besten ins Hotel und fragen ihn danach. Und nach allem anderen auch, vielleicht ist er mittlerweile in der Lage, seine Verdachtsmomente gegen De Luca zu präzisieren." Gasser nickte.

„Wissen wir schon, ob er vernehmungsfähig ist?", fragte Wagner.

„Ja", antwortete Gasser, „ich habe heute früh mit dem Stationsarzt telefoniert, wir können zu ihm."

„Okay", sagte Wagner, „das übernehme ich. Ich muss sowieso nach Verona in die Gerichtsmedizin."

Und vorher musste er unbedingt duschen. Auch Kollege Gasser hatte eine lange Nacht hinter sich, aber er saß da wie aus dem Ei gepellt. Der ganze Mann verströmte

Frische und Sauberkeit. Sein Kinn glänzte, nicht eine einzige Bartstoppel spross hervor, und seine perfekt zusammengestellte Kombination saß faltenfrei über dem blendend weißen Hemd. Bei diesem Anblick fühlte Wagner sich in seiner alten Jeans und dem schlabbrigen Pullover noch muffiger.

Gasser setzte seinen Bericht fort. „Bei dem Ehepaar Milser habe ich geklopft, aber die schlafen wohl noch. Jedenfalls habe ich jemanden schnarchen gehört." Er verdrehte die Augen. „Man hört durch diese dünnen Wände wirklich alles. Das wäre nichts für mich."

Wagner lächelte nur. „Dann hat sich das Opfer wohl kaum gewehrt, das hätte zumindest Frau Milser hören müssen. Ihr Mann hat nach ihrer eigenen Aussage geschlafen. Entweder wurde Alenka Schubert im Schlaf erstochen oder sie kannte ihren Mörder. Wissen wir schon etwas über die Tatwaffe?"

„Es gibt einen Messerblock in der Küche, in dem anscheinend genauso ein Messer wie die Tatwaffe fehlt. Das spricht eher für eine Affekthandlung, bei einem geplanten Mord hätte der Täter vermutlich eine Waffe mitgebracht." Gasser dachte einen Moment nach und sagte dann: „Oder die Täterin, wer weiß."

„Aber wieso ein Mord im Affekt, wenn es vorher keine Auseinandersetzung gab?", fragte Wagner.

Gasser lehnte sich zurück. „Zumindest keine handgreifliche."

Wagner schob nach: „Auch keine verbale, das hätte die Zeugin Milser hören müssen."

„Stimmt", sagte Gasser, „das ergibt keinen Sinn. Zumindest solange wir nirgends ein Motiv sehen. Von den anderen Urlaubern auf dem Platz gab es auch wenig Brauchbares. Die beiden Skandinavier, ein Norweger und ein Schwede, und einer unserer Landsmänner haben Schubert und De Luca getrennt. Alle drei konnten bestätigen, dass Schubert den Platzwart mit voller Wucht geschlagen und getreten hat und der sich überhaupt nicht gewehrt hat. Nicht mit Worten und nicht mit Fäusten. Und alle haben sie mitbekommen, dass Schubert den jungen Mann wie irre angeschrien hat, aber kein Wort verstanden."

Wagner sagte: „Das klingt fast so, als ob De Luca die Argumente ausgegangen waren. Sich wehren, sich gegen einen Angriff verteidigen ist doch ein Reflex."

Gasser nickte und fuhr fort: „Dann ist da noch ein Engländer, Paul Battenberg. Er hat um die Mittagszeit die Zeugin Milser vor dem Wohnwagen von De Luca gesehen. Angeblich wollten sowohl er, der Engländer, als auch Frau Milser sich über die Öffnungszeiten informieren."

Wagner war ehrlich beeindruckt. „Das alles haben Sie heute Nacht noch erfahren?"

Gasser zuckte mit den Schultern und nickte. „Die Leute konnten nicht schlafen und standen noch herum, da habe ich eine erste kurze Befragung durchgeführt. Alle, auch die Deutschen, geben an, dass sie vor dem Schrei nichts Auffälliges bemerkt haben. Nur dass die Außenbeleuchtung ausging, das muss nach Aussage der meisten von ihnen so gegen 22:00 Uhr gewesen sein." Er schaute auf die Uhr. „In einer Stunde hake ich noch einmal nach. Die Techniker sollen noch die Fingerabdrücke von allen Anwesenden nehmen. Das ist doch in Ordnung, wenn wir das hier machen und nicht alle Leute auf die Wache bestellen, oder?"

Wagner nickte. „Klar ist das in Ordnung, genau so habe ich es mir vorgestellt. Ach ja, wir brauchen auch die von Domenico Fontana, dem Bürgermeister. Nur zum Vergleich, er war gestern Nachmittag bei Schubert im Wohnmobil und kommt demnächst hier vorbei." Er rutschte aus der Bank und zog im Stehen den Kopf ein. „Ich schaue mich jetzt auch noch einmal kurz im Wohnmobil der Schuberts um, danach fahre ich nach Verona. Wir sehen uns später."

Wagner stieg aus dem Wagen, zögerte kurz und drehte sich noch einmal um. „Das war gute Arbeit, Kollege."

*

Erika hatte tief und traumlos geschlafen. Auf dem Fahrersitz erwachte sie Muskel für Muskel, Knochen für Knochen. Jedes Körperteil schmerzte. Mühsam richtete sie sich auf. Hinter der geschlossenen Schlafzimmertür hörte sie Roland schnarchen, vielleicht war sie davon aufgewacht. Ihr dämmerte, dass sie die Rotweinflasche ganz allein geleert hatte. Einen guten Tropfen hatte Anna ihr da geschenkt, sie verspürte weder Kopfschmerzen noch Übelkeit, nur ein leichtes Ziehen im Magen.

Heute morgen brauchte Erika 67 Schritte bis zum Waschraum, vier mehr als gestern, wenn sie sich nicht verzählt hatte. Aber das passierte so gut wie nie. Als sie von ihrer ausgiebigen Morgentoilette zurückkam, lag Roland immer noch auf dem Bett. Mit offenen Augen, in Hose und Hemd vom Vortag.

„Guten Morgen, wie fühlst du dich?", fragte Erika, brühte Kaffee auf und holte Butter und Marmelade aus dem Kühlschrank.

„Geht so." Immerhin, kein in die Länge gezogenes Ach.

„Was war denn gestern nur los mit dir? Ich habe mich wirklich erschrocken. Erst das tote Mädchen, und dann du völlig durcheinander. Du warst wie weggetreten und hast immerzu an der Fensterscheibe rumgewischt." Sie schaute auf die Spuren, die Rolands Finger auf dem Kunststoff hinterlassen hatten. Zum wiederholten Mal fragte Erika sich, wie so viel Staub und Schmutz ins Wohnmobil gelangen konnten. Kaum hatte sie geputzt, breiteten sie sich schon wieder aus.

Roland richtete sich auf. „Ich weiß auch nicht, das war wohl alles zu viel heute Nacht." Noch im Bett zog er sich aus und verteilte Hemd, Hose und Unterwäsche achtlos auf dem Laken. „Erst die Prügelei und dann - dann dieser Sarg vor dem Fenster. Er stand auf und schob seiner Frau die Tür vor der Nase zu. „Ich muss jetzt erst mal duschen."

Warum konnte er nicht eine Gehirndusche nehmen? Wieder ertappte Erika sich bei einem abfälligen Gedanken über ihren Mann. Aber der Mord in ihrer ersten Nacht in Garda und danach das ganze Drum und Dran mit der Polizei, da brauchte sie nicht auch noch das uneinnehmbare Dickicht von Rolands Gefühlsschwankungen. Sofort hatte sie ein schlechtes Gewissen, er konnte ja nichts für seine Erkrankung. Und sie liebte ihn doch. Hatte sie ihn nicht schon zweimal in letzter Minute vor dem Freitod gerettet, als er in besonders tiefe Phasen seiner Depression versunken war?

Erika musste raus hier. Raus aus diesen vollgestopften vierzehn Quadratmetern, raus an die frische Luft, auch wenn die sich heute feucht auf Haut und Kleidung legte. Wider Erwarten konnte sie Roland sogar überzeugen mitzukommen. Trotz des morgendlichen Dunstes war die Luft milder, nicht so kratzig wie bei vergleichbarem Wetter in Deutschland. Die in unterschiedlichen Gelbtönen, Lindgrün oder Lachsrot gestrichenen Fassaden mit üppiger Bepflanzung von Balkons und Vorgärten taten ein Übriges, um Erika aufzuheitern. Ziellos spazierten die Milsers durch ihnen unbekannte Straßen, bis sie im nördlichen Teil des Städtchens, in einer kleinen Nebenstraße der Via Monte Baldo, an einem unauffälligen Neubau vorbeikamen. An die Fassade hatte jemand mit roter Farbe die Worte *cases popolari* gesprüht.

„Lass uns umkehren und noch ein wenig ans Ufer gehen", sagte Erika und hakte sich bei Roland ein. Sie nahm sich vor, Anna nach der Bedeutung dieser Worte zu fragen.

Die Stühle auf den Terrassen der Cafés und Restaurants an der Promenade waren kalt und nass, selbst mit einer weniger empfindlichen Blase hätte Erika auf keinem von ihnen Platz nehmen wollen. Sie schlug vor, im Camporondo noch einen Kaffee zu trinken. Roland verwies jedoch auf die Nachwirkungen des Beruhigungsmittels, das ihm gestern injiziert worden war, und ließ sie allein weiterziehen. Erika spürte einen kleinen Stich im Herzen, sie hatte sich ihr verlängertes Wochenende anders vorgestellt. So ganz und gar anders. Ohne auch nur eine vage Ahnung zu haben, wie dieses anders aussehen könnte.

In einem kleinen Blumengeschäft kaufte sie einen üppigen Strauß Herbstrosen, der sie an die Blüten auf dem

Wegstück zu Andreas Wohnwagen erinnerte. „Wie schön!" Annas Freude war echt und herzlich, sie drückte Erika einen Kuss auf die Wange, arrangierte die Blumen in einer passenden Vase und stellte sie auf den Familientisch. Es wunderte Erika nicht, dass Anna bestens informiert war über die Ereignisse der vergangenen Nacht.

Was sie überraschte, war der Anblick des zweiten Kommissars, an dessen Namen sie sich nicht erinnerte. Er saß mit Konrad Schubert an einem Tisch im Restaurant. Seine gepflegten Finger umfassten ein Wasserglas, während Schubert sich aus einer Grappaflasche nachschenkte.

„Er hat heute Nacht hier geschlafen", beantwortete Anna Erikas fragenden Blick und seufzte. „Der Arme! Das ist das Schlimmste, was einem passieren kann, wenn das eigene Kind vor einem stirbt. Wenn ich mir vorstelle, das wäre Isabella gewesen oder Salvatore … ". Sie senkte die Stimme. „Ich bin so froh, dass Salvatore wenigstens seine Tochter geblieben ist. Es war auch so schon schlimm genug."

Erika blickte möglichst unauffällig hinüber zu dem Tisch mit dem jungen Kommissar und fragte Anna, ob Schubert noch länger im Hotel bleiben musste.

„Ich hoffe nicht", antwortete Anna. „Salvatore hat gesagt, ich soll ein Auge auf ihn haben. Aber wie soll das gehen? Wir sind doch hier keine Krankenstation. Und schon gar keine Polizeiwache."

Die harmonische Melodie eines Smartphones unterbrach den Gedankenaustausch der beiden Frauen über den grausamen Mord auf dem Stellplatz. Der Kommissar sprang auf, entfernte sich einige Schritte, lauschte und sprach mit leiser Stimme in sein Handy, bis er es wieder in die Tasche seines Sakkos gleiten ließ und an den Tisch zurückkehrte. Er sagte oder fragte Schubert irgendetwas, worauf dieser mit der Faust auf den Tisch schlug und laut wurde.

„Woher soll denn ich das wissen? Das war De Luca, wer denn sonst, der war doch schon lange hinter ihr her. Holen Sie sich endlich den Kerl, bevor ich es tue. Wenn ich den erwische, dann garantiere ich für nichts mehr, das schwöre ich Ihnen!"

Der Kommissar blieb ruhig und stellte eine weitere Frage, worauf Schubert sein Grappaglas mit einem Zug leerte und die Flasche am Hals packte. Beim Aufstehen stieß er fast seinen Stuhl um.

„Verdammt, was macht ihr denn die ganze Zeit? Diese verdammte Pistole kann doch nur einer haben! Erst ersticht er meine Tochter und dann schnappt er sich meine Pistole! Was denkt ihr denn, was der damit vorhat? Blümchen schießen vielleicht? Der hat es auf mich abgesehen." Im Gehen drehte er sich noch einmal um. „Und glaubt bloß nicht, dass ich davonlaufe. Ich werde hier schön auf das Arschloch warten, und dann kann er sein blaues Wunder erleben."

Anna schlug ihre Hände über dem Kopf zusammen und verdrehte die Augen: „*Santo cielo*, hoffentlich passiert hier nicht noch mehr."

Erika bat Anna darum, noch einmal das Zimmer sehen zu dürfen, in dem sie damals logiert hatten. Als Grund schob sie vor, dass sie sich nicht mehr an die Möblierung erinnern konnte. Nur noch an die duftige Wolke aus Rosenblättern auf der Bettdecke. Und natürlich an das fantastische

Festmenü, das sie im Restaurant über Stunden hingezogen und so sehr genossen hatten. Sie wusste noch, dass das Zimmer unter dem Dach lag, riesengroß war und über ein Badezimmer mit Dusche und Badewanne verfügte. Und dass der Blick vom Balkon über die Palmen der Promenade hinweg auf die im ruhigen Seewasser sanft schaukelnden Boote traumhaft gewesen war. Das war aber auch schon alles, woran sie sich erinnern konnte. Sie hatte oft damit gehadert, dass von den Stunden nach dem festlichen Abendessen nichts in ihrem Gedächtnis haften geblieben war. Nichts außer einem unbehaglichen Gefühl. Von Roland hatte sie nur erfahren, dass sie tief und fest geschlafen hätte und erst am späten Morgen mit sehr starken Kopfschmerzen aufgewacht wäre, die sich im Laufe des Vormittags noch verschlimmert hätten. Nach einem starken Kaffee hatten sie ihre Heimreise angetreten, einen Tag früher als geplant. Warum? Roland hatte ihr erklärt, dass sie diese Entscheidung gemeinsam getroffen hätten, damit sie sich, falls nötig, zuhause sofort in ärztliche Behandlung begeben könnte.

Annas Stimme holte Erika aus ihren Gedanken: „Schau, da kommt Erwin. Er kann dich hochbringen und aufschließen. In dem Zimmer ist alles noch wie damals. Nicht wahr Erwin? Du weißt doch noch, die Milsers hatten das Hochzeitszimmer unter dem Dach, die Nummer 14."

Erika hatte das Gefühl, dass Anna ihrem Mann bei diesen Worten besonders fest in die Augen sah, ihn stumm informierte über etwas, das Erika entging. Das sie nichts anging. Sicher sollte dieser energische Blick ihm helfen, nicht gleich wieder zu vergessen, worum seine Frau ihn gebeten hatte. Erwin Wagner nickte ernst, reichte Erika galant den Arm und führte sie ohne ein Wort die Treppe hinauf. Das alte Holz unter dem weichen Teppichläufer knarrte bei jedem Schritt.

„Hier", sagte der alte Hotelbesitzer mit starrer Miene und schloss die Tür auf. Er ließ Erika den Vortritt und blieb in der Türöffnung stehen, mit dem Rücken zum Zimmer. Wie ein Wächter. Oder wie ein Beschützer.

Vorsichtig trat Erika auf die verblasste Auslegeware. Sie war ohne Flecken, aber man sah dem Flor die vielen Schritte an, die ihn im Laufe der Jahrzehnte niedergetreten und abgewetzt hatten. In der Mitte des Zimmers lud ein französisches Bett mit Baldachin zum Schlafen oder Lieben ein. Man konnte drum herumgehen, das war ungewöhnlich. Erika wandte sich zur Tür und sah, dass Erwin Wagner sich umgedreht hatte.

„Stand das Bett schon immer so?", fragte sie.

Der alte Mann nickte. „Hier ist alles so wie damals, wir haben nichts verändert." Kam es ihr nur so vor oder sprach er mit belegter Stimme? Ich höre ja schon die Flöhe husten, dachte sie.

Die Möbel waren alt bis antik und wirkten gepflegt, jedenfalls entdeckte Erika nur wenige Ausbesserungen. Sie entsprachen wohl dem, was man vor 25 Jahren in einem kleinen Familienhotel für Luxus hielt. Eine verschnörkelte Frisierkommode mit dreiteiligem, holzgerahmtem Spiegel, davor ein Armlehnstuhl mit hohem Sitzpolster. Ein kleiner runder Tisch aus Mahagoni, in die Platte war ein Schachbrett eingelassen. Zwei Stühle mit geschwungenen Beinen und Armlehnen luden zum Spielen ein. Neben der Tür zum Balkon ein Schreibtisch mit offenen und geschlossenen Fächern hinten auf der Platte, eher ein Sekretär. Darauf lagen

Briefblock und Umschläge mit Hotelaufdruck und ein Kugelschreiber. Wer schrieb denn heute noch seine Briefe mit der Hand auf einem Papierbogen?

Erika fühlte sich benommen und schwach. Vor ihren Augen flimmerte die Luft und das Atmen fiel ihr schwer. Sie griff sich an die Kehle und fürchtete zu stolpern. Irgendetwas stimmte nicht mit diesem Zimmer. Trotz seiner Größe engte der Raum sie ein. Drei Schritte bis zur Wand, noch zwei, noch einer, Erika raffte ihre letzte Energie zusammen, öffnete die Tür und trat hinaus. Auch an einem verhangenen Oktobertag wie diesem war der See eine Augenweide. Ganz ruhig lag er da. Erika dachte an das Lied „Still ruht der See", aber weder die Melodie noch der Autor fielen ihr ein. Sie stützte sich auf das Geländer, beugte sich nur wenig vor und spürte, wie Energie und Kraft in Geist und Körper zurückkehrten.

Sie drehte sich um und erschrak. Erwin Wagner stand nur einen Schritt hinter ihr und streckte den Arm nach ihr aus.

Erika gelang ein schwaches Lächeln. „Gehen wir, ich habe genug gesehen", sagte sie und trat auf den Flur hinaus. Dort war es dunkler als noch vor ein paar Minuten. Die Treppenhausbeleuchtung hatte sich automatisch abgeschaltet, nur eine einsame Deckenlampe gab schwaches Licht von sich. Wieder stieg dieses Gefühl der Beklommenheit in ihr hoch und schnürte ihr die Kehle zu. Sie wollte Erwin Wagner fragen, wohin die Tür schräg gegenüber führte, und zeigte mit dem Finger darauf, brachte aber keinen Ton heraus. Das Geräusch, als er hinter ihr die Zimmertür abschloss, riss Erika aus ihrer Starre. Erleichtert folgte sie seinem breiten Rücken nach unten.

*

Salvatore Wagner fühlte sich wie neu geboren. Frisch geduscht und glatt rasiert verließ er kurz nach 10:00 Uhr in gutsitzenden Jeans und seinem neuesten Sakko sein Apartment. Er fuhr in die Questura am östlichen Ufer der Etsch, die Räume der Mordkommission lagen im obersten Stockwerk. Über den Parkplatz und die vierspurige Straße hinweg wurde der Blick von dem Wasserstrom angezogen und fiel auf das Stadtviertel jenseits des Flusses. An diesem Samstagvormittag herrschte wenig Betrieb, er konnte in Ruhe abwechselnd die Aussicht genießen und seinen Bericht über die Ereignisse der vergangenen Nacht schreiben.

Eine gute Stunde später grüßte Wagner den Polizisten vor der Tür des Krankenzimmers von Andrea de Luca auf der Unfallstation des Borgo Roma Hospitals, das zur Universitätsklinik gehörte. Der Stationsarzt hatte ihn über den bisherigen Stand der Diagnostik informiert. De Luca litt an einer mittelschweren Gehirnerschütterung. Eine Schädelfraktur konnte ausgeschlossen werden. Zwei Finger der rechten Hand mussten eingerenkt und geschient werden. Eine Platzwunde an der Stirn war vernäht worden. An zahlreichen Stellen seines Körpers hatten sich Prellungen gefunden mit unterschiedlich ausgeprägten Blutergüssen. Im Bauchraum war es zu einer kleineren inneren Blutung gekommen ohne nachweisbare Organverletzung. Der Alkoholnachweis im Blut hatte 1,4 Promille ergeben, zusätzlich fanden sich Spuren einer stimulierenden Substanz, wahrscheinlich Marihuana. Der Patient hatte einen vorübergehenden leichten Gedächtnisverlust erlitten und stand unter dem Einfluss eines Beruhigungsmittels und starker Schmerzmittel. Wagner sollte ihn nicht länger als eine Viertelstunde befragen, maximal zwanzig Minuten.

„*Buongiorno* Signore De Luca. Mein Name ist Salvatore Wagner, ich bin der Leiter der Mordkommission. Sie erinnern sich an mich?" Der Patient nickte.

„Erinnern Sie sich auch daran, was gestern Nacht auf dem Stellplatz vorgefallen ist?"

Wieder nickte De Luca, seine Stimme klang verschwommen. „Alenka ist tot."

„Ja, und ihr Vater glaubt, dass Sie sie umgebracht haben."

De Luca stöhnte. „So ein Quatsch, ich hätte ihr nie etwas antun können. Warum denn auch? Außerdem ist er nicht Alenkas Vater."

Wagner hob den Kopf. „Nein?"

„Nein, er ist bloß ihr Stiefvater. Hat ihre Mutter geheiratet, als Alenka noch klein war, und sie dann adoptiert. Er soll sich bloß nicht als Vater aufspielen. Alenka hat auch nicht mehr Papa zu ihm gesagt, und sowieso wollte sie weg von ihm."

Wagner notierte ein paar Worte in seinem Notizbuch und lehnte sich im Besucherstuhl zurück.

„Sie wollte weg von ihm?"

„Ja", sagte De Luca und schloss die Augen.

„Wusste Konrad Schubert davon?"

„Gestern wollte sie es ihm sagen."

„Signore De Luca, bitte erzählen sie von ihrem gestrigen Tag. Wie haben Sie den Tag verbracht, bevor Sie den Schrei gehört haben?"

Andrea de Luca berichtete von seinem morgendlichen Rundgang, dem Empfang der Milsers auf dem Stellplatz am späten Vormittag und Alenkas Besuch in seinem Wohnwagen, bei dem sie ihm erzählt hatte, dass sie selbstständig leben wollte. Am Nachmittag sei er für ein paar Besorgungen in Garda gewesen, den Abend habe er allein im Wohnwagen verbracht, bis er den Schrei gehört hätte. Wagner wollte wissen, woher er so genau wusste, aus welchem Wohnmobil das Schreien zu hören war.

„Das ist ja nicht zu überhören, wenn die Harley auf den Platz fährt und der Motor abgestellt wird."

Wagner schlug die Beine übereinander und stütze sein Kinn in die Hand. „Was mich persönlich noch interessiert, Signore De Luca: Warum haben Sie sich nicht gewehrt, als Schubert sie angegriffen hat?"

De Luca rieb sich mit der unverletzten Hand die Augen. „Ich prügele mich nie, Commissario."

Der Stationsarzt trat ins Zimmer, warf einen Blick auf das hochrote Gesicht des Patienten und hieß Wagner abzubrechen.

„Nur eine Frage noch", bat dieser und fragte den Platzwart: „Seit wann kannten Sie Alenka, und in welcher Beziehung standen Sie zueinander?"

Wieder schloss De Luca die Augen. „Wir waren Freunde, kannten uns seit ein paar Jahren, sie und ihr Stiefvater kommen ja mehrmals im Jahr für ein paar Wochen."

Wagner hakte nach: „Wirklich nur Freunde oder war da noch mehr?

„Das reicht jetzt", der Arzt öffnete die Tür und sagte: „Sie sehen doch, dass ihre Fragen den Patienten aufwühlen."

Wagner wühlte eine ganz andere Frage auf, die er Andrea de Luca als allerletzte hatte stellen wollen. Woher kannten er und Sara sich? Woher und wie gut?

Das Borgo Roma Hospital und das Institut für Rechtsmedizin teilten sich einen Parkplatz, so dass Wagner bequem in wenigen Minuten von einem Gebäude zum anderen gehen konnte. Unter anderen Umständen wäre er noch ein wenig durch den kleinen Park des Instituts mit dichtem Baumbestand geschlendert, der unmittelbar an den Canale Giuliari grenzte. Doch heute blieb ihm dafür keine Zeit.

Aurora Crepaldi machte auch in ihrer Chirurgenuniform eine gute Figur und bildete einen formvollendeten Kontrast zur blanken Kälte von Kacheln und Metall. Ihr fast schwarzes Haar hatte sie auf eine unkomplizierte Art hochgeschlagen. Immer wieder lösten sich einzelne Strähnen und spielten mit der Frisur. Der Verlauf einer zart geröteten Einkerbung in ihrer Stirnhaut verriet Wagner, dass sie erst vor kurzem die bei der Sektion eines Leichnams vorgeschriebene Kopfbedeckung abgenommen hatte.

Die Rechtsmedizinerin kam ihm mit ausgestreckter Hand entgegen. Sie wirkte alles andere als müde, lächelte frisch und unverbraucht. „*Buongiorno* Commissario Capo Wagner, ich hoffe, Sie haben Ihre Tochter wohlbehalten vorgefunden. Ich habe sie jedenfalls nicht aus den Augen gelassen, bevor sie nicht die Eingangstür hinter sich abgeschlossen hatte."

„*Buongiorno* Dottoressa Crepaldi, alles bestens. Heute morgen habe ich Sara noch nicht gesehen. Als ich das Hotel verließ, hat sie noch geschlafen. Vielen Dank nochmal, dass

Sie sie nach Hause gebracht haben. Das war sehr freundlich von Ihnen."

Aurora Crepaldi lächelte und sagte: „Ich freue mich, Sie wiederzusehen. Obwohl ein anderer Ort mir lieber wäre."

Wagner rieb sich die Schläfe und fragte: „Wollen wir anfangen? Was haben Sie rausgefunden?"

Die Ärztin schlug das Tuch, das den Leichnam von Alenka Schubert bedeckte, bis unterhalb der Taille zurück. Wagners Körper straffte sich. Weder die mit groben Stichen vernähten Sektionsschnitte noch die eingesunkene Eintrittsstelle des Messers erschreckten ihn. Es waren die Gesichtszüge der für diesen Raum viel zu jungen Frau, ihre slawisch hohen Wangenknochen und die sanft geschwungenen Augenbrauen. Der dichte Wimpernkranz auf den geschlossenen Lidern, das seidige blonde Haar und der schmale weiße Körper. So zart noch, so fraulich schon.

Yolanta, nachdem ihr das Kind aus dem Bauch geschnitten worden war. Yolanta, schön und zart und jung, eine tote Mutter. Sie hatte sich so sehr auf ihr erstes Kind gefreut.

Dottoressa Crepaldi räusperte sich. „Alles in Ordnung, Commissario?"

Nichts war in Ordnung, solange der Mörder von Yolanta nicht gefunden wurde. Nie würde die Welt in Ordnung sein, solange blutjunge Frauen wie Yolanta und Alenka Schubert im Leichenschauhaus endeten.

„Ja, natürlich", sagte Wagner, „legen Sie los."

Auf dem Messer hatten sich in der kriminaltechnischen Untersuchung Fingerabdrücke von Konrad Schubert gefunden. Diese waren an einigen Stellen verwischt, was darauf schließen ließ, dass nach ihm jemand anderes oder er selbst mit Handschuhen den Griff angefasst haben musste.

Die Untersuchung der weißen Serviette durch Ärztin und Kriminaltechniker hatte Make-up-Spuren ergeben, die nach erster Einschätzung mit den Produkten identisch waren, die sich auf dem Gesicht der Leiche gefunden hatten. Zusätzlich Reste von Schweiß und Feuchtigkeit in den Bereichen, unter denen Stirn und Mund gelegen haben könnten. An den Rändern keine Fingerabdrücke vom Mordopfer, sie hatte sich den Stoff also nicht selbst auf das Gesicht gelegt. Leider auch keine anderen verwertbaren Spuren. Wer auch immer ihr Gesicht bedecken wollte, hatte Handschuhe getragen. Vor seiner letzten Verwendung war der Stoff gewaschen und sorgfältig gebügelt worden, so dass sich auch keine älteren Spuren daran fanden.

„Welcher Glaubensgemeinschaft gehörte die Verstorbene an?", fragte Dottoressa Crepaldi.

„Keine Ahnung", antwortete Wagner, „warum interessiert Sie das?"

„Meine Großeltern mütterlicherseits sind jüdischen Glaubens. Wenn jemand aus ihrer Gemeinde im Kreis der Familie stirbt, schließen sie dem Toten erst die Augen und legen danach ein weißes Tuch über das Gesicht."

Wagner machte sich eine Notiz und fragte: „Was hat die Obduktion ergeben?"

„Tod durch starke innere Blutungen nach Erstechen, Todeszeitpunkt zwischen 21:30 Uhr und 22:30 Uhr. Wie ich schon vermutet hatte, ist das Messer durch die Milz gedrungen und in der Rückenmuskulatur steckengeblieben. Der Todeskampf dürfte mindestens eine Viertelstunde gedauert haben. Ich fürchte, eher länger." Aurora Crepaldi schaute gedankenverloren auf das Gesicht des Leichnams herab. Wagner unterbrach ihr Schweigen nur ungern, aber eines musste er noch wissen:

„Wurde sie vergewaltigt? Irgendwelche Hinweise auf kürzlich erfolgten Geschlechtsverkehr?"

„Nein, da liegt nichts vor, weder einvernehmlich noch erzwungen."

Dann könnte Andrea de Luca die Wahrheit gesagt haben, als er von Freundschaft sprach und nicht von Liebe.

„Aber", fuhr die Ärztin fort, „die Techniker haben auf dem Bettzeug Spuren von Sperma gefunden. Die könnten allerdings schon ein paar Tage alt sein."

Wagner dachte daran, wie aufwändig und auch kostspielig es sein würde, von jedem Mann auf dem Stellplatz einen Abstrich zu nehmen für den DNA-Abgleich. Trotzdem musste er diese Untersuchung so schnell wie möglich beantragen. Zumindest wenn die Probe von De Luca negativ ausfallen sollte. Oder die von Konrad Schubert. Vielleicht hatte er die Abwesenheit seiner Stieftochter manchmal für sein intimes Vergnügen genutzt.

Ach was, er würde die Untersuchung aller auf dem Stellplatz auf jeden Fall veranlassen. Sie durften keine Zeit verlieren. Wagner war sich sicher, dass die richterliche Anordnung kein Problem sein würde bei Zeugen und potentiellen Verdächtigen, die übermorgen vielleicht schon über alle Berge sein würden. Und auf keinen Fall durften die Urlaubsorte rund um den Gardasee ihren guten Ruf als sichere Region für den internationalen Tourismus verlieren.

„Vielleicht", sagte die Ärztin, „vielleicht ist für Sie auch der Mageninhalt interessant." Wagner nickte und blickte ihr fragend in die Augen. Schön geschwungene, mandelförmige Augen mit grünen Pupillen.

„*Risotto ai funghi* und *salami di cioccolato*, dazu Bardolino Superiore, kein Kaffee."

*

In der Trattoria Wagner bediente eine junge Kellnerin die ersten Mittagsgäste. Erika hatte keinen Hunger, sie wollte nur etwas Erfrischendes trinken. Anna Wagner setzte sie an den Familientisch. In diesem Raum war alles beruhigend real, die Gäste, Anna und Erwin in der Küche und die Bedienung. Auch sich selbst empfand Erika wieder als normal und fragte sich, was da oben im Hochzeitszimmer und auf dem Flur mit ihr passiert war. Nichts, sagte sie sich, rein gar nichts. Nur dass ich mich immer noch nicht erinnere, und das schon seit einem Vierteljahrhundert.

Viele Jahre hatte Erika verdrängt, dass sie sich die Nacht ihrer Rosenhochzeit nicht vergegenwärtigen konnte, und jetzt tat sich diese Lücke in ihrem Gedächtnis mit Macht wieder auf und drohte alles andere zu verdrängen. Als ob das schwarze Loch im Laufe der Zeit zu einem wirklichen Nichts geschrumpft war und sich jetzt wieder zu alter Größe ausdehnte. So sehr wucherte es in ihrem Kopf und Körper. Erika konnte nicht mehr darüber hinwegsehen, wie sehr sich ihr Leben seit jener Nacht verändert hatte.

Die Stimme von Annas Sohn riss sie aus ihren Gedanken. „Sie haben doch nichts dagegen, wenn ich mich zu Ihnen setze?"

„Nein, natürlich nicht. Ich bin es, die hier um Erlaubnis bitten muss. Immerhin ist dies der Tisch Ihrer Familie. Ihre

Mutter war so freundlich." Erika wartete, bis Wagner sich gesetzt und den ersten Schluck von seinem Bier getrunken hatte, bevor sie ihn nach dem Zustand von Andrea de Luca fragte.

„Und ich bin es, der hier die Fragen stellt", antwortete der Kommissar.

„Oh, daran habe ich jetzt gar nicht gedacht, bitte verzeihen Sie. Ich frage aus rein persönlichem Interesse, ich will nur wissen, wie es ihm gesundheitlich geht. Der junge Mann war so freundlich und zuvorkommend zu uns, ich mochte ihn auf Anhieb und kann mir überhaupt nicht vorstellen, dass er etwas mit dem Mord zu tun hat."

„Darüber darf ich Ihnen keine Auskunft geben. Aber sein Gesundheitszustand ist stabil, soweit kann ich Sie beruhigen. Es spricht allerdings nicht jeder so gut von ihm wie Sie."

Erika ging auf seine letzte Bemerkung ein: „Das kann nur von unserem Nachbarn kommen, von Konrad Schubert. Der wollte gleich nach unserer Ankunft bei uns Stimmung gegen den Jungen machen und hat sich wohl auch beim Bürgermeister über ihn beschwert. Der ist dann ja auch am Nachmittag noch zu ihm ins Wohnmobil gekommen. Das habe ich heute Nacht ganz vergessen, Ihnen zu erzählen, da war ich wohl noch zu aufgeregt."

Wie aufs Stichwort erschien Domenico Fontana und setzte sich unaufgefordert zu ihnen. Nachdem Erika und der Bürgermeister sich einander vorgestellt hatten, wandte Fontana sich an Wagner.

„Salvatore, ich habe gehört, ihr wollt eine DNA-Probe von allen Männern auf dem Stellplatz durchführen lassen.

Du hast meine volle Unterstützung, wenn du Personal oder sonst etwas brauchst."

Wagner fragte ihn, woher er das wisse. Fontana lachte.

„Du weißt doch, mein Büro liegt über der Polizeistation, da bleibt mir wenig verborgen. Morgen Vormittag wollen sie das durchziehen, aber keine Angst, dein Kollege Gasser wird ein waches Auge darauf haben und die Proben höchstpersönlich nach Verona bringen."

„DNA-Proben? Warum denn das?", fragte Erika, rechnete aber nicht mit einer Antwort. Fontana überraschte beide mit einem breiten Grinsen und der Bemerkung, dass Alenka Schubert es wohl bis zum Schluss nicht lassen konnte und man nun den Verursacher ihrer letzten Freuden suchen musste.

„Domenico!"

Erika fragte sich, ob Wagner den Bürgermeister zurechtwies, weil er ein Detail der polizeilichen Untersuchungen preisgab, oder weil er mit schmutziger Fantasie abfällig über das Mordopfer sprach. Im Grunde war es ihr egal. Worüber sie sich freute, war, dass sie wieder Neugierde in sich spürte, so als ob diese Information ihr ein Rätsel zum Knacken aufgab.

Erika zog es vor, Kommissar und Bürgermeister ihren Disput ohne sie ausfechten zu lassen, und wollte sich mit einem Winken in der Durchreiche von Anna verabschieden. Im Restaurant waren alle Plätze besetzt und in der Küche war die Hölle los. Anna bat sie zu warten und reichte ihr ein Tablett mit einem Teller dampfender Spaghetti alla Carbonara und eine Flasche Mineralwasser.

„Bitte tu mir den Gefallen und bring das Herrn Schubert aufs Zimmer, wir schaffen das nicht auch noch. Er will unbedingt oben essen. Zimmer 6 im ersten Stock. Und danke dir!"

Erika verspürte so gar keine Lust auf einen erneuten Gang zu den Gästezimmern, und schon gar nicht wollte sie Schubert begegnen, nachdem sie ihn im Restaurant so aufgebracht erlebt hatte. Aber sie konnte Anna unmöglich ihre Bitte abschlagen.

Schubert dröhnte: „Herein!". Erika balancierte auf einem Unterarm das Tablett, während sie mit der anderen Hand die Tür öffnete. Der Anblick seiner Stellplatz-Nachbarin im Zimmer schien den Mann nicht im Geringsten zu wundern, vom Bett aus wies er auf den kleinen runden Tisch. Der gleiche wie in unserem Zimmer oben, dachte Erika und stellte das Tablett auf dem Schachbrettmuster ab. Die Flasche Grappa, die er aus dem Restaurant mitgenommen hatte, lag leer neben ihm auf dem Bettzeug.

Unschlüssig blieb Erika neben dem Tisch stehen und sah zu, wie Schubert sich ächzend aufrichtete. Er versuchte nicht einmal, einen lauten Rülpser zu unterdrücken.

„Mein aufrichtiges Beileid, Herr Schubert", sagte Erika und hoffte, dass es ehrlich klang. Selbst nach dem Verlust seiner Tochter konnte sie keinen Funken an Sympathie für diesen Mann aufbringen und fand sich dabei ungerecht. Du bist und bleibst ein Sugar-Daddy, dachte sie und schämte sich sofort. „Ich hoffe, es wird sich bald alles aufklären. Jetzt sollten Sie erst einmal etwas essen, das wird Ihnen guttun." Noch während sie sprach, dachte sie, was das doch für dumme Floskeln seien.

„Aufklären! Was gibt es da denn aufzuklären?" Auf verrutschten Socken stand Schubert vor Erika und dünstete den Geruch von Schweiß, Alkohol und ungeputzten Zähnen aus. Er brüllte sie an. „Wozu muss man etwas aufklären, was schon jeder weiß? Das ist doch klar, wer meine Kleine auf dem Gewissen hat. Das war dieser Dealer aus dem Drecksloch von Wohnwagen!"

Ein lautes Knacken, ein heftiger Luftzug, Erika konnte gerade noch zur Seite springen, als hinter ihr die Tür aufgestoßen wurde. Ein junges Mädchen in Jeans und Regenjacke stampfte ins Zimmer und schrie Schubert an.

„Andrea dealt nicht, und ein Mörder ist er schon gar nicht! Das ist eine ganz gemeine Lüge." Sie war noch ein Teenager, Erika schätzte sie auf allerhöchstens siebzehn, und selbst mit vor Wut hochrotem Kopf und geballten Fäusten war ihr anzusehen, dass sie einmal eine attraktive Frau sein würde. Im Abmarsch drehte sie sich noch einmal um. „Andrea ist unschuldig, und wir werden das beweisen. Da können Sie Gift drauf nehmen!"

*

Salvatore Wagner hatte das gesamte Hotel abgesucht, jede Zimmertür geöffnet und den Jungkoch beim Rauchen auf dem Hof erschreckt. Er hatte den reichhaltig bestückten Weinkeller inspiziert und sich auf dem Dachboden durch das Labyrinth von ausrangierten Möbelstücken gewunden, und er war über Kisten voller Krimskrams gestolpert. Alles Mögliche und Unmögliche war da, nur seinen Vater hatte er nicht gefunden. Der Fiorino stand mit kaltem Motor in der Garage, und auch in seiner Holzwerkstatt gab es keine

Spur von Erwin Wagner. Laut Anna traf er sich mit ein paar Freunden auf ein Glas Wein im Ort. Auch von Sara war nichts zu sehen, angeblich war sie bei einer Freundin zum gemeinsamen Lernen.

Wagner unterdrückte den Wunsch, seinen Vater in den Bars und Cafés von Garda zu suchen. Dafür hatte er jetzt keine Zeit. Gegen 14:00 Uhr klopfte er an die Tür von Zimmer 6. Keine Antwort, auch auf sein energisches Rufen nicht. Er drückte die Klinke hinunter, aber die Tür war verschlossen. Wagner bat das Zimmermädchen um den Generalschlüssel und trat ein. Fast wäre er über den großen Hotelschlüsselanhänger auf dem Fußboden gestolpert. Hatte Schubert nach dem Abschließen im Zimmer den Schlüssel abgezogen und den Anhänger fallen lassen? Wagner bückte sich, hob ihn auf und legte ihn mit seinem Generalschlüssel auf den kleinen Tisch neben der Tür. Neben einen Teller mit Spaghetti Carbonara.

Konrad Schubert lag rücklings auf dem Bett, neben sich eine leere Grappaflasche. Der Mann war vollständig bekleidet, Hemdkragen und Hosenstall standen offen, und er hatte alle Viere von sich gestreckt. Ein Hosenbein war hochgerutscht, die Socke hing über die Zehen gestülpt von der Bettkante. In seinen Spaghetti hatte er herumgestochert, aber kaum etwas davon gegessen, der Teller war noch fast voll. Die Tür zur Minibar stand offen, auf dem Nachtschrank eine leere Halbliterflasche Bardolino und ein angebrochener Piccolo. Schubert atmete mit offenem Mund, ohne zu schnarchen, und gab Lebenszeichen von sich, die jeder zivilisierte Mensch in Gesellschaft unterdrückt. Aber er konnte ja nicht wissen, dass er Gesellschaft hatte.

Wagner stieß beide Flügeltüren zum Balkon weit auf, wodurch der strenge Geruch im Raum erträglicher wurde. Schubert blieb reglos liegen, reagierte weder auf Frischluft noch auf Zurufen. Wagner begann mit einer systematischen Untersuchung des Zimmers. In den Schränken fanden sich die wenigen Wäsche- und Kleidungsstücke, die Schubert aus dem Wohnmobil mitgenommen hatte. Seine Biker-Jacke lag hingeworfen auf dem Schreibtischstuhl, ein Kleid hing ordentlich auf dem Bügel, eingehakt in die Halterung einer Wandlampe. Unter deren Lichtstrahl glitzerten Tausende von Pailletten auf gelbem Stoff. Obwohl das kurze Kleid mit den Puffärmeln auf Wagner einen altmodischen Eindruck machte, erinnerte es ihn an Saras glänzendes Partyoutfit von gestern Abend. Schnell verwarf er diesen Gedanken, zu unheimlich war ihm die Verbindung.

Weder im Nachtschrank noch in den Schubladen des Schreibtisches fand Wagner irgendetwas Persönliches. Die Kulturtasche im Bad enthielt die Dinge, die Schubert aus dem Wohnmobil mitgenommen hatte, Zahnpasta und Zahnbürste sowie Rasierzeug. Erst in den Tiefen der Biker-Jacke wurde er fündig und zog aus einer der Innentaschen eine schwere Brieftasche. Das kräftige mittelbraune Leder hatte sich an einigen Stellen dunkel verfärbt und glänzte dort, wo der Inhalt die Fächer ausgebeult hatte.

Wagner fand in Schuberts Personalausweis keine Daten, die sie nicht schon kannten. Beeindruckt war er von seinem Führerschein. Konrad Schubert durfte das schwerste Motorrad fahren und die größten Trucks, die auf europäischen Straßen zugelassen waren, und er trug mengenweise Fotos bei sich, die ihn bei Motorradtreffen oder am Steuer riesiger Wohnmobile zeigten. Ein Bild stach heraus.

Diese Fotografie im Hochformat steckte in einer Plastikhülle. Auf der Rückseite war in kindlicher Handschrift das Datum 5. Mai 1998 vermerkt. Daneben hatte dieselbe Person „auf immer und ewig, deine Alena" geschrieben. Nicht Alenka, Alena stand dort. Dies musste ein Hochzeitsfoto sein, aufgenommen in einem nüchternen Zimmer. Die junge Frau hatte sich bei ihrem Begleiter eingehakt, in der freien Hand hielt sie einen Strauß dunkelroter Rosen, der Wagner viel zu groß erschien. Im Hintergrund räumte ein Mann im Anzug Papiere zusammen. Sehr wahrscheinlich war das Foto im Standesamt aufgenommen worden.

Die Braut trug das glitzernde gelbe Minikleid, das heute in Garda in Zimmer 6 des Hotels seiner Eltern auf einem Plastikbügel vom Wandleuchter hing. Sie sah mitgenommen aus. Wagner wusste, dass sie wenige Jahre später an ihrer HIV-Infektion zugrunde gegangen war. Wie beim ersten Anblick des toten Mädchens im Wohnmobil hatte er das unbestimmte Gefühl, auch diese junge Frau schon einmal gesehen zu haben. Dabei hatte er nicht die leiseste Ahnung, wann und wo er Mutter oder Tochter hätte begegnet sein können. Wenn er sich die Spuren der tödlichen Krankheit im Gesicht dieser Frau wegdachte, war die Ähnlichkeit der beiden nicht zu übersehen.

Der Bräutigam war sehr viel älter als sie. Er trug einen hellen, fast weißen Anzug mit breiter gelber Krawatte und zweifarbige Schuhe. Wagner warf einen Blick auf das Bett, wo derselbe Mann sich heute mit Alkohol außer Gefecht gesetzt hatte und ein Bild zum Gotterbarmen bot. Auf dem Foto trug er ein kleines Mädchen im Arm, vielleicht drei oder vier Jahre alt. Es umklammerte eine überdimensionale

Babypuppe und streckte den anderen Arm nach der Braut aus.

Dieses kleine Mädchen befand sich seit heute Nacht in Verona in einem Kühlfach der Gerichtsmedizin. Und vor Wagner lag ein Witwer und verwaister Vater, der sich nicht zu helfen wusste. Wie auch.

Er steckte Fotos und Ausweispapiere zurück in die Brieftasche und legte sie auf den Nachtschrank. Er wollte nicht riskieren, dass Schubert ihn dabei ertappte, wie er sie wieder in seine Jackentasche pfriemelte. Auch an die Untersuchung der Hosentaschen traute Wagner sich nicht. Ihm war klar, dass er sich mit der Inspektion des Zimmers und der Person Schuberts am Rande der Legalität bewegte.

Wo und wie hatte ein Geschäftsmann wie Konrad Schubert in Dortmund eine alleinerziehende junge Mutter aus Weißrussland kennengelernt? Vielleicht war sie eine der sogenannten Russlanddeutschen, die im Jahrzehnt nach der Wiedervereinigung in die Bundesrepublik zogen. Wahrscheinlich war sie mittellos gewesen, vom Vater des Kindes verlassen worden oder sehr früh verwitwet, und hatte sich mit miesen Jobs über Wasser gehalten oder gar prostituieren müssen.

Wagner wusste nicht, dass er nur in einem Punkt recht hatte.

Spaghetti alla Carbonara war auch das Mittagsgericht der Familie Wagner. Nicht die Touristenversion mit geräuchertem Speck und Sahne, sondern das Originalrezept aus Eigelb, verquirlt mit fein geriebenem *pecorino*, dazu mit wenig Hitze langsam knusprig gebratene, kleinste Würfel von *guanciale*. Wagner freute sich über die gemeinsame Mahlzeit mit der Familie - auch sein Vater war dabei, wenn auch ungewohnt wortkarg - und hatte gerade die ersten Nudeln auf die Gabel gedreht, als sein *telefonino* klingelte. Der Stationsarzt von Andrea de Luca teilte ihm mit, dass sein Patient erbrochen habe.

„Danke Herr Doktor, wir fangen gerade mit dem Essen an. Worum geht es tatsächlich?"

„Tut mir leid, aber genau darum geht es", sagte der Arzt, „um das Erbrochene von De Luca. Weil wir nicht alle Tage einen Mordverdächtigen auf der Station haben, wollte ich Sie fragen, ob wir das Material untersuchen sollen. Oberflächlich betrachtet sieht es nach *risotto ai funghi* und nach irgendetwas mit Schokolade aus."

Angewidert schob Wagner seinen Teller beiseite. Gestern morgen noch hatte er in der Küche im *risotto* gerührt, und die *salami di cioccolato* war eine über die Grenzen von Garda hinaus gerühmte Spezialität seiner Mutter. Es konnte kein Zufall sein, dass beides im Mageninhalt von Mordopfer und Hauptverdächtigem gefunden wurde. Wagner schob seinen Stuhl unter den Tisch und stellte den vollen Teller in die Durchreiche.

Zum Arzt sagte er: „Ja, bitte, lassen sie das Material untersuchen. Und danke, dass Sie mich angerufen haben, es könnte tatsächlich wichtig sein."

Anna Wagner protestierte: „Salvatore, du hast doch noch gar nichts gegessen! Nicht einmal probiert hast du."

„Mama, wir müssen uns unterhalten."

Wieder klingelte Wagners Telefon, dieses Mal war es Gasser. Er rief aus der Questura in Verona an und sagte ohne weitere Begrüßung: „Gerade war Wachwechsel vor De Lucas Zimmer im Krankenhaus und der abgelöste

105

Kollege berichtete von einem Besuch bei dem Patienten heute Vormittag. Ich dachte, das könnte Sie interessieren."

„Natürlich interessiert mich das. Ich hoffe, der Kollege hat die Personalien aufgenommen und die Person nicht durchgelassen."

Wagner musste ein paar Sekunden auf die Antwort warten. „Ich fürchte nein", sagte Gasser dann, „er kannte die Besucherin und hat sie reingelassen."

„Wer zum Teufel war das?" Wieder zögerte Gasser.

„Es war Ihre Tochter. Sie hatten sie in der Nacht auf dem Stellplatz unter die Obhut des Kollegen gestellt, deshalb erkannte er sie wieder und hat sich nichts dabei gedacht."

So langsam reichte es ihm. Der Vater des Mordopfers logierte im Hotel, Wagner selbst hatte ihn dort untergebracht. Seine Tochter tätschelte in der Mordnacht den Fuß des Hauptverdächtigen und besuchte ihn zwölf Stunden später am Krankenbett, wo der Diensthabende sie durchließ, weil er, der Leiter der Mordkommission, sie ihm in der Nacht anvertraut hatte. Warum zum Teufel hatte er Sara heute morgen nicht geweckt und sie nach ihrer Beziehung zu De Luca ausgefragt? Zu allem Überfluss saß Schuberts Nachbarin vom Stellplatz, diese undurchsichtige Frau Milser, ständig im Hotel rum, allem Anschein nach auf ausdrücklichen Wunsch seiner Mutter. Und jetzt sah es auch noch so aus, als ob das Mordopfer und der Hauptverdächtige gestern im Restaurant seiner Eltern gegessen hatten, vermutlich sogar vereint an einem Tisch.

Und keiner sagte ihm etwas. Wagner baute sich vor dem Familientisch auf und richtete seine Worte an Sara: „Nach

Oma rede ich mit dir, Sara. Und bis dahin rührst du dich hier nicht vom Fleck! Hast du mich verstanden?"

Anna Wagner folgte ihrem Sohn in die Küche und klappte die Tür der Geschirrspülmaschine nach unten. Sie zog ein paar trockene Teller aus dem Gestell und reichte sie ihm: „Hier, nimm die mal". Schon als er noch ein Kind und später ein Heranwachsender war, hatten sie am besten bei gemeinsamer Küchenarbeit miteinander reden können. Wagner nahm ihr die Teller ab, schichtete sie an ihrem Platz im Regal aufeinander und begann:

„Mama, du verschweigst mir etwas."

„Um Himmels Willen, Salvatore, was soll ich dir denn verschweigen?"

„Zum Beispiel, dass das Mordopfer und der Platzwart vom Stellplatz gestern bei dir zusammen gegessen haben."

Anna polierte das Besteck nach und hielt Salvatore die Griffe hin, er ließ Messer, Gabel und Löffel in die Schublade scheppern. Wagner spürte die Liebe zu seiner Mutter bis zum Hals, als sie sich vor ihm aufbaute und in die Höhe reckte, um ihrem Sohn gerade in die Augen blicken zu können. Sie stemmte die Fäuste in die Hüften und sagte:

„Aber du hast mich doch gar nicht danach gefragt!"

„Natürlich nicht, ich wäre doch nicht im Traum auf die Idee gekommen, dass du irgendetwas weißt, was mit dem Mordfall zu tun hat." Wagner schnappte sich seinen Teller von der Durchreiche, die Nudeln waren noch halbwegs warm, und setzte sich an den Tisch.

Anna ließ sich auf den Stuhl ihm gegenüber fallen. „*Buon appetito*, lass es dir schmecken und frage mich, soviel du willst."

Wagner erfuhr von seiner Mutter, dass Andrea de Luca und Alenka Schubert gestern zum ersten Mal zusammen in der Trattoria gegessen hatten. Sie hatten das Restaurant erst kurz vor 15:00 Uhr betreten, als die meisten Gäste schon gegangen waren. Die slawischen Gesichtszüge der jungen Frau erinnerten Anna an Yolanta. Beide hatten das Mittagsgericht gegessen, *risotto ai funghi,* und dazu einen Bardolino Superiore getrunken.

„Das weiß ich noch so genau", sagte Anna, „weil das bei jungen Leuten ungewöhnlich ist, eine ganze Flasche teuren Wein zum Mittagessen. Abends, wenn er sie verführen will, ist das etwas anderes, aber mittags … ! Den Wein hat der junge Mann ausgewählt, und er hat auch die Rechnung bezahlt."

„Und als Nachtisch haben sie *salami di cioccolato* gegessen?", fragte Wagner.

Seine Mutter zog die Augenbrauen hoch und fragte: „Woher weißt denn du das?"

„Es stimmt also?"

„Ja", Anna Wagner nickte stolz, „und es hat ihnen geschmeckt, vor allem ihr. Sie hat sogar noch einen Teil von seinem Teller gegessen."

Wagner ließ seine Gabel mit den aufgerollten Spaghetti auf dem Tellerrand liegen und fragte: „Hast du gehört, worüber sie gesprochen haben?"

Anna schüttelte den Kopf. „Nein, sie waren ja die letzten Gäste, und ich musste in der Küche helfen."

„Also alles ganz normal? Oder ist dir noch irgendetwas Ungewöhnliches aufgefallen?"

„Na ja, normal war es nicht, jedenfalls nicht das Ende." Wagners Mutter nahm einen Schluck Wasser und fuhr fort:

„Erst haben sie sich unterhalten, und wenn ich es jetzt recht bedenke, waren sie dabei absichtlich leise. Aber dann kippte die Stimmung irgendwie um. Ich habe nichts verstanden, der Geschirrspüler lief und ich war ja auch beschäftigt, aber sie wurden immer lauter, so als ob sie sich streiten. Ich bin dann ins Restaurant gegangen und wollte nachsehen, was los ist, aber da war die junge Frau schon aufgestanden und schwupp, war sie auch schon draußen."

Anna Wagner schmunzelte. „Sie hat ihn richtiggehend sitzenlassen. Der Arme starrte ihr mit offenem Mund nach, er konnte es gar nicht fassen."

Wagner ließ zwei Espressi aus der Maschine laufen. „Und dann, was hat er danach gemacht? Ist er auch gegangen?"

„Danke dir", Anna nahm ihre Tasse entgegen. „Nein, er ist noch am Tisch sitzen geblieben, eine halbe Stunde vielleicht, und hat vor sich hingestarrt. Er hat die Weinflasche geleert und danach noch drei oder vier Grappa getrunken, das weiß ich nicht mehr so genau, vielleicht waren es auch fünf. Jedenfalls war er ziemlich bedient, als er bezahlt hat und raus ist."

„Ich vermute, er hat bar bezahlt?" Seine Mutter nickte stumm, und Wagner wusste, dass es keinen Sinn hatte, sie nach einer Kopie des Kassenbons zu fragen.

Alenka Schubert hatte also De Luca im Restaurant sitzen lassen, und der ließ sich volllaufen. Sitzen gelassen, betrunken und zu allem fähig? Die Indizien gegen den jungen Mann häuften sich.

Auf dem Weg zu seiner Tochter im Dachgeschoss horchte Wagner vor Schuberts Zimmer. Das regelmäßige

Schnarchen hinter der Tür beruhigte ihn. Konrad Schubert war nicht nur der Vater des Mordopfers, oder vielmehr Stiefvater, er war auch ein wichtiger Zeuge. Wagner war nicht wohl bei dessen Unterbringung im Hotel seiner Eltern. Andererseits hatte Schubert selbst den Wunsch danach geäußert, und sowohl Gasser als auch die junge Polizistin waren dabei gewesen und hatten es mit angehört.

Die Tür zu Saras Zimmer stand weit offen. Sie beugte sich über ihr Bett und faltete ein paar Kleidungsstücke zusammen. Wagner erkannte sofort, dass es sich um Sachen für Männer handelte, trat ein und begrüßte seine Tochter.

„Kannst du nicht anklopfen?" Sara ließ sich auf Hemd und Hose fallen und stopfte einige Unterhosen darunter.

„Entschuldige bitte, aber die Tür stand offen. Was versteckst du da?"

Es war nicht Sara, die ihm antwortete: „Das sind alte Sachen von mir. Sara soll sie ans Rote Kreuz geben, das ist doch lieb von ihr. Wirklich lieb." Wagner hatte seinen Vater nicht kommen hören, vielleicht hatte er aber auch bei seinem Eintreten schon auf dem Stuhl vor dem Schreibtisch gesessen. Verdammt, das hier war seine Familie, da musste er sich doch nicht jedes Mal einen Überblick von allen Ecken des Raums verschaffen, wenn er ein Zimmer betrat. Oder etwa doch? Was er sah, hatte den Anschein einer konspirativen Aktion. Irgendetwas wollten sein Vater und seine Tochter vor ihm verbergen.

Er setzte sich neben Sara auf das Bett. „Steh mal auf", sagte er und zog die Hose unter ihrem Po hervor. Die Sachen waren tatsächlich alt, aber es waren seine eigenen, aus der Zeit vor Yolantas Tod.

„Das sind meine Hosen, Sara, woher hast du sie?"

Wieder kam Erwin Wagner seiner Enkelin zu Hilfe: „Da habe ich mich wohl vergriffen. In letzter Zeit bin ich manchmal etwas durcheinander, deine Mutter will mich sogar deswegen zum Arzt schleifen." Der alte Mann sprang auf die Füße. „Aber ohne mich, das kannst du ihr sagen, ohne mich! Ich bin doch nicht bekloppt!" Sein Gesicht lief rot an, wütend riss er die Augen weit auf, schoss aus der Tür und polterte die Treppe hinunter.

Sara setzte sich auf seinen Platz am Schreibtisch. „Ja Papa, da siehst du mal, wie das bei uns zugeht. Opa kriegt Alzheimer oder sowas. Manchmal ist er ganz normal und man kann sich mit ihm über alles unterhalten, und dann wird er furchtbar wütend wegen irgendeiner Kleinigkeit, oder weil er mal wieder etwas vergessen hat, und blafft einen an. Vor allem Oma kriegt dann ihr Fett weg, und die hat es noch am wenigsten verdient." Sara feuerte ihre schärfste Waffe ab: „Wenn du öfter mal hier wärst, dann hättest du das schon längst mitgekriegt."

Das saß. Machte er sich etwas vor, wenn er glaubte, in seiner Familie sei alles in Ordnung? Oder hatte er die Veränderungen bei seinem Vater etwa nicht sehen wollen?

„Lenk nicht ab, Sara. Erzähl mir lieber, woher du Andrea de Luca kennst und was du heute Vormittag bei ihm im Krankenhaus wolltest."

„Ach, bist du jetzt wieder der Bulle? Nicht mehr mein Vater und Opas Sohn? Okay, wie du willst. Andrea ist mein Nachhilfelehrer für Chemie und Biologie, seit einem Jahr schon. Beim letzten Zeugnis erst hast du gesagt, dass sich das Geld für seine Nachhilfe wirklich lohnt."

Es stimmte, Wagner gab Sara seit einem Jahr monatlich das Geld für die Nachhilfe und wusste, dass ein

Biologiestudent im höheren Semester ihr die Stunden gab. Vielleicht hatte sie ihm sogar den Namen gesagt.

„Und deshalb besuchst du ihn im Krankenhaus?"

Sara nickte. „Ich habe ihn doch auf dem Stellplatz gesehen, wie er da im Ambulanzwagen lag. Und ich musste sowieso nach Verona, für Oma etwas umtauschen, da habe ich ihn dann eben besucht. Oh Mann, dem geht's echt schlecht, das kannst du mir glauben."

Wagner stand auf. „Das mag ja sein, Sara, aber De Luca ist ein Verdächtiger in einem Mordfall und darf keinen Besuch haben. Von niemandem. Ist das klar?"

„Schon gut, ich hab's kapiert. Aber schmink dir das ab, Andrea ist kein Mörder. Nie und nimmer!"

Sollte Sara den Platzwart doch besser kennen? „Das behauptet auch niemand. Wenn er unschuldig ist, wird sich das rausstellen. Aber wenn nicht?"

„Pah, dann gebe ich ihm eben ein falsches Alibi."

Fassungslos verließ Wagner das Zimmer seiner Tochter.

*

Erika erreichte den Stellplatz wenige Minuten, bevor ein nicht besonders heftiger, aber beständiger Landregen einsetzte. Das sanfte Plätschern draußen und die langsam ablaufenden Wasserschlieren vor den Fenstern verwandelten das Wohnmobil in ein behagliches Apartment. Roland hatte die Heizung eingeschaltet, und die Gasflamme unter dem Nudelwasser wärmte Erika zusätzlich. Sie erzählte Roland von ihrem Tag.

Auf dem Rückweg vom Camporondo hatte sie noch einmal einen Abstecher zu dem Haus mit dem Graffiti *cases popolari* gemacht. Nur so, aus purer Neugierde. Anna hatte ihr erklärt, dass *casa popolari* Sozialwohnung bedeutet, diese Schmiererei aber nichts weiter sei als eine ironische Anspielung. Tatsächlich wohnten in den vier Apartments Frauen, die ihren Körper verkauften. Das einstöckige Haus war wirklich schmucklos, keine Pflanzen im kleinen Vorgarten und auch kein Grün vor den Fenstern. Kein Balkon, und alle Fenster hinter Rollläden verborgen. Zwei Männer in Overalls mühten sich mit Schrubber und dicken Schaumwolken an dem Schriftzug ab.

„Also Prostituierte?", hatte Erika ihre Freundin gefragt.

„Na ja, nenn es, wie du willst, Callgirls, Eskortdamen oder eben auch Prostituierte. Schön ist das nicht, so etwas bei uns im Ort. Obwohl, sie sind schon ziemlich diskret und immer manierlich angezogen, ganz normal. Die gehen nicht halbnackt auf die Straße oder so."

Anna hatte Erika erklärt, dass Prostitution in Italien erlaubt sei. Jede Frau konnte in ihrer Wohnung tun und lassen, was sie wollte. Bordelle hingegen waren genauso verboten wie Zuhälterei.

„Ich finde das gut so", sagte Erika im Wohnmobil zu Roland, „dass kein Mann am Körper einer Frau verdient."

„Aber dass Männer für Sex bezahlen, das findest du in Ordnung?"

Erika kippte eine Fertigsoße über die zu weich gekochten Nudeln, vermengte beides und füllte ihre Teller. So spät aßen sie sonst nie. Sie verließ das Thema Sex und erzählte von ihrem Besuch im Hotel, wie sie Schubert das Essen aufs Zimmer gebracht hatte und die Tochter des Kommissars dazu gekommen war. Erst beim Kaffee erwähnte sie, dass sie ihr Zimmer von damals wiedergesehen hatte und sich trotzdem an nichts erinnern konnte. Zaghaft sprach sie von ihren unbestimmbaren negativen Gefühlen bis hin zur Atemnot, die sie in Zimmer und Flur überkommen hatten und deren Herkunft sie sich nicht erklären konnte.

Roland fragte ärgerlich: „Warum fängst du jetzt wieder damit an? Wir haben doch schon so oft darüber gesprochen. Ich dachte, das ist längst gegessen. Dieser verdammte Unfall ist schuld an deinem Gedächtnisverlust, sonst nichts. Die Ärzte haben dir doch erklärt, dass das ganz normal ist."

Erika fürchtete schon, dass er jetzt wieder von seinen Schuldgefühlen nach dem Unfall anfangen würde, die zusammen mit seinem beruflichen Versagen als Lehrer zur chronischen Depression geführt hatten. Zu ihrer Überraschung ging er aber auf ihre Schilderung ein.

„Wahrscheinlich steckt irgendeine Substanz im Zimmer, ein Reinigungsmittel oder so etwas wie Holzschutz, worauf du heute so heftig reagiert hast. Mach dir darüber keine Gedanken."

Seit vielen Jahren hatte Erika nicht mehr mit ihrem Mann über dieses Thema gesprochen und wollte so schnell nicht aufgeben. „Ich bin froh, dass Anna und ich uns verstehen wie alte Freundinnen. Vielleicht kann sie mir helfen, meine Erinnerung an damals wiederzufinden."

„Ja, vielleicht", sagte Roland und blickte aus dem Fenster, „vielleicht sollten wir aber lieber so schnell wie möglich wegfahren von hier."

Etwa so wie damals? Während ihrer monatelangen Arbeitsunfähigkeit nach dem Unfall hatte Erika beim Aufräumen ihrer Schreibtischschubladen eine schriftliche Bestätigung des Hotels über die Tage ihrer Reservierung gefunden. Darauf standen zwei Nächte mehr als sie geblieben waren. Rolands Erklärung, dass sie nach dem schönen Abend gemeinsam beschlossen hätten, wegen ihrer starken Kopfschmerzen früher als geplant abzureisen, hatte sie nie ganz befriedigt.

Nein, dachte Erika, diesmal bleiben wir wie geplant. „Nein", sagte sie und schüttelte den Kopf, „das geht nicht, wir dürfen doch alle erst abfahren, wenn die Untersuchungen auf dem Stellplatz abgeschlossen sind."

Abends klopfte wie zur Bestätigung Kommissar Gasser an die Türen der Wohnmobile und informierte alle Gäste auf dem Stellplatz, dass sie sich am nächsten Morgen bereithalten sollten für die routinemäßige Abnahme ihrer Fingerabdrücke. Von den Männern würden auch Abstriche genommen für einen DNA-Test, die richterliche Anordnung dazu läge vor. Und was tat Roland? Er fragte den Kommissar, wann sie endlich abreisen könnten. Warum nur hatte er es so eilig damit?

In dieser Nacht schlief Erika unruhig, wachte in immer kürzeren Abständen auf und brauchte jedes Mal länger, um wieder einzunicken. Zu Hause hätte sie sich aus dem Schlafzimmer geschlichen und vielleicht in dem alten Ohrensessel im Schein der Stehlampe ein Buch aufgeschlagen. Oder in der Waschküche das Bügeleisen eingeschaltet und sich irgendein Kleidungsstück vorgeknöpft. Und sie hätte ein viel zu kaltes Stückchen Käse aus dem Kühlschrank genascht. In dem beschränkten Raum des Wohnmobils aber mit seinen dünnen Wänden wälzte sie sich von einer Seite auf die andere und versuchte vergeblich, den Zipfel eines

Gedankens aus dem wirren Knäuel in ihrem Kopf zu fassen und zu Ende zu spinnen.

Alenka

Alenka ist ordentlich in Fahrt. Beim späten Mittagessen im Restaurant hat Andrea schon wieder versucht, sie von ihrem Vorhaben abzubringen, und sie haben sich richtig in die Wolle gekriegt. Anstatt sie zu beruhigen, sie war doch schon nervös genug, ist er immer wieder darauf rumgeritten, wie gefährlich das war. Dabei weiß er doch gar nichts Genaues. Zum Schluss hatte Alenka die Faxen dicke, dass nun auch er ihr vorschreiben wollte, was sie zu tun und zu lassen hatte, stand mit einem Ruck auf und ließ ihn sitzen. Vorher hatte sie noch laut mit ihm geschimpft, um sich Mut zu machen.

Zuhause im Wohnmobil ist es auch nicht viel besser. Als sie eintritt, hantiert er schon wieder mit diesem Messer herum, schärft es mit dem langen Stab, obwohl es doch ganz neu ist, und sieht dabei richtig glücklich aus. „Hallo meine Kleine, du kommst spät, ich habe schon längst gegessen. Ich hoffe, du hast ordentlich Hunger mitgebracht, es sind noch zwei saftige Steaks übrig, die mache ich uns dann eben zum Abendbrot."

„Nein", sagt Alenka. Hunger hat sie keinen und schon gar nicht auf Fleisch, und sie denkt, genau diese Worte, dass sie spät kommt, will sie in Zukunft nie wieder hören. Sie muss ihre Wut auf Andrea ausnutzen und sie gegen ihren Vater richten, nur so kann sie gegen ihn ankommen. Sie muss ihn reizen, ihn provozieren. Sonst fällt sie wieder auf ihn rein, sie weiß ja, dass er sie über alles liebt und es nur gut mit ihr meint.

„Ich habe schon gegessen, Andrea hat mich eingeladen." Das sitzt, er kann Andrea auf den Tod nicht ausstehen, weiß der Geier warum, schließlich hat sie nichts mit ihm. Es nützt nichts, um den heißen Brei zu reden, für manche Dinge gibt es keinen richtigen Moment und auch nicht die richtigen Worte.

„Wenn wir wieder in Dortmund sind, ziehe ich aus."

So, jetzt ist es raus, jetzt muss sie es nur noch aussitzen. Wie er mit offenem Mund verstummt, Messer und Schleifstab auf den Tisch zwischen sie legt und auf seinem Sitz zusammensackt. Wie er die Zähne zusammenbeißt, um nicht laut zu werden, all die Argumente, auf die sie vorbereitet ist, dass sie doch eine Familie sind, einer nur den anderen hat, dass er doch ihrer Mutter auf dem Sterbebett versprochen hatte, auf sie aufzupassen - mein Gott, wie lange denn? Bis sie vierzig war? - dass ein Leben auf eigenen Beinen teuer ist und und und. Schlimm sind seine Berührungen, wie sein fleischiger Handrücken ihr fast unmerklich über die Wange streicht, so hat er es ihr Leben lang getan und sie weiß, sie wird das vermissen. Und die langen Pausen, wenn keiner etwas sagt und beide am liebsten weinen würden. Das ist kaum auszuhalten.

Irgendwann am Abend, als es ganz still geworden ist zwischen ihnen, fährt Konrad Schubert mit dem Motorrad davon.

Sonntag, 13. Oktober

Erika machte sich am Sonntagmorgen früh fertig, sie wollte nicht unfrisiert und im Bademantel zur Abnahme ihrer Fingerabdrücke erscheinen. Das Frühstück mit Roland fiel knapp aus, sie mussten dringend Lebensmittel einkaufen. Pünktlich um 9:00 Uhr mischte sie sich unter die ersten Wartenden vor dem Kastenwagen der Polizei.

Zu Erikas Überraschung zog Bürgermeister Fontana mit einem einladenden Lächeln die seitliche Tür des Lieferwagens für jede Person weit auf und zog sie hinter ihr mit elegantem Schwung zu. Im Hotel hatte er mitbekommen, dass Erika Italienisch sprach, und erklärte ihr seine Anwesenheit.

„Ich bin hier nur der Türsteher, damit die Beamtin in Uniform entlastet ist. Und keine Sorge, der Datenschutz bleibt gewahrt."

Dazu lachte er, ein sympathisches Lachen, obwohl er auf Erika trotz seiner untadeligen Kleidung etwas mitgenommen wirkte. Sie nutzte die Gelegenheit und ließ sich vom Bürgermeister bestätigen, wo es im Ort auch sonntags die Möglichkeit gab, Lebensmittel einzukaufen.

„Erika Milser, geboren am 25. Januar 1958 in Hamburg als Erika Dorothea Steinbauer, verheiratet seit dem 15. Oktober 1984 mit Roland Milser, beide wohnhaft in Deutschland, 82211 Herrsching am Ammersee, Strittholzstraße. Keine Hausnummer. Diese Daten sind korrekt?"

„Ja, alles korrekt", sagte Erika, „ohne Hausnummer".

Die Polizistin war dieselbe, die schon in der Mordnacht und am Tag darauf auf dem Stellplatz Dienst getan hatte. Sie konzentrierte sich auf nichts anderes als ihre Arbeit. Erika hatte mit einem Stempelkissen und Papier gerechnet, aber die namenlose Frau mit dem übernächtigten Gesicht rollte die Fingerkuppen der Stellplatz-Gäste auf einer Art digitalem Tablet ab. Nach Erika war das norwegische Paar dran. Sie schob sich an ihnen vorbei und stieß zum zweiten Mal fast mit dem Mann zusammen, der sie vorgestern vor dem Wohnwagen von Andrea überrascht hatte.

„Oh, bitte entschuldigen Sie, ich habe Sie gar nicht bemerkt", sagte Erika und überprüfte mit einer Hand ihre Frisur.

„*No problem*", antwortete er und lächelte. „Und *sorry*, ich habe mich noch gar nicht vorgestellt. Mein Name ist Paul Battenberg, ich bin der mit dem Lenkrad auf der falschen Seite."

Erika ärgerte sich, weil sie ihn auf Deutsch angesprochen hatte, stellte sich ihrerseits auf Englisch vor und fragte: „Sie reisen allein?"

Was für eine dumme Frage, was sollte er von ihr denken? Bei ihrer ersten Begegnung vor dem Wohnwagen hatte sie sich schon unwohl gefühlt, jetzt fand sie ihr Verhalten lächerlich bis dämlich. Wieder zeigte er sein jungenhaftes Lächeln, wobei er den Kopf leicht schräg legte.

Damit sah er aus wie Hugh Grant in Blond und mit Schnauzer. Ob er seine Haare färbte?

„Ja, ganz allein. Mehr passen da auch wirklich nicht rein, glauben Sie mir. Und Sie? Für Ihren Mann und Sie scheint mir ihr *motorhome* gerade richtig zu sein." Er wusste also, in welchem Wohnmobil sie reiste und mit wem. Hatte er das zufällig in Erfahrung gebracht? Bevor Erika noch darüber nachdenken oder gar nachfragen konnte, sah sie, dass Roland sich in die kurze Warteschlange eingereiht hatte und sie beobachtete. Sie nickte dem Engländer zu und verabschiedete sich.

„*See you*", sagte sie. Man sieht sich. Wie sie diese nichtssagenden Floskeln hasste.

„Paul", begrüßte Erika ihren Mann, und schaffte es gerade noch hinzuzufügen: „so heißt der Engländer, mit dem ich eben gerade gesprochen habe."

*

Den Samstagabend hatte Salvatore Wagner allein in seiner Wohnung in Verona verbracht. Er hatte weder Lust zum Kochen noch auf Gesellschaft in einem Restaurant und holte sich eine Pizza aus der Trattoria unten im Haus. In missmutiger Stimmung trank er zu viel Wein und rief zu später Stunde seine Schwester auf Mallorca an. Isabella wusste genauso wenig wie er von einer beginnenden Demenz oder Alzheimererkrankung ihres Vaters. Sie sagte nur: „Wenn das tatsächlich so ist, dann will Mama eben nicht, dass wir davon erfahren. Bohr nicht weiter nach, wenn es schlimmer wird, wirst du es schon merken." Das Gespräch konnte ihn nicht wirklich zufriedenstellen.

Wagner schlief unruhig, mit langen Wachphasen und wirren Träumen. Wiederholt winkte Yolanta ihm mit einer blutbefleckten Serviette aus weißem Damast zu und lachte. Ihr spitzbübisches Lachen.

Um sich abzulenken, fuhr er am Sonntagmorgen in die Questura - und kam vom Regen in die Traufe. Kaum saß er an seinem Schreibtisch, klingelte das Telefon, und zu dem Unmut über seine Familie gesellte sich Ärger im Beruf. Sein Chef, Vice-Questore Piacelli persönlich, blaffte ihn vom anderen Ende der Leitung an.

Nach dem Gespräch mit Piacelli, das diese Bezeichnung nicht verdiente, musste Wagner sich zusammenreißen, um nicht mit Karacho den Telefonhörer fallenzulassen. Auf den Schreibtischen in der Questura standen noch die guten alten Telefone mit abnehmbarem Hörer. Zwar ohne versenkbare Gabel, aber immer noch konnten die Angestellten bei Bedarf ihrer Wut freien Lauf lassen und lautstark den Hörer aufknallen. Diese Telefonapparate waren nicht solche Weicheier wie die schnurlosen und die *telefonini*, bei denen am anderen Ende niemand merkte, in welcher Gemütsverfassung die Gesprächspartner eine Unterhaltung beendeten. An diesem nebligen Sonntagmorgen schäumte Wagner vor Wut und konnte sich kaum bezähmen.

Piacelli wollte Ergebnisse, und das so schnell wie möglich. Der Mord auf dem Stellplatz in Garda hatte sich im Laufe des Samstags herumgesprochen. Die Sonntagszeitungen brachten die ersten Berichte mit Fotos vom Stellplatz, noch ohne recherchierte Einzelheiten und ohne Namen, weder von den ermittelnden Beamten noch vom Opfer oder von Zeugen. Die Bilder zeigten die beiden abgesperrten Wohnmobile, De Lucas Wohnwagen und den Kastenwagen der Polizei vor dem Sanitärgebäude.

Der Vice-Questore hatte die Pressekonferenz für Montag um 8:00 Uhr einberufen und Wagner aufgefordert, als Leiter der Mordkommission dabei zu sein. Vorher bestand er auf einem Bericht, in dem, wenn schon nicht ein Mörder präsentiert wurde, er wenigstens mit konkreten Spuren aufwarten konnte. Dass Piacielli höchstpersönlich während der Touristensaison eine weitgehende Urlaubssperre verhängt hatte, weshalb jetzt im Herbst viele Kollegen in den Ferien waren, interessierte ihn genauso wenig wie die Tatsache, dass auch bei der Mordkommission die Mühlen am Wochenende langsamer malten als unter der Woche. Zumindest, was das Schreiben von Protokollen und Berichten anging.

„Ich rufe Sie doch auch am Sonntagmorgen an, anstatt gemütlich auf dem See zu paddeln", schallte seine Stimme an Wagners Ohr. Ein Witz war das, bei dem Nebel! Und Piacelli paddelte nie, er warf höchstens mal eigenhändig den Motor seiner Yacht an. Wagner stellte sich vor, wie sein Chef gerade gemütlich zu Hause auf dem Sofa saß und mit einer filterlosen Zigarette der Verdauung seines opulenten Frühstücks nachhalf. Ihm fiel nichts Besseres ein, als es seinem Chef gleichzutun und den Druck nach unten weiterzugeben. Er wählte die Nummer von Josef Gasser und bestellte ihn zu sich ins Büro.

Zwischen dem Telefonat mit Piacelli und der Ankunft von Gasser blieb Wagner ausreichend Zeit, die überschäumenden Wogen in seinem Gemüt den sanften Wellen des vor der Questura ruhig dahingleitenden Flusses anzugleichen.

Der Nebel lichtete sich, machte aber nicht etwa der Sonne Platz, sondern den Wolken in allen Schattierungen von Grau. Nur einige wenige Lichtstrahlen tanzten als blinkende Reflexe auf dem Wasser. Vielleicht würde es ja doch noch ein schöner Sonntag werden. Zumindest ein schönes Sonntagswetter.

Auch an diesem Morgen schien Gasser geradewegs einem Werbeprospekt für Herrenkleidung entsprungen. Er war in Südtirol geboren und aufgewachsen und gehörte dort zur deutschen Sprachgruppe auf italienischem Staatsgebiet. Vielleicht war das seine Art, diesen Zwiespalt auszuhalten, in einem Korsett aus eng geschnittenen Hosen und akkurat sitzendem Jackett sowie tadellosen Manieren. Und indem er seinem Vorgesetzten Vorgaben machte, die dieser selbst hätte festlegen sollen.

Gasser stellte zwei Espressi auf den runden Konferenztisch und setzte sich.

„Sie haben recht, dort spricht es sich besser", sagte Wagner, schichtete die Papiere vor sich auf dem Schreibtisch und ging mit dem Stapel in der Hand zu seinem Kollegen. Er setzte sich vor die zweite Tasse ihm gegenüber und fragte:

„Was haben Sie zu berichten?"

„Zur aktuellen Situation: Auf dem Stellplatz nehmen die Carabinieri gerade die Fingerabdrücke aller Gäste und DNA-Abstriche der Männer. Bürgermeister Fontana unterstützt sie dabei."

Wagner trank seinen Espresso mit einem einzigen Schluck und sagte: „Okay. Und weiter?"

„Gestern Abend war ich noch einmal im Krankenhaus bei De Luca. Er hat keine weiteren Besuche erhalten. Laut

Oberarzt kann er Mitte bis Ende der Woche entlassen werden, bis dahin wollen sie noch ein paar Untersuchungen machen."

„Haben Sie ihn noch einmal befragt?"

„Ja, aber viel hat das nicht gebracht. Ich habe ihn auf die Information von Ihnen angesprochen, dass er sich am frühen Freitagnachmittag mit dem Mordopfer im Restaurant Ihres Hotels … ".

Wagner unterbrach ihn: „Ich glaube, ich sagte es schon, es ist nicht mein Hotel."

Gasser hob fast unmerklich die Augenbrauen. „Wie auch immer. Die beiden trafen sich also gegen 15:00 Uhr zum Essen. Laut Aussagen Ihrer Mutter kam es zum Streit, worauf Alenka Schubert das Lokal verließ. Die konsumierte Menge Alkohol von De Luca ist vereinbar mit den 1,4 Promille in seinem Blut. Er verneint nach wie vor eine Liebesbeziehung zu dem Mordopfer und bleibt dabei, dass sie nur sehr gute Freunde waren. Bei dem Streit sei es um den geplanten Auszug Alenkas aus dem väterlichen Haus gegangen. De Luca habe ihr geraten, ihren Vater erst nach ihrer Rückkehr in Dortmund damit zu konfrontieren."

Gasser blätterte in seinen Notizen auf dem Tablet und fuhr fort: „Den DNA-Abstrich habe ich genommen, De Luca hat auch sofort eingewilligt. Er streitet immer noch jede Tatbeteiligung ab, hat jedoch kein Alibi für die Tatzeit." Er öffnete eine neue Seite, schaute kurz darauf und fuhr fort: „Dann ist da noch dieser Engländer auf dem Stellplatz, Paul Battenberg. Er hatte ja in der Nacht zum Samstag schon ausgesagt, dass er die Zeugin Milser Freitagmittag vor dem Büro von De Luca angetroffen hat. Angeblich ist ihm erst später wieder eingefallen, dass er beim

Näherkommen einen Streit im Wohnwagen gehört hatte, aber trotz seiner Deutschkenntnisse nicht verstehen konnte, worum es ging. Und wenige Minuten nach dem Abgang der Zeugin Milser sei die Tochter von Konrad Schubert aus dem Wohnwagen gekommen. Das hat er laut seiner Aussage gesehen, als er vom Sanitärgebäude zu seinem Camper zurückging."

Wagner unterbrach seinen Kollegen. „Das ist ja interessant, das hat die Frau Milser bislang nicht erwähnt. Was nichts heißen muss, aber wir sollten da nachhaken. Ich übernehme das, ich muss sowieso nach Garda. Machen Sie weiter."

Gasser nickte. „Bleiben wir bei De Luca. Auf die Angaben von Battenberg befragt, bestätigte er, dass Alenka Schubert am späten Freitagvormittag bei ihm gewesen sei und sie sich schon bei diesem Treffen gestritten hätten. Angeblich über dasselbe Thema. Deshalb hat er sie auch für später zum Essen eingeladen. Im Wohnwagen wurden geringe Mengen Marihuana gefunden, kaum genug für den Eigenbedarf, erst recht zu wenig zum Dealen. Er streitet auch nicht ab, dass sie zusammen einen Joint geraucht haben. Aber von einer Pistole will er nichts wissen, und die Kollegen von der Technik haben auch keine Waffe gefunden."

Wagner: „Trotzdem ist er immer noch unser Hauptverdächtiger. Keiner kennt sich auf dem Stellplatz so gut aus wie der Platzwart. Er kann ohne Weiteres die Sicherung rausgedreht und die Videoüberwachung ausgeschaltet haben. Danach hat er sich unbemerkt dem Wohnmobil genähert, zumal bestimmt auch er gewusst hat, dass das Schloss der Tür kaputt ist. Womöglich ist er eingetreten und sie haben den Rotwein getrunken und sich wieder versöhnt. Vielleicht wollte er auch endlich mehr, sie lag ja nackt im Bett, und dann ist das Ganze eskaliert. Warum auch immer. Es fehlt das zweite Weinglas und die Pistole. Das Glas kann er abgewaschen und zurückgestellt haben. In den Müllcontainern hat sich jedenfalls nichts gefunden."

Gasser schlug auf eine unbestimmbar elegante Art die Beine übereinander, seine sorgsam manikürten Finger spielten mit dem Kugelschreiber. „Andrea de Luca ist übrigens nicht immer ein kleiner Angestellter gewesen", fuhr er fort, „er stammt aus gutem Haus, sein Vater ist Professor für Informatik und die Mutter Studienrätin. Aufgewachsen ist er als Einzelkind bei seinen Eltern in Verona, hat sich aber nach einem Abitur mit Bestnoten Neapel als Studienort ausgesucht. Er sagte, er hätte so weit wie möglich weggewollt von seinen Eltern."

„Was hat er studiert?", fragte Wagner.

„Biologie, aber kurz vor dem Examen hat er das Studium hingeschmissen. Angeblich, um seine kranke Großmutter zu pflegen. Tatsächlich lebte er fast zwei Jahre bis zu ihrem Tod bei ihr in Garda, und sie hat ihm ihr großes Haus vererbt. Trotzdem hat er den Job auf dem Stellplatz angenommen und lebt seitdem in dem alten Wohnwagen."

„Wenn das so ist, sollten wir uns vergewissern, ob bei dem Tod der alten Frau alles mit rechten Dingen zugegangen ist. Wahrscheinlich reicht es, wenn Sie im Sterberegister nachschauen und den Arzt fragen."

Gasser sprach seinen Vorgesetzten auf das Untersuchungsergebnis von Alenka Schuberts Mageninhalt an. „*risotto ai funghi* und *salami di cioccolato*. Sollen wir nachfragen, welche Restaurants am Freitag diese beiden Gerichte auf der Karte hatten?"

Wagner war sich nicht sicher, ob in Gassers Frage ein Unterton mitschwang. Wusste er etwa schon die Antwort? „Nicht nötig", sagte er so beiläufig wie möglich, „das wissen wir schon. Anscheinend haben am Freitag alle Beteiligten im Hotel meiner Eltern gegessen. Übrigens auch das Ehepaar Milser, ich habe sie dort selbst gesehen, und wie fast jeden Tag Domenico Fontana, den Bürgermeister." Er lachte. „Morgens habe ich sogar eigenhändig in dem Risotto gerührt. Und laut Stationsarzt hat De Luca gestern das Gleiche erbrochen, auch wenn das genaue Untersuchungsergebnis aussteht."

Wagner musste jetzt irgendetwas über die Beziehung von Sara zu De Luca sagen, nur hatte er keinen blassen Schimmer, wo er ansetzen konnte. Seine Hoffnung, dass Gasser vorerst nicht nachhaken würde, zerschlug sich mit dessen Frage nach genau jener Verbindung der beiden. Ob er inzwischen mehr darüber wüsste.

„Ja, natürlich habe ich auch meine Tochter befragt, allerdings kam ich noch nicht dazu, den Bericht darüber zu schreiben. De Luca gibt ihr Nachhilfeunterricht in Chemie und Biologie, seit einem Jahr schon, und das sogar mit Erfolg."

Gasser legte den Kugelschreiber auf den Tisch. „Seit einem Jahr schon? Und Sie wussten nichts davon?"

Verdammt, dachte Wagner, was weiß ein Vater schon von seiner pubertierenden Tochter? Und was zum Teufel weiß ich alles NICHT über Sara? „Nein", sagte er, „davon wusste ich nichts. Jedenfalls nicht, dass es De Luca war, der ihre Zensuren hochgepusht hat." Jetzt hätte er Gasser liebend gern gefragt, ob er Kinder habe, nur um ihm eins auszuwischen. Aus den Bewerbungsunterlagen wusste Wagner, dass er geschieden war und sein kleiner Sohn bei der Mutter in Bozen lebte. Die einfache Frage „Haben Sie Kinder?" wäre eine gemeine Retourkutsche gewesen.

Stattdessen kam er auf den Fall zurück und sagte: „Wichtig ist noch, dass Schubert nicht der biologische Vater des Opfers ist, nur der Stiefvater. Und wir wissen, dass das Mädchen von ihm wegwollte. Jedenfalls wollte sie nicht mehr bei ihm wohnen. Laut De Luca wollte sie ihrem Stiefvater das am Freitag mitteilen, also Stunden vor dem Mord. Ich wollte Schubert gestern dazu befragen, aber er lag volltrunken im Bett, da war nichts zu machen. Ich habe ihn nicht einmal wachbekommen. Nachher fahre ich noch einmal zu ihm, und wenn's sein muss, lasse ich ihn ausnüchtern. Wie denken Sie über Schubert als möglichen Tatverdächtigen?"

„Nun, wie Sie schon angedeutet haben, dass er nicht ihr leiblicher Vater ist und sie ihn verlassen wollte, macht auch ihn verdächtig. Uns gegenüber hat er sie als seine Tochter ausgegeben, vielleicht, um über jeden Verdacht erhaben zu sein."

Das Klingeln von Wagners *telefonino* unterbrach den Informationsaustausch der beiden Kommissare. Wagner meldete sich, hörte mit wachsender Anspannung zu und beendete das Gespräch mit einem Donnergrollen. „Schreiben Sie einen detaillierten Bericht! Und gnade Ihnen Gott, wenn ich darin keine ausreichende Erklärung finde!"

Er stand auf und sagte zu Gasser: „Das mit der Entlastung von De Luca hat sich erledigt. Er ist aus dem Krankenhaus verschwunden."

*

Erika spülte das Frühstücksgeschirr und fragte sich, ob sie irgendwo im Ort Becher und Teller aus Pappe kaufen konnte. Nicht weil sie zu faul zum Abwaschen der paar Teile war. Sie dachte an Roland. Er sollte nicht öfter als nötig den Frischwassertank auffüllen, weil er dafür jedes Mal das Stromkabel einrollen und ihre Behausung an die Servicestation fahren musste. Und danach wieder rückwärts einparken. Erika hatte andere Wohnmobilfahrer mit großen Plastikkanistern und auch Gießkannen zwischen Fahrzeug und Wassersäule pendeln sehen, aber so etwas hatten sie nicht dabei. Vielleicht konnte er die Kanister an einer Tankstelle kaufen?

„Was meinst Du?", fragte sie Roland.

„Kann schon sein, ich setze mich nachher mal aufs Rad und schaue mich um."

„Im Ernst? Sie haben Regen und stürmische Gewitter angesagt!"

„Ach", sagte Roland, „noch sieht es doch ganz gut aus."

Erika freute sich, dass Roland sich bei diesem Wetter aufraffen wollte. Sie legte ihm die Regenjacke zurecht, und nachdem sie ihn hatte fortfahren sehen, kuschelte sie sich in ihre dicke Wolljacke. Gerade hatte sie ihr Buch aufgeschlagen, da klopfte es an der Tür. Auf ihre Frage meldete sich Salvatore Wagner.

„Guten Tag Frau Milser. Ich wollte Sie bitten, zu mir in den Polizeiwagen zu kommen, es sind noch einige Fragen offen."

„Jetzt gleich?"

„Wenn es Ihnen nichts ausmacht."

Erika verkniff sich die Frage, warum der Kommissar sie nicht im Wohnmobil befragen wollte, griff nach ihrer Handtasche und folgte ihm zu dem Lieferwagen, in dem sie vorhin ihre Fingerabdrücke hinterlassen hatte. Sie wusste, dass niemand durch die Fenster in den Wagen blicken und sie erkennen konnte, trotzdem fühlte sie sich unwohl in dem weißen Licht, das sie noch nicht einmal wärmte. Wagner zeigte auf einen kleinen schwarzen Apparat auf dem Klapptisch zwischen ihnen, ähnlich wie ein Smartphone, und erklärte ihr, dass er sie als Zeugin befragen würde und ihr Gespräch aufzeichnen.

„Frau Milser, bitte erzählen Sie mir vom Verlauf des vergangenen Freitags."

„Des ganzen Tages?"

„Ja bitte. Gestern sprachen wir ja nur über die kurze Zeit unmittelbar vor und nach Ihrem Notruf. Heute möchte ich Sie um einen detaillierten Bericht darüber bitten, was Sie vorgestern wann und wo gemacht haben."

„Den ganzen Tag?", fragte Erika noch einmal.

„Den ganzen Tag. Vom Aufwachen bis zu dem, was ich schon weiß."

Erika setzte ein feines Lächeln auf und begann mit sanfter Stimme ihren Bericht. „Nun, Herr Wagner, vielleicht ist es besser, wenn ich mit der Ankunft auf dem Stellplatz in Garda beginne. Aufgewacht sind wir nämlich noch in Bolzano." Zufrieden registrierte sie ein kurzes Beben von Wagners Nasenflügeln und fuhr fort: „Ungefähr um 10:30 Uhr sind wir hier auf dem Platz angekommen."

Wagner fragte: „Genau wissen Sie das nicht?"

„Auf die Minute genau, nein, das nicht."

„Ich hatte bisher den Eindruck, dass Sie bei Zeitangaben sehr genau sind."

„Ihr Eindruck täuscht Sie nicht. Aber im Leben eines jeden Menschen gibt es Situationen, in denen wichtigere Dinge zu erledigen sind als auf die Uhr zu schauen."

Wumm, dachte Erika, Zwei zu Null für mich, und wehe, er traut sich nachzufragen, was das für wichtige Dinge waren.

Kommissar Wagner traute sich: „Was war denn so wichtig, dass es Sie ganz entgegen ihrer sonstigen Gewohnheit nicht auf die Uhr schauen ließ?"

Erika deutete in Richtung auf das Sanitärgebäude und sagte: „Ein menschliches Bedürfnis".

Wagner ließ sich nichts anmerken und fragte: „Aber Sie haben doch sicherlich ein GPS-Gerät im Wagen?"

„Ja, ein Navi haben wir, aber damit kenne ich mich nicht aus. Dazu müssten Sie meinen Mann befragen." Wagner nickte, zog Block und Kugelschreiber aus der Jackentasche und bat sie, fortzufahren.

„Also wir kamen an, und ich … also ich stieg sofort nach der Einfahrt aus und ging ins Waschhaus. Auf dem Weg zurück kam mir Andrea entgegen, der junge Mann vom Stellplatz, und ich bezahlte für eine Woche im Voraus. Er war sehr freundlich und spricht ja erstaunlich gut Deutsch."

„Haben Sie einen Beleg erhalten?"

Erika zog die Quittung aus dem kleinen Reißverschlussfach ihrer Handtasche und reichte sie Wagner. „Handschriftlich", murmelte er.

„Ja, formlos und handschriftlich. Ich hatte noch keine Gelegenheit, unsere Ankunft einzutragen. Und jetzt ist Andrea ja nicht mehr hier. Wie geht es ihm eigentlich? Ist er noch im Krankenhaus?"

Der Kommissar fragte seinerseits: „Aber Sie waren im Büro? Ich meine im Wohnwagen?"

Erika hoffte, dass er ihr kurzes Zögern nicht bemerkte. Er hatte ihre Frage nach Andrea nicht beantwortet, und sie vermutete, dass der Engländer von ihrem zufälligen Treffen vor dem Wohnwagen erzählt hatte.

„Ja, ich war dort, aber nicht drinnen. Das war schon in seiner Mittagspause, nach 12:00 Uhr. Ich habe mir die Bürozeiten auf dem Schild angesehen."

„War jemand im Wohnwagen? Haben Sie an der Tür geklopft oder sich sonst irgendwie bemerkbar gemacht? Bitte versuchen Sie, sich genau zu erinnern."

Erika erinnerte sich sogar an jede Einzelheit dieser wenigen Minuten vor Andreas Wohnwagen. Bis hin zu dem Duft der Rosen, kurzen Satzfetzen und dem gereizten Tonfall der weiblichen Stimme. Aber Wagner sollte ihr ruhig eine Information nach der anderen aus der Nase ziehen.

„Nein, geklopft habe ich nicht. Andrea hatte wohl Besuch, jedenfalls habe ich Stimmen gehört und wollte nicht stören."

„Haben Sie verstehen können, worum es ging?"

„Nein, ich habe gar nichts verstanden, sie unterhielten sich leise."

„Konnten Sie denn wenigstens die Stimmen erkennen?"

Erika nickte eifrig. „Ja, Herr Kommissar, zumindest eine. Ich bin mir sicher, dass es Andrea war."

„Bitte Frau Milser, erzählen Sie mir alle Einzelheiten, an die Sie sich erinnern können, auch wenn sie Ihnen nebensächlich erscheinen. Nicht nur das, wonach ich frage. Also, was ist mit der zweiten Stimme? Männlich oder weiblich? Jung oder alt?"

Diesmal antwortete Erika sofort: „Jung und weiblich. Aber ich kannte sie nicht."

„Könnte es die Tochter von Herrn Schubert gewesen sein?"

„Wie gesagt, ich kannte sie nicht. Herrn Schuberts Tochter habe ich nur zweimal ganz kurz gesehen, ich meine bevor sie tot war. Gehört habe ich sie nie. Das erste Mal war am Freitagvormittag, nur von hinten, sie verließ das Wohnmobil durch die Fahrertür und ging über den Stellplatz."

„Wann genau war das? Und konnten Sie sehen, wohin Sie ging?"

Erika überlegte kurz. „Das muss so eine halbe oder dreiviertel Stunde vorher gewesen sein, ich meine, bevor ich am Wohnwagen nach den Bürozeiten sah. Nach Schuberts Messervorführung." Ausführlich schilderte sie, wie sie und Roland ihren Nachbarn kennengelernt hatten und dieser ihnen an einem Stück Fleisch die Qualität eines Messers demonstrierte. Sie war sich so gut wie sicher, dass es sich um das spätere Tatwerkzeug handelte, verkniff sich aber die Frage danach.

Im weiteren Verlauf unterbrach der Kommissar Erika nur noch selten. Bei der Schilderung ihres Mittagessens im Camporondo und dem Wiedersehen mit seinen Eltern bat er sie sogar, sich kürzer zu fassen, fragte nur nach, warum Roland früher gegangen sei als sie. Erika ließ auch den

Besuch des Mannes bei Schubert nicht aus, von dem sie inzwischen wusste, dass er der Bürgermeister von Garda war. Das sei nach 17:00 Uhr gewesen, und sie erwähnte, dass Alenka ziemlich genau eine halbe Stunde später an ihrem Fenster vorbei gegangen sei und ins Wohnmobil gestiegen. Da sei der Mann gerade gegangen. Erika hielt es auf Wagners Frage hin für sehr wahrscheinlich, dass die beiden sich auf dem Stellplatz oder der Zufahrtsstraße noch begegnet sind. Auch Konrad Schubert vergaß sie nicht, dass sie sein Motorrad ungefähr um 20:30 Uhr hätte wegfahren hören und er genau um 23:10 Uhr wiedergekommen wäre. Aber das wisse er ja schon. Abschließend versicherte Erika dem Kommissar, dass ihr Mann die ganz Zeit tief und fest geschlafen und nichts von alldem mitbekommen hätte.

Am Ende bat Wagner seine Zeugin, am morgigen Montag auf der Polizeiwache in Garda das Protokoll ihrer Aussage zu unterschreiben.

Erika hatte mehr als eine Stunde im Polizeiauto gefroren und war froh über das kuschelig warme Wohnmobil. Roland empfing sie in aufgeräumter Stimmung. „Stell dir vor", sagte er und schwenkte einen weißen Plastikbehälter durch die Luft. „Ich bin fündig geworden. An der Tankstelle habe ich gleich zwei Kanister gekauft, zu je acht Litern. Also sechzehn Liter Wasser mit einem einzigen Gang zum Hahn."

„Du kannst ja doch rechnen", lachte Erika und hätte sich am liebsten auf die Zunge gebissen. Roland war Kunst- und Musiklehrer gewesen und mit seiner feinfühligen und liberalen Haltung bei den jugendlichen Snobs des Gymnasiums furchtbar gescheitert. Einmal hatte eine Gruppe von

Sprösslingen reicher Eltern ihn hinterlistig umschmeichelt und gebeten, ihnen bei einfachen Matheaufgaben der Unterstufe zu helfen. Roland war naiv oder dumm genug gewesen und hatte eingewilligt. Vielleicht hatte er sich sogar geschmeichelt gefühlt. Er übersah die Fallen, die sie in den Aufgaben verpackt hatten, und scheiterte kläglich. Am nächsten Vormittag machte ein Schülerspruch die Runde:

Wo Pinsel nur und Noten walten,
Da kann das Hirn nicht logisch schalten.

Sie schrieben den Satz auf die Tafel eines jeden Klassenraums, den Roland betrat, beschmierten sein Auto damit und klebten ihm einen Zettel auf den Rücken. Neben oder unter dem Vers konnte jeder die Rechenaufgabe ablesen einschließlich Rolands falscher Lösung. Seitdem war er jeden Tag tiefer vom belächelten in die Rolle des ausgelachten Lehrers gerutscht.

„Tut mir leid", sagte Erika, „das wollte ich nicht. Aber der Kommissar hat mich ganz durcheinandergebracht. Das war schon keine Befragung mehr, das war ein Verhör!" Eigentlich fand sie, dass Roland selbst schuld war an ihrem Ausrutscher. Warum hatte er sie auch nicht gefragt, woher sie eben gerade gekommen war? Stattdessen erzählte er ohne jede Begrüßung von diesen blöden Kanistern. Und bewies einmal mehr, dass er keinerlei Sinn für Praktisches hatte. Eine entscheidende Kleinigkeit nämlich fehlte.

„Und wo ist der Einfüllstutzen?", fragte sie.

„Der was?"

„Na ja, wie willst du denn das Wasser aus dem Kanister in das Loch an der Wohnmobilwand einlaufen lassen? Da muss es doch irgendein Verbindungsstück geben." Roland öffnete die Tür und ließ die Behälter ins Gras fallen.

„Den kannst dann ja du besorgen." Er lächelte sie an. „Nun mach nicht so ein Gesicht! Wir können auch zusammen zur Tankstelle fahren und dann zeigst du den Kerlen dort, wer von uns mit beiden Beinen auf dem Boden steht."

Erika war verblüfft. Das war fast ihr alter Roland, der sie mit seinem blitzenden Schalk in den Augen, mit seinem jungenhaften Lächeln und mit seinem feinen Humor bezaubert hatte und dem sie immer noch alles geben wollte. Wenn er nur wieder gesund würde. Fast war es ihr unheimlich, wie schnell er sich von der Freitagnacht erholt hatte. Aber vielleicht hatte gerade dieses Schockerlebnis die Wandlung bei ihm ausgelöst. Sie musste ihn unbedingt fragen, ob er seine Tabletten weiterhin wie vom Arzt verschrieben nahm. Aber nicht jetzt, jetzt wollte sie diese unverhoffte Harmonie nicht zerstören, auch wenn ihr vor wenigen Minuten noch danach zumute war.

„Was meinst du", fragte Roland seine Frau und legte ihr den Arm um die Schulter, „soll ich uns einen Wermut einschenken und du erzählst mir, womit der Kommissar dich so durcheinanderbringen konnte?" Dankbar lehnte Erika sich an ihren Mann und nickte. Sie wusste schon gar nicht mehr, warum sie so schnippisch zu ihm gewesen war, und vergaß Roland zu fragen, wann Konrad Schubert sein Motorrad geholt hatte. Seit der Mordnacht hatte sie kein Motorengeräusch mehr gehört, aber als sie von dem Verhör zurückkam, war ihr aufgefallen, dass das schwere Gefährt nicht mehr an seinem Platz stand.

*

Wagner fuhr vom Stellplatz ins Camporondo, wo die Hälfte der Tische im Restaurant besetzt war. Fontana saß wie selbstverständlich am Familientisch und gab der Bedienung seine Bestellung auf. Die beiden Männer begrüßten sich wortlos mit einem Kopfnicken. Wagner ignorierte Fontanas Winken.

„Wieso sitzt Domenico an unserem Tisch?", fragte er in der Küche.

„Ich habe ihn sogar darum gebeten", antwortete seine Mutter, „damit er nicht allein einen Vierertisch besetzt. Gleich kommt eine Reisegruppe, dafür brauche ich jeden Platz." Anna Wagner fügte noch hinzu, dass Fontana sich bei dem Büffet am Dienstag im Rathaus für ihren teuersten Vorschlag entschieden hätte.

„Na, wenn das so ist", sagte Wagner, „hoffentlich bezahlt er auch zügig deine Rechnung und gibt dem Personal ein gutes Trinkgeld." Seine Mutter jonglierte mit drei Tellern in einer Hand an ihm vorbei.

„Aus dem Weg, mein Junge. Mehr als genug bezahlt hat er schon für seine Geschiedene und die vier Kinder, das kannst du mir glauben. Sie melkt und melkt ihn, und er darf noch nicht einmal seine Kinder sehen, wann er will!" Wagner sah widerwillig ein, dass er sein Essen auf eine spätere Stunde verschieben musste, und klopfte an die Tür von Zimmer 6.

Diesmal rief Konrad Schubert laut und deutlich „Herein!". Im Zimmer fand Wagner sogar seine Hoffnung bestätigt, Schubert war in der Verfassung für eine Befragung. Er saß im Sessel an dem kleinen runden Tisch vor einem Glas Mineralwasser und wirkte stocknüchtern. Immer noch glitzerte das gelbe Kleid unter dem Schein der Wandlampe. Schuberts Lederjacke hing ordentlich über der Rückenlehne des Schreibtischstuhls und er hatte Hemd und Hose gewechselt. Der Mann wirkte wie frisch gewaschen und gebügelt.

„Wollen Sie auch einen Schluck Wasser? Was anderes ist jedenfalls nicht mehr da." Schubert wies auf die Minibar und fragte Wagner, wann er wieder zurück in sein Wohnmobil könne. Der Commissario wusste, dass die Techniker den Tatort am Vormittag freigegeben hatten, und bot Schubert an, ihn selbst zum Stellplatz zu fahren.

„Nicht nötig", sagte der, „mein Mäuschen ist schon hier."

„Ihr was bitte?"

Schubert scheiterte bei dem Versuch zu lachen. „Mein Mäuschen. Das ist meine Harley, sie steht hinten im Hof. Ihr Vater war so nett und hat sie mir geholt."

Wagner ging zum Fenster, weniger um nach dem Motorrad zu sehen als um sich die Mischung aus Überraschung und Wut nicht anmerken zu lassen. Schuberts schwere Maschine parkte tatsächlich im Hof zwischen Hotel und Garagen.

„Mein Vater?"

„Ja, der alte Erwin. In aller Herrgottsfrühe hat er mein Mäuschen heute morgen mitten auf den Hof hier geschoben. Den Platz findet er wohl schick." Schubert schüttelte den Kopf. „Der Mann ist doch Ihr Vater, oder? Jedenfalls hat er das erzählt. Auch, wie er von Kiel nach Italien kam und in einem Hotel in Ligurien seine Anna kennengelernt und ziemlich schnell geschwängert hat, was die Eltern der Braut wohl nicht so gut fanden." Er machte eine Pause und sah zu Wagner hoch. „Das Resultat waren dann ja wohl Sie, oder? Na ja, ist ja auch egal. Jedenfalls heißt dieser Schuppen hier Camporondo, weil Erwins Anna aus einem Drei-Seelen-Kaff mit diesem Namen stammt."

Schubert trank einen Schluck Wasser. „Also, Herr Kommissar, weshalb sind Sie gekommen? Sitzt der Mörder meiner Tochter endlich im Kittchen?" Er schnaubte verächtlich.

Ganz gewiss bin ich nicht gekommen, um mir von dir Einzelheiten meiner Familiengeschichte anzuhören, dachte Wagner. Er zog sich den Schreibtischstuhl heran und setzte sich Schubert gegenüber.

„Herr Schubert, ich bin hier, weil noch einige Fragen zu klären sind. Auf dem Bettzeug des Hubbettes haben wir in ihrem Wohnmobil Spermaspuren gefunden. Haben Sie eine Vorstellung, von wem die sein könnten?"

Wagner hatte mit einem Donnerwetter gerechnet, aber nicht mit der Explosion, zu der Schubert sich hinreißen ließ. „Eine Vorstellung? Ja haben Sie denn etwa keine? Wie blöd seid Ihr eigentlich? Erst vergewaltigt er sie und dann bringt er sie um. Wenn ich den kriege, dann … ". Schwer schnaufend setzte Schubert sich wieder und trank sein Wasser aus. Er schwieg und stierte vor sich hin, sein Blick war leer.

Wagner nutzte die Gelegenheit und klärte ihn darüber auf, dass bei seiner Tochter keinerlei Hinweis auf eine Vergewaltigung gefunden worden sei genauso wenig wie auf einvernehmlichen Geschlechtsverkehr in den Stunden vor ihrem Tod. Schubert zuckte nur mit den Schultern, stellte das Glas ab und legte seinen Kopf in beide Hände.

Wagner fragte weiter: „Wir haben in Ihrem Wohnmobil eine Waffenbesitzkarte für eine SIG Sauer gefunden, nicht aber die dazugehörige Waffe. Wissen Sie, wo die ist?"

„Soso, Ihre Leute haben also meinen Safe geknackt. Aber das Geld haben sie hoffentlich drin gelassen, nicht dass ich hier auch noch für die Mafia spende. Keine Ahnung, wo die Knarre ist. Bei unserer Abreise in Dortmund war sie jedenfalls noch da. Bestimmt hat dieser kleine Drecksack sie mitgenommen." Schubert krallte seine Finger um sein Glas. „Dieser Arsch ist der einzige Grund, warum ich nüchtern bleibe, für den brauche ich einen klaren Kopf."

„Das überlassen Sie lieber uns, Herr Schubert. Dafür ist die Polizei zuständig." Wagner nahm sich das zweite Glas vom Tisch und schenkte sich ein. Er schaute durch den Raum auf das Kleid und fragte: „Ist es richtig, dass Alenka nicht Ihre leibliche Tochter war?"

Schuberts Augen folgten den seinen, er seufzte. „Also das haben Sie immerhin rausgekriegt? Gratuliere, alle Achtung! Als ob das wichtig wäre. Alenka war, ist und bleibt meine Tochter. Sie war noch ganz klein, als ich mein Lenchen, ihre Mutter, geheiratet habe, und noch am selben Tag habe ich die Adoptionsurkunde unterschrieben. Sie ist meine Tochter, so wahr ich hier sitze. Verstehen Sie das?"

Und ob Wagner das verstand. Das Mädchen war drei, als Schubert sie adoptierte, und erst fünf, als ihre Mutter starb. Was auch immer er von dem Mann hielt, für seine Adoptivtochter hatte er nicht nur gesorgt. Er hatte sie geliebt, dessen war Wagner sich sicher. Und er hatte ihre Mutter geheiratet, obwohl er wusste, dass sie HIV-positiv war.

„Herr Schubert, Ihre Frau kam aus Weißrussland. Wo haben Sie sie kennengelernt?"

„Was soll das denn? Warum wollen Sie das wissen?"

„Um den Fall aufzuklären, müssen wir alle und alles untersuchen, was in irgendeiner Weise damit zu tun haben könnte. Auch wenn wir noch gar nicht wissen, wie und warum. Ich kann Sie natürlich nicht zwingen, aber es wäre wirklich hilfreich, wenn Sie uns bei unserer Arbeit unterstützen. Wer weiß, vielleicht führt ja irgendeine noch so unbedeutende Information zum Mörder, ob der nun Andrea de Luca heißt oder wie auch immer."

„Na schön. Ja, mein Lenchen war Weißrussin."

„War sie Jüdin? Oder gehören Sie dem jüdischen Glauben an?"

Schubert schnaubte. „Was zum Teufel soll das? Was geht Sie das an?"

„Beantworten Sie einfach meine Frage", sagte Wagner.

„Meine Frau glaubte an gar nichts, außer vielleicht an mich, und ich bin mit 18 aus der Evangelischen Kirche ausgetreten. Aber Alenka ist getauft und konfirmiert. Sie wollte das so." Wagner hätte interessiert warum, aber das tat nichts zur Sache.

„Wo also haben Sie Ihre spätere Ehefrau kennengelernt?"

Schubert lachte auf. „Hier. Sie werden es nicht glauben, aber ich habe mein Lenchen hier kennengelernt."

„In Garda?"

„Nein, das war in Verona, in einem Nachtclub."

„Sie war dort Gast?"

„Wollen Sie mich verarschen? Sie war eine Nutte, und was für eine! Irgend so ein Idiot hat sie vergewaltigt und

geschwängert, und dann ist er abgehauen. Einfach so … ",
Schubert schnippte mit den Fingern, „ … auf und davon."

„Sie waren also ihr Kunde. Wie ging es dann weiter?"

„Na wie schon? Ich habe meine Frau gekauft, wenn Sie
so wollen. Aber so habe ich das nie gesehen. Ich habe Lenchen geliebt vom ersten Augenblick an, und auch ihre
Tochter, als sie sie mir gezeigt hat. Und dann habe ich sie
da rausgekauft." Er schlug mit der Hand auf den Tisch.
„Das war ganz schön teuer, das können Sie mir glauben.
Aber es war das erste und das letzte Mal in meinem Leben,
dass ich nicht gehandelt habe. Sie war jeden einzelnen Dollar wert. Der Arsch wollte allen Ernstes Dollar haben, und
von mir hat er sie gekriegt."

Schubert beugte sich vor und legte Wagner seine flei-
schige Hand auf den Arm. „Mein Lenchen sah nicht nur
aus wie eine Madonna, sie hatte auch ein Herz aus Gold.
Aus purem Gold sage ich Ihnen! Und sie war klug, auch
ohne Abitur. In Dortmund hat sie genauso schnell Deutsch
gelernt wie vorher Italienisch." Er brach ab und rieb sich
die Augen. „Wenn sie doch nur länger bei uns geblieben
wäre!"

Für einen Moment fürchtete Wagner, der Mann könnte
in Tränen ausbrechen. Doch Schubert beruhigte sich wieder und fuhr fort: „Sie fehlt mir so sehr, immer noch. Deshalb kommen wir so oft wie möglich an den See, das hilft
mir. Alenka ohne Mutter großzuziehen, glauben Sie mir,
das war nicht einfach."

Und ob Wagner ihm das glaubte! Er war froh, als Schubert sich ohne Fragen zurücklehnte. „Alenka ist ihr Eben-
bild, glauben Sie mir, sie ist genau wie ihre Mutter. Auch
wenn sie manchmal Zicken macht. Vielleicht habe ich ihr

alles zu leicht gemacht. Das Mädchen hat das beste Abitur der ganzen Schule hingelegt und konnte sich jede Uni aussuchen - und dann schmeißt sie nach der Hälfte der Zeit ihr Studium hin. Ist das zu glauben? Medizin hat sie studiert, das war auch der Traum ihrer Mutter gewesen. Und sie schmeißt alles hin. Einfach so."

Wagner, der bisher geschwiegen hatte, unterbrach Schuberts Redefluss. „Es heißt, Ihre Tochter wollte sich selbstständig machen. Ich meine, von Zuhause auszuziehen."

„So, heißt es das?" Mit einem Ruck stand Schubert auf, fast wäre sein Stuhl umgekippt. „Wer hat Ihnen denn das erzählt? Das kann doch nur dieser kleine Dreckskerl gewesen sein. Mit dem hing sie ja in den letzten Jahren dauernd rum, wenn wir hier waren."

„Seit wann wussten Sie von den Plänen Ihrer Tochter?", fragte Wagner.

„Das können Sie sich doch denken, Sie haben doch auch eine Tochter. Und sind auch Witwer. Wir sind doch immer die letzten, denen die Mädchen etwas erzählen. Früher, als sie noch klein war, da war das anders".

Also hatte sein Vater Schubert auch Einzelheiten aus seinem Leben erzählt. Na warte, Papa! Wagner fragte weiter: „Also seit wann genau wissen Sie davon?"

Schubert setzte sich aufs Bett und legte das Gesicht in beide Hände. „Seit Freitag", sagte er, „seit diesem gottverdammten Freitagnachmittag. Es gab Streit, und dann - und dann - dieser Streit war das letzte, was sie von mir mitgenommen hat."

„Es gab also Streit. Heftigen Streit? Waren Sie sehr wütend?"

Mit einem Satz schnellte Schubert in die Höhe. „Natürlich war ich wütend! Das wären Sie doch auch gewesen, verdammt nochmal! Darum habe ich mich doch aufs Mäuschen gesetzt und bin weggedüst. Ich musste mich beruhigen."

„Und", fragte Wagner, „hat es geklappt? Waren Sie ruhiger, als sie zurückkamen? Oder waren Sie immer noch sehr aufgebracht?"

Schubert zog einen Fensterflügel weit auf, kalte Herbstluft wehte um ihre Köpfe. Er atmete ein paar Mal tief ein und aus, verriegelte das Fenster und drehte sich zu Wagner um. „Daher also weht der Wind. Sie glauben, dass ich - meine eigene Tochter - ".

„Herr Schubert, ich glaube gar nichts. Ich frage nur."

Schubert löste sich aus seiner Starre, eilte zur Tür und riss sie auf. „Raus mit Ihnen! Das muss ich mir nicht anhören. Raus hier!"

*

Erika und Roland lehnten sich in Fahrer- und Beifahrersitz zurück, mit Wermut im Wasserglas, und plauderten. Belangloses Zeug vom angekündigten Unwetter über das nasse Gras bis zum Pizzabäcker um die Ecke. Fast wie in alten Zeiten. In den unwichtigen, nebensächlichen Informationen lag für Erika eine große Botschaft. Wir sind noch da, es gibt uns noch als Paar, wir erleben gerade eine glückliche Stunde und sind unangreifbar für alles, was von draußen kommt. Erika schnippte ein Haar von Rolands Pullover, er quittierte diese Geste mit einem Lächeln und einem

Kuss auf ihren Handrücken und sagte: „Jetzt werde bloß nicht neckisch".

Erika streichelte seine Wange.

Roland lachte, als sie sich mit Putzmittel und Toilettenpapier bewaffnet auf den Weg zum Sanitärgebäude machte. Seit Andrea weg war, wurde es nicht mehr gewartet.

„Du willst hier doch wohl nicht als Putzfrau anheuern", sagte er.

„Wenn's sein muss", antwortete sie, „das ist immer noch besser, als sich irgendeine Krankheit zu holen. Ich frage mal den Bürgermeister, ob er nicht jemanden schicken kann. Immerhin haben wir alle dafür bezahlt."

Draußen herrschte ein kalter Wind, es regnete. Erika schlug den Kragen hoch und zog ihre Jacke fester um sich. Sorgfältig putzte sie Toilette und Waschbecken, bevor sie sie benutzte, und wischte auch danach noch einmal schnell über die Keramik. Das bereute sie sofort, als Paul Battenberg das Waschhaus betrat und sie amüsiert fragte:

„Oh, sind Sie die neue Putzfrau hier?"

Erika wollte zu einer längeren Erklärung anheben, obwohl sie ahnte, dass sie ihr misslingen würde. Zum Glück rettete der Engländer sie mit einem herzhaften Lachen, in das sie spontan einstimmte. Aus den Taschen seines Parkas nestelte er umständlich zwei Putzlappen und eine Flasche mit Desinfektionsmittel. Erika hätte zu gern gewusst, ob wie bei ihr der rote Lappen für die Toilettenschüssel und der gelbe für Dusche und Waschbecken waren. Genau wie sie hatte er sein eigenes Toilettenpapier dabei. Immer noch lachend verabschiedeten sie sich.

Draußen stieß Erika fast mit einer schmalen Gestalt zusammen. Sie kam aus der Richtung von Andreas

Wohnwagen über die durchnässte Grünfläche und eilte zum Ausgang, mit einem prall gefüllten Rucksack über der linken Schulter. Die Kapuze einer viel zu großen Jacke hatte die Person tief über den Kopf gezogen. Erika konnte noch nicht einmal erkennen, ob es ein Junge oder ein Mädchen war. Im Moment war es ihr auch egal. Sie war schon verwirrt genug, erst die Harmonie mit Roland und danach die humorvolle Begegnung mit dem Engländer.

Erika ahnte, dass sie das Dunkel im endlosen Tunnel der vergangenen 25 Jahre nur in Garda und nur im Hotel lichten konnte. Dass es gar nichts mit ihrem Unfall damals zu tun hatte. Wie nur konnte sie Roland davon überzeugen, heute mit ihr bei Anna im Restaurant zu essen? Am Vormittag hatten sie eine so schöne Stunde miteinander verbracht, der Wermut hatte Erika entspannt und redselig gemacht, und Roland war auf sie eingegangen wie seit ewigen Zeiten nicht.

Roland lag mit geschlossenen Augen und Kopfhörern auf dem Bett, als Erika zurück im Wohnmobil war. Er summte eine Melodie, die Erika nicht kannte. Weder klassisch noch modern, die Tonfolge erschien ihr irgendwie meditativ. Sie zog ihre Schuhe aus und legte sich zu ihm, stützte den Kopf in die Hand und schaute zu, wie Roland die Kopfhörer abnahm. Erst danach schlug er die Augen auf und sah sie an.

„Seit wann bist du zurück? Ich habe dich gar nicht kommen hören."

Erika schmunzelte. „Das ist ja auch kaum möglich mit Kopfhörern auf. Was ist denn das für Musik?" Sie legte ihre Hand auf seine Brust. Roland setzte sich auf.

„Kennst du nicht. Gehörte mal zu einer meiner Therapien, ich weiß gar nicht mehr, welche." Erika drehte sich auf den Rücken, während Roland seine Beine aus dem Bett schwang.

„Ich bekomme langsam Hunger", sagte sie, „was meinst du, gehen wir zum Essen in die Trattoria im Hotel?"

„Schon wieder?", fragte Roland.

„Wieso schon wieder? Du warst doch erst einmal da."

„Ja, und das war einmal zu viel!" Roland verschwand im Bad.

Erika ließ ihre Beine über das Fußende baumeln. Als er wieder auftauchte, fragte sie: „Aber warum denn? Ich würde mich wirklich sehr freuen, wenigstens noch einmal mit dir zusammen hinzugehen. Nicht nur zum Essen. Ich habe dir doch von meinem Besuch in unserem alten Zimmer erzählt, vielleicht kannst du da drinnen ja meinem Gedächtnis auf die Sprünge helfen."

„Wie soll das denn gehen?" Roland grinste: „Sprünge hat dein Gedächtnis doch schon genug."

Früher hatte Erika Rolands Sprachwitz geliebt, auch wenn er sie damit vom einmal eingeschlagenen Gedankengang abbrachte. Lustvoll zerpflückte er ganze Sätze, jonglierte mit den Wörtern und warf sie aus vollen Händen in die Luft, um sie in neuer Kombination wieder aufzufangen. Jede langweilige Gesellschaft hatte er so zum Lachen gebracht.

Heute war Erika nur überrascht, und auf Gesellschaften gingen sie schon lange nicht mehr. Roland betrachtete sie aus dem halben Meter Gang zwischen Küche und Badezimmer. „Weißt du was? Ich habe sowieso keinen Hunger, weder auf Italienisch essen noch auf die Wagners. Hat dir der Kommissar noch nicht gereicht für heute? Da brauchst du doch nicht auch noch seine Eltern." Er blickte gedankenverloren auf sie herab. „Aber wenn dir das gut tut, warum gehst du nicht allein?" Roland streckte ihr beide Hände entgegen. Erika ergriff sie und ließ sich hochziehen. Er nahm sie in die Arme und küsste sie in die Halsbeuge. Sie schluckte und drückte sich fest an ihren Mann.

In der Tür drehte Erika sich noch einmal um und fragte mit besorgter Miene: „Was ist los, Roland? Ich meine, du bist so verändert. Nicht dass ich mich nicht darüber freue. Vor allem für dich, aber auch für mich."

Roland lachte: „Ich auch, das kannst du mir glauben. Ich kann nur sagen, kleine Pillen, große Wirkung. Ich habe aus meinem Sortiment hier eine Kapsel weggelassen, dort eine Tablette hinzugefügt, et voila!"

„Bitte übertreibe das nicht, Roland, dein Arzt wird schon wissen, warum er dir welche Kombination verschreibt."

„Keine Sorge, ich passe schon auf. Aber bevor ich mich selbst davonschleiche, schleiche ich mich lieber aus der Medikation."

„Na dann", Erika lächelte unsicher, „dann mache ich mich fertig."

*

Nach der Befragung von Konrad Schubert suchte Wagner einmal mehr nach seinem Vater. Angeblich war Erwin Wagner schon wieder mit dem Fiorino unterwegs, und Sara hatte sich für diesen Sonntag mit einer Freundin verabredet. Wagner fühlte sich unwohl, als er die Garagen kontrollierte, aber er litt unter dem Gefühl, dass seine eigene Familie ihm Informationen vorenthielt. Von Berufs wegen war er so etwas gewöhnt, aber diese neue Art der Geheimhaltung stimmte ihn traurig und wütend zugleich.

Der alte Lieferwagen war tatsächlich nicht auffindbar. Dankbar zog er sein summendes *telefonino* aus der Jackentasche. Kollege Gasser berichtete knapp von seinem Besuch im Krankenhaus.

„Der Wachhabende war wohl ein Vollidiot", sagte er. „Auf dem Flur, in einiger Entfernung von De Lucas Zimmer, hat ein alter Mann Rabatz gemacht, anscheinend ein Besucher. Und weil sonntags weniger Personal auf den Stationen ist und auch gerade Morgenvisite war, hat unser lieber Kollege der Krankenschwester helfen wollen, den Mann zu beruhigen. Der war dann schnell wieder weg, und unser Verdächtiger auch. Jedenfalls lag er nicht mehr im Bett, als der Arzt zur Visite kam. Das sollte Konsequenzen haben!"

Fragt sich nur welche, dachte Wagner und verabschiedete sich nach einer vagen Antwort. Er beschloss, sofort nach Verona zu fahren, zumal ihm die Lust auf ein Mittagessen im Hotel vergangen war. Kaum saß er am Steuer, fing es so heftig zu regnen an, dass das Ritsch-Ratsch der Scheibenwischer wenig nützte. Streckenweise rüttelte ein starker Seitenwind an seinem Wagen, dem er nur mit konzentrierter Kraft entgegensteuern konnte. Aus der Ferne hörte er leisen Donner, noch war das Gewitter weit entfernt. Er parkte gerade vor der Questura ein, als ihn der nächste Anruf erreichte.

„Commissario Capo Wagner", sagte Dottoressa Crepaldi, „wir haben ein erstes Ergebnis der Laboranalysen, das Sie wohl interessieren wird. Soll ich es Ihnen am Telefon sagen oder wollen Sie die schriftliche Auswertung gleich mitnehmen?" Und nach einer kurzen Pause: „Wir könnten ja irgendwo zusammen essen."

Nichts war an diesem grauen, verregneten und glücklosen Sonntagmittag verlockender als ein Restaurantbesuch mit der attraktiven Rechtsmedizinerin. Wagner hatte seit ihrer Begegnung im Obduktionssaal nicht mehr an Aurora Crepaldi gedacht. Er erinnerte sich an ihr selbstbewusstes Auftreten, das ihn schon bei ihrer ersten Begegnung Freitagnacht in Schuberts Wohnmobil irritiert hatte. Wagner fand, der Vorschlag zu einer ersten privaten Verabredung sollte von ihm kommen. Warum zum Teufel ließ sie ihm keine Zeit dafür?

„Ich stehe auf dem Parkplatz vor der Questura. Wenn es Ihnen nichts ausmacht, treffen wir uns gleich in meinem Büro."

„In Ordnung, Commissario Capo, ganz wie Sie wünschen. In zwanzig Minuten bin ich bei Ihnen." Sprach's und brach die Verbindung ab.

Auch heute versprach Aurora Crepaldis Äußeres mehr, als es zurückhielt, ohne aufdringlich zu sein. Stiefeletten mit Tigermuster, körpernah geschnittene schwarze Jeans, eine weiße Bluse mit gestärktem Kragen und Manschetten und darüber ein taillierter rostbrauner Blazer. Ihren triefenden Regenmantel trug sie über dem Arm. Wenn Wagner auf eine günstige Gelegenheit während ihrer Besprechung gehofft hatte, um die Ärztin zu einem gemeinsamen Mittagessen einzuladen, wurde er ebenso schnell wie gnadenlos enttäuscht.

Aurora Crepaldi war freundlich und aufmerksam, legte Wagner einen Computerausdruck auf den Schreibtisch und versprach die Ergebnisse der restlichen DNA-Analysen für den morgigen Montag. „Aber ich dachte, dass Ihnen dieses Ergebnis vielleicht jetzt schon weiterhilft."

„Womit Sie vollkommen recht haben", sagte Wagner nach einem Blick auf das Papier. Gemeinsam verließen sie sein Büro, er hielt der Ärztin die Tür auf und bedankte sich noch einmal für ihren Anruf.

*

Erika war verwirrt. Roland hatte sich so entspannt und zugewandt gezeigt wie schon ewig nicht und sich in seiner Gelassenheit durch nichts beirren lassen. So viele Jahre war er in sich gekehrt und verschlossen gewesen, und jetzt, nachdem der Mord in ihrer direkten Nachbarschaft ihn zunächst buchstäblich umgehauen hatte, jetzt gab er sich auf einmal fast wie früher.

Sie wünschte sich so sehr, dass dies keine vorübergehende Erscheinung war, die beim nächsten unvorhergesehenen Ereignis wieder in sich zusammenfiel. Oder eine Fata Morgana, die sie sich in ihrem Durst nach Liebesbeweisen in ihrer ausgetrockneten Ehe nur einbildete.

Hätte Roland sie darum gebeten, sie wäre bei ihm geblieben. Stattdessen holte er ihre Gummistiefel aus der Garage. So hochtrabend nannte der Hersteller den Stauraum im Heck des Wohnmobils, unter dem Bett, der nur von außen zugänglich war. Roland nahm ihre Füße in beide Hände und steckte einen nach dem anderen in die Stiefelschäfte. Zum Schluss spannte er ihr draußen noch seinen großen schwarzen Schirm auf und verabschiedete Erika mit einem Kuss auf die Stirn.

Die ersten Blitze zuckten am Himmel, Erika zählte den Abstand zwischen ihnen und dem nachfolgenden Donnern aus. Das Gewitter näherte sich rasch. Sturmböen wirbelten Blätter und Unrat von den Bürgersteigen auf und heulten um die Häuser. Fensterläden klapperten, obwohl sie verschlossen waren. Schon bald schleuderte der Wind Erika die Wassermassen um die Ohren. Sie stemmte ihren Schirm dagegen und hoffte inständig, dass Stoff und Speichen standhielten. Dankbar für die Gummistiefel umrundete sie Pfützen, die auf dem ausgetrockneten Boden zu kleinen Teichen anschwollen. Trotzdem platschten und schwappten ihre Schritte andauernd im Nassen. Irgendwann ging es nicht mehr und sie flüchtete sich in einen Hauseingang, klappte für ein paar Minuten den Schirm zu und zog die Kapuze fester zusammen, bevor sie sich wieder hinaus traute.

Das Camporondo war in den 1930er Jahren auf einem Eckgrundstück erbaut worden. Vorn an der Promenade lagen die herausgeputzten Eingänge von Hotel und Restaurant, hier schmückten Blumenkästen die Fassade. In sicherem Abstand zum Gebäude trotzte eine hochgewachsene Palme Wind und Wetter und wachsenden Touristenströmen.

An der Seitenstraße zog sich die Fassade mit abblätterndem Putz in die Länge, an vielen Stellen hatte das Unkraut eine Ritze zwischen Gehweg und Maueransatz gefressen. Dunkel ragte der Giebel in den aufgewühlten Himmel, die wenigen Fenster schienen düstere Löcher, von denen das Wasser in Strömen herablief. Eine weit mehr als mannshohe Mauer verband das Hotelgebäude mit den Garagen im Hinterhof. Das hölzerne Einfahrtstor in dieser Mauer war verschlossen.

Erika hatte Glück, die Fußgängertür darin war nicht verriegelt. Schnell huschte sie auf den Hof und rettete sich unter einen weit ausholenden Dachvorsprung, der den Hintereingang des Hotels schützte. Links von ihr bildete die Mauer mit der Einfahrt eine kurze Seite des Hofes. Das Hotel in ihrem Rücken und die Garagen vor ihr begrenzten die langen Seiten, die an einer mit Buschwerk überwucherten alten Mauer endeten.

Erika vermutete, dass dieser Hintereingang ausschließlich für die Familie sowie Personal und Lieferanten vorgesehen war, aber jetzt bewahrte er sie davor, tropfnass und mit Sohlen voller Schlamm das Restaurant betreten zu müssen. Unter dem schützenden Dach konnte Erika Schirm und Regenjacke ausschütteln und die Gummistiefel gegen ihre Halbschuhe austauschen, die Roland ihr in einer Plastiktüte mitgegeben hatte. Groß genug, um auch die Gummistiefel aufzunehmen, falls sie diese auf dem Rückweg nicht brauchen sollte. Sie lächelte, Roland hatte wirklich an alles gedacht.

Geschützt vor Regen und den Blicken anderer setzte Erika sich auf die Bank neben der Tür und traute ihren Augen nicht. Mitten auf dem Hof glänzte das nasse Motorrad von Konrad Schubert. Aber natürlich, warum auch nicht, er war ja ein freier Mann. Wieder fragte sie sich, wann er es geholt haben mochte, das hätten sie doch hören müssen.

Erika hatte gerade ihre trockenen Schuhe aus der Plastiktüte gezogen, als sich die Tür zur Seitenstraße wieder öffnete und eine schmale Gestalt ihren Oberkörper vorschob und sich umsah. Sie schlich sich in den Hof, kehrte Erika den Rücken zu, legte leise den Riegel vor und huschte zum letzten der vier Garagentore. Auch dort gab es eine Tür im Tor, die Person klopfte mit der geschlossenen Faust an das alte Holz. Sie klopfte in einem bestimmten Rhythmus, in einem Takt, der Erika nichts sagte. Das musste ein geheimes Zeichen sein, eine abgesprochene Folge von Tocktock und Pausen unterschiedlicher Länge.

Der Wind ließ nach, und der kerzengerade auf den Boden strömende Regen bildete jetzt einen geschlossenen Vorhang, verhinderte eine gute Sicht und dämmte auch so manches Geräusch. Das schützte Erika und auch den Menschen, den Erwin Wagner am ausgestreckten Arm hineinzog. Trotzdem war sich Erika sicher. Den Rucksack, den der alte Mann in bester Kavaliersmanier übernahm, hatte sie heute schon einmal gesehen, und auch diese kurzen, verhuschten Schritte erkannte sie wieder.

*

Für die erneute Fahrt nach Garda nahm Wagner einen der Dienstwagen, die vor der Questura bereitstanden, und dachte, dass er das schon viel früher hätte tun sollen. Auch wenn er schon wieder zum Hotel seiner Eltern fuhr, war er doch ausschließlich dienstlich unterwegs. Derlei Gedanken beanspruchten Wagners Aufmerksamkeit so sehr, dass er nicht bemerkte, wie Aurora Crepaldi auf dem Weg zu ihrem Auto die Hand zum Abschiedsgruß hob.

Vergeblich versuchte er, seine Mutter an ihrem Telefon zu erreichen, und wählte die Reservierungsnummer von

Hotel und Restaurant. An diesen Apparat ging Anna Wagner sofort.

„Ist Konrad Schubert noch im Hotel?", fragte Wagner ohne Umschweife. In ihrem geschäftsmäßigen Tonfall klang seine Mutter gehetzt, wahrscheinlich war das Restaurant bis auf den letzten Platz besetzt.

„Soviel ich weiß ja. Er hat das Mittagessen wieder aufs Zimmer bestellt. Gut, dass du nach ihm fragst, fast hätte ich das vergessen."

„Dann bringe es ihm bitte gleich und sorge dafür, dass er im Haus bleibt, egal wie. Ich bin auf dem Weg und muss ihn unbedingt sprechen."

„Salvatore, es ist doch nichts passiert?"

„Nein, Mama, mach dir keine Sorgen. Alles in Ordnung, ich muss nur so schnell wie möglich mit dem Mann reden." Wagner unterbrach die Verbindung und startete den Wagen. Blaulicht und Sirene brauchte er an diesem Sonntag nicht. Das schlechte Wetter hielt auch die hartnäckigsten Touristen aus dem Norden Europas von Landstraßen und Autobahnen fern. Wagner war dankbar für die knappe halbe Stunde allein im Auto, in der er die neue Information verdauen konnte. Konrad Schubert hatte ihn angelogen, und er, der Leiter der Mordkommission, war ihm auf den Leim gegangen. Er hatte keinen Zweifel an seiner Aussage gehabt, dass die Spermaspuren auf dem Bettzeug nicht von ihm seien, und fragte sich jetzt, warum Schubert das geleugnet hatte.

Schließlich war das Wohnmobil sein Eigentum, über Wochen und Monate sein Zuhause, in dem er tun und lassen konnte, was er wollte. Zumindest wenn seine Tochter bzw. Stieftochter nicht da war. Dass Schubert nicht nur der

Polizei gegenüber sofort De Luca verdächtigte, war aus seiner Sicht verständlich. Aber er musste doch wissen, dass über kurz oder lang die Laborergebnisse eine eindeutige Zuweisung ergeben und ihn der bewussten Lüge überführen würden. Im Nachhinein kam Wagner die verbale und fast auch körperliche Explosion des Zeugen vor wie die Trotzreaktion eines Kindes, das sich ertappt fühlte und vor sich selbst schämte. Was hatte der Mann zu verbergen?

Konrad Schubert hatte nach eigenen Angaben viel Geld ausgegeben, um seine spätere Frau von ihrem Zuhälter freizukaufen. Und das, obwohl er von ihrer HIV-Infektion gewusst hatte und sie ein kleines Kind mit in die Ehe brachte. Wagner hatte Hochachtung gefühlt, als der Zeuge ihm davon erzählte, und gleichzeitig ein schlechtes Gewissen bekommen, weil er ihn nach wie vor unsympathisch fand. Auf der Polizei-Hochschule wurde den Studierenden beigebracht, sich bei Fall-Untersuchungen nicht von Gefühlen leiten zu lassen, und durch seine jahrelange Polizeiarbeit hatte Wagner gelernt, wie die subjektive Bewertung eines Sachverhalts den Blick von Indizien oder Beweisen ablenken kann. Er musste sich unbedingt mehr auf die Fakten konzentrieren. Sonst war das irgendwann nicht mehr sein Beruf.

Yolantas Bild schob sich zwischen Konrad Schubert, dessen Frau und ihre Tochter. Yolanta war auch erst siebzehn, als sie sich kennenlernten, und zudem sehr katholisch. Seit fünfzehn Jahren litt Wagner unter der Vorstellung, dass seine junge Frau gestorben war, weil sie ihn kennengelernt hatte. Wenn sie damals nicht von ihm schwanger gewesen wäre, wenn sie nicht ausgerechnet diese Straße kreuzen und in dieses Geschäft für

Babykleidung hätte gehen wollen, wenn sie - wenn er - . Seit der Befragung Schuberts hatte sich ein neues Wenn dazu gesellt, eines, das ihn beunruhigte. Was, wenn sie sich nicht kennengelernt hätten? Wäre sie dann wie Alena auf dem Strich gelandet?

*

Erika legte ihre durchnässte Regenjacke auf die Bank und schob ihre Gummistiefel darunter. Sie stießen an ein anderes Paar, größer als ihres, die Schäfte noch triefend nass, an den Seiten klebten Matschklumpen.

Als Erika in den langen schmalen Flur trat, schaltete sich automatisch die spärliche Deckenbeleuchtung ein. Von der Wand rechts gingen drei Türen ab, die dem Personal vorbehalten waren, und die Toiletten für Restaurantgäste. Linkerhand befand sich kurz vor dem Durchgang zum Speiseraum ein Nebeneingang in das Treppenhaus. Ihn benutzten wahrscheinlich die Hotelgäste, die eine Garage gemietet hatten.

Im Waschraum vor den Toiletten kämmte Erika ihr kinnlanges Haar, rückte den Kragen ihrer gestreiften Hemdbluse zurecht und zog deren Manschetten aus den Ärmeln der Strickjacke. Sie trug einen dezenten Lippenstift auf und fühlte sich danach gewappnet, allein das Restaurant zu betreten.

Was im Gang wie ein verhaltenes Murmeln geklungen hatte, schlug ihr nach Öffnen der Tür als lautstarkes Stimmengewirr entgegen. Messer, Gabeln und Löffel klapperten auf Porzellan, Gläser klirrten beim Anstoßen. Dazu platschte der Regen draußen auf die Fenstersimse. Die meisten Gäste unterhielten sich und versuchten, die Stimmen am Nebentisch zu übertönen, weil sonst kein Verstehen möglich war. Einige Paare, eine Gruppe junger Frauen und mehrere Familien hatten sich versammelt mit Opa, Tante und Kinderwagen. Die alte Standuhr neben dem Büffet schlug 13:30 Uhr, der sonntägliche Mittagstisch war in vollem Gang.

Dass sie daran nicht gedacht hatte! Wie konnte sie nur so dumm sein, ausgerechnet am Sonntagmittag hierher zu kommen, noch dazu ohne Mann und ohne Reservierung. Anna hatte ganz bestimmt keine Zeit zum Plaudern mit ihr. Enttäuscht wandte sich Erika zum Gehen, als Anna Wagner ihr aus der Durchreiche einen Gruß zurief und auf den Familientisch wies. Dankbar drehte Erika um und bereute fast ihre Entscheidung, als sie den Bürgermeister am Tisch sitzen sah. Mit dem Rücken zum Restaurant aß er tief über seinen Teller gebeugt. Sie setzte sich ihm gegenüber auf die Bank an der Wand und mit Blick in den Gastraum.

Fontana hob für eine Sekunde den Kopf, begrüßte sie mit einem vollmundigen *„Buongiorno Signora“* und schlemmte weiter. Das war Erika nur recht, sie hätte nicht gewusst, worüber sie sich mit ihm unterhalten sollte. Die mangelnde Sauberkeit im Sanitärgebäude hielt sie für ein unpassendes Gesprächsthema am sonntäglichen Mittagstisch. Zum Glück trat Anna zu ihnen.

„Wie schön, dass du gekommen bist“, sagte sie und fragte Erika: „Vertraust du mir oder willst du nach der Karte bestellen?“ Natürlich vertraute Erika der Küchenchefin und wurde nicht enttäuscht.

„*Buon appetito*", wünschte Fontana mit Blick auf ihren Vorspeisenteller. Gemüse in allen Farben, bissfest gegrillt und angerichtet mit Olivenöl und frischen Kräutern.

„*Delizioso*", entgegnete Erika und hoffte, nicht schon vor dem Nachtisch in eine Unterhaltung verwickelt zu werden. Vergebens, sie hatte die Rechnung ohne den Bürgermeister gemacht.

„Heute ist dies ja wohl der Singletisch hier. Obwohl, Sie sind ja verheiratet. Kommt Ihr Mann auch noch?" Erika hatte den Mund voll und schüttelte stumm ihren Kopf. „Verzeihen Sie", sagte Fontana, „das geht mich ja nichts an." Sie war erleichtert, konnte aber nicht verhindern, dass er ihr von seiner gescheiterten Ehe und den vier Kindern erzählte, die er kaum sah, für die er aber viel zahlen musste. Viel zu viel seiner Meinung nach. „Ganz zu schweigen vom Lebensstil meiner Ex, das können Sie sich gar nicht vorstellen. Die lässt mich bluten, wo sie nur kann."

Mit dem Hauptgang, einem *brasato*, dessen blutroter Weinsud rund um das Fleisch im Licht der Lampen schimmerte, brachte Anna einen dritten Esser an ihren Tisch. „Ihr habt doch nichts dagegen?", fragte sie. Dankbar strahlte Erika die Küchenchefin an. Sie hatte ganz und gar nichts dagegen, dass Paul Battenberg seitlich zwischen ihr und dem Bürgermeister Platz nahm. Sie wechselte von Italienisch auf Englisch und war nach den Auslassungen Fontanas über sein Privatleben froh, dass der Brite die Kunst des Smalltalks perfekt beherrschte.

Von den Gerichten auf ihren Tellern ging er nahtlos über zu den romanischen Küchen im Allgemeinen und der italienischen im Besonderen. Dies gab den Anstoß zu einer belanglosen Plauderei über die Landschaften in Südeuropa bis zum Unwetter von heute, das im Herbst nicht ungewöhnlich war, aber so gar nicht in die Vorstellungen der Nordländer vom mediterranen Klima passte.

Erika merkte Fontana an, dass er nur so tat, als ob er der Unterhaltung folgen würde. Der höfliche Battenberg wandte sich in seinen Ausführungen anfangs auch an ihn, aber entweder reichten Fontanas Englischkenntnisse nicht aus oder er wollte nicht an der Unterhaltung teilnehmen. Er stürzte seinen heißen Espresso in die Kehle, zog eine Zigarettenpackung aus der Jackentasche und blickte vielsagend in Richtung Ausgang. Als Erika ihm nachrief, dass er seine Umhängetasche vergessen habe, kehrte er mit schnellen Schritten zurück, bedankte sich überschwänglich und verabschiedete sich. Ohne nach der Rechnung zu fragen.

Das Schweigen nach dem Abgang des Bürgermeisters störte Erika nicht. Die Plauderei über Themen des Alltags hatte sie entspannt und sie genoss die Minuten einer Stille ohne Altlasten. Auch im übrigen Speiseraum war Ruhe eingekehrt. Einige Tische waren schon abgeräumt, an anderen gingen die Gäste zu Nachtisch, Kaffee oder einem Glas Prosecco über. Anna Wagner brachte zwei gefüllte Kelche und stellte sie vor Erika und den Engländer. „Das geht aufs Haus", sagte sie und warf Erika einen verschwörerischen Blick zu. Dann lachte sie. „Aber nur, wenn du mir danach noch einmal aushilfst und dem Gast in Zimmer 6 sein Essen bringst. Wir sind spät dran, er hat es für 13:30 Uhr bestellt, und jetzt ist es schon weit nach 14:00 Uhr."

Erika hob ihr Glas, sah den Schalk in Annas Augen und stimmte in ihr Lachen ein. „Aber natürlich", sagte sie, „das mache ich sehr gern für dich." Paul Battenbergs Lachen missglückte. Bevor sie aufstand, hob Erika ihr Glas und prostete ihm zu.

„Herr Schubert, ich komm jetzt rein." Dreimal hatte Erika an die Zimmertür geklopft, erst zaghaft, dann energisch, und Schuberts Namen gerufen. Sie hörte keine Antwort und konnte auch mit angelegtem Ohr kein Geräusch im Zimmer ausmachen.

Vielleicht hat er sich wieder betrunken und ist eingeschlafen, dachte sie und drückte die Klinke nach unten. „Herr Schubert, ich bringe Ihnen Ihr Mittagessen." Die Gegenstände des Raumes verschwammen im Dämmerlicht. Es gelang Erika, das Tablett heil auf dem Schachbrett-Tischchen abzustellen. Schemenhaft nahm sie Schuberts Gestalt wahr, er lag ausgestreckt auf dem Bett.

„Herr Schubert, Zeit fürs Mittagessen."

Erika ging zum Fenster und zog die Vorhänge auf, nur einen Spalt, um den Mann nicht zu erschrecken. In der linken Stoffbahn bemerkte sie ein Loch. Das musste sie unbedingt Anna sagen, damit die Stelle ausgebessert wurde.

Kein Wunder, dass es im Zimmer so dunkel war. Nicht nur ließen die schweren Vorhänge kein Licht durch, das schlechte Wetter und der schattige Hof taten ein Übriges. Irgendetwas unten im Hof irritierte Erika, aber sie konnte nicht bestimmen, was. Wahrscheinlich hielt die unnatürliche Stille im Zimmer sie zum Narren. Genauso wie das Foto auf dem Schreibtisch unter dem Fenster. Es stach ihr in dem einzigen Lichtschein ins Auge, der sich durch den schmalen Schlitz zwischen den Vorhängen stahl.

Das Foto steckte in einer Plastikhülle. Erika griff danach, beugte sich vor und hielt es näher ans Licht. Sie erkannte Konrad Schubert, etwa um die zwanzig Jahre jünger und deutlich schlanker, mit blonden Locken bis fast auf die Schultern. Im Arm hielt er ein kleines Mädchen, das eine überdimensionale Puppe an sich drückte und sein freies Händchen zu der jungen Frau an seiner Seite streckte. Diese trug ein gelbes Paillettenkleid, ihre linke Hand umfasste Schuberts Unterarm, in der rechten trug sie einen viel zu großen Brautstrauß aus dunkelroten Rosen. Wie Schubert blickte sie in die Kamera, aber während dieser lächelte, schien ihr Gesicht ausdruckslos.

Die wenigen Sekunden, die Erika auf das Bild schaute, genügten, um ihr den Atem stocken zu lassen. Sie hatte die Braut schon einmal gesehen. Sie erinnerte Erika nicht nur an Schuberts tote Tochter, nein, sie spürte, dass sie dieser jungen Frau irgendwann leibhaftig begegnet war. Sie legte das Foto zurück auf den Schreibtisch und schob die Vorhänge ein weiteres Stück auseinander.

Erst jetzt bemerkte Erika die Sprenkel auf dem schwarzweißen Stoffmuster, die sich auf der linken Seite der Schreibtischplatte wiederholten. Dunkelrot waren sie und unterschiedlich groß. Dazwischen glitzerten winzig kleine Glasscherben, wie Häufchen von kristallinem Sand. Sie hob den Kopf und sah das fingerdicke Loch in der Fensterscheibe. Hatte Schubert in einem Anfall von Wut oder Verzweiflung sein Rotweinglas quer durch den Raum geschleudert?

Erika drehte sich um.

„Herr Schubert?"

Keine Reaktion. Kein schweres Atmen wie gestern. Kein Zucken der Glieder. Kein gar nichts. Sie knipste die Nachttischlampe an und erstarrte. Das war kein Wein, das war Blut, auch auf dem Bettzeug. Das Blut war aus dem zerfransten Loch in Schuberts linker Schläfe gespritzt, und noch etwas anderes, ekligeres als Blut. Knochensplitter und eine breiige Masse.

Der tote Konrad Schubert lag auf dem Rücken, aber nur bis zu den Knien, wo die Unterschenkel an der Bettkante abknickten. Beide Füße waren nach außen gedreht. Er trug Jeans mit einem breiten Gürtel und hohe schwarze Schnür-stiefel. Seine goldene Kette war zerrissen, ein Teil ringelte sich über die Brust bis unter den weißen Hemdkragen, die Motorradjacke lag neben ihm auf dem Bett. Der linke Arm ruhte friedlich ausgestreckt nah am Körper, mit der wulsti-gen Handfläche nach oben. Der rechte Arm beugte sich im spitzen Winkel. Der Daumen musste die Pistole fest um-schlossen haben, jetzt war er leicht abgespreizt. Auch in Schuberts rechter Schläfe klaffte ein Loch, etwas kleiner und schärfer umrandet, gesäumt von verbrannter Haut.

Erika konnte keinen Gedanken fassen, schon gar keinen klaren, und war unfähig zu schreien oder wegzulaufen. Vielleicht waren sie da, die Gedanken, aber sie konnte sie nicht greifen. Ihre Füße tasteten sich vom Schreibtisch zum Fußende des Bettes und umschifften Schuberts Beine in den Stiefeln. Ihre Knie zogen sie hoch auf das Bettzeug ne-ben die Leiche. Nur so konnte sie sein rechtes Handgelenk erreichen. Mit zitternden Fingern klappte sie die Hemd-manschette nach unten und knöpfte sie zu.

*

Wagner registrierte erst im letzten Moment, dass das Tor zum Innenhof weit offenstand. Er bremste scharf, riss das

Steuer herum und lenkte den Wagen in den Hof. Verdammt, die Harley stand nicht mehr an ihrem Platz. Er stieß die Hintertür auf und rempelte fast gegen die nächste, als seine Mutter aus der Personaltoilette trat. „Ich habe dir doch gesagt, dass Herr Schubert unbedingt hierbleiben muss, bis ich komme!"

„Aber er ist doch hier! Ich habe Erika mit dem Essen zu ihm hochgeschickt, und sie ist noch nicht wieder runtergekommen."

Wagner öffnete die Tür zum Treppenhaus und hielt kurz inne. „Aber das Motorrad steht nicht mehr im Hof."

Anna Wagner verschränkte die Arme über dem Latz ihrer Kochschürze und legte den Kopf schräg. „Salvatore, es reicht, dass ich hier auf deinen Zeugen aufpassen soll, von dem Motorrad hast du nichts gesagt. Vielleicht steht es ja in einer Garage. Im Übrigen", sie zog die Tür zum Restaurant auf, „im Übrigen sind das hier Hotelzimmer und keine Gefängniszellen. Unsere Gäste können tun und lassen, was sie wollen." Kopfschüttelnd verschwand sie im Lokal.

Wagner rieb sich die Stirn und stieg die Treppe hoch zum ersten Stockwerk. Ohne eine Antwort auf sein Klopfen abzuwarten trat er in Schuberts Zimmer.

„Was tun Sie da?", fragte er und zog die Tür hinter sich zu. Erika Milser kniete auf dem Bett neben Konrad Schubert und fingerte an seinem Handgelenk. Sie wirkte nicht erschreckt von seinem Eintreten, eher abwesend, woanders. Oder nirgendwo.

„Ich habe Herrn Schubert nur die Manschette gerichtet. Er ist doch tot." Die Frau hatte sich aufgerichtet und stützte sich mit beiden Händen auf ihren Oberschenkeln ab, machte aber keine Anstalten, vom Bett herunterzukommen. Abwechselnd blickte sie auf Schubert herab und hoch zu Wagner. Dass er tot ist, sehe ich auch, das ist mein Job, dachte Wagner und fragte sich, ob er Opfer und Täterin vor sich hatte. Sicherheitshalber legte er Zeige- und Mittelfinger an die Halsarterie des Mannes, konnte jedoch wie erwartet keinen Puls mehr fühlen. Auch die Pupillen zeigten keinerlei Reaktion auf die Taschenlampe seines *telefonino*. Mit einem Blick erfasste er die leere Patronenhülse, die aus dem Schacht der Waffe gefallen war und ungefähr zehn Zentimeter neben dieser lag, und das kleine Loch in der Fensterscheibe. Die Kugel war durch die Fensterscheibe gedrungen und lag irgendwo da draußen im Matsch.

Er musste Gasser anrufen, aber vorher musste diese Frau vom Bett runter. Wagner reichte ihr eine Hand, die sie ergriff mit einer Mischung aus Verwunderung und Dankbarkeit in den Augen.

„Waren Sie das? Haben Sie Herrn Schubert erschossen?"

An seiner Hand rutschte Erika Milser auf Knien rückwärts vom Bett und stellte sich neben ihn. „Was? Ich? Nein! Seine Manschette war doch offen, ich habe sie ihm nur zugeknöpft." Sie holte tief Luft und griff sich an die Hüfte.

„Bleiben Sie einfach stehen, wo Sie jetzt sind, und fassen Sie nichts an." Diese Frau war unglaublich. Freitagnacht eine wichtige Zeugin im Mordfall Alenka Schubert und nur zwei Tage später ertappte er sie in verdächtiger Position neben der Leiche von deren Stiefvater.

Wagner erreichte Gasser sofort. „Herr Gasser, ich bin in Garda im Hotel Camporondo. Konrad Schubert liegt tot in seinem Zimmer. Nein, kein natürlicher Tod, auf den ersten Blick sieht es nach Selbstmord aus. Bitte veranlassen Sie alles Nötige." Schon das zweite Mal, dass ich diesen Satz zu ihm sage, dachte Wagner. Und verdammt, dieses Mal lag der Tote im Hotel seiner Eltern. Was würde Gasser dazu sagen?

Mit einem weiteren Telefonat rief Wagner seine Mutter zu sich und bat sie, ihm saubere Plastikhandschuhe aus der Küche mitzubringen. Auf dem Flur übergab er ihr Erika Milser, die er fest am Arm gepackt hatte. Anna war sichtlich verärgert.

„Salvatore, was soll das?", fragte sie. Als Antwort drückte er mit dem Ellenbogen die nur angelehnte Tür von Schuberts Zimmer auf. Anna wurde bleich und presste die Hand auf den Mund. Wagner fragte sich, ob sie ein Schreien unterdrücken wollte oder sich übergeben musste. Das Beste würde sein, sie in irgendeiner Weise zu beteiligen, sie etwas tun zu lassen.

„Wenn du nicht willst, dass ich einen Beamten rufe, der Frau Milser aus dem Restaurant abholt und zur Wache führt, dann bringst du sie jetzt selbst dorthin. Ich rufe an und sage Bescheid, dass ihr kommt. Bluse und Jacke muss sie ausziehen, die brauchen die Techniker für ihre Untersuchungen. Am besten gibst du Frau Milser etwas zum Anziehen von dir. Sobald ich hier Verstärkung habe, komme ich rüber auf die Wache." Wortlos fasste Anna ihre Freundin am Arm und führte sie die Treppe hinunter. Sie drehte sich zu ihrem Sohn um und murmelte: „Das mit dem Umziehen machen wir später".

„Besser jetzt gleich", antwortete Wagner. „Und mach dir keine Sorgen, wir werden im Hotel so diskret wie möglich sein." Diesen letzten Satz rief er seiner Mutter hinterher, obwohl er wusste, dass es der Mannschaft unmöglich sein würde unauffällig zu arbeiten.

*

Erika fehlten Worte und Wille und ihr Gang war unsicher, als sie Anna an deren Hand die Treppe hinunter folgte. Im Restaurant stellte ihre Freundin sie neben der Durchreiche ab. Paul Battenberg saß immer noch an seinem Platz. Erika hörte, wie Anna ihm in holprigem Englisch erklärte, dass Mrs. Milser dringend weg müsse. „*Everything okay?*", fragte der Engländer und blickte zu der versteinerten Erika hinüber. Anna nickte und kehrte mit Erikas Handtasche zurück, woraufhin Battenberg bei der Bedienung die Rechnung für sich „*and the Lady*" bestellte.

Der Regen hatte aufgehört, die frische Luft weckte Erikas Lebensgeister, und der Anblick des bewegten Seewassers brachte ihr die Erinnerung an die vergangenen Minuten zurück. Sie spürte den sanften Druck von Annas Arm um ihre Taille und nahm der Freundin ihre Handtasche ab. Schweigend stützten sich die Frauen mit beiden Händen auf die Rückenlehne einer Holzbank und schauten auf den See. Erika drehte sich als erste um.

„Bringen wir es hinter uns. Du hast genug zu tun und musst zurück ins Restaurant." Zwischen dem Hotel und dem Neubau des Rathauses ragte eine riesige Zypresse weit über die Dächer hinaus in den tief verhangenen Himmel. Das Rostrot des Neubaus strahlte an sonnigen Tagen fast wie Pastell, heute jedoch empfand Erika die Farbe wie eine Drohung, und das cremige Gelb des Altbaus giftete sie an. Ein überdachter und an den Seiten verglaster Gang überbrückte in Höhe des zweiten Stockwerks die vier oder fünf Meter Abstand zwischen den beiden Gebäuden. Zu ebener Erde gelangte man bei geöffnetem Tor durch die Einfahrt zwischen Alt- und Neubau auf einen tiefen Hinterhof, an dessen Ende sich das Museo del Lago di Garda befand. Erika schoss durch den Kopf, dass sie und Roland es bei Gelegenheit besuchen sollten.

Die örtliche Polizeiwache war zu ebener Erde im Neubau untergebracht. Zwei Polizisten eilten von dort zum Hotel, ein dritter erwartete sie vor der Tür. Er dankte Anna und hielt Erika die Tür auf, die ihrer Freundin nachschaute und deren Winken erwiderte, bevor sie im Restaurant verschwand.

Der wachhabende Polizist wies Erika einen einfachen Holzstuhl zu. Vergeblich versuchte sie, darauf eine bequeme Haltung zu finden. Dem nüchternen Interieur der Wache schenkte sie keine Beachtung. Sie erinnerte sich, was Kommissar Wagner am Morgen nach der Befragung im Polizeiwagen gesagt hatte und bat um das Protokoll ihrer Zeugenaussage. Es lag noch nicht vor. Der Polizist fragte Erika nach ihren Personalien, sie reichte ihm ihren Ausweis. Er gab die Daten in den Computer ein und schaute danach interessiert zu ihr herüber. Natürlich, dachte Erika, meine Daten samt Fingerabdrücken sind ja schon im System. Gebannt starrte der Mann wieder auf den Bildschirm, wahrscheinlich verschlang er alles, was er zu dem Mordfall auf dem Stellplatz finden konnte. Damit schenkte er Erika Zeit zum Nachdenken.

Die Gedanken flogen ihr nur so zu. Konrad Schubert war tot. Erschossen. Erika fragte sich, warum sie nicht an einen Selbstmord glaubte. Bei der tiefen Trauer um seine

Tochter wäre ein Freitod doch nur zu verständlich. Vielleicht tat sie Konrad Schubert Unrecht, aber Erika hielt ihn zu sehr dem Leben zugewandt, wenn auch auf eine derbe, polternde Art, um sich selbst auszulöschen. Zumindest, bevor nicht der Mörder Alenkas gefunden wurde. Schubert wollte Rache. Auch der Kommissar schien seine Zweifel zu haben, sonst hätte er sie kaum gefragt, ob sie Schubert erschossen hatte.

Erika verstand, warum er sie das fragen musste. Ihr Anblick auf dem Bett neben dem toten Mann, noch dazu mit den Fingern vor der Hand, in der die Pistole lag, schrie geradezu nach einer solchen Vermutung. Was war bloß los mit ihr? Mit ihr und dem Camporondo? Im oberen Stockwerk verweigerte sich ihr Gedächtnis, in Zimmer 6 wartete ein Leichnam auf sie, und im Hinterhof spielten sich vor ihren Augen unwirkliche Szenen ab.

Nun bin ich also allen Ernstes mordverdächtig, dachte Erika und unterdrückte ein Lachen. Es gelang ihr nicht ganz, der Polizist blickte erstaunt zu ihr rüber. Als sie nichts sagte, bot er ihr einen Espresso an. „Sehr gern", antwortete Erika, „nach dem Essen kam ich nicht mehr dazu". Sie dachte an ihre beiden Tischgenossen. Der Bürgermeister war ihr egal, aber sie fragte sich, was Paul Battenberg von ihrem plötzlichen Verschwinden hielt. Sollte sie Roland anrufen? Nein, lieber nicht. Vielleicht war sie ja schnell wieder zurück, es gab keinen Grund, ihn unnötig aufzuregen. Auch wenn er heute in so guter Verfassung war, zu gegenwärtig war ihr noch das Bild vor Augen, wie Roland beim Anblick der toten Alenka zusammengeklappt war. Und wenn es doch Selbstmord war, würde womöglich seine eigene

Todessehnsucht zurückkehren. Das wollte sie kein drittes Mal erleben.

*

Wagner zog einen Selbstmord Schuberts ernsthaft in Betracht. Die Pistole in seiner Hand war eine SIG Sauer P225, laut Besitzkarte vermutlich seine eigene Waffe. Vielleicht hatte er sie unbemerkt in der Nacht von Freitag auf Samstag in eine Jackentasche oder in den Hosenbund gesteckt, als er sich die wenigen Dinge in seine Umhängetasche stopfte für die Übernachtung im Hotel. Schubert war auf Rache aus, er wollte Selbstjustiz üben, und gab vor zu wissen, wer der Mörder seiner Tochter war. Seiner Stieftochter.

Vielleicht war es noch viel mehr als Trauer und Wut, die ihn sich hemmungslos hatten betrinken lassen. Abgrundtiefe Scham könnte dazugekommen sein. Wenn Alenka ihre Drohung wahrmachen wollte, und auf Schubert musste ihr Vorhaben wie eine Drohung gewirkt haben, dann würde er nach seiner Frau auch seine Tochter verlieren. Sie schien sein einziger Lebensinhalt zu sein, was Alenka womöglich als großen Druck empfunden hatte. Aber reichte das als Mordmotiv? Konnte es wirklich sein, dass die Auseinandersetzung der beiden dermaßen eskaliert war? So sehr, dass Schubert auf leisen Sohlen zurückgekommen war und seine Stieftochter eigenhändig erstochen hatte?

Wagner war sich darüber im Klaren, dass auch er in nicht allzu ferner Zeit die enge Bindung zu Sara verlieren würde. Obwohl er wusste, dass es das Natürlichste von der Welt war, wenn Kinder sich abnabelten, hatte er keinerlei

Vorstellung davon, was ihn erwartete. Nur dass er sich höllisch davor fürchtete. Niemals jedoch käme er auf die Idee, seine Tochter mit Gewalt an ihrem Weg ohne ihn zu hindern.

Aber er war nicht Schubert. Wer weiß, was in dessen Kopf vorging. Und in seinem Körper. Wie und wann genau sein Sperma auf das Hubbett gekommen war, würde nach seinem Tod schwer oder gar nicht aufzuklären sein.

Wagner ließ das Tor von der Via S. Francesco d'Assisi zum Innenhof abschließen und postierte einen Polizisten auf dem Korridor neben Schuberts Zimmertür. Auf diesem Stockwerk befand sich zur Hofseite nur noch ein weiteres Gästezimmer, in dem Wagner die Nacht auf Samstag verbracht hatte, und die kleine Wohnung seiner Eltern. Die Gästezimmer gegenüber mit Blick über den See standen momentan leer. Wagner konnte also den Eingang vom Treppenhaus in den Flur problemlos absperren lassen.

Er ging hinunter in die Küche und bat seine Mutter um eine Namensliste der wenigen Hotelgäste. Ihn interessierte auch jeder, der heute Vormittag oder Mittag im Restaurant gegessen oder auch nur etwas getrunken hatte. Größtenteils handelte es sich um Stammgäste aus dem Ort, deren Befragung reine Routine war.

Von seiner Mutter erfuhr Wagner, dass Erika Milser am Familientisch gegessen hatte in Gesellschaft von Domenico Fontana, der als erster gekommen war, und „diesem Engländer", der sich als letzter dazugesellt hatte. Das musste Paul Battenberg sein. Er hatte das Lokal verlassen, nachdem Anna mit Frau Milser heruntergekommen war. Fontana war schon vorher gegangen. Anna Wagner konnte nicht sagen, wann genau er im Restaurant erschienen war. Vor allem an Sonn- und Feiertagen, wenn Fontana damit rechnen konnte, dass alle Tische besetzt waren, betrat er das Lokal gern durch den Hintereingang, um den Fragen ungeduldiger Bürger auszuweichen.

Bis zum Eintreffen von Gasser, der Rechtsmedizinerin und den Technikern blieb Wagner noch genügend Zeit, sich in Ruhe in Schuberts Zimmer umzusehen. Er streifte sich die Handschuhe aus der Küche über und beugte sich so weit wie möglich über den Toten, ohne das Bettzeug zu berühren. Aus dem Einschussloch in der rechten Schläfe war nur wenig Blut ausgetreten, es war schwärzlich umrandet und wies eine rote Stanzmarke auf. So als ob jemand die Waffe regelrecht aufgesetzt und den Kopf des Opfers dagegen gedrückt hatte.

In den Taschen der Biker-Jacke fand sich Schuberts Brieftasche mit denselben Ausweispapieren, Kreditkarten und Fotos wie am Vortag. Nur das Hochzeitsfoto in der Plastikhülle lag auf dem Schreibtisch. Hatte er es selbst dorthin gelegt?

Für Wagner sah es aus, als ob Konrad Schubert in voller Biker-Montur auf dem Fußende des Bettes gesessen hatte, als ihn der tödliche Schuss traf. Haar und Hände waren sauber, die Fingernägel gekürzt und das Kinn rasiert. Im Bad lag ein nasses Handtuch auf dem Boden, daneben nachlässig hingeworfene Unterwäsche. Die Duschwanne zeigte Spuren von Wasser und Seifenschaum. Schubert war Nassrasierer, der Pinsel noch feucht. Kein Zweifel, der Mann wollte sich gut präsentieren, er hatte sich einen Ruck gegeben und vorzeigbar hergerichtet.

Bereitet ein verzweifelter Mensch so seinen Selbstmord vor? Wagner hatte den Eindruck gehabt, dass es Schubert vollkommen egal war, wie er auf andere wirkte. Er redete drauflos, wie es ihm gerade passte, und zeigte sich so, wie er sich selbst gefiel. Genauso wäre es ihm wahrscheinlich auch egal gewesen, in welchem Zustand jemand vom Hotelpersonal seinen Leichnam finden würde.

Noch etwas fiel ihm auf. Wie im Wohnmobil nach dem Mord an Alenka Schubert sah es aus, als ob jemand nach etwas Bestimmtem gesucht hätte. Das Zimmer wirkte nicht durchwühlt, aber die Schreibtischschublade ragte weit heraus, eine Schranktür stand offen, und Schuberts Halskette lag zerrissen auf seinem Oberkörper. Als ob jemand sie ihm vom Hals gezerrt hatte. Aber warum?

Schubert war Geschäftsmann gewesen, noch dazu ein erfolgreicher. Als solcher hatte er sich überzeugend präsentieren und auf seine Kunden und Geschäftspartner einwirken müssen, wozu vielleicht auch das Auftreten als Motorradfan gehörte. Könnte es nicht sein, dass er etwas vorgehabt hatte, sich für ein Treffen aufpoliert hatte, welches durch seine Ermordung verhindert wurde?

Zu Wagners Überraschung erschien Dottoressa Crepaldi als erste im Zimmer. „*Buongiorno*", grüßte sie ihn mit einem lächelnden Kopfnicken, „so schnell hatten Sie mich, glaube ich, nicht wiedersehen wollen." Wenigstens drehte sie nach dieser Spitze sogleich das Gesicht von ihm weg und schaute auf den Toten. „Vorgestern die Tochter, heute der Vater, das ist ja schrecklich." Sie schüttelte den Kopf und wandte sich wieder Wagner zu. „Ich weiß schon, warum ich von der Rechtsmedizin in die Pathologie will."

„Sie wollen wechseln?", fragte Wagner und war froh über den Themenwechsel.

„Ja, ich will weg von der Forensik und mich in Pathologie habilitieren. Die Körper der Toten haben ihre eigene Logik, und die Untersuchung dieser Zusammenhänge finde ich faszinierend. Aber die Umwege und Irrwege der Lebenden, die zu unnatürlichen, grausamen und unglaublich scheußlichen Todesursachen führen und die Säle der Rechtsmedizin füllen, daran kann und will ich mich nicht gewöhnen."

Du glaubst gar nicht, wie gut ich dich verstehe, dachte Wagner, aber dann ist unsere Zusammenarbeit ja schon bald vorbei. Er fragte nach ihrer ersten Einschätzung im aktuellen Fall.

„Der Mann ist seit einer halben bis anderthalb Stunden tot, so viel kann ich jetzt schon sagen. Wie Sie selbst sehen, handelt es sich auf den ersten Blick um Tod durch Erschießen, ein glatter Durchschuss, würde ich meinen. Ob es Mord oder Selbstmord war, muss sich durch den Verlauf des Schusskanals klären und durch eventuell vorhandene Schmauchspuren und andere Faktoren, auf die Sie und Ihre Kollegen mehr Einfluss haben als ich." Wie auf Zuruf füllten die Techniker den Raum, und Wagner verabschiedete sich. Er musste raus aus dem Hotel, und er musste seine Gedanken ordnen.

Draußen zog Wagner den Reißverschluss seiner Regenjacke hoch und lehnte sich an die nasse Bank am Seeufer. Er betrachtete die sich überschlagenden Wellen, die der Wind an das Ufer peitschte, und versuchte, die Wogen in seinem Gemüt zu glätten. Das war heute die dritte Begegnung mit der Rechtsmedizinerin, die ihn anzog wie schon seit Ewigkeiten keine Frau mehr. Er war wütend auf sich, weil er sie jedes Mal abblitzen ließ und sich doch zutiefst erschrak, als er hörte, dass sie ihre gerade erst angetretene Stelle schon wieder aufgeben wollte.

*

Auf der Polizeiwache kroch die feuchte Luft aus allen Ritzen in den Raum. Erika leerte ihre Espressotasse im Stehen und reichte sie dem Polizisten über den Tresen, bevor sie sich in die äußerste Ecke der Wartebank drückte. Die war nicht ganz so unbequem wie der Stuhl. Der Wachhabende verzog sich wieder hinter seinen Bildschirm, und Erika konnte in Ruhe die Gesichter auf den Fahndungsplakaten an der Wand studieren. Einer sah aus wie ein Mafiaboss, daneben zwei Frauen, jung und alt, ein kugelrunder Glatzkopf mit finsterem Blick – und am Ende der Reihe, auf dem neuesten Ausdruck, erkannte Erika Andrea de Luca. Sie erhob sich und trat ein paar Schritte näher, um den Text zu lesen, als sich die Tür nach draußen öffnete und Kommissar Wagner hereinkam.

Mit Wagners Eintreten griff noch mehr kalte Luft nach Erika. Der Polizist hangelte nach seiner Mütze, sprang hoch und schlug die Hacken zusammen.

„Die Verdächtige Erika Milser ist bereit für die Vernehmung."

„Gut, danke, ich gehe mit der Zeugin nach hinten."

Nach hinten, das war ein Raum von höchstens zehn Quadratmetern. Durch das vergitterte Fenster unter der Decke konnte Erika nicht mehr sehen als ein paar Zweige der Riesenzypresse, die im Wind hin und her schwangen und immer wieder das Gitter streiften. Der Polizist bot dem Kommissar wahlweise Kaffee oder Wasser an, Wagner entschied sich wie Erika für einen heißen Espresso. Er legte ein kleines Aufnahmegerät vor sich auf den Tisch, schaltete es ein und forderte Erika auf, ihm genauestens zu schildern, was sie in der Zeit seit ihrem Gespräch heute morgen im Polizeiauto getan habe.

Gespräch? Ein Gespräch geht anders, dachte Erika, und berichtete von ihrem Gang über den Stellplatz.

„War alles wie sonst?", fragte Wagner, „oder haben Sie irgendetwas Auffälliges bemerkt?" Erika fiel ein, dass das Motorrad nicht mehr an seinem Platz gestanden hatte.

„Wann genau haben Sie das Fehlen bemerkt?"

„Als ich von dem Verhör mit Ihnen zurückkam, da war es nicht mehr da. Vielleicht auch schon vorher nicht, aber mir war das nicht aufgefallen, und meinem Mann auch nicht."

Zwei Stunden habe sie gemeinsam mit ihrem Mann im Wohnmobil verbracht und sei dann allein ins Camporondo zum Essen gegangen.

„Warum allein?", fragte Wagner.

„Warum nicht?", entgegnete Erika.

„Erklären Sie mir das genauer. Hatten Sie und Ihr Mann sich gestritten?"

„Nein, ganz im Gegenteil, wir waren uns einig. Die Hotelbesitzerin, ich meine Ihre Mutter und ich, wir verstehen uns blendend, und ich hatte Hunger, aber mein Mann nicht. Deshalb bin ich allein zum Essen gegangen. Da ist doch heutzutage Gott sei Dank nichts mehr dabei."

Wagner schien in ihrem weiteren Bericht erst wieder aufzuhorchen, als Erika das Motorrad auf dem Hof erwähnte, bei ihrer Ankunft dort gegen 13:15 Uhr.

„Und dann? Auf welchem Weg sind Sie ins Restaurant gegangen?"

„Durch die Hintertür", sagte Erika und erzählte vom Essen mit dem Engländer und dem Bürgermeister. „Es war schon nach 14:00 Uhr", sagte sie, „als Ihre Mutter mich bat, Herrn Schubert das Essen aufs Zimmer zu bringen. Wie gesagt, das Restaurant war sehr voll, und Ihre Mutter und die Bedienung hatten alle Hände voll zu tun. Darum hat Anna mich darum gebeten." Erika wusste selbst nicht, warum sie glaubte, Anna vor ihrem Sohn in Schutz nehmen zu müssen.

„Dreimal habe ich geklopft, jedes Mal lauter, und den Namen von Herrn Schubert gerufen. Als er nicht geantwortet hat, bin ich reingegangen."

„Die Zimmertür war nicht abgeschlossen?"

„Nein." Erika machte eine Pause. Wagner wartete schweigend, bis sie weitersprach: „Es war ziemlich dunkel, deshalb habe ich das Tablett gleich auf dem Tisch neben der Tür abgestellt und bin ans Fenster, um die Vorhänge aufzuziehen."

Wagner unterbrach sie: „Sie haben nicht die Deckenbeleuchtung eingeschaltet? Der Schalter ist doch gleich neben der Tür. Es ist ein Reflex, die Hand sucht normalerweise automatisch danach."

Erika zögerte, sie war unsicher, was sie dazu sagen sollte. „Wahrscheinlich haben Sie recht, aber offenbar funktioniert dieser Reflex bei mir nicht. Jedenfalls bin ich zum Fenster gegangen. Vielleicht habe ich es deshalb gemacht, weil es Mittag war und das Tageslicht um diese Zeit ausreicht, um sich zu orientieren. Auch bei schlechtem Wetter." Erika lehnte sich zurück und verschränkte die Arme. „Und wir sind doch heute alle so darauf gedrillt, möglichst keine Energie zu verschwenden, dass ich natürliches Licht vorziehe, wann immer das möglich ist."

Der Kommissar rührte in seinem Espresso, der bestimmt schon kalt war. Ein paar Tropfen schwappten über. „Gut, Sie haben also die Vorhänge aufgezogen und Herrn Schubert auf dem Bett liegen sehen."

„Nicht sofort", sagte Erika. Sie überlegte, worauf Annas Sohn hinauswollte. Das Foto auf dem Schreibtisch fiel ihr ein, da waren ihre Fingerabdrücke drauf. „Der Schreibtisch steht ja unter dem Fenster, und man muss sich über ihn beugen, um die Vorhänge zur Seite zu schieben. Dabei ist mir ein Foto aufgefallen, in einer Plastikhülle, das muss von der Hochzeit von Herrn Schubert sein, vor vielen Jahren. Das habe ich hochgenommen und mir kurz angesehen."

„Warum?", fragte Wagner.

Erika fand die Frage überflüssig. Es war doch normal, dass sie sich dafür interessierte. Nach all der Aufregung um den Tod von Schuberts Tochter. „Ich hatte das Gefühl, die Braut schon einmal gesehen zu haben, deshalb wollte ich mir das Gesicht näher ansehen." Erika entging nicht der kurze Blitz in Wagners Augen.

„Und, haben Sie sie erkannt?", fragte er.

„Nein, mich hat wohl nur ihre Ähnlichkeit mit der Toten im Wohnmobil verwirrt."

„Und dann? Was haben Sie danach getan?"

„Als ich mich umdrehte, sah ich Herrn Schubert auf dem Bett liegen. Ich fand das merkwürdig, wie er so da lag mit abgeknickten Beinen, und bin um das Bett herum gegangen. Erst da fiel mir die Pistole in seiner Hand auf und das Loch im Kopf und ich wusste, dass er tot ist. Schrecklich." Erika schloss für einen Moment die Augen und schüttelte den Kopf.

Der Kommissar fragte ungerührt weiter: „Sie wussten, dass er tot ist? Haben Sie sich davon vergewissert?"

„Nein, natürlich nicht. Ist man nicht immer sofort tot, wenn einem jemand anders oder man selbst sich in den Kopf schießt?" Erika wartete vergebens auf eine Antwort, stattdessen fragte der Kommissar, warum sie nicht sofort Alarm geschlagen habe, die 112 gewählt wie am Freitag oder unten im Hotel Bescheid gesagt.

Erika hatte sich vor den unausweichlichen Fragen zu diesem Thema gefürchtet. Fragen, die sie sich selbst nicht beantworten konnte, geschweige denn jemand anderes erklären. Warum bloß hatte sie sich neben Schubert auf das Bett gekniet, und warum in Gottes Namen war ihr nichts Besseres eingefallen, als ihm die Manschette seines Hemdes umzustülpen und den Knopf zu schließen?

Nach fast einer Stunde mit mehr Fragen als Antworten wirkte der Kommissar nicht sonderlich zufrieden, aber das konnte Erika nicht ändern. Noch einmal fragte er sie, ob sie Schubert erschossen habe. Mit ruhiger Stimme und forschenden Augen in seinem unbewegten Gesicht.

„Aber warum hätte ich das tun sollen?", fragte Erika.

„Ich stelle hier die Fragen", sagte Wagner, „also, haben Sie Konrad Schubert getötet? Und wenn ja, warum?"

Erika beugte sich vor, legte beide Unterarme auf den Tisch und faltete ihre Hände. „Ich habe Herrn Schubert nicht getötet, und ich wüsste auch nicht, aus welchem

Grund ich das hätte tun sollen. Schließlich haben wir den Mann erst vorgestern kennengelernt." Erst vorgestern, die Wörter klangen in ihr nach. Dabei kam ihr die kurze Zeit in Garda wie eine halbe Ewigkeit vor.

Es klopfte, der Polizist trat ein und legte Erika das Protokoll von heute morgen vor. Kommissar Wagner erhob sich und wies sie an, sich bei den Kriminaltechnikern im Hotel zu melden. Ihre Hände würden auf Schmauchspuren untersucht werden, was vor Ort geschehen könne. Ihre Bluse und Jacke müsste sie nach der Vernehmung „nun aber wirklich sofort" abgeben für nähere Untersuchungen im Labor, seine Mutter hätte sicherlich schon Ersatz dafür zurechtgelegt.

Erika war klar, dass Wagner sie in den Kreis der Verdächtigen aufgenommen hatte, und wunderte sich über sich selbst, wie gefühllos sie ihren neuen Status zur Kenntnis nahm. Sie las das Protokoll Wort für Wort durch und führte den Kugelschreiber mit ruhiger Hand unter den Schriftsatz. Sie war sich nicht mehr sicher, ob es richtig gewesen war, dem Kommissar nichts von der jungen Person auf dem Stellplatz erzählt zu haben. Von Gestalt und Gang her eher ein Mädchen, und dass sie sie danach im Hof des Hotels wiedergesehen hatte. Wo sein Vater ihr die Tür geöffnet und den Rucksack abgenommen hatte.

*

Wagner übergab dem Carabiniere das Aufnahmegerät, damit er das Verhör von Erika Milser auf dem Computer in ein schriftliches Protokoll verwandelte. Er fröstelte, auf der Wache war es fast noch kälter als draußen vor der Tür. Dort

blieb er einen Augenblick stehen und sah einem Stocken-
tenpaar zu, das sich von den Wellen treiben ließ und ab und
zu die Köpfe unter Wasser steckte. Immer zeitgleich, wie
abgesprochen. Wie lange mochten sie schon zusammen
sein?

Für den kurzen Weg zum Hintereingang des Camporondo knöpfte Wagner seine Jacke zu und schlug den
Kragen hoch. Das Tor zum Hof war wie erwartet verschlossen. Auf sein Klopfen entriegelte einer der Kriminaltechniker die Fußgängertür und ließ ihn eintreten. Dieser
Kollege war ein erfahrener Mann, der die Ballistik zu seiner
Spezialität gemacht hatte. Nach einer kurzen Begrüßung rä-
sonierte er über den Lauf des Projektils. Erst durch den
Schädel, von dort durch den Vorhang und zum Schluss
durch das doppelt verglaste Fenster. Er wog Gegenwind
und starken Regen ab und setzte sie in Beziehung zur nach-
lassenden Geschwindigkeit der Patrone. Wagner sah die
Kugel förmlich durch die Luft fliegen, aber wohin? Der
Techniker suchte und fand eine hohe Leiter, die er ungefähr
gegenüber dem Fenster mit dem Durchschussloch an die
Garagenmauer lehnte. Er kletterte hinauf und fischte die
Kugel mit langem Arm und langer Pinzette aus dem mat-
schigen Laub in der Regenrinne über den Garagen. Triumphierend hielt er sie in die Höhe. Wagner hörte sich gedul-
dig seinen Bericht über nasse Blätter und Vogeldreck an
und bedankte sich für die gute Arbeit.

Der junge Mann von Freitagnacht, dem die Grillzangen-
Episode vermutlich noch lange anhängen würde, kam als
nächster auf ihn zu. „Die Rechtsmedizinerin hat die Leiche
freigegeben für den Transport in ihr Institut. Am besten ich
öffne jetzt das Tor, damit die Bestatter einfahren können."

Wagner nickte, besser hier als vor dem Haupteingang an der Promenade. „Ja, sperren Sie soweit wie möglich auf, und fahren Sie den Technik-Bus noch ein Stück vor auf die rückwärtige Mauer zu. Dann kann der Leichenwagen dahinter geparkt werden und Sie können das Tor wieder schließen, bis die Bestatter mit ihrer Arbeit fertig sind." Er wollte seiner Mutter weiteren Ärger fernhalten, sie hatte schon mehr als genug davon. Ein Leichenwagen auf dem Hof, ein Mord in ihrem kleinen Familienhotel, das hätte nun wirklich nicht sein müssen. Und alles nur, weil ihr Sohn bei der Mordkommission war und das spätere Opfer bei ihr einquartiert hatte.

„Brauchen Sie im Haus noch lange?", fragte er den Techniker.

„In Zimmer und Bad oben sind wir fast fertig, ein Kollege ist im Flur, und meine Kollegin und ich nehmen uns gleich das hintere Gebäude vor. Das sind wohl alles Garagen."

„Ja", sagte Wagner, „Garagen und eine Werkstatt". Wohl eher eine Mischung aus Rumpelkammer und Bastelkeller, dachte er.

Er setzte sich auf die Bank unter dem Dachvorsprung. Die Kollegin von der Technik berichtete ihm, dass sich unter der Bank ein Paar Gummistiefel befunden habe und auf der Sitzfläche eine sorgsam zusammengelegte Regenjacke, beides eher weibliche Kleidungsstücke. Außer einer Packung Papiertaschentücher keinerlei Inhalt in den Taschen. „Nur ein Paar Gummistiefel?", fragte Wagner. Die Zeugin Milser hatte von einem weiteren Paar außer ihrem gesprochen.

„Ja, nur dieses eine. Ein Kollege untersucht die Sachen gerade im Wagen, dann nehmen wir sie bis auf Weiteres mit."

„Nicht nötig, ich weiß, wem sie gehören und dass sie gebraucht werden. Geben Sie bitte beides so schnell wie möglich im Hotel ab für Frau Milser." Er legte den Kopf in den Nacken und blickte zum Himmel, von dem schon wieder regenschwere Wolken drohten.

Der Lieferwagen der Kriminaltechnik fuhr zwei bis drei Meter vor, gerade rechtzeitig, um dem Leichenwagen Platz zu machen. Wagner stand auf und winkte ihn in den Hof, als plötzlich ein Regenschauer losbrach, ohne Vorwarnung, mit einer Kraft, als ob ein Stausee abgelassen würde. Er fluchte und presste seinen Rücken an die Garagenmauer, wo ihn das Scheinwerferlicht des Leichenwagens blendete. Er selbst hatte den Fahrer so dirigiert, dass der Dachvorsprung über der Bank und die hochgezogene Heckklappe des Wagens den Sargträgern einen trockenen Weg garantierten.

Starkregen prasselte auf den unebenen Steinboden, offene Autotüren schlugen im Wind und krachten gegen ihre Rahmen, schwere Schuhsohlen patschten in Plastiküberziehern durch die Pfützen. Lautes Rufen, Schreien und Fluchen, um die anderen zu übertönen und sich selbst Gehör zu verschaffen.

Niemand hörte das Knarren des Tors zu Erwin Wagners Werkstatt.

Aus den Regenrinnen stürzte das angestaute Wasser in reißenden Bächen und verschwamm mit den Fluten, die sich vom Himmel ergossen, zu einem dichten Vorhang. Die beiden Kastenwagen auf dem kleinen Hof verstellten die Sicht genauso wie die hin und her eilenden Techniker in ihren unförmigen Overalls.

Niemand sah, wie das Werkstatttor ganz langsam, Zentimeter für Zentimeter, von innen aufgeschoben wurde.

Wagner und der Techniker auf dem Fahrersitz des Lieferwagens drehten als erste ihre Köpfe dorthin, weil hinter dem offenen Türspalt ein Licht aufblitzte und sich im Regen auf dem hinteren Teil des Hofes verlor. Sie hörten das knatternde Starten eines Motors und erschraken beide gleichzeitig, als dieser wiederholt aufheulte. Schuberts Motorrad schob sich hinter seinem blendenden Scheinwerfer aus dem Tor in den Hof. Die Stiefel des Fahrers stießen die schwere Maschine vorwärts, kurz vor dem Technikwagen zog er sie hoch aufs Trittbrett, fuhr um das Fahrzeug herum, wich auch dem Leichenwagen aus und schoss mit einem letzten Aufheulen in gefährlicher Schräglage auf die Straße.

Nicht nur der Commissario, auch der Techniker erkannte die Harley Davidson wieder. Aber nur Wagner wusste, dass der Mann auf dem Fahrersitz sein Vater war. Unverkennbar die Art, wie er die Beine hochgezogen hatte und den Oberkörper vorschob. Unverwechselbar Erwin Wagners uralte, aufgeplatzte Lederhandschuhe, in denen er den Lenker umklammerte.

Wagner war froh, dass seine Mutter das nicht mit ansehen musste. Und er fragte sich, wer die zweite Person auf dem hinteren Sitz war. Sie hielt das Gesicht nach unten, und bei dem Helm mit breitem Kinnschutz konnte er nichts erkennen. Das war Saras Helm, er selbst hatte ihn gekauft und auf einen optimalen Rundumschutz geachtet. Vom Rücken hing ein prall gefüllter Rucksack.

Salvatore Wagner kniff seine Augen zusammen und schirmte sie mit einer Hand vor dem prasselnden Regen ab. Er schaute hoch zum zweiten Stockwerk. Der Rollladen vor Saras Fenster war blickdicht verschlossen.

Alle auf dem Hof Versammelten starrten den Rücklichtern der Harley nach, bis ihr rotes Strahlen im Regenvorhang verschwamm. Kaum war die Maschine außer Sichtweite, aber immer noch aller Augen auf das offene Tor gerichtet, erschien dort Josef Gasser - in schmal geschnittenen Gummistiefeln und weitem Regencape unter dem Dach seines im Wind tanzenden Schirms. Er umklammerte den Stab mit beiden Händen und rief in die Runde, ohne irgendjemanden direkt anzusprechen:

„Wer war dieser Idiot? Er hätte mich fast umgefahren!"

„Keine Ahnung", sagte Wagner und führte seinen Kollegen ins Trockene unter dem Dachvorsprung. „Aber es scheint sich um die Harley Davidson von Konrad Schubert zu handeln."

Gasser schüttelte den Schirm aus und zog ihn zusammen. „Der kann ja wohl kaum der Fahrer gewesen sein. Aber in Ihrem Hotel scheint vieles möglich."

„Ein letztes Mal, Kollege Gasser: Es ist nicht mein Hotel!"

Schreiben Sie sich das hinter die Ohren, wollte er sagen, konnte sich aber gerade noch beherrschen und wies Gasser an: „Schreiben Sie das Motorrad zur Fahndung aus, das Kennzeichen haben wir ja. So viele Maschinen dieses Kalibers mit deutschem Nummernschild dürften hier nicht unterwegs sein, schon gar nicht bei diesem Scheißwetter."

Die beiden Männer machten den Sargträgern Platz, die ihre schwere Fracht auf einem Metallgestell aus dem hell erleuchteten Flur rollten und in den Wagen schieben wollten.

„Auf dem Motorrad waren Zwei", sagte Gasser, „bei dem Wetter und unter den Helmen konnte ich beim besten Willen kein Gesicht erkennen, obwohl sie mir direkt entgegenfuhren. Um ein Haar! Eine Unverschämtheit!" Auf Wagners Frage beschrieb er, was er hatte erkennen können: „Der Fahrer schien älter zu sein, mit kräftiger Figur, nicht sehr groß. Die Person auf dem Rücksitz hatte den Kopf zur Straßenseite gedreht, als ob sie nicht erkannt werden wollte. Sie ist größer und schlanker als der Fahrer, könnte aber auch eine Frau sein."

Um Himmels Willen, nicht auch das noch, dachte Wagner, ich muss Sara suchen. Das durfte doch alles nicht wahr sein. „Lassen Sie sich von den Kollegen der Technik die vorläufigen Ergebnisse zeigen und schauen Sie sich auch selbst noch einmal um. Vielleicht habe ich ja etwas übersehen." Gasser zog die Augenbrauen hoch, aber Wagner ließ ihn nicht zu Wort kommen.

„Frau Milser hat auch diesen Toten gefunden, uns allerdings nicht wie bei Alenka Schubert sofort alarmiert. Ich habe sie schon verhört, das Protokoll müsste auf der Wache vorliegen, das können Sie sich schon durchlesen."

„Dieselbe Frau, die auch so schnell bei der Leiche auf dem Stellplatz war? Das scheint mir ein bisschen viel Zufall".

„Ja, das sehe ich genauso, deshalb darf sie auch den Stellplatz nicht mehr verlassen." Wagner schaute zum Himmel. Der Wind hatte nachgelassen, hoffentlich hörte es bald auf zu regnen. „Wahrscheinlich ist sie noch auf der Wache oder hier im Restaurant. Am besten suchen Sie sie und fahren sie zurück auf den Stellplatz." Er musste Gasser irgendwie loswerden und Zeit gewinnen.

„Wir treffen uns später im Büro in der Questura."

„Wann später?"

„Ich melde mich, sobald ich unterwegs bin, dann verabreden wir uns." Ohne eine Reaktion abzuwarten ging Wagner in die Werkstatt seines Vaters, aus deren Tor das Motorrad wie eine Fata Morgana erschienen war. Er wusste jetzt, wonach er zu suchen hatte, und wollte der erste sein, wenn es etwas zu finden gab.

∗

Kurz nach 16:00 Uhr trat Erika aus der Wache auf den Vorplatz. Immer noch goss es in Strömen, aber wenigstens peitschte der Wind das Wasser nicht mehr über die Promenade. Der Polizist begleitete sie unter einem riesigen Schirm bis zur Hoteltür, eine Geste, die ihr das Herz erwärmte. Von der Rezeption aus konnte sie sehen, wie die Bestatter den unteren Teil des Sargs die Treppe hochtrugen und eine Kriminaltechnikerin das Absperrband zum Flur des ersten Stockwerks entfernte, um die Männer durchzulassen. Erika wollte nicht mit ansehen, wie Schubert im Leichenwagen den Hof verließ, und ging ins Restaurant. Anna Wagner saß an einem der größeren Tische, ihr gegenüber thronte der Bürgermeister. Auf dem blanken Holz zwischen ihnen verteilten sich gedruckte Tabellen, von Hand hingeworfene Skizzen und maschinengeschriebene Listen mit korrigierten Posten, dazwischen unbeschriebene Blätter. Domenico

Fontana verfolgte aufmerksam, wie die Küchenchefin mit Fingern und Kugelschreiber die Zeichnungen und die vielen Zahlen erklärte.

„Da bist du ja wieder", sagte Anna und wies auf den Familientisch. „Setz dich doch einen Moment, wir sind hier gleich fertig, dann mache ich uns einen heißen Tee."

Erika schob sich auf die rückwärtige Bank. Derselbe Platz wie vorhin, dachte sie, als wäre nichts geschehen. In ihrer Handtasche summte das Handy, sie registrierte lediglich eine dumme Werbung. Sollte sie nicht endlich Roland anrufen? Er schien sie nicht zu vermissen, sonst hätte er sich schon gemeldet. Wahrscheinlich war er eingeschlafen. Was er wohl gegessen hatte? Hoffentlich dauerte ihr Hausarrest nicht über den morgigen Tag hinaus, sie musste doch Lebensmittel einkaufen.

Erika sah und hörte Anna und dem Bürgermeister zu, wie sie mit südländischem Eifer das Catering für seine Jubiläumsfeier übermorgen im Rathaus besprachen. Sie beugten sich vor und lehnten sich wieder zurück, überließen ihren Händen die Vollendung eines Satzes und schafften Missverständnisse lachend aus der Welt. So lebhaft hatte Erika Fontana noch nie gesehen, er wirkte geradezu aufgekratzt. In seinen Augen lag ein Fieber, das entweder von der Vorfreude auf die Feier entfacht wurde oder von einer beginnenden Erkältung kündete. Mit fahriger Hand vermerkte er einige Änderungen auf einem der Papiere und schob es Anna zu.

Erika erstarrte. Plötzlich war ihr sonnenklar, dass Konrad Schubert nicht freiwillig aus dem Leben geschieden war. Nie und nimmer war das ein Selbstmord. Erst wurde seine Tochter ermordet und jetzt auch noch er selbst.

*

Wagner war froh über die wenigen Minuten, die er allein in der Werkstatt seines Vaters verbringen konnte. Noch wusste außer ihm niemand von dem verborgenen Raum hinter der vorgezogenen Rückwand, aber das würde sich schnell ändern. Erwin Wagner hatte die geheime Kammer vor Jahrzehnten für seine Kinder angelegt. Vor die Mauer am Ende des Raumes hatte er im Abstand von etwas mehr als einem Meter eine Holzwand gezogen und ein geschlossenes Regal vor den Durchgang geschoben. In dieses Versteck zogen Salvatore und seine Schwester sich zurück, wenn der Hotelbetrieb in der Hochsaison kein Familienleben mehr zuließ. Dann fiel ihre Mutter nach 16 Stunden zwischen Rezeption und Gästezimmern, Küche und Restaurant todmüde ins Bett und war froh, wenn die Kinder nicht nach ihr riefen.

Mit vier Metern Länge war der Raum groß genug gewesen für Puppenstube, Kaufmannsladen und Matratzenlager. Sogar eine Steckdose hatte ihr Vater in die Wand geschraubt und eine Neonröhre an die Decke montiert. Das Regal hatte er aus dicken Holzbrettern gebaut, mit seiner Rückwand war es so schwer, dass nur er es bewegen konnte. Deshalb durften die Kinder nur dort spielen, wenn ihr Vater vorn in der Werkstatt arbeitete. Dabei ließ er sie vollkommen in Ruhe und ihre einzige Auflage war es, niemals Feuer zu machen, egal ob mit Kerzen oder Zigaretten.

Jetzt war keine Zeit für Kindheitserinnerungen. Immer noch in Handschuhen schaltete Wagner die Neonleuchte an der Decke ein und erfasste mit einem Blick die gewohnte

Ordnung in der Werkstatt. Hammer und Zangen, Bohrer und Schrauber hingen nach Art und Größe sortiert von Holzbrettern. Vielleicht sogar noch systematischer, noch mehr in Reih und Glied als früher. In den waagerechten und diagonalen Linien ragte keines der vielen Werkzeuge aus der Reihe. Kein Nagel, kein Hammer, noch nicht einmal ein Papiertaschentuch störte seinen Blick auf die blankgewienerte Werkbank.

Neu für Wagner war der Computer auf einem ausrangierten Restauranttisch, ein vorsintflutliches Modell noch ohne Flachbildschirm. Zu beiden Seiten standen große Lautsprecher mit Holzfassung, wie Flügel sah das aus oder wie überdimensionierte Ohren, und neben der Tastatur lagen penibel aufgeschichtete Papiere in allen Größen.

Die Reifenspuren auf dem Boden waren unverkennbar frisch.

Das schwere Regal, die Tür zur geheimen Kammer, stand weit in den Raum gezogen. Wer auch immer außer seinem Vater noch hier gewesen war, sie hatten es eilig gehabt. Die alte, strohgefüllte Matratze lag noch immer auf dem Zementboden, an derselben Stelle, an der er sie vor drei Jahrzehnten das letzte Mal gesehen hatte. Damals genügten Isabella und ihm eine verblichene Decke und ein paar abgeschabte Stuhlkissen zum Kuscheln oder Raufen. Der oder die Unbekannte von heute hatte es sich in weißen Laken und unter einem Federbett, bezogen mit Bettwäsche aus dem Hotel, gemütlich gemacht. Das Bettzeug lag ordentlich zusammengefaltet auf dem Laken.

Der alte Holzstuhl neben der Matratze erinnerte Wagner an die Möbel auf der Wache, darauf stand eine benutzte Espressotasse. Eine filterlose Kippe hatte sich mit den letzten Kaffeetropfen vollgesogen. Ohne nachzudenken wickelte er die Tasse samt Kippe in ein Papiertaschentuch und steckte sie in eine Tasche seines Jackenfutters. Wagner hoffte inständig, dass der kurzzeitige Bewohner nicht noch mehr Spuren hinterlassen hatte. Vielleicht war er oder sie nur ganz kurz in der Kammer gewesen.

Wagner hatte genug gesehen und verließ die Werkstatt. Er entschloss sich zur Offensive und rief den jungen Techniker zu sich:

„Ich fürchte, hier hat meine Tochter ihren ersten Freund versteckt gehalten." Er war sich bewusst, dass dies noch die harmloseste Möglichkeit war.

Wagner betrat das Hotel erneut durch den Hintereingang und hörte jemanden die Treppe vom ersten Stock herabsteigen. An der Rezeption liefen sich Mutter und Sohn über den Weg.

„Bist du etwa durch die Absperrung auf dem Flur gegangen?", fragte Wagner.

„Ja, das bin ich, und als deine Marsmenschen mich aufhalten wollten, habe ich ihnen klargemacht, dass das immer noch mein Hotel ist und auch meine Wohnung." Wagner konnte sich die Unterredung zwischen seiner Mutter und den Technikern gut vorstellen und wunderte sich nicht, dass diese den Kürzeren gezogen hatten. Mit weniger Druck im Nacken wäre er sogar ein bisschen stolz auf sie gewesen, aber dieses Gefühl konnte er sich jetzt nicht leisten.

„Nun mach nicht so ein Gesicht, Salvatore, ich habe nichts angefasst auf dem Flur. Sogar die Wohnungstür hat mir einer von deinen Leuten aufgeschlossen. Ich war auch nur oben, weil ich deinen Vater suche. Ich habe gedacht, er kann mir in der Küche helfen." Da kannst du lange suchen, dachte Wagner, und fragte nach Sara.

„Die müsste oben sein auf ihrem Zimmer und lernen. Sie schreibt doch morgen eine Klassenarbeit, da kann sie den ganzen Terror hier wirklich nicht brauchen." Wagner hielt dem bohrenden Blick seiner Mutter stand und fragte nicht nach. Dass seine Tochter eine Klassenarbeit schrieb, von der er nichts wusste, war noch das geringste Problem in ihrer Beziehung.

Er legte seine flache Hand auf den Oberarm seiner Mutter und sagte: „Mach dir keine Sorgen, Mama, ich muss sie auch nur ganz kurz stören. Und die Marsmenschen, wie du sie nennst, sind keine Terroristen. Sie machen nur ihre Arbeit und müssten eigentlich bald mit allem fertig sein."

Wagner lief die Treppen hoch in den zweiten Stock und entschied sich gegen ein Klopfen an der Zimmertür seiner Tochter. Er trat geräuschvoll ein und stieß erleichtert die Luft aus. Sara saß tatsächlich an ihrem Schreibtisch unter dem Fenster. Sie hatte nicht nur den Rollladen heruntergelassen, auch die Vorhänge waren zugezogen. Ihm fiel ein Felsbrocken vom Herzen. Zu seinem Erstaunen drehte Sara sich mit ihrem Stuhl zu ihm und sagte nur: „Ciao Papa". Weiter nichts. Keine Beschwerde, weil er nicht angeklopft hatte.

Wagner zog sich den Stuhl von der windschiefen Frisierkommode heran, die Sara so liebte, und setzte sich neben sie an den Schreibtisch. Ihr schönes Gesicht war ungeschminkt und wirkte übernächtigt, sie trug einen viel zu großen Pullover über kunstvoll durchlöcherten Jeans.

„Oma sagt, ihr schreibt morgen eine Klassenarbeit."

Wagner merkte sofort, dass er sich das vorsichtige Herantasten hätte sparen können. Sara knallte ihr Buch zu und hielt ihm den Titel vor die Nase.

„Stimmt genau, Papa, in Bio. Und weil du dafür gesorgt hast, dass ich meinen Nachhilfelehrer nicht mehr sehen kann, muss ich dafür noch mehr büffeln als sonst." Sie warf das Fachbuch zurück auf den Tisch und starrte mit grimmiger Miene darauf.

„Sara, das ist nicht meine Schuld. Und sieh mich an, wenn ich mit dir spreche!" Wagner nahm ihre Oberschenkel in beide Hände und drehte seine Tochter zu sich.

„Sorry", sagte sie, „ich wusste nicht, dass das hier ein Verhör wird."

„Verdammt Sara, ich bin hier, um genau das zu verhindern, dass ich oder ein Kollege von mir dich zum Verhör in die Questura bestellen muss. Bitte sei vernünftig und beantworte mir ehrlich meine Fragen." Wagner zog seine Hände zurück und schlug die Beine übereinander. Schuhe und Strümpfe waren durchnässt und die Hosenbeine voller Schlammspritzer.

„Wann hast du Andrea de Luca das letzte Mal gesehen?" Im Gesicht seiner Tochter glaubte er eine Mischung aus Trotz und Unsicherheit zu erkennen.

„Das weißt du doch", giftete Sara ihn an, „das haben sie dir doch bestimmt gepetzt, dass ich gestern im Krankenhaus war. Überhaupt, wie geht es ihm eigentlich?" Die Rückenlehne ihres Stuhls bog sich und quietschte, als Sara ihr Kreuz durchstreckte und sich nach hinten lehnte. Sie reckte das Kinn vor und verschränkte ihre Arme vor der Brust. Dabei pfriemelte sie Hände und Unterarme in die weiten Ärmel ihres Pullovers. All das und das Blitzen in ihren

Augen verrieten dem Vater genauso wie dem Polizisten in ihm, dass sie log. Wagners letzte hoffnungsvolle Zweifel verflogen und machten einer traurigen Gewissheit Platz. Seine Tochter wusste, dass De Luca nicht mehr im Hospital in Verona war, und hatte ihm vielleicht sogar selbst zur Flucht verholfen.

Salvatore Wagner stand auf und nahm Saras Gesicht in beide Hände. Er beugte sich zu ihr hinab, am liebsten hätte er sich auf den Boden vor seine Tochter gekniet.

„Sara", sagte er, „ich weiß, dass du lügst. Und du weißt, dass ich es weiß, wir kennen uns gut genug. Ich kann dich nicht zwingen, mir die Wahrheit zu sagen. Ich kann nur alles daransetzen, um dich vor ihren Folgen zu schützen." Sara legte ihre eiskalten Hände um seine und schloss die Augen.

Gleich weint sie, dachte Wagner, und dann schließt sie sich ein. Er durfte für den Augenblick nichts mehr fragen. Er konnte nur noch versuchen, seine Tochter zu beschützen. Wovor genau, wusste er selbst nicht, aber zur Not würde er sie auch in ihrem Zimmer einsperren.

Wagner zog Sara hoch und schloss sie fest in seine Arme. Er streichelte ihr offenes, weiches Haar, es fühlte sich genauso an wie das ihrer Mutter. „Sara, tu mir den Gefallen und bleib im Hotel. Du musst doch noch lernen, und morgen nach der Schule kannst du Oma helfen bei den Vorbereitungen fürs Catering am Dienstag. Mit Opa kann sie ja wohl nicht mehr rechnen, jedenfalls hat sie ihn vorhin nicht gefunden. Weißt du vielleicht, wo er ist?" Als Antwort wand Sara sich aus seiner Umarmung, presste die Lippen zusammen und schüttelte mit feuchten Augen und roten Wangen den Kopf. Sie ließ sich wieder auf den

Schreibtischstuhl fallen und klappte das Biologiebuch auf. Wagner war entlassen.

*

Domenico Fontana grinste und reichte der überraschten Erika einen Umschlag. „Das Finanzielle haben Frau Wagner und ich schon vor Tagen geklärt", sagte er, „ich kann es mir also leisten, auch Sie und Ihren Mann zu meiner kleinen Feier am Dienstag einzuladen. Dreißig Jahre im Staatsdienst, wenn das nicht Grund genug ist für guten Wein und gutes Essen." Erika bedankte sich und versicherte dem für ihren Geschmack immer noch etwas zu überschwänglichen Bürgermeister, dass sie versuchen werde zu kommen. Aber ganz sicher ohne meinen Mann, dachte sie, derlei Veranstaltungen waren nichts für Roland. Nicht in Deutschland und erst recht nicht in einem Land, dessen Sprache er nicht beherrschte.

Wie versprochen brachte Anna Wagner heißen Tee und setzte sich zu Erika. „Gerade habe ich Salvatore getroffen, er hat nach dir gefragt. Ein Toter in unserem kleinen Hotel, das hat mir gerade noch gefehlt. Egal ob Selbstmord oder Mord. Wenn sich das rumspricht!" Sie stützte ihren Kopf in beide Hände. „Weißt du, ich sollte mich schämen."

„Wofür denn das?"

„Irgendwie tut mir der Mann gar nicht leid. Nicht, weil ich ihn nicht besonders mochte, wir haben hier schon ganz andere Typen beherbergt. Ich meine nur, vielleicht ist es sogar besser so für ihn. Wie soll man denn weiterleben, wenn das eigene Kind tot ist? Noch dazu das einzige."

Erika dachte an ihr Wiedersehen mit Anna am Freitag und an ihre Unterhaltung, nachdem Roland gegangen war. Sie hatte ihr Gespräch als sehr vertrauensvoll empfunden, aber jetzt wurde ihr klar, dass sie das Wichtigste für sich behalten hatte. Den Unfall und den Verlust ihres ungeborenen Kindes. Auch hatte sie ausgelassen, dass sie sich nicht an die Nacht nach dem Hochzeitstags-Essen und die Zeit bis zu dem Unfall erinnern konnte. Sie musste Anna unbedingt danach fragen. Aber wie, wie sollte sie beginnen? Erika holte tief Luft. Am besten ganz direkt, ohne Umschweife. Jetzt!

„Anna", begann Erika, „ich muss dich etwas fragen. Damals, vor 25 Jahren, da war ich schwanger, im zweiten Monat." Sie versuchte, ruhig zu atmen. „Wir hatten einen schweren Unfall auf der Rückfahrt nach Hause, und ich habe das Baby verloren."

„Aber das ist ja furchtbar! Wie dumm von mir. Bitte entschuldige, ich rede manchmal so gedankenlos daher." Anna legte einen Arm um die Schultern ihrer Freundin.

„Du kannst doch nichts dafür, das hast du nicht wissen können. Es ist auch schon so lange her." Erika lachte bitter. „Dafür ist Roland seitdem immer mehr zu meinem Kind geworden."

„Wie meinst du das?"

„Na ja, damals fing es mit seinen Depressionen an, und wohl nicht nur, weil er sich beruflich immer mehr als Versager gefühlt hat. Es kann auch nicht der Verlust unseres Kindes gewesen sein, das war sehr viel mehr mein Wunsch gewesen als seiner. Mein Problem ist, dass ich eine Gedächtnislücke habe. Zwischen diesem wunderschönen Abend im Restaurant zu unserer Rosenhochzeit und dem

Unfall ist rein gar nichts in meinem Kopf." Anna zog ihren Arm zurück und drehte sich so, dass sie Erika in die Augen sehen konnte.

„Und du hast gar keine Vorstellung, was sonst noch gewesen sein könnte? Ich meine, hier im Hotel zum Beispiel?"

„Glaub mir, ich habe nicht die geringste Ahnung. Ich kann mich nur noch an die Rosenblätter auf dem Bett erinnern. Danach ist Schluss, nur noch Schwarz. Erst seit wir wieder hier sind, kommt manchmal ein dumpfes Gefühl von etwas Furchtbarem in mir hoch. Deshalb hatte ich unser Zimmer noch einmal sehen wollen, aber das hat nichts gebracht. Außer noch mehr Verwirrung in meinem Kopf." Erika trank einen Schluck Tee. „Ich wollte dich fragen, ob du mir dazu etwas sagen kannst. Ich meine, ob du meine Erinnerung irgendwie auffrischen kannst."

Anna stützte die Ellenbogen auf und rieb sich mit beiden Händen die Schläfen. „Und ob ich das kann", sagte sie, „ich weiß nur nicht, ob das gut ist nach so vielen Jahren." Sie stand auf und schlug vor: „Weißt du was? Ich hole dir jetzt erst einmal einen Pullover von mir, den kannst du dir anziehen. Deine Bluse und die Jacke gebe ich Salvatore. Dann hat er endlich seinen Beweis, dass du mit der ganzen Sache nichts zu tun hast."

Erika zog sich in der Küche um. Als sie ins Restaurant zurückkehrte, stand Kommissar Gasser mitten im Raum. „Frau Milser, ich bringe sie jetzt zum Stellplatz zurück." Bitte nicht jetzt, dachte Erika, bestimmt kommt Anna gleich und spricht mit mir über damals.

„Muss das jetzt sofort sein? Können wir nicht noch ein paar Minuten damit warten?"

„Tut mir leid, aber wir müssen los." Gasser blickte zu Anna Wagner, die aus der Durchreiche zu ihnen herübersah. „Das ist eine Anordnung von Commissario Capo Wagner, ich soll Frau Milser so schnell wie möglich zurück auf den Stellplatz bringen."

„Ja wenn das so ist", sagte Anna, "Salvatores Anordnungen sollten wir unbedingt beherzigen. Wir reden ein anderes Mal, meine Liebe, wir sehen uns ja spätestens am Dienstag im Rathaus."

Erika wurde zwischen Enttäuschung und Erleichterung hin und hergeworfen. Bei der Feier würden sie wohl kaum Gelegenheit zum Reden haben. Aber durch Annas letzte Worte, bevor sie sich umgezogen hatte, war ihre vage Vermutung zu einer Gewissheit geworden. Irgendetwas war in jener Nacht vorgefallen, ein dunkles Geheimnis lastete auf ihr. Auch wenn Roland seit 25 Jahren steif und fest das Gegenteil behauptete. Erika zweifelte immer weniger daran, dass er etwas damit zu tun hatte. Schließlich waren sie die ganze Zeit zusammen gewesen. Nur was? Was war geschehen? Was verschwieg er ihr? Wollte er sie nur schonen oder hatte er etwas zu verbergen? Erika seufzte und nahm von Gasser die Plastiktüte mit ihren Gummistiefeln und ihre Regenjacke in Empfang.

„Sie müssen das jetzt nicht unbedingt anziehen, der Regen hat nachgelassen. Warten Sie bitte zwei Minuten am Vordereingang, dann sind es nur zwei Schritte. Ich hole schnell den Wagen." Erika überlegte, ob sie die Gelegenheit nutzen und Anna in die Küche folgen sollte. Lieber nicht, dachte sie, sonst ist sie mir noch böse, weil ich so aufdringlich bin, und der Kommissar verdächtigt uns irgendwelcher Geheimnisse. Sie öffnete die Tür und sah, dass Gasser recht hatte, es regnete kaum noch. Trotzdem ließ sie sie wieder zufallen und setzte sich auf den nächstbesten Stuhl, zog rasch die Gummistiefel an und legte die Jacke um Annas Pullover. Auf dem Stellplatz würde sie über den glitschigen Fahrweg laufen müssen und über nasses Gras gehen, das wollte sie dem empfindlichen Leder ihrer Halbschuhe nicht zumuten.

Gasser fuhr genauso, wie Erika es mochte, vorausschauend und zügig. Das gleichmäßige Surren des Motors und das monotone Schwapp-Schwapp der Scheibenwischer blieben neben dem gelegentlichen Klicken des Blinkers die einzigen Geräusche. Bis Gasser seine Beifahrerin ansprach.

„Frau Milser", fragte er, „woher kennen sie eigentlich die Familie Wagner?" Erika fragte sich, worauf er hinauswollte. Das war mehr als nur der Beginn eines Smalltalks.

„Wie ein Gast in einem kleinen Familienhotel eben seine Wirtsleute kennt", antwortete sie.

„Ein Hotelgast? Aber Sie wohnen doch auf dem Stellplatz."

„Vor 25 Jahren waren mein Mann und ich schon einmal hier, und damals wohnten wir im Camporondo."

„Vor so langer Zeit? Nur das eine Mal? Ich hatte den Eindruck, dass Sie und Familie Wagner eine private Verbindung haben."

„Nein, das kann man so nicht sagen. Wir sind erst das zweite Mal hier, diesmal mit dem Wohnmobil, wie Sie ja wissen, und Anna Wagner und ich haben uns ein wenig angefreundet. Das ist alles."

200

„Dann haben Sie also keine Verbindung zu Commissario Capo Wagner?"

Also daher weht der Wind, dachte Erika. Er denkt tatsächlich, ein möglicher privater Kontakt zu ihr könnte den Hauptkommissar bei seinen Untersuchungen beeinflussen. Sie musste lachen.

„Aber nein! Er war Anfang zwanzig und Student, als ich ihn das erste Mal sah. Ich kann mich nicht einmal erinnern, damals mit ihm gesprochen zu haben. Wenn ich es genau bedenke, hatten mein Mann und ich ihn und seine Schwester nur einmal kurz getroffen."

Gasser schien beruhigt. Er bog in die Einfahrt des Stellplatzes und schärfte Erika noch einmal ein, diesen unter keinen Umständen zu verlassen. Spätestens morgen würde sie wieder von der Polizei hören. „Gut, dass Sie nicht auf mich gehört haben und sich doch die Gummistiefel angezogen haben", sagte er, schmunzelte und beugte sich vor. Er streckte seinen Arm an Erika vorbei zur Tür und löste den Griff. Erika bedankte sich mit einem Lächeln, wickelte sich fester in ihre Regenjacke und hastete die 32 Schritte von der Schranke zum Sanitärgebäude.

*

Im Hotel fragten die Kollegen von der KTU Wagner, ob er noch einmal in das Zimmer des Toten wolle, bevor sie es versiegelten. „Ja, bitte warten Sie einen Augenblick, ich schau nur noch mal kurz rein." Noch einmal streifte er Plastik über Hände und Schuhe und betrat Schuberts Zimmer. Vor dem Fußende des Bettes blieb er stehen und ließ den Raum auf sich wirken, bis der Klingelton seines *telefonino* ihn aus seinen Gedanken riss.

Dottoressa Crepaldi beantwortete seine Frage nach Mord oder Selbstmord, die er sich gerade selbst stellte: „Keine Schmauchspuren, und auch der Einschusswinkel spricht gegen einen Suizid. Kein Mensch setzt die Waffe in einer kerzengeraden Horizontalen an seine Schläfe, wenn er sich erschießen will. Und drückt dann noch seinen Kopf mit aller Kraft dagegen. Meines Erachtens war das Mord. Am wahrscheinlichsten ist, dass die Tatperson vor oder neben dem sitzenden Opfer gestanden hat. Und noch etwas. Während des Schusses muss ihn jemand gewaltsam an den Haaren festgehalten haben. Oder vorher schon daran gezerrt. Einige Haare waren ausgerissen, die Techniker fanden sie auf dem Bettzeug. Der DNA-Abgleich steht noch aus. Aber", ihre Stimme verlor ein einziges Mal den professionellen Ton der Sachverständigen, „aber ich kann jetzt schon sagen, dass sie unter denselben starken Chemikalien zur Blondierung und Ondulierung gelitten haben wie die des Opfers."

„Ich verstehe," sagte Wagner, „machen Sie weiter".

„Die Pistole war aufgesetzt, denn ohne einen Gegendruck am Kopf wäre das Opfer durch die Wucht des Schusses zur Seite gekippt. Die Leiche wurde aber in Rückenlage aufgefunden. Wenn Sie keine weiteren Fragen haben, mache ich jetzt Feierabend. Die Obduktion habe ich für morgen Vormittag angesetzt." Wagner bedankte sich und versprach, am nächsten Tag in der Gerichtsmedizin vorbeizuschauen.

Eine geschlossene Wolkendecke hing tief über dem See, als Wagner das Hotel verließ. Kein Regen mehr, auch der

Wind hatte für heute aufgegeben. Zum wiederholten Mal versuchte Wagner Maria anzurufen. Weder nahm sie das Gespräch an noch schaltete sich die Mailbox ein.

Zwei Jahre nach Yolantas Tod war Maria die erste Frau gewesen, mit der Wagner Sex hatte. Bezahlten Sex. Sie kannten sich noch aus der Schulzeit, Maria war zwei Klassen über ihm gewesen und plötzlich verschwunden, ohne die Schule zu beenden. Jahre später kehrte sie zurück, von wo wusste niemand, und verdiente sich ihren Lebensunterhalt mit ihrem Körper. Und das derart routiniert, dass keinerlei Zweifel an ihrer professionellen Erfahrung aufkommen konnten.

Maria mochte Wagner, das spürte er, sie hatte ihm schon auf dem Schulflur schöne Augen gemacht. Sie ließ auch ihn nicht kalt, aber sein Gefühl für sie war ausschließlich Dankbarkeit. Er war fünfzehn, als sie ihn im Gras am Rand der Sportanlagen entjungferte, und auf ihrem nackten Körper konnte er das erste Mal nach Yolantas Tod weinen. Nie sprachen sie darüber, er hätte sonst nicht wiederkommen können. Wagner ging in unregelmäßigen Abständen zu Maria. Manchmal tranken sie danach noch einen Espresso zusammen in ihrer kleinen Küche, und redeten über Politik oder lachten über Touristen. Den angebotenen Sondertarif lehnte er ab. Als Privatmann zu einer Prostituierten zu gehen war eine Sache, als Polizist Vergünstigungen im Rotlichtmilieu anzunehmen konnte gefährlich werden.

Wagner war frustriert und besorgt. Es war normal, dass Maria nicht sofort an ihr Telefon ging, aber nicht, dass sie die Mailbox nicht einschaltete und nicht zurückrief. Er fuhr an dem Haus vorbei, in dem sie und noch drei weitere Frauen wohnten und arbeiteten. Von dem Schriftzug *cases popolari* war nur ein verwaschener Fleck geblieben. Wie an einem Schlechtwettertag im Oktober üblich, waren sämtliche Rollläden runtergelassen. Den Hauseingang erleuchtete die starke Lampe über der Tür. Auch das war nicht ungewöhnlich am Sonntagnachmittag, wenn die verheirateten Männer zu Hause waren oder ihre Familien ausführten. An anderen Tagen schätzten die Freier den diskreten Zugang im Dunkeln oder betraten das Haus am helllichten Tag so unauffällig wie möglich. Zumindest glaubten sie das.

Wagner lenkte den Wagen durch die leeren Straßen Gardas. Er war unschlüssig, ob er noch einmal auf den Stellplatz fahren sollte, um die Milsers zu verhören. Konrad Schubert hatte keinen Suizid begangen, und Erika Milser war schon zum zweiten Mal überraschend schnell am Tatort gewesen. Er musste sich eingestehen, dass er diese Deutsche schlecht einschätzen konnte. Viele seiner Fragen hatte sie detailliert beantwortet, sie war eine gute Beobachterin und konnte ruhig und vernünftig argumentieren. Dann wieder hatte er den Eindruck, dass sich unter ihrer gepflegten Haut, der unauffälligen, aber teuren Kleidung und den penibel manikürten Fingernägeln mehr verbarg als die gehobene Langeweile einer gut situierten Mittelklasse.

Kurz entschlossen bog Wagner ab und ließ seinen Wagen vor der Einfahrt zum Stellplatz hinter einem parkenden Auto ausrollen. Es stand hinter den Müllcontainern, an derselben Stelle, an der Wagner Freitagnacht geparkt hatte. Kaum war er ausgestiegen, öffnete sich die Fahrertür dieses Wagens und Gasser beugte sich vor.

„*Buena sera*. Ich habe einen Carabiniere angefordert für die Überwachung des Platzes. Ich warte hier, bis er eintrifft. Ich hoffe, Sie sind damit einverstanden."

Wagner nickte, auch wenn ihm eine vorherige Absprache lieber gewesen wäre. „Gibt es einen besonderen Anlass für diese Maßnahme?"

„Ich denke schon, mal abgesehen von dem verschwundenen Motorrad. Hier ist es jedenfalls nicht. Die Tür von Schuberts Wohnmobil ist immer noch ohne Schloss, wenn auch versiegelt, aber da kann jeder rein. Und am Wohnwagen von De Luca hat sich tatsächlich schon jemand zu schaffen gemacht."

„Wurde eingebrochen?"

„Nicht direkt, das Schloss ist unversehrt, nur die Versiegelung wurde zerstört. Der oder diejenige muss einen Schlüssel gehabt haben. Wer weiß, vielleicht war De Luca selbst hier. Von den Gästen auf dem Platz will niemand etwas gesehen oder gehört haben. Was mich nicht wundert bei dem Wetter heute, da sind alle schön in ihrer Hütte geblieben."

„Haben Sie sich im Wohnwagen umgeschaut?"

„Ja, aber ich habe nichts Verdächtiges bemerkt. Vielleicht fehlen ein paar Kleidungsstücke, dazu muss ich aber noch in die Liste der KTU schauen."

Wagner wechselte das Thema und fragte: „Irgendeine Spur von De Luca?".

„Nichts", sagte Gasser, „wie vom Erdboden verschluckt. Die Fahndung ist von Venetien auf ganz Italien ausgeweitet, mehr können wir im Moment nicht tun". Wagner nickte.

Gasser fragte seinen Vorgesetzten: „Wann werden Sie im Büro sein?"

Das hatte Wagner eigentlich von ihm wissen wollen. Er fragte: „Passt es Ihnen, wenn wir uns um 20:00 Uhr treffen?"

„Ich werde da sein", sagte Gasser und griff mit einer um Entschuldigung bittenden Geste zu seinem läutenden Telefon.

Wagner wandte sich zum Gehen und bemerkte aus den Augenwinkeln den Engländer, der mit Regenschirm und einer prall gefüllten Plastiktüte auf das Sanitärgebäude zuging. Am liebsten hätte er den Inhalt der Tüte untersucht, aber dafür gab es weder eine Veranlassung noch hatte er ein Recht dazu. Wagner schüttelte den Kopf, so langsam fing er an, Gespenster zu sehen.

*

Erleichtert betrat Erika das Wohnmobil. Roland riss sich die Kopfhörer von den Ohren und sprang von seinem Sitz auf.

„Liebling, da bist du ja endlich."

Sein Willkommen wärmte Erika mehr als die Heizung. Wann hatte er sie das letzte Mal Liebling genannt? Es war so lange her. Zu lange. Ihr fiel keine liebevolle Erwiderung ein, keine passenden Worte. Mit einem Lächeln sah sie zu, wie Roland ihr die Gummistiefel auszog.

„Schön warm ist es hier, die Heizung funktioniert ja wirklich gut. Hoffentlich geht uns das Gas nicht aus."

„Keine Ahnung", Roland grinste, „aber wenn es soweit ist, werden wir es schon merken. Deine Stiefel bringe ich nachher in die Garage, saubermachen kann ich sie morgen immer noch. Möchtest du etwas trinken? Einen heißen Tee vielleicht?"

„Ein Glas Wein wäre mir offen gestanden lieber. Ich habe schon im Hotel Tee getrunken und war gerade erst auf der Toilette. Wenn ich jetzt wieder Tee trinke … ". Erika ließ sich auf den Beifahrersitz fallen und streckte ihre Beine auf dem Sitz neben der Tür aus. Wider Willen fühlte sie sich wohl in ihrer kleinen Behausung. Es gefiel ihr, dass sie von ihrem Sitz aus Roland beim Öffnen der Weinflasche zusehen konnte und sie sich unterhalten konnten, ohne die Stimme zu erheben. Erika empfand die Wärme, die indirekte Beleuchtung und die zugezogenen Vorhänge zum ersten Mal nicht als trügerisch. Behaglich war es. Vielleicht lag das aber auch nur an Rolands Wandlung, die sie für jeden Raum einnehmen würde, in dem er sich befand.

Roland stellte Gläser auf den Tisch und nahm ihre Füße in seinen Schoß. Beim Anstoßen vermisste Erika das Klirren von Kristallglas, aber wichtiger war, dass sie überhaupt anstießen. Mit dem großen Zeh stippte sie an Rolands Bauch, der sich im Sitzen ein wenig vorwölbte.

„Du trinkst Bardolino?", fragte Erika und lächelte. Roland lachte und hob sein Glas.

„Durst treibt's ein. Zum Wohl! Aber jetzt verrate mir endlich, wo du so lange gesteckt hast."

Erika nahm einen weiteren Schluck von dem Rotwein und malte ihrem Mann aus, wie sie noch vor Erreichen des Hotels in das Unwetter geraten war, wie schnell Blitz und Donner näherkamen und wie heftigste Regengüsse das Hotel fast überschwemmten. Wie sie sich mit Annas gutem Essen am Familientisch aufwärmte und dass Anna sie danach wieder gebeten hatte, Konrad Schubert seine Mahlzeit aufs Zimmer zu bringen. Und wie sie den Toten auf dem Bett gefunden und Kommissar Wagner sie auf der Wache im Rathaus verhört hatte. Erika schloss die Augen, genoss einen weiteren Schluck Wein und sagte:

„Nüchtern betrachtet bin ich von einer Zeugin zur Tatverdächtigen aufgestiegen".

„War es denn kein Selbstmord?", fragte Roland und tauschte sein noch fast volles Glas gegen das leere von Erika aus.

„Oh, danke. Nein, ich bin ziemlich sicher, dass es Mord war. Erinnerst du dich, wie Schubert mit dem Messer hantierte? Das war mit der linken Hand, und auch die Tür hat er mit links geöffnet. Aber die Pistole lag in seiner rechten Hand. Die hat ihm jemand da reingelegt, der nicht wusste, dass er Linkshänder war."

Von ihrer Unterhaltung mit Domenico Fontana und Paul Battenberg erwähnte Erika nichts und verschwieg Roland auch ihre neu gewonnene Gewissheit, dass in der fraglichen Nacht vor 25 Jahren sehr wohl etwas vorgefallen war und Anna ihr davon erzählen würde. Sie wollte Roland erst dann damit konfrontieren, wenn sie selbst erfahren hatte, was genau passiert war. Heute Abend wollte Erika sich nur noch in dieser wohligen Stimmung im Wohnmobil räkeln.

*

Wagner verabschiedete sich von Gasser, gab kurz entschlossen seiner Neugier nach und ging ins Sanitärgebäude. Im Vorraum begrüßte ihn Paul Battenberg, riss ein paar Blätter von seinem Toilettenpapier ab, faltete sie zusammen und bot sie ihm an mit der Versicherung, dass die mittlere Herrentoilette hygienisch einwandfrei auf seine Benutzung warte. Wagner lehnte dankend ab und wusch sich ausgiebig die Hände, bis der Engländer mit einem „*Nice to meet you*" und seiner Plastiktüte nach draußen verschwand. Nichts Verdächtiges also, der Mann war schlicht auf Hygiene aus.

Wagner machte eine Orientierungsrunde über das Gelände. Anders als in der Nacht von Freitag auf Samstag war der Stellplatz hell erleuchtet. Die Strahler zwischen den Wohnmobilen, neben den Müllcontainern, vor dem Sanitärhaus und an der Einfahrt vermittelten ein Gefühl von Sicherheit. Wies das Herausdrehen der Sicherungen bereits auf eine Tötungsabsicht hin? Zumindest wollte der spätere Mörder oder die Mörderin auf dem Weg zum Wohnmobil und bei dessen Betreten nicht gesehen werden, hatte also etwas zu verbergen.

Wagner vergewisserte sich, dass die Tür von De Lucas Wohnwagen neu versiegelt war. Die Hunde der Schweden schmatzten mit hängenden Ohren in ihren Futternäpfen, und aus dem polarkreistüchtigen Transporter der Norweger tönte eine Arie von Verdi. Bei den Deutschen und auch bei den Italienern lief der Fernseher. Das Siegel an der Tür zu Schuberts Wohnmobil war unversehrt, nebenan die Milsers unterhielten sich ruhig. Worüber, konnte er nicht verstehen.

Neben der Ausfahrt saß ein Polizeibeamter in einem Streifenwagen, von Gasser war nichts mehr zu sehen. Wagner grüßte den Kollegen und machte sich auf den Weg nach Verona. Vor der Besprechung mit Gasser musste er dringend zur Ruhe kommen. Und duschen, sich umziehen und etwas essen.

Frisch geduscht wählte Wagner noch in Unterwäsche und offenem Oberhemd den Privatanschluss seiner Eltern. Von Sonntagabend bis Dienstagmittag war das Restaurant geschlossen, in dieser Zeit erreichte er seine Mutter am ehesten in ihrer Wohnung. Zu seiner großen Überraschung nahm Erwin Wagner den Hörer ab.

„Papa, wo zum Teufel hast du gesteckt? Ich habe dich überall gesucht." Er musste vorsichtig sein, durfte seinen Vater nicht mit Verdächtigungen und unbedachten Fragen verstören.

„Also beim Teufel war ich jedenfalls nicht! Der muss noch etwas warten." Erwin Wagner lachte, aber dann fragte er in besorgtem Tonfall: „Warum suchst du mich denn, mein Junge?"

Wagner fasste es nicht, sein Vater sorgte sich um ihn. Er klemmte das Telefon in die Halsbeuge, schlüpfte erst ins linke, dann ins rechte Hosenbein und zog den Reißverschluss hoch.

„Papa, ich habe dich wegfahren sehen, mit einem Motorrad."

„Ja, mein Junge. Das hat vielleicht Spaß gemacht!"

„Spaß gemacht? Bei dem Gewitter? Du bist doch ganz nass geworden." Wagner wurschtelte einen Gürtel in die Schlaufen am Hosenbund, übersah eine und zog den Riemen wieder heraus. Das ganze Spiel von vorn, mit beiden Händen und gefährlich verrutschtem Telefon.

„Aber ich habe doch einen Motorradführerschein, mein Junge, das musst du doch noch wissen." Sein Vater schien ernsthaft an seinem, an Salvatores Erinnerungsvermögen zu zweifeln.

Wagner knöpfte das Hemd zu und wühlte im Schrank zwischen den Kleiderbügeln mit den Pullovern, einer fiel aus der Menge auf den Boden. Er zog ihn hoch und sagte:

„Ja, klar, natürlich weiß ich das, und auch, dass dir das Motorradfahren großen Spaß macht. Wem gehört denn die Maschine?" Das Schweigen am anderen Ende gab ihm Zeit, das Telefon aus der Hand zu legen und schnell den Pullover über den Kopf zu ziehen.

„Papa, bist du noch dran?"

„Ja, mein Junge, ich bin noch im Wohnzimmer. Und wo bist du?" Wagner trat vor den Spiegel und zupfte den Hemdkragen aus dem Pullover.

„Ich bin in meinem Apartment in Verona, im Schlafzimmer. Ich muss noch mal ins Büro. Also wem gehört denn nun das Motorrad?" Er fand seine braunen Halbschuhe nicht, dann mussten es eben die weißen Sneakers sein.

„Also ich weiß nicht, ich weiß es wirklich nicht, das musst du mir glauben. Es stand in der Werkstatt, und der Schlüssel steckte." Erwin Wagner sprach zögernd und leise.

„Und wo ist die Maschine jetzt? Ich meine, hast du sie wieder zurückgebracht ins Hotel?"

„Da muss ich nachdenken, mein Sohn", sagte Erwin Wagner und fuhr erst nach endlosen Sekunden des Schweigens fort, mit weinerlicher Stimme: „Ich glaube ja, Salvatore, aber so genau weiß ich das nicht. Aber so eine Harley ist doch groß, die wird sich bestimmt wieder einfinden. Die kann man doch nicht übersehen. Da musst du dir keine Sorgen machen." Wagner schwankte zwischen Mitleid und Wut. Er traute seinem Vater zu, dass er in klaren

Momenten seine beginnende Demenz ausnutzte und ihm nur etwas vorspielte. Er unternahm einen letzten Versuch.

„Dann wollen wir das mal hoffen, Papa. Wer war denn die Person auf dem Rücksitz? War das etwa Sara?" Erwin Wagner tappte in die Falle.

„Ja genau", sagte er erfreut, „das war Sara! Tut mir leid, mein Junge, wenn sie sich womöglich eine Erkältung geholt hat. Aber du weißt doch, wie wenig mein altes Herz ihr widerstehen kann. Das verstehst du doch, nicht wahr?"

Und ob er das verstand! Auch war ihm klar, dass genau da das Problem lag. Seine Tochter war auf ihrem Zimmer gewesen, und wer auch immer auf dem Rücksitz gesessen hatte, Sara war es nicht. Vermutlich war sie es, die alles arrangiert und ihren Großvater für ihre Absichten um den kleinen Finger gewickelt hatte. Die Frage war nur, was genau und für wen.

Die Antwort lag auf der Hand. Wagner lief es kalt den Rücken runter.

*

Für ihr Abendessen hatte Erika nur noch zwei Scheiben Brot gefunden, schon etwas hart an den Rändern, und ein einsames Stück Käse. Dafür lohnte sich kaum das Tischdecken. Sie mussten wirklich dringend einkaufen. Erika stellte das schmutzige Geschirr in eine Waschschüssel, packte Spülmittel, Schwamm und Bürste dazu, warf sich ein Frottee- und ein Geschirrtuch über die Schulter und zog den Wasserkocher vom Herd. Solchermaßen gerüstet stiefelte sie die heute 64 Schritte zum Sanitärgebäude und fragte sich, ob es Zufall war, dass Paul Battenberg kurz nach ihr kam und mit seinen Siebensachen das dritte Spülbecken belegte. Das in der Mitte zwischen ihnen ließ er frei. Erika schien, dass er sie abpasste, sein Camper stand gleich rechts auf der ersten Parzelle nach der Einfahrt. Von dort konnte er den Fahrweg in seiner ganzen Länge überblicken, bis zu ihrem Wohnmobil am anderen Ende des Weges. Wie auch immer, seine Gesellschaft beim Abwasch in dem kalten Gebäude war ihr durchaus angenehm.

Erika füllte den Wasserkocher und stöpselte ihn in eine Steckdose am Boden. Dabei fragte sie laut und auf Englisch, ob die Bereitstellung heißen Wassers die Gemeinde nicht billiger käme als der Stromverbrauch, wenn die Gäste das Wasser selbst erhitzen müssten. „*I don't think so*", sagte Battenberg. „Viele machen es so wie ich und waschen das bisschen Geschirr mit kaltem Wasser und viel Spülmittel ab."

Erika goss das kochende Wasser in ihre Schüssel und ließ kaltes dazu. Eindeutig zu wenig, fast hätte sie sich verbrüht. Der Engländer ergriff ihre Hand und hielt sie unter den laufenden Wasserhahn. Durch das Fenster sah Erika Roland zu ihnen herüberschauen, er war mit den Wasserkanistern unterwegs zur Servicestation. Sie winkte ihm mit der Spülbürste zu, so heftig, dass Tropfen von Seifenwasser in Battenbergs Gesicht spritzten. Er beugte sich über das Waschbecken, spülte seine Augen aus und fuhr unbeirrt in seiner Rede fort.

„Wenn heißes Wasser kostenlos zur Verfügung steht, dann holen die Leute es sich hektoliterweise und waschen damit ihre Fahrzeuge. Glauben Sie mir, das habe ich schon oft gesehen." Erika spülte Teller und Tassen, Gläser und Besteck und ließ sie auf dem ausgebreiteten Frotteetuch abtropfen. Mit halbem Ohr folgte sie den weiteren Ausführungen Battenbergs über Sitten und Unsitten von Campern. Es zog sie zu Roland. Sie sammelte ihre Habseligkeiten ein und verabschiedete sich von dem Engländer.

Roland hatte tatsächlich einen Einfüllstutzen gekauft, über den er problemlos das Wasser aus den Kanistern über das Loch in der Außenwand einfüllen konnte. Glucksend floss es in den Plastiktank unter der Bank am Tisch. „Gratuliere", sagte Erika, „wie hast du denn das geschafft ohne Italienisch?"

„Du meinst wohl, ohne dich und dein Italienisch." Roland lachte. „Ich hatte Glück, erstens weil es nicht mehr geregnet hat und ich mit dem Rad fahren konnte, und zweitens, weil der alte Wagner gerade an der Tankstelle war und Schuberts Prachtstück volltankte."

Erika stützte die Waschschüssel mit dem sauberen Geschirr auf ihrem Beckenknochen ab. „Erwin Wagner? Mit Schuberts Motorrad? Bist du dir da sicher?"

Roland verschloss den Deckel über dem Einfüllloch und legte die Sicherheitsklappe vor. „Und ob ich mir sicher bin! Ich habe ihn doch erst am Freitag gesehen, und die Maschine von Schubert stand ja lange genug direkt vor unserer Nase."

Ihre nächste Frage formulierte Erika vorsichtig, tastend. „Und, wie war er so? Ich meine, war er wieder so abweisend zu dir wie am Freitag?"

Roland schüttelte den Kopf. „Nein, ganz und gar nicht. Im Gegenteil, er war sogar richtig freundlich. Vor allem, nachdem ich ihm versprochen hatte, niemandem etwas von unserer Begegnung zu erzählen." Er zwinkerte ihr zu. „Das schließt dich vermutlich mit ein, obwohl er bestimmt eher seinen Sohn und dessen Kollegen meinte." Er nahm Erika die Schüssel ab und legte ihr eine Hand auf den Rücken. „Komm, lass uns reingehen". Sie umrundeten die Motorhaube und beide erwiderten Paul Battenbergs Winken hinter dem erleuchteten Fenster des Waschhauses. Erika fragte sich, warum er so viel Zeit brauchte für die paar Teile.

Im Wohnmobil war es schön warm. Wenn nicht ihre nassen Kleidungsstücke überall zum Trocknen ausgebreitet wären, hätte Erika ihre Bleibe gemütlich finden können. Rolands Zusammentreffen mit Erwin Wagner an der Tankstelle ließ ihr keine Ruhe.

„Und Herr Wagner hat dir dann beim Kauf geholfen?"

Roland lachte. „Ja, das hat er. Und nicht nur dabei." Er zeigte auf einen Teller mit zwei belegten Sandwiches. „Aber erst, nachdem ich ihm gesagt habe, dass er sich mein Schweigen nur mit dieser kleinen Hilfestellung erkaufen kann. Das hat er richtig ernst genommen, mit Handschlag und Schulterklopfen. Dabei konnte ich sogar einen Blick auf seinen Beifahrer auf dem Rücksitz erhaschen."

„Er hatte einen Beifahrer?"

„Ja. Der arme Kerl zitterte wie Espenlaub, er muss fürchterlich gefroren haben. Wundert mich nicht, Regenkleidung hatte er jedenfalls keine an. Geschweige denn Motorradleder."

„Konntest du erkennen, wer das war?"

„Ich bin mir nicht sicher, heute ist es ja den ganzen Tag nicht richtig hell geworden. Aber es könnte der Platzwart gewesen sein, dieser Andrea. Aber so, wie Schubert den zugerichtet hat, müsste er doch noch in der Klinik sein. Was meinst Du?"

Erika zuckte die Achseln und meinte gar nichts. Sie freute sich über Rolands Wandlung, über die offene Art, mit der er zu ihr sprach, seine Hilfsbereitschaft und wie er ihr seine Zuneigung zeigte. Gleichzeitig blockierte sie ein dumpfes Unbehagen, weil er sich über alles mit ihr austauschen wollte, nur nicht über das, was ihr wirklich am Herzen lag. Was seit so langer Zeit zwischen ihnen stand. Die immer noch dunkelste Nacht ihres Lebens.

„Wir müssen auch an den Abwassertank denken, bevor er überläuft", sagte Erika und räumte das saubere Geschirr ein. „Ich fürchte, es bleibt dir nichts anderes übrig, als unser rollendes Apartment noch einmal an die Servicestation zu fahren." Als letzte Tat für heute verkorkte sie die halbvolle Rotweinflasche und stellte sie in das Spülbecken.

*

Vor der Besprechung mit Gasser blieb Wagner genügend Zeit, um in seiner Stammtrattoria eine Kleinigkeit zu essen, zu Hause ein weiteres Glas Wein zu trinken und sich danach ein zweites Mal umzuziehen. Was er während des Telefonats mit seinem Vater zusammengewürfelt hatte, war haarsträubend, so konnte er dem eitlen Gasser unmöglich gegenübertreten. Er wählte eine Kombination aus schwarzer Jeans und brauner Lederjacke über einem hellgrauen Hemd. Dazu derbe schwarze Schnürschuhe und als Blickfang ein in Grau- und Grüntönen abstrakt gemusterter Schal. Die Metalluhr tauschte er aus gegen eine mit braunem Lederarmband. Nach einem prüfenden Blick in den Spiegel fühlte Wagner sich sicher.

Bevor er sein Apartment verließ, wählte er die Festnetznummer des Camporondo und vergewisserte sich, dass Sara zu Hause war.

„Und du hast mir immer noch nichts zu sagen?", fragte er und sah auch ohne Videoschaltung, wie seine Tochter die Augen schloss und sich zurücklehnte.

„Nein, Papa, und ich muss auch noch lernen. Hast du das schon vergessen, die Bio-Arbeit morgen?" Wagner rieb sich die Augen.

„Viel Glück. Du weißt, Du kannst mich jederzeit anrufen, wenn dir etwas einfällt. Auch nachts".

Sara lachte ihr kindliches Lachen, das er so liebte. „Ich weiß, Papa. Kann ich dir auch um Mitternacht mit Fragen zur Gentechnologie kommen?" Mit gemischten Gefühlen verabschiedete er sich und beendete die Verbindung.

Wie erwartet saß Gasser bereits am Konferenztisch im Büro der Mordkommission. Mit Genugtuung nahm Wagner den anerkennenden Blick seines Kollegen wahr, der immer noch den Wollanzug von heute morgen trug. Dort, wo die Hosenbeine in den Gummistiefeln gesteckt hatten, wies der Stoff leichte Knitterfalten auf, und darüber hatten Spritzer von Schlamm und Wasser schmutzig-weiße Ränder hinterlassen. Ohne zu fragen holte Wagner für jeden einen Espresso aus dem Automaten im Flur. Gasser bedankte sich und verwies auf einen Bogen Papier in der Mitte des Tisches.

„Ich habe heute mal etwas Neues ausprobiert."

„Sieht aus wie ein Sudoku", sagte Wagner und sah sich das Blatt näher an. Gasser hatte versucht, eine grafische Ordnung in das Beziehungsgeflecht zwischen Opfern und möglichen Tätern, Zeugen und Tatverdächtigen, zwischen

Stellplatz und Hotel, Verona und Garda herzustellen. Er legte das Papier zurück auf den Tisch und blickte schweigend zu seinem Kollegen.

„Ich weiß", sagte dieser und nahm das Blatt wieder an sich, „viel bringt uns das im Moment noch nicht. Am besten übertrage ich das Raster in den Computer, dann kann man die einzelnen Elemente bewegen, auch verändern und austauschen. Vielleicht gibt es ein Programm, mit dem man auch noch Indizien und Motive unterbringen kann."

„Stichwort Motive", setzte Wagner an, „welches Motiv hätte De Luca, nach Alenka auch noch ihren Stiefvater umzubringen?"

„Vielleicht fürchtete er, dass Schubert ihm den Mord an seiner Tochter nachweisen konnte. Oder er wollte verhindern, dass er ihn am Ende doch noch aus Rache umbringt. Er kann auch extrem wütend gewesen sein, weil Schubert gegen eine mögliche Verbindung mit Alenka war … ".

Wagner unterbrach seinen Kollegen: „De Luca sagt, dass er gar keine Liebesbeziehung mit ihr wollte, dass sie beide nur beste Freunde waren. Und mit Wut auf Schubert hätte er sich doch gewehrt, als der ihn angegriffen hat. Hat er aber nicht."

„Ja, aber laut Aussagen Ihrer Mutter haben sich beide im Restaurant heftig gestritten und sie hat ihn danach einfach sitzenlassen. Das lässt sich nicht jeder Mann gefallen. Vielleicht hat er nur auf eine gute Gelegenheit gewartet. Nachdem Schubert seine Tochter tot aufgefunden hatte, waren ja ganz schnell Zeugen vor Ort, da konnte er ihm nicht mehr an die Gurgel gehen."

Wagner fragte sich, wie heftig Gasser reagieren würde, wenn eine Frau ihn sitzenließe. War es so zu seiner

Scheidung gekommen? Laut sagte er: „Mit Vermutungen kommen wir nicht weiter, wir müssen De Luca finden. Sein *telefonino* ist seit dem Klinikaufenthalt ausgeschaltet oder er selbst oder jemand anderes hat die Karte zerstört. Da ist nichts zu machen. Haben Sie das Haus seiner Großmutter auf den Kopf gestellt? Soviel ich weiß, steht es seit ihrem Tod vor einem Jahr leer."

„Ja", erwiderte Gasser, „aber die Kollegen haben nichts gefunden. Es fiel ihnen nur auf, wie sauber und gepflegt es ist, obwohl es keine Anzeichen dafür gibt, dass jemand darin wohnt. Nicht nur innen, das ganze Grundstück macht einen tadellosen Eindruck. Es gibt sogar einen Gemüsegarten."

Wagner zog die Augenbrauen hoch. „Einen Gemüsegarten?"

Gasser nickte. „Genau. Die Nachbarn haben erzählt, dass De Luca zwei- bis dreimal die Woche kommt und alles in Schuss hält. Die wenigen, zu denen er Kontakt hat, schildern ihn als sehr ruhig und zurückgezogen, dabei freundlich und hilfsbereit. Das meiste Gemüse und die Früchte von den Bäumen verschenkt er in der Nachbarschaft." Gasser schüttelte den Kopf, als hätte er kein Verständnis für derart großzügiges Verhalten. „Auf jeden Fall habe ich trotz unserer derzeitigen Personalknappheit durchsetzen können, dass jemand vor dem Haus Posten bezieht, falls De Luca dort erscheint. Irgendwo muss er ja schlafen. Ich war auch noch einmal kurz bei seinen Eltern, das Verhältnis scheint jedoch so zerrüttet, dass er in seinem Elternhaus wohl noch am wenigsten auftauchen wird. Aber sie wissen Bescheid und melden sich, wenn sie etwas von ihrem Sohn hören oder sehen. Große Elternliebe herrscht da jedenfalls nicht. Der Vater traut seinem Sohn ohne weiteres einen Mord zu."

„Okay", sagte Wagner und nickte auf Gassers stumme Frage, ob er noch einen Espresso wolle. „Bäume verstecken sich am liebsten im Wald, und De Lucas Forst sind der Stellplatz und das Haus seiner Großmutter. Beides wird jetzt rund um die Uhr bewacht." Im Stillen fragte er sich, ob das Camporondo womöglich auch zu De Lucas Wald gehörte. Er wechselte Körperhaltung und Thema.

„Was halten Sie von Frau Milser? Sie haben doch bestimmt mit ihr geredet, als Sie sie zum Stellplatz gefahren haben."

„Einen Moment", sagte Gasser, stand auf und ging zum Kaffeeautomaten. Wagner hatte das Gefühl, dass sein Kollege Zeit gewinnen wollte, und fragte sich, wofür. Hatte Gasser etwa die Zeugin nach ihrer Beziehung zu seiner Familie gefragt? Er hatte ja schon mehrfach darauf herumgeritten, dass das Hotel und die Familie Wagner immer wieder bei ihren Untersuchungen in beiden Mordfällen auftauchten. Vielleicht suchte er einfach nur nach einer Fährte, die ihm helfen konnte, den Täter zu ermitteln. Wahrscheinlicher war jedoch, dass ihm die Verbindung seines Chefs und dessen Familie zu Zeugen und Verdächtigen zu eng erschien. Wagner musste vorsichtig sein, und er musste Zeit gewinnen. Vor allem musste er sich genau über die Rolle seines Vaters und seiner Tochter informieren, bevor Gasser ihm zuvorkam.

Gasser rührte in seinem Kaffee, viel zu lange für Wagners Geschmack, und sagte: „Ich habe versucht, Frau Milser auszuhorchen, aber vermutlich stand sie immer noch unter Schock. Es war nichts rauszukriegen aus ihr.

Auf jeden Fall hat der Schnelltest ihrer Hände keine Schmauchspuren ergeben, und auf der Waffe fanden sich nur Schuberts Fingerabdrücke. Ihre Kleidung wird wohl erst morgen untersucht. Aber wenn an der Hand nichts ist, dürfte die Untersuchung von Jacke und Bluse genauso negativ ausfallen. Handschuhe kann sie nicht getragen haben, jedenfalls haben die Techniker im Zimmer keine gefunden, auch nicht in ihrer Kleidung. Und ihre Handtasche hatte sie ja unten im Restaurant gelassen, darin kann sie sie nicht versteckt haben."

Wagner trank seinen Kaffee und sagte: „Vielleicht sollten wir von einem ganz anderen Ansatz ausgehen, von der Person Schubert. Am besten setzen Sie sich morgen mit den Kollegen in Dortmund in Verbindung, ob Konrad und Alenka Schubert bei ihnen in der Kartei sind. Die müssen ja sowieso nach weiteren Hinterbliebenen suchen, womöglich gibt es jemanden, der die beiden beerbt und zufälligerweise auch gerade am Gardasee ist. Die junge Frau wird wohl kaum ein Testament hinterlassen haben, und falls ihr Vater auch keines verfasst hat, war sie die Alleinerbin. Vielleicht sind wir hier auf einer völlig falschen Fährte, und mit etwas Glück führt die Spur nach Deutschland."

*

Eine bleierne Müdigkeit drohte Erikas Körper lahmzulegen, während ihr Geist hellwach blieb und auch ihre Seele keine Ruhe gab. Roland konnte sie überreden, ausnahmsweise nicht durch die feuchte Kälte in das Waschhaus zu gehen, sondern sich im eigenen Badezimmer für die Nacht fertig zu machen.

In der engen Nasszelle stieß Erika mit der Stirn hart gegen die untere Kante des schmalen Hängeschranks über dem Spiegel, als sie sich über das kleine Waschbecken beugte, um den Mund auszuspülen. Sogleich schwoll die Stelle über dem linken Auge an. Sie tränkte einen Waschlappen mit kaltem Wasser und drückte ihn auf den kleinen Buckel, drehte den Hahn zu - und vernahm ein Plätschern unter dem Wohnmobil. Im Wohnraum war es noch deutlicher zu hören.

„Roland?"

„Ich komme gleich", rief er von draußen. Das Plätschern wurde schwächer. Als es ganz versiegte, trat Roland ein und grinste über das ganze Gesicht. „Alles klar", sagte er, „der Abwassertank ist leer. Hat ein bisschen gerochen, aber bis morgen ist das wieder weg." Roland verriegelte die Tür samt Sicherheitsschloss. „Nun guck nicht so, es ist doch sowieso alles pitschnass draußen, da fallen die paar Liter mehr oder weniger gar nicht auf."

So war das also. Roland hatte im Schutz der Dunkelheit das Ventil des Tanks geöffnet und das Schmutzwasser einfach auslaufen lassen. Hoffentlich würde am Morgen wirklich nichts mehr zu riechen und zu sehen sein, keine Kalkränder oder kleine Abfallpartikel im Gras. Erika wollte ihrem Mann auf gar keine Fall Vorwürfe machen. Nicht jetzt, wo seine Gemütsverfassung einen solchen Sprung gemacht hatte und sie zusehen konnte, wie er fast stündlich aktiver wurde.

Derart aktiv wurde Roland, dass er Erika zu ihrer Überraschung im Bett küsste und sie völlig perplex sein Verlangen spürte. „Wie lange ist das her?", fragte er zwischen

Küssen und Zärtlichkeiten, „Wann haben wir es das letzte Mal getan?"

„Ich weiß nicht", hauchte sie und versuchte angestrengt, Lust zu empfinden. Dabei wusste sie es ganz genau. Fast zehn Jahre war es her, dass sie das letzte Mal miteinander geschlafen hatten. Und sie war selbst schuld gewesen am Ende ihres ohnehin nur noch trostlosen Sexlebens. Erika konnte das Zählen auch im Bett nicht lassen, und dieses eine Mal war es ihr passiert, dass sie dabei den Mund öffnete und seine mechanischen Stöße hörbar mitzählte. Roland hatte wortlos von ihr abgelassen und es nie wieder versucht.

Erika empfand kein Bedauern über das Versiegen ihres sexuellen Ehelebens. Nach dem Unfall hatte es mehr als ein Jahr gedauert, bis Roland sich ihr im Bett wieder näherte, und sie konnte nur feststellen, dass ihr die Lust auf Sex vergangen war. Sie spielte mit, verhalf ihrem Mann zur Befriedigung, empfand aber selbst nichts dabei. Und dann das Aus nach dieser dummen Zählerei.

Je fordernder Rolands Küsse wurden, je drängender seine Hände ihren Körper kneteten, je steifer sein Glied wurde, desto widerwilliger wurde Erika. Schmerzhaft fühlte sie, wie ihre Vagina sich verhärtete und verschloss, wie ihr ganzer Körper seinem Begehren widerstand. Sie drehte den Kopf zur Seite, ihre Augen durchbohrten die Wand des Wohnmobils. Erika sah sich auf schneeweißen Laken, über und über mit den Blütenblättern roter Rosen bedeckt, auf einem Bett mitten im Raum, die Wände rückten näher und näher und nahmen ihr die Luft zum Atmen, und überall das verzerrte Gesicht des jungen Roland.

Trotz ihrer Atemnot wollte Erika mehr von dem Bild in ihrem Innern einfangen, die Szene ausbauen und verlängern, aber der Roland von heute holte sie in die Wirklichkeit zurück. „Wie du willst", sagte er mit tonloser Stimme, rollte sich vom Bett und schloss leise die Badezimmertür hinter sich ab.

Alenka

Durch die geschlossene Tür lauscht Alenka seiner Stimme, versteht aber kein Wort von dem, was er sagt. Sie hört auch niemand anderen reden, wenn er selbst schweigt. Bestimmt spricht er ins Telefon. Sie wartet ab, bis sie mindestens eine Minute lang kein Wort mehr gehört hat. Dann einmal tief Luft holen, einmal leise an die Tür klopfen, spüren, wie das Herz an den Kehlkopf schlägt, und die Klinke noch vor dem lauten „Herein" runterdrücken. Sie kann das Fragezeichen dahinter hören, der Mann erwartet niemanden.

„Sie?", fragt er und kommt auf die Beine. Das ist nicht gut, jetzt muss Alenka zu ihm aufsehen. Wäre er sitzen geblieben, hätte sie sich sicherer gefühlt.

„Maria schickt mich."

Der Mann weiß sofort, von welcher Maria Alenka spricht. „Ach ja? Und warum kommt sie nicht selbst?"

Noch einmal tief Luft holen und ein Schlucken, dass es knackt in Alenkas Kehle. Hoffentlich hat er das nicht gehört.

„Sie sollen mir Geld geben."

Endlich setzt der Mann sich wieder, rutscht sogar mit seinem Hintern tief in seinen imposanten, hochmodernen Sessel hinter dem protzigen Schreibtisch hinein und lehnt sich zurück, umklammert die Armlehnen. Dabei gibt er sich alle Mühe, entspannt auszusehen.

„Soso, ich soll Ihnen also Geld geben. Darf ich fragen wofür?"

Die Ironie in seiner Stimme kann nicht einmal Alenka in ihrer Aufregung ignorieren, und sie verstärkt ihre Nervosität. Zum Glück findet sie einen Zipfel ihres roten Fadens und hangelt sich daran entlang. Aus der Tasche ihres Trenchcoats fingert sie einen zusammengelegten Bogen Papier, faltet ihn sorgfältig auseinander und hält dem Mann die Fotocollage mit ausgestrecktem Arm entgegen. Sie macht einen Schritt auf ihn zu, mehr braucht es nicht, da ist er auch schon wieder auf den Beinen und reißt ihr das Papier aus der Hand.

Ein kurzer Blick auf die Bilder, und er zerknüllt den Bogen in der Faust so heftig, dass die Knöchel seiner Hand ganz weiß werden.

„Na und?", sagte er, „das besagt noch gar nichts."

Wut packt den Mann, Mut erfasst Alenka. „Das besagt, dass Sie ein Zuhälter sind und die *cases popolari* ein Bordell. Ich will 100.000 Euro. Dann bekommen Sie alle Daten und ich gehe nicht zur Polizei." Puh, jetzt ist es raus. Und war gar nicht so schlimm.

„Wer garantiert mir, dass es nicht noch mehr Kopien gibt?"

„Maria."

Das sitzt. Maria, alles andere als Jungfrau und doch von so vielen angebetet, Maria hält Wort. Das weiß der Mann aus Erfahrung und sieht auf Alenka herab. „Du kleines Miststück, hast wohl mal bei ihr ausgeholfen. Heute ist Freitag, vor nächster Woche kann ich das Geld nicht beschaffen, und auch dann erstmal nur einen Teil." Er geht auf sie zu, kommt gefährlich nah. Alenka spürt seinen Atem. „Und jetzt raus hier, du kleine Ratte. Du hörst von mir."

Draußen fällt Alenka ein, dass der Mann ja gar nicht ihre Handynummer hat. Soll er doch Maria fragen, für heute hat sie genug von ihm und würde ihn auch am liebsten niemals wiedersehen.

Montag, 14. Oktober

Erika hat die Nacht allein im Schlafzimmer verbracht. Queensbett nannte der Hersteller das französische Bett im Heck des Wohnmobils, aber wie eine Königin fühlte sie sich am Montagmorgen wahrhaftig nicht. Eher wie eine Versagerin, oder wie ein an allen Ecken und Kanten beschädigtes Auslaufmodell. Hinter ihrer Stirn drehten immer wieder dieselben drei Wörter ihre Kreise, wie die Endlosschleife eines digitalen Werbebanners: DER MORGEN DANACH. Theatralisch klang das, ein Buchtitel könnte es sein oder die x-te Episode einer Fernsehserie.

Wieder und wieder tauchten diese drei Wörter aus dem Nichts auf. Erika konnte sie nicht fassen, noch weniger aussprechen und schon gar nicht verjagen. Der Morgen WONACH? Es war doch nichts passiert, außer dass sie Roland zurückgewiesen hatte. Nein, nicht ihn, nur sein Begehren. Aber sie vermutete, dass er darin keinen Unterschied sah. Erika berührte die kleine Beule an ihrer Stirn und fragte sich, wie sie entstanden war.

DER MORGEN DANACH.

Roland, von dem sie immer noch glaubte, dass sie ihn liebt. Dass er sie liebt. Dass ihre Ehe doch gar nicht so schlecht ist, dass sie sie schon wieder in Schwung bringen können. Zur Not auch mit diesem Wohnmobil. Wenn das die einzige Möglichkeit war, wie sie das Geheimnis jener verdammten Nacht klären konnte. Deshalb war sie schließlich hier.

Ein Vierteljahrhundert war sie mit diesem schwarzen Loch im Hirn rumgelaufen, warum zum Teufel wollte sie auf einmal unbedingt wissen, was damals geschehen war? Warum nicht einfach die Vergangenheit ruhen lassen und weiter vor sich hin trotten? Vielleicht, weil man nur ruhen lassen kann, was man gesehen hat. Gesehen und verstanden.

Erika seufzte. Noch nicht einmal jetzt, am Morgen danach, konnte sie mit dieser Gedankenschleife aufhören. Sie gab sich einen Ruck, richtete sich auf und schob das Bettzeug zur Seite. Die Schiebetür zum Wohnbereich war zugezogen. Erika fragte sich, ob Roland sein Nachtquartier auf der Bank am Tisch aufgeschlagen hatte, mit den Füßen auf dem Sitz neben der Tür. Sie selbst hatte im sogenannten Salon gut schlafen können, mit einer Flasche Bardolino intus. Aber Roland? Vielleicht hatte er ja die durchwachten Stunden zum Nachdenken genutzt.

Die Dusche tat ihr gut. Sie stand einfach nur da und ließ den schwachen Strahl an ihrer Haut hinablaufen. Bei dem Gedanken an Roland, dass er den Tank schon bald wieder auffüllen müsste, drehte sie den Hahn weiter auf, streckte ihr Gesicht dem Duschkopf entgegen und genoss die sanfte Liebkosung des warmen Wassers umso mehr. Bis sie erneut das Plätschern von gestern Abend vernahm. Erika drehte den Hahn zu und lauschte, bis das Geräusch schwächer wurde und schließlich ganz aufhörte. Bestimmt hatte Roland vergessen, das Ventil des Schmutzwassertanks zu schließen. Das sah ihm ähnlich. Es war noch früh und dunkel, wahrscheinlich würde niemand etwas bemerken. Tatsächlich war ihr das heute morgen egal und sie fuhr unbekümmert fort mit ihrer verschwenderischen Dusche.

Danach fühlte sie sich besser, griff nach einem unbenutzten Handtuch und trocknete sich ab. Sie drückte den weichen Stoff mehr auf die Haut, als dass sie rieb. Das tat gut. Genauso wie die Creme-Orgie danach.

Erika ließ ihr kinnlanges Haar im warmen Föhnwind fliegen und schminkte sich ausgiebiger als sonst. Sorgfältig strichelte sie die Augenbrauen nach, streichelte ihre Wangen mit dem Rouge-Pinsel und tuschte die Wimpern, bis sie einladende Fülle vortäuschten. Mit dem Konturenstift schwollen ihre Lippen optisch an, und sie betonte sie zusätzlich mit einem glänzenden Lippenstift. Eine Farbe wie der Bardolino Superiore. Das Ergebnis gefiel ihr. So als ob sie ausgehen wollte, aber nicht übertrieben. Ihre immer noch vollen Haare, unter deren Blondierung am Ansatz eine Mischung aus wenig Braun und viel Grau herauswuchs, standen nach allen Seiten ein wenig ab. Erika fand sich jünger so, und das Makeup verlieh ihr einen Hauch von Frische und Selbstbewusstsein.

Den Pullover, den Anna ihr gestern geliehen hatte, tat Erika zur Schmutzwäsche und zog den einzigen Rock aus ihrem Kleiderschrank, einen Vintage-Schottenrock aus dichtem Wollstoff. Eine goldene Sicherheitsnadel, bestimmt zehn Zentimeter lang, hielt die Bahnen über dem linken Oberschenkel zusammen. Dazu warme Strumpfhosen, dunkelgrün, und ein senffarbenes Twinset aus leichtem Kaschmir. Sogar an den kugelrunden, dunkelgrünen Malachitanhänger hatte sie beim Packen gedacht. Mit der langen

Goldkette vervollständigte er die Kombination perfekt. Passende Schuhe wollte sie später suchen und schob ihre Füße fürs Erste in bequeme Hausschuhe.

*

Seit 7:00 Uhr saß Wagner an seinem Schreibtisch in der Questura. Er ging noch einmal alle Untersuchungsberichte und Aussageprotokolle durch. Er war sich sicher, dass sie irgendetwas Entscheidendes übersahen. Die Fahndung nach De Luca und Schuberts Motorrad lief auf Hochtouren, leider immer noch erfolglos. Wenn er doch bloß nicht seinen Vater am Lenker erkannt hätte.

Ungeachtet der frühen Morgenstunde hatte Wagner in Garda angerufen und mit seiner Mutter gesprochen. Am heutigen Ruhetag wollte sie für das Büffet morgen im Rathaus einkaufen, mit seinem Vater am Steuer des Fiorino. Er bat sie, vorher in den Garagen und der Werkstatt nach dem Motorrad zu schauen und ihn sofort anzurufen, falls es dort sein sollte. Danach ließ er sich mit Sara verbinden und wünschte ihr viel Erfolg bei der Klassenarbeit heute. Wahrscheinlich argwöhnte seine Tochter, dass er sich nur vergewissern wollte, ob sie zu Hause war, aber das war ihm egal. Sie war dort, wo sie hingehörte, und das war im Moment das Wichtigste.

Um Punkt 8:00 Uhr klopfte Kollege Gasser an die Tür.

„Kaffee?", fragte er.

„Sehr gern", sagte Wagner und wies auf den Stuhl ihm gegenüber. „Irgendetwas Neues?"

Gasser setzte sich und verneinte. Schweigend tranken sie ihren Milchkaffee. Wagner ergriff als erster das Wort:

„Schauen wir uns noch einmal an, was wir bis jetzt haben. Zumindest im Mordfall Alenka Schubert." Die beiden Kommissare gingen genauestens alle Daten und Fakten durch, die sie seit Erika Milsers nächtlichem Notruf gesammelt hatten, kamen jedoch zu keinerlei neuen Erkenntnissen. Abschließend sagte Wagner: „Soviel zur Freitagnacht. Am Nachmittag hatte die Zeugin Milser Bürgermeister Fontana gesehen, wie er das Wohnmobil von Schubert betrat, was dieser bestätigt hat. Nach seiner Aussage ging es um eine Beschwerde Schuberts über das Betragen des Platzwarts. Laut Fontana war Schubert schon Stunden vor dem Mord sehr wütend auf De Luca gewesen. Auch gibt er an, dass sich im Laufe der Saison noch weitaus mehr Kunden über den Platzwart beschwert hätten. Die Klagen reichten von frechen Antworten über mangelnde Sauberkeit der Sanitäranlagen bis hin zu Drogenkonsum. Fontana wollte ihn nach Ende dieser Saison entlassen."

„Was mich wundert", unterbrach Gasser, „ist, dass wir im Wohnwagen kaum Unterlagen über den Stellplatz gefunden haben. Eine Kassette mit wenig Bargeld, ein Heft mit handschriftlichen Eintragungen über An- und Abreisen, die laut KTU schon nach oberflächlichem Vergleich weitaus zahlreicher sind als die offiziellen Anmeldungen und die Kopien der Einnahmen im Quittungsblock."

Das wunderte Wagner nun gar nicht, so gut immerhin kannte er Domenico Fontana und war sich sicher, dass er gern in die eigene Tasche wirtschaftete. Womit er in Venetien sicher nicht der Einzige war. Zum Glück war das nicht sein Bereich.

Er sagte: „Wenn Sie wollen, können sie das gern an die Kollegen von der Wirtschaftskriminalität weitergeben.

Aber ich bezweifle, dass denen diese Beträge weitere Ermittlungen wert sind. Glauben Sie mir, die haben höheren Orts mehr als genug zu tun. Wichtiger ist, dass wir immer noch keine Spur von De Luca haben. Keine Hinweise aus der Bevölkerung?"

„Nicht direkt", antwortete Gasser, „jedenfalls nicht zur Person von De Luca. Aber das Motorrad wurde gesehen, gestern Nachmittag an der Tankstelle am Ortsausgang."

Wagner verzog keine Miene und fragte: „Seit wann wissen wir das?"

„Erst seit einer Stunde, sonst hätte ich Sie schon informiert. Ein Carabiniere hat gestern noch die Beschreibung der Harley samt Kennzeichen an alle Tankstellen im Trentino, der Lombardei und in Venetien gemailt. Das heißt an alle, die wir im System haben. Und heute früh hat sich doch tatsächlich eine davon gemeldet. Reiner Zufall." Gasser öffnete eine Seite im Tablet und suchte in seinen Notizen. „Eine Aushilfskraft von gestern Nachmittag erzählte dem Chef der Tankstelle abends von einer imposanten Harley Davidson. Als der heute früh unsere Mail gelesen hat, guckte er sich gleich die Videoaufnahme an, und Bingo! Hoffentlich sind auch die beiden Personen gut zu sehen."

„Haben wir die Aufnahmen schon hier?", fragte Wagner.

„Noch nicht, wir müssen noch den Datenträger holen bzw. vor Ort kopieren. Das übernimmt ein Kollege von der Wache in Garda. Die Männer an der Tankstelle können aus dem Video nichts ausschneiden, und die Datenmenge ist zu hoch für deren Möglichkeiten der digitalen Weitergabe."

„Das trifft sich gut", sagte Wagner, „ich fahre gleich zur Wache und sehe mir die Aufzeichnung dort an."

Gasser öffnete den Mund, aber Wagner schnitt ihm das Wort ab. „Ich wollte nach unserer Besprechung sowieso nach Garda und mir noch einmal die beiden Milsers vornehmen. Ich werde das Gefühl nicht los, dass mit dem Ehepaar etwas nicht stimmt."

„Und was mache ich? Sollten wir nicht lieber zusammen hinfahren und uns in Garda aufteilen?"

Wagner konnte Gasser sein Misstrauen nicht einmal verdenken, schließlich war das Motorrad aus dem Camporondo verschwunden, und mit ihm wahrscheinlich auch De Luca.

„Sie bleiben hier", bestimmte er, „und klären wie besprochen alles ab, was Sie in Deutschland über Konrad und Alenka Schubert rausfinden können."

„Das läuft", sagte Gasser, „ich habe gestern noch jemanden erreichen können in Dortmund, der wollte alles in die Wege leiten und mir heute Bescheid geben."

Wagner erhob sich, stapelte ihre Kaffeetassen und wandte sich an seinen Kollegen: „Umso besser, dann können Sie ja, während Sie auf den Rückruf warten, den Bericht auf den neuesten Stand bringen. Ich habe für den Mordfall Konrad Schubert schon eine gesonderte Akte angelegt. Wir sehen uns später. Ich halte Sie auf dem Laufenden."

*

Erika hatte sich herausgeputzt und war gewappnet für den Tag. Sie holte tief Luft und schob energisch die Tür zum Wohnbereich zurück. Nichts. Weder Roland noch irgendwelche Spuren seiner Nacht. Bis er von wo auch immer zurückkommen würde, blieb ihr hoffentlich genügend Zeit, in Ruhe Kaffee zu trinken. Sie fand noch einen Rest Milch im Kühlschrank, im Gemüsefach gammelte eine einsame Banane vor sich hin. Erika brühte Kaffee auf und setzte sich im Fahrersitz an den Tisch.

Bei ihrer zweiten Tasse kam Roland von wo auch immer zurück. „Guten Morgen", sagte er noch draußen auf der Eingangsstufe und lächelte dazu. Nicht dieses frische, jungenhafte Lächeln, in das sie sich einst verliebt hatte und von dem sie sich am Wochenende wieder hatte bezaubern lassen. Heute morgen verzog Roland die Lippen verzagt und unsicher. Erika sah kein Lächeln in seinen Augen, die in ihrem Gesicht forschten, als sollten sie die Lage abklären. Fehlte nur noch, dass Roland mit der Nase witterte, ob die Luft rein war.

Erika brachte keinen Ton heraus, kein „Guten Morgen" und auch kein „Was soll an diesem Morgen gut sein?".

Roland hängte seinen Anorak auf und hievte eine prall gefüllte Plastiktüte auf die Arbeitsfläche des Küchenblocks.

„Ich habe uns Frühstück mitgebracht."

Erika stützte die Ellenbogen auf. Mit beiden Händen führte sie die Kaffeetasse zum Mund und ließ ihren Mann nicht aus den Augen. Er holte Brot und Butter, Mortadella und Salami, Marmelade und Käse aus der Tüte und zum Schluss auch noch Eier und Milch.

„Wenn du mir eine Tasse Kaffee abgibst, mache ich uns Spiegeleier zum Frühstück." Das sollte wohl witzig klingen.

„Nein", sagte Erika, „darauf habe ich keinen Appetit. Eigentlich habe ich überhaupt keinen Hunger." Was nicht stimmte, plötzlich verspürte sie sogar einen Bärenhunger, und wünschte sich, dass Roland ihre Worte ignorieren würde.

„Das macht nichts", sagte er prompt, „der Appetit kommt beim Essen. Das sagst du doch immer zu mir."

*

Nach ihrer morgendlichen Besprechung verabschiedeten sich die beiden Kommissare auf dem Flur voneinander. Wagner sah seinem Kollegen nach, wie er hinter der Tür zum Gemeinschaftsbüro der Mordkommission verschwand. Gasser wirkte beleidigt, aber das konnte er nicht ändern. Wagner hatte wahrhaftig andere Sorgen. Während er vor dem Aufzug darüber nachdachte, ob er zuerst zur Tankstelle oder auf die Wache in Garda fahren sollte, öffnete sich die Fahrstuhltür. Aurora Crepaldi schaute ihn genauso überrascht an wie er sie. Sie trug einen weißen Arztkittel mit locker geschnürtem Taillengürtel und sah auch darin umwerfend aus.

Lachend streckte die Ärztin ihm eine Hand mit Papieren entgegen. „*Buongiorno*, eigentlich wollte ich zu ihrem Kollegen Gasser, aber jetzt kann ich genauso gut seinem Vorgesetzten meine neuesten Untersuchungsergebnisse präsentieren."

Wagner war nicht nach Lachen zumute. Warum zu Gasser und nicht zu ihm?

„*Buongiorno*, gehen wir doch kurz in mein Büro. Da sind wir ungestört. Ich meine, da können wir die Papiere auf dem Tisch ausbreiten." Sollte Aurora Crepaldi seine Verlegenheit bemerkt haben, ließ sie es sich nicht anmerken. Sie setzte sich auf den Stuhl, der wahrscheinlich noch warm war von Gassers Hintern, und sagte: „Ich will Sie auch gar nicht lange aufhalten, aber ich dachte, beide Informationen sind wichtig für Ihren aktuellen Fall. Oder besser Ihre aktuellen Fälle."

Wagner wurde hellhörig. „Was haben Sie?"

Die Rechtsmedizinerin überreichte ihm zwei Papiere. Das eine enthielt das Untersuchungsergebnis der Kleidungsstücke von Erika Milser. Weder auf der Bluse noch auf der Jacke konnten Schmauchspuren nachgewiesen werden.

Das andere betraf die noch ausstehenden DNA-Analysen der Männer auf dem Stellplatz. Die Ärztin deutete mit rot lackiertem Zeigefinger auf eines der Ergebnisse. „Dieses hier wird sie interessieren."

„Das wird ja immer besser!", rief Wagner aus, was Dottoressa Crepaldi mit einem Lachen und den Worten „So kann man's auch sehen" quittierte.

*

Erika zählte und rechnete, bis ihr der Schädel rauchte. Morgen war ihr 35. Hochzeitstag. Vor der Hochzeit hatten sie schon etwas über ein Jahr zusammengelebt. Also abgerundet 36 Jahre, das ergab zusammen 13.140 Tage. Wenn man die Fehltage, an denen sie aus beruflichen Gründen oder wegen Krankheit getrennt waren, pauschal gegenrechnete mit denen, die sie schon vor ihrem Zusammenleben gemeinsam verbracht hatten, dann hatten sie bis einschließlich heute 13.139 Male zusammen gefrühstückt. Der morgige Hochzeitstag stand ja noch aus. Erika setzte ihre Tasse ab und lehnte sich zurück.

Roland sah schlecht aus. Übermüdet, mit einem grauen Schleier über der Haut. Erika fiel ein Meer von Fältchen und Falten auf, das sie so ausgeprägt noch nie an ihm gesehen hatte. Roland war 69, wurde aber normalerweise mindestens fünf Jahre jünger geschätzt. Heute wirkte er mindestens fünf Jahre älter. Er steckte noch in den Sachen von gestern, und Erika bezweifelte, dass er im Sanitärhaus geduscht hatte. Sie hätte es bemerkt, wenn er sein Waschzeug aus dem Badezimmer geholt hätte. Hatte er nachts an die Hecke gepinkelt?

Roland deckte den Tisch. Er fischte die Eier aus dem kochenden Wasser und schreckte sie unter einem kaltem Strahl ab. „Fertig", sagte er und setzte sich Erika gegenüber. „Lass es dir schmecken."

Mit einem einzigen kraftvoll gezielten Messerschlag köpfte Erika ihr Ei und verzehrte es mit einem Appetit, der sie selbst erstaunte. Auch Wurst und Käse, Brot und Butter, nichts war vor ihr sicher. Roland aß kaum etwas. Erst jetzt fiel Erika auf, dass er in den letzten Tagen abgenommen hatte. Er war schon immer schlank, fast schmal gewesen, aber heute morgen wirkte er trotz seiner Größe geradezu schmächtig. War das wirklich erst seit heute?

Roland fragte: „Willst du mein Ei haben? Ich glaube, das bekommt mir heute nicht so gut." Als Antwort nahm Erika ihm das Ei aus der Hand und köpfte es genauso schlagkräftig wie das erste. Dabei ließ sie ihren Mann nicht aus den Augen.

„Hast du dir schon überlegt, was wir morgen machen?", fragte er. Ja, das hatte Erika, ganz genau sogar. Sie würden zu einem festlichen Abendessen ins Camporondo gehen und danach in demselben Zimmer übernachten wie damals.

Auch wenn Anna wegen der Feier des Bürgermeisters im Rathaus bestimmt keine Zeit haben würde, ihnen ein so tolles Festmahl wie vor 25 Jahren zuzubereiten, gab die Abendkarte genügend her, um so zu tun als ob. Als ob die vergangenen Jahrzehnte nicht existiert hätten. Sie würden essen und trinken und dann nach oben gehen und - und was? Erika erhoffte sich nach der vergangenen Nacht mehr denn je die Enthüllung der damaligen.

Ein energisches Klopfen an der Tür hinderte sie daran, Roland ihren Vorschlag zu unterbreiten.

*

In Garda stellte Wagner seinen Dienstwagen im Halteverbot ab, hastete am Camporondo vorbei und rauschte in die Polizeiwache. Der Carabiniere, bei dem er sich telefonisch angekündigt hatte, zog eilfertig einen Stuhl an seine Seite, damit sie zusammen auf den Bildschirm schauen konnten. Den Datenstick aus der Tankstelle hatte er vorsorglich schon in den Computer gesteckt. Wortlos ließ Wagner sich auf den Stuhl fallen. Ihm fiel kein auch nur halbwegs vernünftiges Argument ein, mit dem er den Polizisten überzeugen könnte, den Stick wieder herauszuziehen und ihm zu übergeben.

Wegen des gestrigen Gewitters mit seinen starken Regengüssen und heftigen Windböen waren nur wenige Autos unterwegs gewesen, und kaum eines hatte an der Tankstelle gestoppt. Über den Schnelldurchlauf fanden sie rasch die Stelle mit dem Motorrad. Der Polizist hielt das Video an, ließ es kurz zurücklaufen und setzte es in normalem Tempo wieder in Gang.

Wagners Muskeln und Nerven spannten sich derart, dass ihm der Nacken wehtat. Die entscheidende Szene begann um 16:23 Uhr, als das Motorrad mit den zwei Personen an der Zapfsäule vorfuhr. Wagner erinnerte sich, dass es um diese Zeit nicht mehr geregnet hatte. Trotzdem war die Sicht schlecht, nicht nur wegen des Dämmerlichts. Der Wind hatte den Regen vor das schräg abwärts gerichtete Objektiv der Kamera gepeitscht, so dass zum Zeitpunkt der Aufnahme immer noch Tropfen und Schlieren daran hingen und die Bilder verwischten. Die Person auf dem Rücksitz stieg als erste ab. Danach mühte sich der Fahrer mit der Unsicherheit und Schwerfälligkeit eines alten Mannes. Beide behielten ihren Helm auf.

„Besonders gut sieht man ja nicht gerade", sagte der Carabiniere.

„Nein", bestätigte Wagner, „und schon gar nichts von den Gesichtern."

Der Polizist schaute auf die Fahndungsplakate an der Wand und wieder zurück auf den Bildschirm. „Also ich könnte nicht sagen, dass das der gesuchte Platzwart ist. Und das Gesicht des Fahrers kann man schon gar nicht erkennen. Wenn die wenigstens nicht so einen breiten Kinnschutz am Helm hätten."

Im Video trat ein junger Angestellter aus dem Gebäude und betankte die Harley. Deren Mitfahrer drehte sich zur Seite und tat so, als ob er einen Aushang an einer anderen Zapfsäule studierte. Der Angestellte nahm von dem Fahrer Bargeld entgegen, offensichtlich mit großzügigem Trinkgeld. Er bedankte sich überschwänglich, bevor er sich verabschiedete. Wagner wusste, dass einige Carabinieri der Wache seinen Vater gut kannten, manche seit Jahrzehnten, und er war dankbar für die unförmige Montur und die Handschuhe. Sie verdeckten seine knubbeligen Hände, die so unverkennbar waren für ihn.

Nachdem der Angestellte wieder in dem Gebäude verschwunden war, näherte sich von rechts ein Radfahrer. Er stellte sein E-Bike vor dem Tankstellen-Shop ab und machte ein paar unsichere Schritte. Scheinbar suchte er Hilfe. Plötzlich drehte er sich zu dem Motorrad um und ging direkt auf den Fahrer zu. Verdammt, war das nicht Roland Milser, der da seinen Vater ansprach? Obwohl er seinen Fahrradhelm nicht abnahm und die untere Gesichtshälfte mit einem Schal geschützt hatte, war Wagner sich sicher. Wenn Papa jetzt den Helm abnimmt, ist er geliefert, dachte er. Und ich mit ihm. Zum Glück stand Erwin Wagner mit dem Rücken zur Kamera. Die beiden Männer unterhielten sich, lachten und reichten sich zum Schluss die Hände. Als ob sie mit kaufmännischem Handschlag und einer angedeuteten Verbeugung ein Geschäft besiegelten. Danach richtete Erwin Wagner kurz das Wort an seinen Mitfahrer und betrat mit Roland Milser den Verkaufsraum der Tankstelle.

Der Carabiniere stoppte das Video und sagte: „Leider ist die Kamera im Laden kaputt, von dort gibt es also keine Aufnahmen. Die sollten das wirklich bald mal reparieren lassen oder ersetzen, vor ein paar Tagen erst ging ein Tankstellenüberfall durch alle Kanäle."

Gott sei Dank, dachte Wagner, dem Himmel sei Dank! Die restliche Aufnahme zeigte, wie die beiden Männer das Geschäft verließen, sein Vater immer noch mit Helm einschließlich Kinnschutz und runtergelassenem Visier. Die Verkleidung schien ihm Spaß zu machen. Roland Milser hängte eine volle Plastiktüte über den Lenker seines Fahrrads.

Wagner stieß die angehaltene Luft aus. Nicht er, sondern Roland Milser würde seinen Vater ans Messer liefern. Zu dem Carabiniere sagte er: „Wir wissen zwar noch nichts über die Männer auf dem Motorrad, aber den auf dem Fahrrad kenne ich. Das ist der Ehemann der Zeugin Milser. Ich nehme den Stick mit nach Verona. Vorher fahre ich zu den Milsers auf den Stellplatz, das hatte ich sowieso vor. Am besten kommen Sie in ein paar Minuten mit einem Streifenwagen nach, holen das Ehepaar Milser ab und bringen es auf die Questura." Wagner erhob sich und klopfte dem Polizisten auf die Schulter. „Gute Arbeit, Kollege, das war sehr gute Arbeit."

*

Roland rutschte umständlich von der Bank und öffnete die Tür. Draußen stand Kommissar Wagner. Er hob einen Fuß auf die Trittstufe und beugte sich vor, aber Roland wich nicht aus der Türöffnung.

„Ah, der Herr Kommissar", sagte er. „Wie Sie sehen, sind wir gerade beim Frühstück. Was können wir für Sie tun?"

„Sie können einen Schritt zur Seite treten und mich einlassen, Herr Milser. Zu Ihnen wollte ich nämlich."

Erika biss in ein Stück Käse und schaute zu, wie Wagner eine Hand vorstreckte, ihren Mann am Oberarm packte und ihn beiseiteschob. Einfach so. Ohne Aufforderung nahm er auf dem Sitz neben der Tür Platz und blickte von einem zum anderen.

„Guten Morgen, Frau Milser, und guten Appetit."

„Guten Morgen, Herr Wagner, wir sind gerade fertig. Möchten Sie auch einen Kaffee?"

„Sehr freundlich, aber nein danke. Wie gesagt, heute muss ich mit Ihrem Mann sprechen."

„Das können Sie ruhig tun, während meine Frau dabei ist", sagte Roland. Er blickte zu Erika und fügte an: „Wir haben keine Geheimnisse voreinander."

Das wüsste ich aber, dachte Erika. Bevor Roland sich setzen konnte, bat sie ihn, die Lebensmittel vom Tisch in den Kühlschrank zu stellen. „Du bist näher dran", sagte sie, stapelte das schmutzige Geschirr und schob es mit dem Brotkorb über den Tisch hinweg zu ihm. Zum Schluss bat sie ihren Mann, mit einem feuchten Lappen die Platte ab-zuwischen, zum Trocknen Küchenpapier zu benutzen und die Papierservietten in den Abfall zu werfen.

„Bitte sehr, Kommissar Wagner, erzählen Sie uns, wes-halb Sie hier sind", sagte Erika und kreuzte ihre Arme auf dem Tisch. „Haben die Papiere in Ihrer Hand etwas damit zu tun?"

„Ja, das haben sie. Wir haben heute morgen die letzten noch ausstehenden Ergebnisse des DNA-Abgleichs erhal-ten. Besonders interessant war Ihre Untersuchung, Herr Milser."

Roland krümmte den Rücken und Erika schien es, als ob er sich mit beiden Händen an der Kante der Sitzbank festhielt. Zu gern hätte sie unter dem Tisch nachgeschaut, ob ihre Vermutung zutraf. Er neigte den Kopf und sah aus zusammengekniffenen Augen hoch zu Wagner.

„Nun machen Sie es nicht so spannend. Sagen Sie uns einfach, was los ist", bat sie den Kommissar.

„Wenn Sie meinen". Wagner nickte, blätterte in seinen Papieren und legte ein Blatt vor Roland auf den Tisch. „Verstehen Sie den Inhalt, Herr Milser?"

„Mein Mann kann kein Italienisch, und er hat auch seine Brille nicht auf. Sie müssen es schon mir geben oder selber verraten."

„Wenn das so ist … ". Die theatralische Pause passte so gar nicht zu dem Kommissar, wie Erika ihn kennengelernt hatte. „Herr Milser, Ihre DNA-Probe hat zweifelsfrei ergeben, dass Sie der biologische Vater von Alenka Schubert sind."

Wagner blickte von einem zum anderen. Niemand sagte etwas. Kein Atemzug war zu hören. Bis er fortfuhr: „Das ändert natürlich meine Sicht auf die beiden Fälle, und ich muss Sie und Ihre Frau bitten, meine Kollegen im Streifenwagen nach Verona zu begleiten. Sie werden dort über Ihre Rechte belehrt werden und als Tatverdächtige vernommen."

Gut, dass das Geschirr vom Tisch ist, dachte Erika und fragte: „Bevor wir gehen, können Sie mir bitte noch das Geburtsdatum des Mädchens nennen?"

*

Wagner hatte gehofft, die Harley Davidson unversehrt im Hinterhof des Camporondo vorzufinden, aber dort lehnte nur ein altes klappriges Damenfahrrad an der rückwärtigen Mauer zwischen Hotel und Garagen. Das Rad war nicht abgeschlossen. Wagner konnte sich auch kaum vorstellen, dass jemand diesen Klumpen Rost stehlen würde.

Wie erhofft traf er seine Eltern in der Küche an. Anna bereitete das Frühstück für die wenigen Hotelgäste zu, Erwin saß am Tisch und studierte die Kleinanzeigen einer lokalen Gratiszeitung.

„Salvatore, mein Junge", begrüßte seine Mutter ihn, „hast du schon gefrühstückt? Es ist noch genügend da von allem. Nur der Engländer fehlt noch, der bekommt seine Eier gebraten mit Speck und Tomaten." Sie lachte.

„Ihr habt einen Engländer bekommen?", fragte Wagner.

„Ja, Paul Battenberg, du weißt doch, der vom Stellplatz." Sie schlug zwei Eier in heißes Fett, es zischte ordentlich. Wagner tat einen schnellen Schritt zur Seite, aber kein Tropfen spritzte über den Pfannenrand.

„Was macht der denn hier? Eben noch habe ich seinen Camper an Ort und Stelle gesehen."

„Das hat wohl mehrere Gründe", sagte Anna und legte Tomatenhälften mit der Haut nach unten zu den dünnen Speckscheiben in der zweiten Pfanne. „Erstens wirst du sicher verstehen, dass er meine Küche sehr zu schätzen weiß." Sie lachte. In der einen Hand hielt sie die Pfanne mit den Eiern, in der anderen den Schaber. „Zweitens hat er es satt, dass er auf dem Stellplatz die Toilette und Dusche selber putzen muss, und drittens verrate ich dir jetzt ein Geheimnis. Aber nur, wenn du mir hilfst."

Wagner warf zwei heiße Weißbrotscheiben, die der Toaster ausgespuckt hatte, auf einen Teller. Seine Mutter legte die Spiegeleier darauf und drapierte die kross gewellten Speckscheiben und die geschrumpelten Tomatenhälften um sie herum.

Bevor seine Mutter damit im Gastraum verschwand, hakte Wagner nach: „Also?"

„Also gar nichts, mein Sohn, aber ich glaube, er ist gern in der Nähe von Erika. Und hat wohl mitbekommen, dass sie bis auf das eine Mal am Freitag immer ohne ihren Mann zu uns kommt. Was auch besser ist, wenn du mich fragst."

„Dann frage ich dich jetzt, Mama", sagte Wagner, als sie mit einem Tablett voll schmutzigem Geschirr zurückkam. „Für wen ist es besser, wenn Roland Milser nicht ins Camporondo kommt? Abgesehen davon, dass Mr. Battenberg hier ungehindert in dessen Ehe wildern kann." Dabei ließ er seinen Vater nicht aus den Augen, der unablässig auf die Kleinanzeigen starrte. Ohne zu blättern und mit einem Kugelschreiber in der Hand, den er nicht benutzte.

„Hilf mir das Geschirr einräumen, dann erzähle ich es dir." Gemeinsam füllten sie die Spülmaschine, und zwischen Tellerstapeln und Besteckgeklapper erzählte Anna ihrem Sohn, was sein Vater in jener Nacht vor 25 Jahren beobachtet hatte. Der Nacht nach Milsers Rosenhochzeit.

„Wir waren spät in die Wohnung gekommen, es war schon fast 2:00 Uhr, das ist ja im Oktober nicht üblich, aber wir wollten ihnen nicht ihren festlichen Abend verderben." Anna Wagner richtete sich auf, blickte zu Salvatore und lächelte. „Sie waren ein so schönes Paar, so verliebt auch noch nach 10 Jahren, sie jedenfalls, er eher zurückhaltend, und sie lachten viel. Bei Erika hatte ich den Verdacht, dass sie schwanger war, weil sie fast gar keinen Alkohol trank, nur zum Anstoßen, und sie hatte dieses Strahlen im Gesicht, so von innen heraus. Aber zum Schluss kippte die Stimmung an ihrem Tisch total um." Sie machte eine Pause.

„Inwiefern?", fragte Wagner, „was war passiert?"

„Bis dahin noch gar nichts, aber sie hatte irgendetwas zu ihm gesagt, was alles Liebevolle aus seinem Gesicht ausgelöscht hat. Er ist sofort aufgesprungen, sie hat noch den Beleg abgezeichnet und ist ihm dann gefolgt." Kopfschüttelnd zog Anna Wagner ein paar Teller aus dem Korb des Geschirrspülers und sortierte sie an anderer Stelle wieder ein.

Hinter Wagners Rücken ertönte die Stimme seines Vaters.

„Das Strahlen, das ist ihr dann ja gründlich vergangen!"

„Warum? Was ist denn passiert?", fragte Wagner seinen Vater.

„Sag ich doch", polterte dieser, „der Dreckskerl hat sich an ihr vergangen! Vergewaltigt hat er sie!"

Wagner war perplex. „Er hat seine Frau vergewaltigt?", fragte er.

„Nein, nicht Erika. Alena natürlich!" Seine Mutter schüttelte den Kopf. „Alena war ein so ruhiges Mädchen. Eine Weißrussin, so fleißig und auch klug. Sie konnte nach drei Monaten besser Italienisch als ich nach drei Jahren Deutsch, und das, obwohl ich mit einem Deutschen verheiratet bin."

Wagner nutzte die kurze Pause im Redefluss seiner Mutter und fragte: „Alena, kannte ich sie?"

„Ich glaube ja. Sie hat bei uns als Zimmermädchen gearbeitet. In den Semesterferien hast du sie einmal kennengelernt. Bei dem Fest, das wir im Hof hatten, wo die ganze Familie und das Personal zusammen gefeiert haben. Das war ein so schönes Fest." Wagners Mutter schloss die Augen, als ob sie dem Tanzen und Singen jener Feier nachspürte. Er selbst versuchte sich zu erinnern, erfasste lediglich Fetzen und Bruchstücke, ohne das lachende Gesicht jener Alena. Aber er wusste jetzt, dass er sich nicht getäuscht hatte, als ihm die Braut auf dem Foto in Schuberts Zimmer bekannt vorkam. Selbst der Anblick ihrer toten Tochter hatte eine Lichtjahre entfernte Erinnerung in ihm berührt. Wagner war angespannt, fast aufgeregt.

Bisher war er davon ausgegangen, dass seine Familie ihm bei der Aufklärung der beiden Mordfälle Steine in den Weg warf, womöglich sogar den Täter deckte. In diesem Moment, in der Hotelküche mit seinen Eltern, hatte er zum ersten Mal das Gefühl, dass sie zur Aufklärung beitragen konnten. Zumindest seine geistig wache Mutter, vielleicht aber auch sein Vater, wenn er durch den Nebel seiner Demenz vordringen konnte.

Anna Wagner stellte die Spülmaschine an und lauschte, bis das Einlaufen und Herumschleudern des Wassers ein einwandfreies Funktionieren des alten Gerätes versprachen. Wagner brühte frischen Kaffee und setzte sich mit seiner Mutter zu seinem Vater an den Tisch.

„Aber wie seid ihr dem Kerl denn auf die Schliche gekommen? Ich meine, so mitten in der Nacht."

„Ich war im Badezimmer", sagte seine Mutter, „als ich ein Rumpeln über uns hörte, so als ob etwas Hartes umgefallen war. Du weißt vielleicht noch, wie hellhörig es damals war, vor der Renovierung. Dann ein Scharren wie von Füßen, und so etwas wie ein Wimmern. Und dann Stille." Anna Wagner trank ihren Kaffee in einem Zug und fasste sich an die Stirn. „Ich kann es immer noch kaum glauben. Jedenfalls, ich habe dann deinen Vater nach oben geschickt, um nachzusehen, ob alles in Ordnung ist." Sie lachte bitter.

„Als er wiederkam, war nicht einmal mehr er in Ordnung. Gar nichts war mehr in Ordnung."

Anna blickte zu ihrem Mann. „Erzähl du weiter, Erwin."

Der jedoch schüttelte den Kopf und vergrub sich wieder in die Kleinanzeigen. Schade, Wagner hätte gern seine Version von der Geschichte gehört.

„Dann eben nicht,", sagte seine Mutter, „das ist wohl nicht sein Tag heute."

„Ich habe den Eindruck, nicht nur heute." Er bereute sofort den Sarkasmus in seiner Stimme, aber es war zu spät.

Anna hob den Kopf. „Misch du dich da nicht ein, wir kommen immer noch klar. Kümmere dich lieber mehr um deine Tochter, das ist ein ganz gefährliches Alter jetzt."

Das saß. Wagner musste aufpassen, dass sie wieder zu jener Nacht nach der Rosenhochzeit zurückfanden. Aber er hatte sich umsonst Gedanken gemacht, seine Mutter fing von selbst wieder mit dem Thema an.

„So aufgebracht wie damals habe ich deinen Vater jedenfalls nie wieder gesehen. Er war vollkommen außer sich. Sowas von wütend. Ich bring ihn um, hat er nur gesagt, und dass ich rauf soll und ihr helfen. Ich wusste ja nicht einmal, wem und wobei. Und dann bin ich nach oben." Sie wandte sich zu ihrem Mann und richtete ihre nächsten Worte an ihn.

„Danach konnten wir beide kein Auge zu tun. Nicht wahr, Erwin, so war es doch?" Keine Antwort, Anna zog die Schultern hoch und erzählte weiter. „Als dein Vater die Treppe hochgelaufen war und in den Flur kam, ging gerade die Tür zum Hochzeitszimmer auf und Erika kam heraus, im Nachthemd."

„In einem Negligé", unterbrach Erwin Wagner seine Frau, „wie Greta Garbo sah sie aus. Genau wie Greta Garbo in diesem Film. Und der Idiot von Mann kommt aus der Personalkammer gegenüber und zieht sich die Hose hoch. Und dann das arme Mädchen, das arme Mädchen … ". Einen Augenblick befürchtete Wagner, sein Vater würde in Tränen ausbrechen. Doch er fasste sich wieder und konzentrierte sich erneut auf die Zeitung. Mit dem Kugelschreiber umkreise er eine Anzeige nach der anderen, Wagner konnte nicht sehen, worum es darin ging.

„Das arme Mädchen", sagte Anna, „das war unsere Alena. Sie lag auf dem Boden und wimmerte und weinte, sie konnte gar nichts sagen und hielt sich beide Hände vor die Augen. So wie ein kleines Kind, das glaubt, wenn ich nichts sehe, dann sehen mich auch die anderen nicht. Sie hat sich so geschämt." Anna Wagner schüttelte immer noch ungläubig den Kopf. „Dabei konnte sie ja nun wirklich nichts dafür. Sie war keine von diesen Mädchen, die die Männer anmachen. Und untenrum war Blut, sie war wohl noch Jungfrau gewesen. Als ich dazukam, kniete Erika neben ihr und hat mich angesehen wie einen Geist. Nein, das stimmt nicht. Sie selbst sah aus wie ein Geist, wie nicht von dieser Welt." Wagners Mutter machte eine kurze Pause und schüttelte den Kopf, bevor sie fortfuhr: „Ich habe zu ihr gesagt, sie soll im Flur auf mich warten, und habe Alena so gut es eben ging geholfen. Aber als ich sie gewaschen und im Bett hatte, war Erika nicht mehr auf dem Flur. Sie musste in ihrem Zimmer sein, denn ich hörte ihn reden." Anna schwieg und neigte den Kopf, sie schien Roland Milsers Stimme nachzulauschen. „Dieses Schwein! Dass der sich wieder hierher getraut hat! Wo Erika sich doch an nichts erinnern kann. Aber sie ahnt etwas, nur weiß ich immer noch nicht, wie ich ihr das alles erzählen soll."

„Das ist nicht mehr nötig", sagte Wagner und legte seiner Mutter eine Hand auf den Arm, „ich glaube, Frau Milser kann sich inzwischen einen Reim auf alles machen. Aber hat das Zimmermädchen, diese Alena, den Mann nicht angezeigt? Immerhin wusste sie doch seinen Namen, und ihr wart Zeugen."

„Das arme Kind", wieder schüttelte Anna Wagner den Kopf, „ich glaube, sie hat sich viel zu sehr geschämt. Wohl auch vor uns. Sie wollte uns und das Hotel da nicht mit reinziehen. Ich muss zugeben, dass mir das damals recht war. Heute schäme ich mich dafür. Aber was geschehen ist, ist geschehen. Am nächsten Morgen waren die Milsers weg, einfach abgefahren, das Geld lag in einem Umschlag in der Rezeption. Für die ganze Woche, die sie gebucht hatten, obwohl sie ja zwei Tage früher abgereist sind."

Das sollte wohl so etwas wie Schweigegeld sein, dachte Wagner, und fragte: „Und was ist aus dem Zimmermädchen geworden?"

„Alena hat noch drei Monate im Hotel gearbeitet. Aber sie war ein anderer Mensch, so kühl und abweisend, und dann ist auch sie weg. Wir haben ihr noch das Geld für einen Monat mehr gegeben, und sie hat sich auch ordentlich verabschiedet, uns sogar umarmt und geweint. Aber wir haben nie wieder etwas von ihr gehört oder gesehen. Was wohl aus ihr geworden ist?"

Wagner war froh, dass die Presse zwar ausführlich über den Mord an Alenka Schubert berichtet hatte, erst recht nach dem zweiten Mord an ihrem Vater. Aber von der jungen Frau war kein einziges Foto erschienen, das seine

Mutter an das Zimmermädchen von damals hätte erinnern können. Auch hatte sie Schuberts Zimmer nie betreten, sondern eine Angestellte zum Saubermachen und Erika Milser mit dem Essen zu ihm hochgeschickt. So hatte sie auch nie das Foto von Schubert mit seiner jungen Frau gesehen und wusste nicht, dass ihr ehemaliges Zimmermädchen in Verona hatte auf den Strich gehen müssen, um ihr Kind durchzubringen. Ein Kind, das bei der Vergewaltigung durch einen deutschen Gast in ihrem Hotel gezeugt worden war. Wagner schüttelte den Kopf.

Ob er wollte oder nicht, Wagner musste noch einen Auftrag von Erika Milser erfüllen. Er hatte es ihr versprochen, als sie in den Streifenwagen eingestiegen war. „Übrigens, Mama, ich soll dich von Frau Milser grüßen. Sie kommt wohl heute erst am Nachmittag, um dir zu helfen." Wenn überhaupt, dachte er.

„Ach, das sieht ihr aber gar nicht ähnlich. Sie hat mir fest versprochen, spätestens ab Mittag bei den Vorbereitungen für das Büffet morgen im Rathaus zu helfen. Weißt du, was ihr dazwischengekommen ist?" Wagner hatte befürchtet, dass seine Mutter das fragen würde, und rang mit sich, wieviel Information er ihr zumuten wollte und konnte. Ihr Aufschrei riss ihn aus seinen Gedanken und rettete ihn, zumindest für diesen Moment.

„Erwin! Wo zum Teufel hast du dieses Ding her?" Anna Wagner zeigte auf einen langen Anhänger aus silbrigem Metall, der von einer Kette aus dem Hemdkragen ihres Mannes baumelte und über der Zeitung kreiselte. Erschrocken steckte Erwin Wagner ihn zurück und schloss den obersten Knopf seines Hemdes. Wagner prustete los und klopfte seinem Vater auf die Schulter. „Das glaube ich nicht, mein Vater trägt einen Penis als Anhänger. Wo hast du den bloß her?"

„Das geht dich gar nichts an, mein Junge!" Er stimmte in das Lachen seines Sohnes ein. „Und in der Hose habe ich auch noch einen, das kannst du mir glauben!".

Jetzt musste auch Anna lachen: „Wer's glaubt, wird selig."

*

Als der Streifenwagen mit Erika und Roland auf der Rückbank nach Verona raste, hatte eine stahlgraue Wolkendecke sich zwischen Himmel und Erde festgefahren. Wenigstens kein Blaulicht und Sirene, dachte Erika und rutschte so dicht sie konnte an die Tür. Sie vermied jeden Blick hinüber zu Roland und hoffte, dass auch er den größtmöglichen Abstand zwischen ihnen beibehalten würde.

Mit zusammengekniffenen Augen verkroch Erika sich in ihren Mantel. Endlich füllte sich das schwarze Loch in ihrem Inneren. Fetzen der Erinnerung, abgebrochene Bildstücke fielen von allen Seiten über sie her und verwoben sich mit den losen Fäden ihrer Gedanken zu einem Teppich, der alles andere zudeckte. Erika sah alles und alle auf einmal, wie auf einer riesigen Fotocollage, die ihren Kopf ausfüllte und keinen Raum ließ für anderes. Roland, wie er aus der Tür gegenüber von ihrem Zimmer kommt und sich die Hose hochzieht - sie selbst in dem neuen blassgelben Nachthemd mit Spitzenbesatz und Spaghettiträgern - am Tisch, unten im Restaurant - sie teilt das Geheimnis ihrer noch so jungen Schwangerschaft mit Roland - das Zimmermädchen   am   Boden   auf   einem   Teppich   aus zusammengeknüllter Wäsche - Anna und Erwin Wagner, sie halten sich auf dem Flur an den Händen und bekommen den Mund nicht zu - am frühen Morgen, es ist noch dunkel, ihre überstürzte Abreise - auf der Autobahn ein Blitz und sie versinkt mit allen Sinnen im Schwarzen - und wieder das Zimmermädchen, ein so liebes Mädchen, fast noch ein Kind - und irgendwann Rolands hartes Glied auf ihr selbst.

Erikas Kinn sank immer tiefer, sie krümmte sich und quetschte sich an die Tür, drückte die Schläfe an das kalte Fenster. Sie spürte, wie der Polizist auf dem Beifahrersitz sich umdrehte und auf sie herabschaute. „Gut, dass sie die Türen nicht öffnen können", sagte er zu seinem Kollegen. „Die sehen ja beide aus, als ob sie gleich rausspringen wollen."

Erika richtete sich auf und drückte ihr Kreuz in die Rückenlehne. Das könnte dir so passen, dachte sie, drehte sich zum Fenster und hob den Kopf zum Himmel. In die Wolkendecke war Bewegung gekommen.

*

In Saras Zimmer vergewisserte sich Wagner, dass ihre Schulsachen fehlten. Er verspürte den Drang, das Zimmer gründlich zu untersuchen. Der Vater wusste, dass seine Tochter ihm diesen Vertrauensbruch niemals verzeihen würde. Was sollte er hier auch finden? Sara würde Andrea de Luca kaum in ihrem Schrank verstecken. Aber vielleicht Kleidung von ihm? Wagner öffnete die Schranktüren und fand in dem Chaos dahinter nichts, was auf die Anwesenheit des Platzwarts hindeutete. Auch die Schubladen von Schreibtisch und Frisierkommode gaben nichts her, jedenfalls nicht bei oberflächlicher Betrachtung. Und noch tiefer wollte er seine Hände nicht in die Angelegenheiten seiner Tochter stecken. Erleichtert zog er die Zimmertür hinter sich zu und verwarf den Gedanken, an ihrer Schule vorbei zu fahren. Die Bio-Arbeit heute war wichtig für sie, Sara wollte unbedingt Medizin studieren und brauchte dafür schon jetzt gute Noten.

An der Rezeption lief ihm Domenico Fontana über den Weg. Offensichtlich hatte er das Hotel wieder über den Hof durch den Hintereingang betreten.

„Ah, guten Morgen Salvatore. Zeit für einen Cappuccino? Ich gebe einen aus." Er zwinkerte ihm zu.

Wagner ging auf den scherzhaften Ton ein: „Wenn hier jemand einen ausgibt, dann ist das ja wohl meine Mutter. Setz dich schon mal, ich hole uns welchen."

Sie setzten sich an den Familientisch. Fontana schob die Vase mit dem Rosenstrauß zur Seite und begann die Unterhaltung.

„Und, kommt ihr voran?"

„Womit?"

„Na, mit der Untersuchung der beiden Todesfälle natürlich. Deine arme Mutter hat ja einen Riesenschreck bekommen, ein Mord in ihrem Hotel. Andererseits", er lehnte sich zurück und trommelte mit den Fingerspitzen auf die Tischplatte, „andererseits ist auch das eine Form von Werbung, noch dazu gratis." Fontana pustete in den Milchschaum. „Anna malt mir immer ein Kakaoherz darauf."

„Schon möglich", sagte Wagner und fragte sich, was Fontana über den Mord an Schubert wusste. Er konnte davon ausgehen, dass die Polizisten auf der Wache ihn auf dem Laufenden hielten. Den Stick mit den

Videoaufnahmen von der Tankstelle hatte Wagner sicher in seinem Geldbeutel verwahrt. Diese Bilder konnte Fontana nicht gesehen haben.

„Ich habe gehört, ihr habt dieses deutsche Ehepaar vom Stellplatz auf die Questura gebracht? Sind die denn tatverdächtig?", fragte sein ehemaliger Schulkamerad.

„Schon möglich", wiederholte sich Wagner und nahm einen Schluck von seinem heißen Cappuccino. „Du hast recht, Mama macht ihn wirklich besser. Du weißt, dass ich zu laufenden Ermittlungen nichts sagen darf. Zu niemandem. Auch nicht zum Bürgermeister."

Fontana blieb hartnäckig: „Als das mit Schubert passiert ist, da war Frau Milser ja hier im Hotel. Das kann ich bezeugen." Er rührte den Milchschaum unter und trank in großen Zügen.

Wagner setzte seine Tasse ab. „Mit ‚das mit Schubert' meinst du wohl den Mord an ihm. Darf ich dich darauf aufmerksam machen, dass auch du hier warst, was wiederum Frau Milser bezeugen kann? Und dann noch der Engländer und eine Menge anderer Leute im Restaurant, wir können uns vor Zeugen kaum retten. Nur dass keiner von euch etwas gesehen hat. Und bei dem Gewitterdonner und dem Regen auch nichts zu hören war. Noch nicht einmal ein Schuss."

„Ach so", sagte Fontana, „na dann. Eines noch, was ist denn das für ein altes Fahrrad bei euch auf dem Hof?"

Wagner zog die Augenbrauen hoch. „Wieso, brauchst du eins?"

Fontana lachte. „Also DAS bestimmt nicht. Ich habe nur das Gefühl, dass ich es schon mal irgendwo gesehen habe."

Ich auch, dachte Wagner, da haben wir doch endlich etwas gemeinsam. Bei Gemeinsamkeiten fiel ihm Maria ein. Auch Domenico kannte Maria aus der Schulzeit, und auch er nahm bisweilen ihre Dienste in Anspruch. Zumindest hatte Wagner ihn einmal im Treppenhaus gesehen und hatte großes Glück gehabt, selbst nicht bemerkt zu werden.

„Du kommst doch morgen?", fragte Fontana zum Abschied. „Deine Kollegen von der Wache werden auch alle dort sein. Sogar die, die frei haben." Das wunderte Wagner ganz und gar nicht. Der Beginn der Feier war für 11:00 Uhr angesetzt, bis zur Eröffnung des Büffets würde eine gute Stunde vergehen, und das bedeutete für jeden Teilnehmer ein kostenloses Mittagessen. Noch dazu eines aus der bekannt guten Küche seiner Mutter.

Für dieses Büffet musste Anna noch einiges besorgen. Erwin Wagner jedoch weigerte sich, die warme Küche zu verlassen und seine Frau zu fahren. Wagner bewunderte die Tatkraft und die professionelle Herangehensweise seiner Mutter. Als ausgebildete Hotelkauffrau und Köchin wachte sie nicht nur fürsorglich über Haus und Hof, sondern auch über das meist junge Personal. Nur zu einem Führerschein hatte sie es nie geschafft. Wobei Wagner den Verdacht hegte, dass seine Mutter zwar immer wieder über die fehlende Zeit dafür jammerte, in Wirklichkeit aber seinem Vater wenigstens auf diesem Gebiet die Führung überlassen wollte.

Salvatore Wagner sprang für seinen Vater ein und chauffierte seine Mutter zu all den kleinen Läden, in denen sie die frischeste Ware aussuchte oder das Bestellte abholte. Die Zeit zwischen den Stopps nutzte er für eine

Unterhaltung. Vorsichtig, er wollte sie weder beunruhigen noch tiefer hineinziehen, als das ohnehin schon der Fall war. Erst recht nicht wollte er ihr versehentlich Untersuchungsergebnisse verraten.

Neue Informationen brachte ihm die Plauderei nicht, außer dass Wagner wieder einmal erkennen musste, wie sehr er seine Mutter manchmal unterschätzte. Dass ihr Mann mit dem Motorrad von Konrad Schubert wegfuhr, sei doch nichts Besonderes, fand Anna Wagner. Auch bei so schlechtem Wetter nicht. Mittlerweile dürfte sogar ihm, dem Chef der Mordkommission, nicht entgangen sein, dass sein Vater zeitweise nicht mehr alle Sinne beisammenhatte. Aber nur zeitweise! Die zweite Person auf dem Rücksitz? Vielleicht hatte er jemanden vom Personal nach Hause gefahren, wegen dem Unwetter, oder einen Klassenkameraden von Sara, der mit ihr für die Bio-Arbeit gebüffelt hatte. Und dass sein Vater die Nachbildung eines Penis um den Hals trug, nun ja, alte Männer sind vielleicht tatsächlich so: Je oller, desto doller.

Wagner gab es auf. Er fuhr auf den Hof, ließ seine Mutter aussteigen und rangierte den Fiorino so, dass sie vom Kofferraum bis in die Küche nur wenige Meter zu tragen hatten. Der Stuhl, auf dem sein Vater gesessen hatte, war leer, und auch die Zeitung mit den Anzeigen lag nicht mehr auf dem Tisch. Er verabschiedete sich von seiner Mutter, wendete seinen Wagen und fuhr vom Hof.

Das alte Fahrrad lehnte nicht mehr an der Mauer. Wagner fragte sich, wer, außer seinem Vater vielleicht, freiwillig mit einem derart rostigen Drahtesel unterwegs sein mochte.

*

Für die Fahrt von der Questura zurück nach Garda ließ Erika sich vom Pförtner ein Taxi rufen. Warum sollte sie auf Roland warten? Zwei Stunden lang war sie ununterbrochen vernommen worden, diesmal von dem Kommissar, der sie gestern auf den Stellplatz zurückgebracht hatte. Sie saßen sich in einem fensterlosen Raum mit großem Wandspiegel gegenüber. Zwischen ihr und Kommissar Gasser hatte ein Mikrofon gestanden, befestigt auf einem kleinen Dreifuß. Erika vermutete Kommissar Wagner auf der anderen Seite des Spiegels und stellte sich vor, wie er sowohl ihre Antworten als auch die Fragen seines Mitarbeiters abwog und bewertete. Zeitweise war noch ein älterer, untersetzter Mann mit finsterer Miene im Raum gewesen. Er hatte sich als Vice-Questore Piacelli vorgestellt, aber kaum gesprochen. Und die ganze Zeit wachte eine Polizeibeamtin mit dem Rücken zur Wand hinter ihr. Später kam noch eine Staatsanwältin dazu und Erika wurde hinausgeschickt auf den Flur, wo dieselbe Polizeibeamtin sie nicht aus den Augen ließ.

Roland hatte sie kaum zu Gesicht bekommen. Nur zweimal kreuzten sich ihre Wege auf dem Flur. Erst als sie mit vierzehn Schritten zur Toilette ging, ein einwandfrei sauberer Waschraum war das, und dann, als sie aus dem Verhörraum zurück in das Büro geführt wurde. Dort teilte Kommissar Gasser Erika mit, dass sie vorerst auf freiem Fuß bleiben könnte, aber ihre Ausweispapiere abgeben müsste. Gegen Quittung natürlich. Er hatte das mit der gleichen freundlichen Sachlichkeit gesagt wie am Anfang, als er sie über ihr Recht zu Schweigen belehrte, um sich nicht selbst zu belasten. Bei der Frage, ob sie einen Anwalt wolle, hatte Erika wortlos den Kopf geschüttelt.

Zwischen diesen beiden sachlichen Ansagen zu Beginn und am Ende des Verhörs war Gasser unerwartet hart mit ihr umgegangen. Er hatte versucht, Erika in die Ecke zu drängen und ihr Aussagen über ihr Verhältnis zur Familie Wagner zu entlocken, die diese in Misskredit bringen könnten. Und immer wieder Roland, ob sie von seiner Vaterschaft gewusst hätte und deshalb genau zu demselben Zeitpunkt wie die Schuberts auf diesen Stellplatz in Garda wollte. Sich dann noch in unmittelbare Nachbarschaft neben sie zu stellen, das war ja wohl hochgradig fragwürdig. Wo doch mehr als genug Parzellen auf dem Platz frei waren. Ganz zu schweigen davon, dass ausgerechnet sie an zwei Tagen hintereinander Konrad Schubert das Mittagessen aufs Zimmer gebracht hatte.

Der Kommissar war hart geblieben und hatte nicht lockergelassen, wenn Erika versuchte auszuweichen. Aber nie wurde er laut oder wütend, nicht einmal verärgert im Tonfall. Nachdem sie ihren Personalausweis abgegeben hatte, begleitete die Polizistin sie auf den Flur, wo sie auf Roland warten sollte.

Nein! Erika wollte nicht auf ihren Mann warten und schon wieder die Rückbank eines Streifenwagens mit ihm teilen. Zwar hatte sie ihren Ausweis abgeben müssen, aber über Bargeld und Kreditkarten verfügte sie noch. Genauso wie Roland, sollte er sich doch auch ein Taxi rufen.

Roland. Aschfahl war sein Gesicht gewesen, als sie es auf dem Flur der Mordkommission nicht vermeiden konnte, ihn anzusehen. Aschfahl und um ein Jahrzehnt gealtert. Wie ein achtzigjähriger Greis war er mit gekrümmtem Kreuz über das Linoleum geschlichen. Oder zu Kreuze gekrochen. Sie durfte nicht an ihn denken. Jedes Mal, wenn sie das tat, zog sich ihr Magen zusammen und der Geschmack von Galle ließ sie würgen.

Erika ließ Landschaft und Autos, Häuser und Verkehrszeichen an sich vorbeiziehen, ohne sie wahrzunehmen. Sie rutschte so tief in ihre Ecke, bis sie für die Taxifahrerin im Rückspiegel unsichtbar war. Sie spürte nicht, wie in der Tiefe ihres Sitzes mitunter ein Sonnenstrahl über ihr Gesicht strich, für einen kurzen Moment nur, sanft und zurückhaltend und doch wärmend. Wie nur die Herbstsonne es kann.

*

An seinem Schreibtisch in der Questura plagten Wagner finstere Gedanken. Er war sich darüber im Klaren, dass er Gasser noch vor der Vernehmung Roland Milsers die Videoaufnahme von der Tankstelle zeigen musste, was die Enttarnung seines Vaters zur Folge haben könnte. Um ihn machte er sich keine Sorgen, nach den Erfahrungen der letzten Tage war Wagner überzeugt, dass jeder Arzt seinem Vater mindestens eine beginnende Demenz, wenn nicht gar Unzurechnungsfähigkeit bestätigen würde. Das Problem war er selbst. Er hatte ihn erkannt, als er Schuberts Motorrad aus dem Hof des Hotels fuhr, und hätte das sofort zu Protokoll geben müssen. Ganz zu schweigen von der Espressotasse und der Kippe aus ihrem ehemaligen Kinderversteck. Er hatte sich nicht getraut, die beiden Gegenstände von der Kriminaltechnik untersuchen zu lassen, weil er sich vor dem Ergebnis fürchtete.

Zu allem Überfluss war der erste, der ihm in der Questura über den Weg gelaufen war, Vice-Questore Piacielli gewesen. Wagner grüßte und wollte an ihm vorbei auf sein Büro zusteuern, aber sein Vorgesetzter kehrte bei seinem Anblick grußlos um und bedeutete ihm mit einer herrischen Handbewegung zu folgen. In seinem Büro ließ Piacelli sich in seinen Schreibtischsessel fallen, ein sündhaft teures Designermodell, von dem er behauptete, dass er es aus eigener Tasche bezahlt hatte. Wagner blieb auf der anderen Seite des Schreibtisches stehen.

„Was ist das denn schon wieder für eine Sache, ein Mordfall in Ihrem Hotel?"

Wagner holte tief Luft. „Es ist nicht mein Hotel, das Camporondo ist immer noch im Besitz meiner Eltern."

Piacielli wischte seinen Einwand aus der Luft und polterte: „Es ist IHRE Familie, die in diesen Mordfall verwickelt ist! Es ist IHRE Tochter, die eine Beziehung zu einem Tatverdächtigen hat, und es ist IHRE Mutter, die mit einer ebenso tatverdächtigen Frau befreundet ist." Ganz tief sog Piacelli die Luft ein und stieß sie mit aufgeplusterten Backen wieder aus. „Wo haben Sie überhaupt den ganzen Morgen gesteckt? Das Ehepaar Milser ist schon seit Ewigkeiten hier."

Wagner nutzte die Gelegenheit und beantwortete nur die letzte Frage: „Deswegen bin ich gekommen, um das Ehepaar Milser zu verhören. Ich wollte sie ein wenig schmoren lassen, um den Druck zu erhöhen."

Piacielli senkte seine Stimme: „Das Einzige, was hier schmort, Commissario Capo Wagner, ist ihre Karriere. Und wenn Sie weiter in dieser Glut verharren, wird sie sich zu einer einzigen Stichflamme entzünden." Der Vice-

Questore lehnte sich zurück und weidete sich an dem Bild, das er mit seinen Worten geschaffen hatte.

„Was das verdächtige Ehepaar angeht, Ihr Kollege Gasser und ich haben die Frau bereits verhört. Die ist längst auf dem Weg zurück nach Garda. In ein paar Minuten werden wir uns ihren Mann vorknöpfen." Piacielli machte eine bedeutungsschwere Pause. „Diese Unterbrechung hat sich Ihr Kollege wirklich verdient. Aus Commissario Gasser wird einmal jemand Großes werden. Jemand wirklich Großes."

„Dann weiß ich ja Bescheid", sagte Wagner und wandte sich zur Tür.

„Lassen Sie sich von Gasser auf dem Laufenden halten, und sehen Sie zu, dass wir bald ein Ergebnis haben. Zwei Mordfälle in so kurzer Zeit in einem Kaff wie Garda - da muss sich schnell etwas tun, bevor die Zeitungen uns zerfleischen. Für morgen um 13:00 Uhr habe ich eine Pressekonferenz ansetzen müssen". Piacielli stemmte sich schwerfällig aus seinem eleganten Möbelstück und fuhr fort: „Und Sie werden denen Rede und Antwort stehen! Ich hoffe für Sie, dass Sie morgen Mittag Ergebnisse vorzeigen können. Ergebnisse, Wagner, das ist es, was wir brauchen. Ergebnisse!"

Wenigstens damit denken wir in eine Richtung, dachte Wagner und ging hinaus auf den Flur.

*

Erika schreckte hoch, als die Taxifahrerin vor einer roten Ampel scharf bremsen musste. So unvermutet, wie die Ampel umgesprungen war, hatten sie Garda erreicht, ohne dass

Erika irgendetwas von der Fahrt mitbekommen hatte. Sie ließ sich zum Hotel Camporondo bringen. Der Eingang zur Trattoria war verschlossen. Natürlich, sie hatte vollkommen vergessen, dass heute der wöchentliche Ruhetag war. Vielleicht auch besser so, dachte Erika, und ging um das Gebäude herum.

Das Tor stand offen, die sperrigen Holzflügel ragten zu beiden Seiten weit in den Hof hinein. Erwin Wagners Fiorino parkte mittendrin, ein Hotelgast mit Auto würde kaum Platz zum Rangieren finden. Auf der Ladefläche sah Erika eine Matratze, vielleicht hatte der alte Wagner empfindliche Ware transportiert. An der rückwärtigen Mauer zwischen Hotel und Garagen erkannte sie das alte Fahrrad wieder, das am Freitagvormittag im Gebüsch neben der Ausfahrt gesteckt hatte. Ihr fiel ein, dass es am Tag darauf nicht mehr an Ort und Stelle gewesen war.

Freitagvormittag. Erika kam es vor, als ob seit ihrer Ankunft Jahre vergangen waren. Was ja auch stimmte, dachte sie, mindestens 25, und lachte bitter in sich hinein. Gut, dass sie den Hintereingang genommen hatte, so konnte sie noch kurz auf die Toilette gehen. Beim Händewaschen erschrak Erika über das Gesicht der alten Frau im Spiegel und dachte an Roland, wie er versucht hatte, das Bild des toten Mädchens von der Fensterscheibe zu wischen. Ein totes Mädchen, dessen Gesicht ihn an das Zimmermädchen damals im Hotel erinnerte. Das Zimmermädchen, das er vergewaltigt hatte.

Erika fragte sich, warum sie ihre Haare heute morgen nicht wie sonst in Form geföhnt hatte, und das Kaschmir-Twinset war auch nicht gerade die beste Wahl für die Arbeit in der Küche. Unsicher ging sie durch den schmalen Flur und an der verlassenen Rezeption vorbei zur Küche. Anna hatte sie kommen hören und begrüßte ihre Freundin überschwänglich. „Erika, meine Liebste, ich habe dich schon vermisst!" Lachend streckte sie ihre bemehlten Finger in die Höhe als Hinweis, warum sie Erika nicht umarmte.

„Tut mir leid, dass ich mich verspätet habe", sagte Erika, „aber es ging nicht anders. Dein Sohn hat mich heute morgen nach Verona entführen lassen." Sie wunderte sich, wie leicht ihr diese Worte von den Lippen kamen. Anna wusch sich die Hände, zog Erika in die Küche und führte sie an den Tisch.

„Setz dich erstmal, ich mache uns einen Kaffee, die Pause habe ich mir verdient. Erwin schwirrt mal wieder in der Gegend rum und Sara ist noch nicht aus der Schule zurück. Hast du schon gegessen?"

„Nein, aber heute morgen haben wir so reichlich gefrühstückt, das hält bestimmt bis zum Abend vor." Hatte sie wirklich wir gesagt? Erika umklammerte mit beiden Händen ihren Milchkaffee. Schluck für Schluck drang dessen Wärme in alle Zellen ihres Körpers und entspannte ihre Nerven. Aber zu viel Entspannung war auch nicht gut, das könnte gefährlich werden, sie musste sich zusammenreißen.

„Was wollte denn Salvatore von dir in Verona?", fragte Anna.

„Eigentlich ging es mehr um Roland, der ist auch noch dort", sagte Erika und trank in immer größeren Schlucken ihre Tasse leer. Jetzt hätte sie reden können, ihre Freundin einweihen, dass sie sich wieder erinnerte, und ihr erzählen, was gestern und heute passiert war. Die Gedanken schwirrten in ihrem Kopf herum, aber sie konnte sie nicht greifen, ihren Zusammenhang noch immer nicht begreifen und schon gar nicht auf jemand anderen loslassen. Erst danach würden sie wahr werden, und davor hatte Erika schreckliche Angst. „Komm", sagte sie, „zeig mir, was ich machen soll."

*

Wagner steckte den Datenträger mit dem Tankstellen-Video in seinen Computer und ließ die Bilder ablaufen bis zu der Stelle, als Roland Milser auf dem Elektrorad vorfuhr und mit seinem Vater sprach. Es gelang ihm nicht, den Ausschnitt zu vergrößern, und er bat telefonisch in der Technischen Abteilung um Unterstützung. Wie üblich standen alle Türen innerhalb der Mordkommission offen und Wagner sah Gasser auf das Gemeinschaftsbüro zusteuern. Er winkte ihn zu sich.

„Herr Gasser", begrüßte Wagner ihn, „wie ich hörte, haben Sie Frau Milser schon vernommen?"

„Ja", sagte sein Kollege, „der Vice-Questore hatte mich darum gebeten." Wagner forschte im Gesicht seines Mitarbeiters und konnte darin nicht einmal die Andeutung eines Gefühls erkennen. Genauso wenig wie im Tonfall. Kein Triumph, kein schlechtes Gewissen, und auch keine Ironie.

Er stand auf und wies auf den Stuhl auf der anderen Seite des Schreibtisches.

„Setzen Sie sich, ich will Ihnen die Aufnahmen von der Tankstelle zeigen. Aber vorher hole ich uns einen Espresso." Wagner kehrte mit zwei Tassen zurück und schwenkte den Bildschirm so, dass beide ihn im Blickfeld hatten. „Sie sollten sich das anschauen, bevor Sie Milser verhören. Ich habe auch schon in der Technik angerufen, vielleicht können die uns bei der Vergrößerung helfen." Er spulte die Aufnahme zurück und fing nochmal von vorne an. „Hier", sagte er und stoppte an der Stelle, als Roland Milser auf die Bildfläche trat, „jetzt wird es interessant."

„Das kann man wohl sagen", Gasser beugte sich vor, „trotz Helm und Schal ist er gut zu erkennen. Sieh mal einer an, und jetzt gehen beide zusammen in den Laden. Damit haben wir den Fahrer!"

„Leider noch nicht", log Wagner, „die Kamera im Laden ist kaputt, und dieser Angestellte war eine Aushilfe für den Sonntag. Er behauptet, den Fahrer der Harley noch nie gesehen zu haben, und noch weniger konnte er die Person auf dem Rücksitz erkennen."

Gasser tippte mit dem Zeigefinger auf den Bildschirm und fragte: „Können Sie noch einmal kurz zurückspulen? Bis zu der Stelle, wo er absteigt."

Statt einer Antwort schob Wagner ihm das Pad mit der Maus rüber.

„Hier", sagte Gasser und hielt den Film an, „hier sieht es so aus, als ob die zweite Person sich absichtlich zurückzieht und nur so tut, als ob sie die Infos auf der anderen Tanksäule liest. Das macht doch kein normaler Mensch bei dem Wetter, noch dazu mit all den Regentropfen auf dem Sichtschutz des Helms. Wenn man den nicht abnimmt, kann man doch gar nichts sehen." Er spulte noch einmal zurück bis zu der Stelle, als Erwin Wagner von seinem Sitz abstieg.

„Sehen Sie mal hier, der Fahrer. So wie der absteigt, muss er mindestens siebzig sein. Da steckt zwar noch Schwung in den Bewegungen, aber auch eine Langsamkeit, ein Zögern, wie es nur alte Menschen haben, denen die Jahre in den Knochen stecken."

Wagner gefiel die Beobachtungsgabe seines jüngeren Kollegen. Sie war gepaart mit einer Lebenserfahrung, die er für dessen Jugend unangemessen fand. Womöglich war Gasser sogar in der Lage, Erwin Wagner unter der Motorradkluft zu erkennen. In diesem Augenblick siegte der Polizist in ihm und er ermunterte Gasser fortzufahren.

„Der Mann ist alt und er ist kräftig. Vor allem aber ist er vollkommen unbefangen, er versucht nicht, sich oder seine Absichten zu verbergen. Welche auch immer das sein mögen. Dass er den Helm nicht abnimmt, nicht einmal den Schirm zum Reden hochschiebt, könnte man auch dem Wetter zuschreiben. Zu schade, dass es keine Aufnahmen aus dem Shop gibt. Darauf hätte man sicher mehr erkennen können."

Eine Kollegin aus der KTU klopfte an die offenstehende Bürotür, trat ein und sah sich kurz den Beginn des Videos an. Sie bat um den Datenträger. „Da können wir sicher noch einiges rausholen, aber nicht an Ihrem PC. Im Labor haben wir ganz andere Möglichkeiten." Wagner gab ihr die kleine Speicherkarte, bedankte sich und bat um zügige Bearbeitung. „Aber ja doch, wie immer", lachte sie, kehrte ihnen den Rücken zu und winkte mit dem Chip in der Hand, bevor sie auf dem Flur verschwand.

Gasser drehte den Bildschirm in seine übliche Position zurück und legte die Maus samt Pad griffbereit für Wagner daneben. „Das wird uns auf jeden Fall weiterhelfen. Ich bin gespannt, was Milser dazu zu sagen hat." Er erhob sich und schob den Stuhl unter die Tischkante. „Der Vice-Questore hat angeordnet, dass ich auch diese Vernehmung zusammen mit ihm durchführen soll." Einmal mehr gelang es Wagner nicht, aus den Worten seines Mitarbeiters mehr als eine simple Information herauszuhören.

„Kein Problem", sagte Wagner, „ich kann mich ja währenddessen noch einmal durch die Akten wühlen. Haben die Kollegen aus Deutschland sich schon gemeldet?"

„Ja", Gasser zeigte auf zwei Aktendeckel auf dem Schreibtisch. „Ich habe Ihnen die Informationen hier zusammengestellt, das meiste kam per Fax rein. Es sind durchaus ein paar interessante Informationen dabei, die uns vielleicht weiterhelfen." In der Tür drehte er sich noch einmal um: „Bevor ich es vergesse, auch die Untersuchung des Engländers auf Schmauchspuren war negativ."

„Sie haben Paul Battenberg untersuchen lassen?", fragte Wagner und befürchtete, dass als nächstes seine Mutter drankäme.

„Ja, schließlich befand auch er sich im Restaurant, zusammen mit Frau Milser an einem Tisch. Außerdem finde ich es merkwürdig, dass er ein Zimmer im Hotel anmietet, obwohl er mit seinem Campingbus auf dem Stellplatz Urlaub macht."

„Vielleicht möchte er die Freiheit des Reisens im Camper verbinden mit den Annehmlichkeiten guten Essens in Gesellschaft und einer Dusche für sich allein. Aber Domenico Fontana haben Sie sich nicht auch noch vorgeknöpft?"

Gasser hob den Kopf. „Der Bürgermeister? Nein, offen gestanden sehe ich da kein Verdachtsmoment und auch kein Motiv. Außer dass laut den gefundenen Unterlagen die Einnahmen vom Stellplatz wohl nur zu einem kleinen Teil in der Gemeindekasse ankommen, scheint mir der Mann untadelig zu sein."

*

Nach über zwei Stunden ungewohnter körperlicher Arbeit, bei der die beiden Frauen wie ein alt eingespieltes Team nur wenige Worte gewechselt hatten, schickte Anna ihre Freundin nach Hause. Mehrmals hatte sie besorgt zu Erika geschaut und scherzhaft gemeint, sie solle sich den Nachmittag freinehmen und ausruhen. Erika versprach, am frühen Abend wiederzukommen.

Immer noch musste sich die Sonne durch ineinander verschachtelte Wolken kämpfen, aber bis zum Nachmittag hatten ihre erst vereinzelten, dann zu kraftvollen Energiequellen gebündelten Strahlen Dächer und Gehwege getrocknet. In ihren schwarzen Lackschuhen mit halbhohem Blockabsatz und goldfarbener Zierkette taten Erika die Füße weh. Schon nach fünf Minuten hatte Anna ihr für die Arbeit in der Küche mit ein paar bequemen Tretern ausgeholfen, aber jetzt, wieder im eigenen Schuhwerk, schmerzte sie auf der Straße jeder Schritt. Trotzdem zog Erika ihren Heimweg in die Länge, zögerte die Rückkehr auf den Stellplatz hinaus.

In Gedanken versunken wich sie auf dem schmalen Bürgersteig einem Baumstamm aus und ging auf dem Fahrweg weiter. Hoch über ihr hatte sich eine Horde Vögel um die Baumkrone geschart und kreischte. Wild flatterten sie umher, kreisten einander ein und stoben wieder auseinander. Von einer ruhigen Pause auf ihrem langen Weg in den Süden konnte keine Rede sein. Erika hielt kurz inne und schaute nach oben, als sich von hinten in hohem Tempo das Geräusch von klapperndem Metall näherte. Sie machte einen schmerzhaften Satz zur Seite.

„Haben Sie keine Klingel?", rief sie dem vorbeieilenden Radfahrer nach, der sich erschrocken umdrehte und so scharf bremste, dass er fast vornüber gestürzt wäre.

„Andrea! Sie hier?", rief Erika und rieb sich den rechten Fußknöchel. Sie erkannte das alte Fahrrad vom Stellplatz wieder, das vorhin auf dem Hof des Camporondo an der Mauer gelehnt hatte.

Andrea de Luca stieg ab und schob das Rad ein paar Schritte zurück. „Frau Milser, das tut mir leid, ich wollte sie nicht erschrecken. Haben Sie sich wehgetan?"

„Nein, nein, es ist nichts passiert. Ich bin ja selber schuld, mit diesen engen Schuhen hier auf Wanderschaft zu gehen."

De Luca starrte sie an wie eine Erscheinung aus einer anderen Welt. Wahrscheinlich war sie die einzige, die ihn nicht für den Mörder der jungen Frau hielt und womöglich auch noch für den Mörder von ihrem Vater. Ihr Vater! Bei dem Gedanken an die Vaterschaft schwankte Erika und versuchte, sich auf dem Fahrradsattel abzustützen. Das alte Ding mit dem aufgeplatzten Leder knickte sofort nach hinten ab.

„Deshalb sind Sie im Stehen gefahren." Andrea nickte. Ein Auto bog um die Ecke, und er versteckte schnell das Gesicht unter der Kapuze seiner viel zu großen Regenjacke.

„Bitte verraten Sie mich nicht, Frau Milser, bitte nicht. Ich bin das nicht gewesen, wirklich nicht, das müssen Sie mir glauben. Ich hätte Alenka niemals etwas antun können."

„Ich glaube Ihnen, Andrea", versicherte Erika mit Nachdruck, „vor mir brauchen Sie keine Angst haben. Aber wo haben Sie bloß die ganze Zeit gesteckt? Alle Welt sucht Sie. Auf der Wache hängt ein Plakat mit Foto und Steckbrief von Ihnen, und bestimmt nicht nur dort, und Sie fahren am helllichten Tag in der Gegend herum. Noch dazu mit dem Fahrrad vom Stellplatz, das alle kennen."

„Sie haben recht, das war vielleicht keine so gute Idee. Aber jetzt ist es zu spät, ich kann nicht mehr zurück. Das bin ich Alenka schuldig." Mit Zorn in den Augen rückte er den Sattel wieder zurecht. „Lassen Sie uns ein Stück gehen, das ist weniger auffällig, als wenn wir hier stehenbleiben und uns unterhalten."

Schweigend gingen sie nebeneinander her. Andrea schob das Fahrrad zwischen ihnen, so dass Erika sich leicht auf den wackelnden Sattel stützen konnte.

„Was haben Sie vor? Wissen Sie denn, wer der wahre Mörder ist?", fragte sie und fügte an: „Dann müssen Sie zur Polizei gehen."

„Ich habe eine Vermutung", sagte Andrea und schob das Fahrrad mit finsterer Miene voran.

Sie bogen ab und Erika bemerkte, dass sie geradewegs auf das Haus mit den Prostituierten zugingen. Warum zum Teufel war sie in diesen verdammten Schuhen nicht auf kürzestem Weg nach Hause gegangen? Zum Wohnmobil? Dort, wo Roland auf sie wartete? Nein, das war nicht mehr ihr Zuhause, wahrscheinlich wankte sie deshalb so ziellos durch die Gegend.

Geschlossene Rollläden verhinderten jeden Einblick in die Fenster, nur im Erdgeschoss rechts stand ein Spalt über dem Fenstersims offen. Täuschte sie sich oder hatte sich dahinter etwas bewegt? Langsam bekomme ich Wahnvorstellungen, dachte Erika und nahm das als eine Tatsache zur Kenntnis, die sie nicht im Geringsten beunruhigte.

In diesem Augenblick ging die Haustür auf und Domenico Fontana trat auf die Straße. Er eilte geradewegs auf sie zu.

„Scheiße, der hat mir gerade noch gefehlt." Andrea hob das Rad mit beiden Händen hoch, wirbelte es in die Gegenrichtung und zögerte nach dem Aufsetzen den Bruchteil einer Sekunde, bevor er mit der Rechten in seine Hosentasche griff und der überraschten Erika zum Abschied förmlich die Hand gab. Dabei blickte er ihr fest in die Augen und sagte: „Passen Sie gut auf sich auf". Er sprang aufs Rad und flehte Erika beim ersten Pedaltritt an: „Bitte verraten Sie mich nicht, Sie haben es mir versprochen."

So schnell konnte Erika sich gar nicht umdrehen, da war Andrea de Luca schon außer Hörweite. Trotzdem murmelte sie: „Keine Sorge, ich werde dich nicht verraten", und winkte dem jungen Mann mit dem linken Arm nach. In ihrer rechten Hand fühlte sie etwas Längliches, Metallenes, das sie in ihre Manteltasche gleiten ließ.

Erika spürte, dass Domenico Fontana keine Handbreit hinter ihr stand. Sie machte einen großen Schritt nach vorn, bevor sie sich umdrehte.

„Guten Tag, Frau Milser", begrüßte sie der Bürgermeister und fragte: „Kann ich Sie ein Stück mitnehmen? Mein Wagen steht hier gleich um die Ecke."

Ein Feuer in seinen Augen, eine Mischung aus Gier und Verzweiflung, erschreckte Erika. Es stand in so krassem Gegensatz zu seinem höflichen Betragen. War er bei einer Frau in diesem Haus nicht auf seine Kosten gekommen?

Erika zog ihre Hand aus der Manteltasche und winkte ihm halbherzig zu.

„Nein, danke, das ist sehr freundlich von Ihnen, aber ich gehe gern ein Stück. Nach dem schrecklichen Gewitter gestern freue ich mich, wieder an der frischen Luft zu sein."

Fontana ließ nicht locker: „Bitte verzeihen Sie, aber ich hatte den Eindruck, dass Sie gerade nicht besonders gut zu Fuß sind." Er deutete mit dem Finger auf ihren rechten Schuh, aus dem das Fußgelenk hervorschwoll.

„Ach das", sagte Erika, „das ist nichts. Ich habe mir nur ein wenig den Fuß vertreten, das tut schon gar nicht mehr weh." Wie zum Beweis trat sie einmal kräftig auf und verzog keine Miene bei dem stechenden Schmerz. „Wir sehen uns dann morgen bei Ihrer Jubiläumsfeier. Ich freue mich schon darauf."

Warum sagte sie das? Sie freute sich doch auf rein gar nichts mehr. Obwohl, Andrea auf dem Fahrrad zu sehen, offensichtlich genesen, nur noch mit einem kleinen Pflaster auf der Stirn, darüber hatte sie sich gefreut.

*

Wagner konnte die professionelle Kühle Josef Gassers nicht einschätzen. Steckte sein Mitarbeiter etwa hinter der starken Abneigung Piacellis ihm gegenüber? Obwohl, der Vice-Questore war ihm eigentlich noch nie wirklich wohlgesonnen gewesen. Manchmal glaubte Wagner, dass das an seinem so urdeutschen Nachnamen lag. Er wusste, dass Piacellis Familie väterlicherseits im Widerstand gegen Mussolini mehrere Angehörige verloren hatte. Andererseits, der Beginn des Zweiten Weltkriegs war siebzig Jahre her, und erst 1943 hatte Italien sich von Hitler abgewandt. Und nicht nur er, Salvatore, nein, auch sein Vater war schon allein vom Alter her in keiner Verantwortung für die faschistischen Gräueltaten, genauso wenig wie Piacielli ein Opfer war. Trotzdem, das kollektive Gedächtnis von Nationen zeigte sich oft hartnäckiger als das ihrer einzelnen Bürger.

Der Sohn in ihm war stolz, hatte doch Gasser seinem 82-jährigen Vater glatt ein Jahrzehnt weniger zugeschrieben. Wenn nur das mit der Demenz nicht wäre. Wagner seufzte und öffnete die oberste Aktenmappe. Sie betraf Konrad Schubert und rief nach wenigen Zeilen sein Interesse wach. Nicht was dessen Privatleben anbelangte, in dieser Hinsicht fiel er erst durch seine Hochzeit mit der um über zwei Jahrzehnte jüngeren Weißrussin Alena Henijusch auf. Aber sein Berufsleben hatte es in sich.

Mit siebzehn hatte Konrad Schubert das Gymnasium abgebrochen und eine Lehre als Bürokaufmann in einem Immobilienbüro begonnen. Dort musste er sich schnell einen Ruf als Verkaufstalent erarbeitet haben, was eine ungewöhnlich hohe Gehaltsabrechnung aus dem Jahr 1971 belegte. Sie war in die Akten gelangt im Zusammenhang mit der Denunziation durch einen Klassenkameraden der Berufsschule. Dieser bezichtigte Schubert, sich seine guten Noten beim Abschluss vor der Handelskammer erkauft zu haben. In den folgenden Jahrzehnten gab es wiederholt Anzeigen wegen Bestechung und Betrug, die sein Berufsleben als selbstständiger Immobilienhändler begleiteten. Die Anklagen wurden entweder zurückgezogen oder hielten der Prüfung vor einem Gericht nicht stand. Mitte der 1980-er Jahre erwarb er ein großes Gebäude in einem Dortmunder Industriegebiet, in dem ein gut gehendes Bordell untergebracht war. Nie konnte Schubert eine Beteiligung an dem Betrieb nachgewiesen werden. Offiziell war er nur der Besitzer „des Hauses", wie er selbst es nannte.

Nach dem frühen Tod seiner Frau verkaufte Konrad Schubert sein Immobilienbüro und zog sich ins Privatleben zurück. Seitdem gab es keinen behördlichen Eintrag mehr über ihn, noch nicht einmal wegen Steuerhinterziehung. Wagner fragte sich, ob er wirklich all seine Zeit und Energie der Erziehung seiner Tochter gewidmet hatte. Seiner Stieftochter.

Er schlug die Akte von Alenka Schubert auf. Waren es die guten Gene, die liebevolle Fürsorge der jungen Mutter bis zu ihrem Tod oder das Verdienst ihres Adoptivvaters? Jedenfalls legte Alenka das beste Jahrgangsabitur von ganz Dortmund hin und begann unverzüglich ihr Medizinstudium. Während der letzten Schuljahre wurde sie einmal mit geringen Mengen leichter Drogen in einem Club erwischt, nicht mehr und nicht öfter als andere neugierige Jugendliche auch. Auch Sara?

Wie bei ihrem Vater gab es über das private Leben von Alenka Schubert kaum einen Nachweis. Sie war in keinem der sozialen Medien aktiv, was Wagner für ihre Generation ungewöhnlich fand, und auch in den Internetportalen des Gymnasiums tauchte ihr Name nur wegen ihrer guten Noten auf. Einmal hatte sie an der Wahl zur Miss Oberstufe teilgenommen, diese aber gegen ein Mädchen mit mehr Kurven und mehr Längenzentimetern verloren.

Interessant wurde die Durchsicht ihrer Unterlagen für Wagner erst, als er auf den Abbruch ihres Studiums stieß. Die ersten beiden Jahre hatte Alenka Schubert das Studium der Humanmedizin so tadellos und unauffällig durchgezogen wie die Jahre am Gymnasium, bis sie sich nach dem fünften Semester korrekt abmeldete. Ohne Angabe von Gründen. Vor wenigen Monaten aber war die junge Frau aktenkundig geworden, als ihr Profil bei einer Razzia der Steuerfahndung in einem Eskortservice auftauchte. Noch lagen die beschlagnahmten Unterlagen beim Finanzamt und der Staatsanwaltschaft, aber es war abzusehen, dass nicht nur die Geschäftsleitung, sondern auch die Frauen mit einer Anklage wegen Steuerhinterziehung zu rechnen hatten.

Wagner schloss die Augen. Diese Papiere warfen ein völlig neues Licht auf Schuberts Adoptivtochter. Ob er von ihrer Tätigkeit gewusst hatte? Der Apfel fällt nicht weit vom Stamm, dachte er, aber es war wohl weniger die Prostitution ihrer Mutter, an die sie kaum eine Erinnerung haben konnte, als der zwielichtige Umgang ihres Adoptivvaters, der Alenka vielleicht geprägt hatte.

Wagner wusste, dass der Apfel-Spruch dumm und seine Überlegungen müßig waren, und lenkte seine Gedanken zu Sara. Er seufzte. Sara, sein kleines Mädchen. Er musste sie sprechen, unbedingt, und zwar so schnell wie möglich.

*

Die ersten hundert Meter beeilte Erika sich, den Abstand zwischen sich und dem Bürgermeister zu vergrößern. Nur einmal drehte sie sich um und sah, dass er zu den *cases popolari* zurückkehrte und im Haus verschwand. Sie hatte sich also nicht geirrt, Fontana hatte sie und Andrea durch den schmalen Fensterspalt sehen können und war nur ihretwegen nach draußen gekommen. Könnte er Andrea erkannt haben? Der junge Mann hatte sich in rasantem Tempo zurückgezogen, aber trotzdem, Fontana kannte den Platzwart gut und konnte vielleicht aus seinen Bewegungen, aus seiner ganzen Erscheinung auf ihn schließen. Vielleicht hatte er auch seine Stimme erkannt, sie waren ja in Hörweite gewesen, als Andrea ihn bemerkte.

Je näher sie dem Stellplatz kam, desto mehr verlangsamte Erika ihre Schritte, und das nicht nur wegen der Schmerzen im Fuß. Sie wollte Roland nicht begegnen, ihn nicht sehen, jetzt auf keinen Fall und vielleicht nie wieder. Sie überlegte, ob die Polizei ihn verhaftet hatte und er wegen Mordverdacht der Staatsanwaltschaft vorgeführt wurde, damit diese vor einem Richter Untersuchungshaft beantragen konnte. Sollte er doch in einer Zelle schmoren bis zur Mordanklage. Dabei wusste sie selbst am besten, dass er weder dieses Mädchen noch Konrad Schubert getötet haben konnte. Vielleicht blieb er auch nach der Vernehmung noch aus freien Stücken in Verona, setzte sich in ein Café und überlegte, was er ihr, seiner Ehefrau seit 35 Jahren, sagen sollte. Als ob es zwischen ihnen noch irgendetwas zu sagen gäbe.

Auf dem Stellplatz fiel Erika auf, dass nicht nur die Schweden und die Norweger abgefahren waren. Außer dem Camper von Paul Battenberg verloren sich dort nur noch ein deutsches und ein italienisches Wohnmobil. Und natürlich ihres und das von Schubert. Unschlüssig betrachtete Erika die Tür. Es dauerte, bis sie feststellte, dass das Schloss nicht vollständig eingerastet war. Das Türblatt ragte wenige Millimeter hervor. Sie gab sich einen Ruck und zog es auf.

Viel zu heiße Luft strömte an ihr vorbei nach draußen. Anscheinend hatte Roland die Heizung auf volle Leistung hochgedreht. Erika klappte die Tür ganz auf und ließ sie an der Außenwand einrasten. Noch auf der Treppe zog sie ihren Mantel aus, legte ihn auf den Sitz neben der Tür und ließ ihre Handtasche darauf fallen.

Unter dem Fenster im Wohnbereich warf ein Haufen aus kleinen offenen Pappschachteln und perforierten Aluminiumblättern ein bizarres Schattenbild auf den Tisch. Erika wischte mit der Hand hindurch, sie enthielten keine einzige Tablette oder Kapsel mehr. Auch das Wasserglas daneben war leer. Sie hob den Kopf. Die Tür zum Schlafzimmer war zurückgeschoben. Sie sah Roland auf dem Rücken liegen, auf ihrer Bettseite, auf ihrem Bettzeug. Sein Mund stand leicht offen.

„Roland!" rief Erika und war in drei schnellen Schritten neben ihm. Er versuchte, die Augen zu öffnen. Es schien ihn ungeheure Kraft zu kosten, genauso wie sein Stöhnen. In den Schlitzen zwischen den Augenlidern verschwammen die unteren Hälften seiner braunen Pupillen, sie bewegten sich langsam in ihre Richtung, die Lippen fielen zu und öffneten sich wieder zu einem schmalen Spalt, aus dem Blasen von Speichel quollen.

Erika beugte sich herab und betrachtete ihren Mann, der so nah unter ihr lag. Seine Finger bewegten sich leicht. Ein Zittern und Zucken, das in Arme und Beine überging. Wie er sich anstrengte, die Augen offen zu halten und sie anzusehen.

Sie wollte etwas sagen. „Schlaf gut" fiel ihr ein und „Bring es diesmal zu Ende". Das waren Worte aus einem

Fernsehfilm, den sie vor kurzem erst gesehen hatte. Oder „Weißt du noch? Morgen ist unser Hochzeitstag".

Erika kam es vor wie eine Ewigkeit, dass sie ihn stumm betrachtete. Sie gab sich einen Ruck und zog seine Hände an den Manschetten hoch, sie waren unnatürlich schwer, und kreuzte sie über dem Bauch. Sie reckte sich und griff über ihn hinweg nach seiner Bettdecke und bedeckte ihn bis unters Kinn. Sie ließ Roland nicht aus den Augen, während sie um das Bett ging und sein Handy an sich nahm. Rückwärts schlich sie sich aus dem Schlafzimmer und schob langsam und lautlos die Tür zu. Das Handy legte sie auf den Tisch zu den Zeugnissen seines Selbstmords. Zeugnisse, aber keine Rechtfertigung. Weder im Schlafzimmer noch hier hatte sie einen Umschlag gesehen, oder wenigstens ein Blatt Papier für sie.

Neben der Spüle stand noch die halbleere Rotweinflasche vom gestrigen Abend. Erika schenkte sich ein Wasserglas voll und leerte es in großen Zügen. Immer noch versperrte Schuberts Wohnmobil die Sicht aus dem Küchenfenster. Von der Versiegelung war nichts mehr zu sehen, dafür prangte ein neues Schloss an der Tür. Wie lange das Fahrzeug hier wohl noch stehen würde? Erika schob die Frage beiseite, stellte das leere Glas in die Spüle und verkorkte die Flasche.

Sie zog ihren Mantel an und nahm den Schlüssel für ihr E-Bike vom Haken, schlang sich ein großes Tuch um Kopf und Hals und verließ mit ihrer Handtasche über dem Arm das Wohnmobil. Erst jetzt registrierte sie, dass die Tür die ganze Zeit über sperrangelweit offen gestanden hatte. Was, wenn irgendjemand sie beobachtet hatte? Kopfschüttelnd schloss Erika die Tür, drehte den Schlüssel um und schob das Sicherheitsschloss vor.

*

Wagner hatte in Verona in einer Trattoria zu Mittag gegessen, deren Küche sich nicht im Entferntesten mit der seiner Mutter messen konnte. Er wollte sie nicht mehr als nötig bei ihren Vorbereitungen für das morgige Büffet im Rathaus stören. Gegen 14:00 Uhr fuhr er im Hinterhof des Camporondo ein. Die Tür zur Werkstatt seines Vaters stand weit offen, Erwin Wagner saß mit dem Rücken zu seiner geliebten Werkbank auf einem Hocker. Eine Hand lag auf dem Sitz von Schuberts Harley, die andere rieb mit einem weichen Tuch sanft und liebevoll deren Metallteile, bis sie glänzten wie der Spiegelschrank im Restaurant.

„Hallo Papa", begrüßte Wagner seinen Vater: „Wie ich sehe, putzt du das gute Stück von unserem toten Hotelgast."

Erwin Wagner schaute auf: „Ja, mein Junge, das hat er verdient, der Konny. Wenn er von oben runterguckt, soll er doch sein Mäuschen sehen wie von ihm selbst gepflegt. Und, wie findest du sie? Mache ich das gut?"

„Das machst du sogar sehr gut, Papa, sehr gut machst du das. Der Auspuff sieht aus wie neu, dabei hat die Maschine doch bestimmt schon einige Jahre auf dem Buckel."

„Oh, das weiß ich gar nicht, mein Junge, wie alt die ist. Da müsste ich mal in den Papieren nachsehen. Wo sind die bloß, die Papiere?" Erwin Wagners Augen flackerten hilflos hin und her zwischen Werkzeugkasten, Bohrmaschine und einem kleinen Kühlschrank. Er zeigte darauf. „Willst du ein

Bier?", und sagte dann: „ich weiß nicht, vielleicht findest du sie ja."

Bier wollte Wagner nicht, aber wohl seinem Vater bei der Suche helfen. Er ließ seinen Blick durch den Raum schweifen. Das Einzige, was ihm sofort auffiel, war Saras Laptop in einem der Regale. Was konnte sein Vater damit nur vorhaben? Aber er wollte ihn jetzt nicht mit Fragen danach ablenken.

„Ist nicht so wichtig, Papa. Aber ich fürchte, wir müssen die Maschine mitnehmen, zumindest bis die Erbfrage geklärt ist. Und du weißt doch, das kann dauern, wenn es durch die Bürokratie von zwei Ländern geht." Mit dem Fuß zog der Wagner einen weiteren Hocker heran und setzte sich neben seinen Vater. Sanft legte er ihm eine Hand auf den Oberschenkel.

„Wen hast du denn gestern mitgenommen? Ich meine, als du zum Tanken gefahren bist."

„Zum Tanken? Das darf ich dir nicht sagen, mein Junge, das habe ich dem Andrea versprochen."

„Na klar, Papa, und seine Versprechen muss man halten. Also dem Andrea hast du das versprochen, dem Andrea de Luca, nicht wahr? Dem Platzwart vom Stellplatz? Du kannst mir das ruhig sagen, an der Tankstelle war doch auch dieser Herr Milser, der Mann von der Erika."

„Ach, der war das", sagte Erwin Wagner. „Den habe ich gar nicht erkannt mit seinem Helm auf dem Kopf." Er wischte die Hand seines Sohnes weg und schlug sich auf die Schenkel. „Wenn ich das gewusst hätte, dass der das ist, dem hätte ich bestimmt keinen Gefallen getan, das kannst du mir glauben."

„Warum denn nicht? Was hat er dir denn getan?"

„Mir? Der hat der Erika was angetan, und unserer Alena, dem Kindchen aus dem Osten. Wie ihre eigene Tochter hat Anna sie aufgenommen, und dann das."

Wagner befürchtete, dass sein Vater zu weinen anfing, aber er musste jetzt weitermachen. „Was wollte der Herr Milser denn von dir an der Tankstelle?"

„HERR Milser? Der Kerl ein Herr? Bist du verrückt? Dass ich den nicht erkannt habe". Dreimal noch wiederholte Erwin Wagner seinen letzten Satz, und jedes Mal klang seine Stimme weinerlicher, verzweifelter. Wagner rechnete schon nicht mehr mit einer Antwort auf seine Frage, als sein Vater doch noch weitersprach.

„Was der wollte? Ich sollte ihm helfen beim Einkaufen. Einen Stutzen brauchte er zum Wasser-Einfüllen in seinen Wohnwagen, und er kann ja nur deutsch. Da hätte die Erika gleich aufpassen sollen, wenn einer nur deutsch kann, das ist doch nichts. So einen Stutzen brauchte er und noch Brot und Aufschnitt und Eier, vielleicht noch etwas anderes, aber das habe ich vergessen. Ich vergesse so viel, mein Junge." Er stützte die Ellenbogen auf und legte seinen Kopf in beide Hände. „Ist sie nicht schön, Konnys Mäuschen?"

„Doch, Papa, das ist sie. Wunderschön sogar." Wagner strich über den Sitz der Maschine. „Und Andrea, der Junge hinten auf dem Motorrad, wo hast du den hingebracht? Ich meine, nachdem ihr vom Hotel weggefahren seid, nach dem Tanken."

Erwin schüttelte den Kopf und zog die Schultern hoch. Wieder klang er weinerlich. „Das weiß ich wirklich nicht mehr, mein Junge. Vielleicht nach Hause? Aber ich pass gut auf seine Sachen auf."

„Auf welche Sachen? Hat er dir etwas anvertraut?"

„Ich pass gut drauf auf, ganz bestimmt." Nach diesen Worten griff er erneut zu dem Lappen und rieb hingebungsvoll den Ledersattel des Motorrades.

Wagner gab es auf. Es hatte keinen Sinn, weiter in seinen Vater zu dringen. Er würde nur bockig werden und sich noch mehr verschließen. Er gab ihm einen Kuss auf die Wange und ging ins Hotel. Wie erwartet war seine Mutter in der Küche, zusammen mit Sara, die mit hochroten Wangen Rosen schnitt und in kleine Vasen steckte. Sie machte das gut, arrangierte jeweils drei unterschiedlich kurz geschnittene Blumen zu einem Sträußchen und achtete darauf, dass keines der grünen Blätter in der Vase verschwand.

„Guten Tag zusammen!" Wagner küsste erst seine Mutter und danach seine Tochter. „Schön machst du das", lobte er Sara, „das ist bestimmt erholsam nach der Klassenarbeit. Wie ist es denn gelaufen?"

„Besser als gedacht, Papa, ich habe als eine der ersten abgegeben."

„Das hat sie nur gemacht, damit sie früher gehen konnte und mir helfen", sagte Anna Wagner und lachte. „Und deine Tochter ist wirklich eine große Hilfe für mich."

„Na", sagte Wagner und gab Sara einen liebevollen Klapps auf den Rücken, „dann solltest du vielleicht doch lieber das Hotel übernehmen, anstatt dich mit den Naturwissenschaften herumzuärgern, nur um Medizin studieren zu können." Er überlegte kurz, wie er den Übergang zu seinem Fall schaffen konnte, und sagte: „Aber wer weiß, vielleicht hast du ja deinen Nachhilfelehrer bald wieder."

Beide unterbrachen ihre Arbeit und fuhren herum. „Wie meinst du das?", fragte seine Mutter, und Sara: „Habt ihr endlich rausgefunden, dass Andrea unschuldig ist?"

Wagner sagte: „Nein, ganz so ist das nicht, aber es gibt neue Erkenntnisse und damit auch neue Verdächtige."

„Zum Beispiel?", fragte Anna Wagner.

„Du weißt, dass ich dir das nicht sagen darf, Mama. Hat Frau Milser dir nichts erzählt? Sie wollte doch heute herkommen und dir helfen."

Wagner erfuhr, dass Erika Milser nach ihrer Rückkehr aus Verona tatsächlich ins Hotel gekommen war und Anna geholfen hatte. „So fleißig und geschickt", sagte sie. Aber anscheinend hatte sie ihrer Freundin nichts erzählt von ihrer Vernehmung in der Questura. Laut Anna war Erika Milser sogar auffallend schweigsam gewesen, in sich gekehrt, wie verwandelt, und Anna hatte sie nach etwas mehr als zwei Stunden nach Hause geschickt, um sich auszuruhen. Danach wollte sie eigentlich wiederkommen, hatte sich aber bis jetzt noch nicht gemeldet.

„Noch etwas", sagte Anna, „hast du deinem Vater diesen lächerlichen Halsschmuck abgenommen? Ich bin jedenfalls froh, dass er ihn nicht mehr trägt." Wagner schüttelte den Kopf.

Sara lachte. „Dafür ist er mit meinem Laptop verschwunden, hat ihn einfach vom Schreibtisch genommen und gibt ihn nicht wieder her. Keine Ahnung, was er damit will. Opa hat doch keinen blassen Schimmer von Computern. Hoffentlich kriegt er ihn nicht kaputt oder löscht alle meine Daten!"

Scherzhaft ging Wagner auf sie ein und sagte: „Ich fürchte, in diesem Fall von Diebstahl kann ich nichts machen, auch wenn ich bei der Polizei bin. Aber ich gebe dir einen Tipp: Schau mal in der Werkstatt nach. Bis vor einer Viertelstunde war da jedenfalls noch ein Laptop im Regal." Er grinste: „Hoffentlich versucht er nicht, ihn mit dem Hammer zu reparieren, wenn er damit nicht zurechtkommt."

Sara warf eine Rose nach ihrem Vater und Anna sagte: „Wenn ihr euch da mal nicht täuscht. Alle beide. Erwin hat vor ein paar Jahren einen Computerkurs gemacht, und er war ganz begeistert davon."

„Wie dem auch sei", sagte Wagner, „wenn das hier alles vorbei ist, ich meine, wenn Domenico gebührend gefeiert wurde und die beiden Mordfälle aufgeklärt sind, dann sollten wir uns alle mal wegen Papa zusammensetzen. Auch mit Isabella, zumindest am Telefon." Sara seufzte und Anna nickte schweigend.

Wagner nahm sich vor, am Stellplatz vorbeizufahren und den Milsers einen Besuch abzustatten. Immerhin hatten beide heute morgen gleichzeitig von der biologischen Vaterschaft Roland Milsers erfahren, und er hatte den Eindruck, dass beide gleichermaßen schockiert waren. Im Laufe des Tages dürften sich bei dem Paar die Gefühle angestaut haben, vielleicht bis zum Platzen. Er konnte sich vorstellen, dass er in ihrem Wohnmobil mehr aus ihnen herausholen konnte als Gasser und Piacelli bei den Verhören in der Questura.

*

Erika ließ die Kunststoffhülle, mit der beide Elektroräder abgedeckt waren, auf das Gras fallen. Roland hatte sie nicht aneinander gekettet, was typisch war für ihn und heute ein Glück für sie. Sie entsicherte die Wegfahrsperre ihres Rades und schaltete den Computer am Lenkrad ein. Die Batterie war so gut wie voll.

Sie schob das Rad in Richtung Ausfahrt.

„*Hello*", hörte sie die Stimme Paul Battenbergs hinter sich und drehte sich mechanisch um. Der Engländer schlenderte auf sie zu und lachte: „*Good afternoon*, verzeihen Sie, aber Sie sehen aus wie die Queen." Charmant fügte er hinzu: „Nur um viele Jahrzehnte jünger."

Erika musste zugeben, dass ihr Anblick tatsächlich *very british* war mit Lodenmantel und Schottenrock, Schal um den Kopf und blickdichten Strümpfen. Nur die Schuhe passten nicht, sie waren für diesen Look nicht derb genug. Wie dumm, dass sie nicht daran gedacht und sie gewechselt hatte. Diese beiden Klumpen da unten fühlten sich nicht mehr an wie ihre eigenen Füße.

Battenberg blieb stehen, auf der anderen Seite des Fahrrads. Andrea fiel ihr ein, eine ähnliche Situation mit einem Fahrrad zwischen ihnen. Erika vergaß die Anwesenheit des Engländers und dachte an den Gegenstand, den Andrea ihr in die Hand gedrückt hatte. Sie hatte ihn noch gar nicht angeschaut, sich noch nicht einmal vergewissert, ob er noch in der Manteltasche steckte. Unwillkürlich schlupfte ihre Hand zwischen die Stofflagen und kramte alles hervor, was sich darin befand: Schlüssel für Wohnmobil und Fahrrad, ein paar Münzen - und einen kurzen Metallstab in der Form eines männlichen Gliedes. Erschrocken blickte sie hoch und bemerkte das Erstaunen in Battenbergs Blick. Er zwinkerte ihr zu.

„So ein Teil hätte die Queen ganz bestimmt nicht in ihrer Tasche. Obwohl", er nickte anerkennend, „das hat etwas von britischem Humor".

Hastig stopfte Erika alles zurück in die Manteltasche. Sie wollte nur noch weg von hier, und das so schnell wie möglich. Ohne ein Wort des Abschieds winkte sie Battenberg zu und schob das Fahrrad durch den Ausgang. Erst auf dem Parkplatz stieg sie auf und radelte hinunter zum See. Sie bog nach links in den Corso Italia ein und fuhr dann auf dem Passegiata Rivalungo in Richtung Bardolino. Erika versuchte, gleichmäßig zu atmen und genauso gleichmäßig in die Pedale zu treten. Mit starrem Blick fixierte sie die Fahrbahn vor sich und achtete weder auf Bäume und Büsche noch auf Häuser und Hotels, geschweige denn auf Wolken oder Wasser. Als der Weg sich vom Seeufer entfernte, kehrte sie um und pendelte solange zwischen den beiden Orten, bis ihre Gedanken genauso klar waren wie die Luft über der Landschaft. Von der geschlossenen Wolkendecke über dem See waren nur noch hauchdünne Fetzen geblieben, durch die weißes Licht schimmerte. Die wenigen Wellenkuppen gaben es funkelnd zurück.

Erika setzte sich auf eine Bank, vergewisserte sich, dass sie allein war und zog das verräterische Metallding aus der Tasche. Sie erkannte schnell, dass es sich um einen USB-Stick handelte, nicht leicht zu öffnen. Zu dumm, dass sie ihren Laptop zuhause in Herrsching gelassen hatte. Wenn sie ihn mitgenommen hätte - bei diesem Gedanken sog Erika tief die Luft ein und lehnte sich zurück - wenn sie den Laptop mitgenommen hätte, würde ihr das jetzt auch nichts nützen. Sie konnte schlecht zurück ins Wohnmobil. Was, wenn Roland noch lebte?

Das Blut schoss ihr in den Kopf bei dem Gedanken, dass Paul Battenberg sie hatte wegfahren sehen. Es war immerhin schon der dritte Todesfall in nur vier Tagen, und bestimmt würden wieder alle möglichen Zeugen befragt werden. Zumal sie inzwischen offiziell zu einer Tatverdächtigen aufgestiegen war. Vielleicht hatte sie Glück und er erinnerte den genauen Zeitpunkt ihrer zufälligen Begegnung nicht, oder er reiste ab. Aber dann hätte er sich von ihr verabschiedet und sie nicht so einfach wegfahren lassen.

Die Brücke dann suchen, wenn man sie braucht. An diesen Spruch dachte Erika und fand ihn auf einmal gut. Sie, die so gern langfristig plante und vorsorgte für alle möglichen und unmöglichen Fälle, jetzt entspannte sie sich und dachte, es wird sich finden. Immerhin hatte sie ihren Mann ja nicht umgebracht, und seine Depressionen waren seit ewigen Zeiten aktenkundig. Zweimal schon hatte Erika Roland im letzten Moment gerettet. Hier auf der Bank am Ufer des Sees wagte sie zum ersten Mal zu denken, dass er es wieder so geplant hatte. Sein dritter Selbstmordversuch mit einkalkulierter Rettung. Nur war seine Rechnung heute nicht aufgegangen. Zumindest was sie betraf.

*

Wagner verließ das Hotel durch den Haupteingang und ging als erstes nach nebenan auf die Polizeiwache. Derselbe Kollege, mit dem er die Videoaufnahmen von der Tankstelle gesichtet hatte, empfing ihn mit einem breiten Lächeln und fragte: „Gibt's etwas Neues? Ich meine, haben die Aufnahmen neue Erkenntnisse gebracht?"

„Das weiß ich noch nicht. Aber gut, dass Sie mich daran erinnern. Ich rufe gleich mal in Verona an, ob die Befragung des Radfahrers etwas ergeben hat." In der Questura hob Gasser den Hörer ab. Nein, bei seiner Vernehmung habe der Verdächtige Roland Milser keine Angaben über die Identität des Motorradfahrers oder die seiner Begleitung gemacht. Auch auf mehrfaches Nachfragen und mit Hilfe von bewährten Fangfragen nicht. Man müsse davon ausgehen, dass er tatsächlich keinen der beiden kannte oder erkannt habe. Genauso wie im Fall seiner Frau sah die Staatsanwaltschaft auch bei Robert Milser keinen Grund für einen Haftantrag, nur sein Personalausweis wurde einbehalten.

„Ein komisches Paar", bemerkte Gasser am Schluss.

„Wie meinen Sie das?", fragte Wagner.

„Nun, einerseits scheint sie mir die Dominierende in der Ehe zu sein. Trotzdem wirkte sie auf mich ihrem Mann gegenüber eher fürsorglich. Und heute sah es so aus, als ob die Nachricht von der Vaterschaft Milsers sie vollkommen kalt lässt. Sie hat keine meiner Fragen danach beantwortet, jede Annäherung an das Thema ist von ihr abgeprallt."

„Ja, den Eindruck hatte ich schon heute morgen, als ich den beiden im Wohnmobil die Nachricht überbracht habe. Sie hat mich nur nach dem genauen Geburtsdatum von Alenka Schubert gefragt … "

Gasser unterbrach ihn: „Und dann wahrscheinlich blitzschnell im Kopf neun Monate zurück gerechnet."

Die Kommissare tauschten sich kurz aus über den Inhalt der Dokumente aus Deutschland bezüglich Konrad und Alenka Schubert und waren sich einig, dass zumindest in diesem Fall die Zusammenarbeit der beiden Länder gut funktioniert hatte. Gegen Ende ihrer Unterhaltung erwähnte Wagner, dass er den Milsers einen weiteren Besuch auf dem Stellplatz abstatten wolle. „Ich denke, sie sollten möglichst wenig zur Ruhe kommen."

Er trank noch einen Espresso mit dem Polizisten auf der Wache und eröffnete ihm, dass sie die Harley von Konrad Schubert nach Verona in die Asservatenkammer überführen müssten, bis die Erbfrage geklärt sei.

Der Kollege war begeistert: „So eine Maschine wollte ich schon immer mal fahren. Von mir aus kann's sofort losgehen."

Wagner versprach, ihn als Fahrer vorzuschlagen und bei positivem Bescheid sofort zu informieren. Vorher musste das Motorrad noch von der Kriminaltechnik untersucht werden. Sie gingen ins Hotel und vergewisserten sich, dass die Maschine noch an Ort und Stelle stand. Vorsichtshalber zog Wagner den Schlüssel ab und übergab ihn dem Polizisten, der die Harley ehrfürchtig umrundete.

In der Küche verabschiedete Wagner sich von seiner Familie, sein Vater war mit Begeisterung an der Teigmaschine zugange. Er bat seine Mutter, darauf zu achten, dass niemand das Motorrad berührte, bis ein Techniker aus Verona eingetroffen sei. Er hoffte inständig, dass sein Vater die Harley nur mit Handschuhen angefasst hatte, vorsichtshalber wischte er im Hof mit einem Ärmel über die Handgriffe. Die blanken Metallteile hatte Erwin Wagner ausschließlich mit dem weichen Tuch berührt. Er kannte nur zu gut die Abneigung seines Vaters gegen Fingerabdrücke auf seinem Fiorino.

Wagner parkte den Dienstwagen vor dem Stellplatz und machte einen Abstecher in das Sanitärhaus. Beim Pinkeln und Händewaschen fiel ihm auf, wie schmutzig es war und wie penetrant der Geruch. Welch ein Unterschied zu der picobello Sauberkeit von Freitag und auch noch am Sonntagmorgen. Er konnte den Engländer verstehen, dass er ein Zimmer mit Bad im Hotel vorzog, anstatt hier selbst putzen zu müssen.

Die Tür zum Wohnmobil der Milsers war verschlossen, das Sicherheitsschloss vorgelegt. Die Vögel waren also ausgeflogen. Wagner umrundete das Fahrerhaus, weil er noch einen Blick auf das Wohnmobil der Schuberts werfen wollte. Zwischen den beiden Fahrzeugen fehlte eines der beiden Elektroräder. Die Plastikabdeckung lag achtlos hingeworfen im Gras neben dem zweiten Rad. Er stellte sich auf die Zehenspitzen und spähte durch das Wohnzimmerfenster der Milsers. Auf dem Tisch stapelten sich Medikamentenschachteln, auf den ersten Blick ohne Inhalt. Vor dem Fahrersitz ein leeres Wasserglas. Ein paar Schritte weiter durch das Küchenfenster sah Wagner eine fast leere Rotweinflasche, aus dem Wasserglas in der Spüle hatte offensichtlich jemand Wein getrunken.

Die Gardine vor dem hinteren Fenster des Fahrzeugs hing schräg herab, war an einem Ende sogar aus der Halterung gefallen. Dieses Fenster war hoch über der Stauraumtür angebracht, Wagner musste auf und ab hüpfen und konnte trotzdem nicht hineinschauen. Er lief ins Waschhaus, dort hatte er unter den Spülbecken einen einfachen hölzernen Hocker gesehen.

Wagner stellte den Hocker unter das Fenster und stieg darauf. Mit den Händen formte er ein Dach über den Augen und kniff diese zusammen. So konnte er in dem dämmrigen Innenraum möglichst viel erkennen. Es handelte sich um das Schlafzimmer. Auf dem Bett lag Roland Milser. Zumindest sah Wagner die Beine und den rechten Oberarm. Der Mann lag schräg, fast quer im Bett, auf der linken Körperseite. Den Kopf konnte er nicht sehen, wahrscheinlich hing er von der Bettkante herab.

Wagner hatte genug gesehen. Er stieg vom Hocker und rief die Zentrale an. Schon nach wenigen Minuten erreichte der diensthabende Polizist von vorhin den Stellplatz. Im Streifenwagen führte er genügend Werkzeug mit, um erst das Sicherheitsschloss und danach die Tür auszuhebeln. Auf einen Wink Wagners trat der Carabiniere zuerst ein und schob die Tür zum Schlafbereich auf. „Das glaube ich nicht", sagte er, „da liegt schon wieder ein Toter!"

„Sind sie sicher?", fragte Wagner.

Der Carabiniere legte zwei Fingerspitzen an die Halsschlagader.

„Todsicher. Da ist nichts mehr zu machen." Er räumte den Platz zwischen Bett und Wand, und Wagner trat an seine Stelle. Allem Anschein nach hatte Roland Milser versucht, sich am Sichtschutz festzuhalten oder gar hochzuziehen, und dabei den dünnen Stoff aus der Schiene gerissen. Um einen Zipfel davon krallten sich immer noch seine Finger.

*

Auf ihrer Bank am Seeufer begann Erika zu frösteln, traute sich jedoch noch nicht zurück auf den Stellplatz. Sie sollte zu Anna ins Hotel fahren, das hatte sie ihr versprochen, aber sie fürchtete deren Frage, ob sie sich gut ausgeruht hätte im Wohnmobil. Erika hätte darauf keine Antwort gewusst. Einkaufen, dachte sie, Einkaufen für den Haushalt, das könnte sie jetzt erledigen. Auch wenn Roland am Morgen für ein opulentes Frühstück gesorgt hatte, fehlte noch so vieles in Küche und Bad. So tun, als ob sie immer noch den Haushalt für sie beide planen würde. Obwohl, der Kommissar und mit ihm wahrscheinlich auch seine Familie wussten jetzt, dass sie sich erinnerte an das, was damals geschehen war. Und sie wussten auch, dass Roland und sie von den Folgen der Vergewaltigung erfahren hatten. Das arme Mädchen, geboren als Folge einer Vergewaltigung, und gestorben mit einem Messer im Bauch.

So viel Wissen, und dann Einkaufen für Zwei? Tausend Gedanken und Fragen und kaum Antworten schwirrten durch Erikas Kopf. Als sie aufstand, wurde ihr schwindlig, sie musste sich an der Rückenlehne abstützen.

Erikas Füße schwollen immer mehr an und brannten, als ob Tausende von Ameisen sich von innen nach außen durchbeißen wollten. Sie bereute, dass sie die Schuhe während ihrer Pause auf der Bank nicht ausgezogen hatte. Egal, dachte sie, womöglich hätte ich sie nicht wieder anbekommen, und griff nach dem Fahrrad. Mehr, um sich an Lenker und Sattel festzuhalten als um gleich loszufahren. Sie schob das schwere Rad ein paar Schritte, bevor sie umständlich aufstieg und den Motor auf viel Hilfe einstellte. Ziellos fuhr sie durch Garda und dachte auf ihrem wackeligen Weg durch zugeparkte Straßen ohne Fahrradspur an Konrad Schubert. Wie recht er doch gehabt hatte, viel konnten sie mit ihren Rädern hier wirklich nicht anfangen.

„Frau Milser", rief jemand von hinten. Erika bremste scharf, drehte sich um – und verlor die Gewalt über das schwere Rad. Der Lenker flatterte von rechts nach links und wieder zurück, automatisch versuchte sie es mit dem Rücktritt, zu spät fiel ihr ein, dass diese modernen Räder ja schon lange keine Rücktrittbremse mehr hatten. Sie schaffte es gerade noch, einen Fuß aufzusetzen, leider den Fuß mit der Verstauchung, aber es war zu spät. Während sie immer noch mit beiden Händen den Lenker umklammerte, kippte das Fahrrad langsam auf sie herab und drückte sie auf den Asphalt.

Erika blickte geradewegs in die Augen von Domenico Fontana, der sich über sie beugte.

„Haben Sie sich verletzt?"

Sie schüttelte stumm den Kopf.

„Um Himmels Willen, das tut mir leid, ich wollte Sie nicht erschrecken. Wie dumm von mir, Sie von hinten anzusprechen."

Der Bürgermeister befreite Erika von ihrem Fahrrad und half ihr auf die Füße. Noch einmal bückte er sich, hob ihre Schlüssel auf, die bei dem Sturz aus der Manteltasche gefallen waren, und reichte sie ihr. Erika zog das verrutschte Tuch über den Hinterkopf in den Nacken und schaute an sich herab. So gut es eben ging, klopfte sie den Straßenschmutz vom Mantel ab. Der rechte Strumpf war an der Wade eingerissen, das war jetzt nicht zu ändern. Sie selbst schien unversehrt und war vor allem froh, dass ihre teure Handtasche noch im Korb vor dem Lenker lag.

„Kommen Sie", sagte Fontana, griff nach ihrem Fahrrad und schob es ein paar Schritte. „Das Rad scheint auf den ersten Blick in Ordnung, aber am besten kommen Sie mit mir. Eine Freundin von mir wohnt hier ganz in der Nähe, da können Sie sich einen Moment ausruhen, während ich mir das Rad genauer ansehe. Diese ganze Technik von den Elektrorädern ist ja doch sehr kompliziert."

Ohne eine Antwort abzuwarten schob er das E-Bike auf der Fahrbahn weiter und winkte Erika, ihm auf dem schmalen Gehweg zu folgen. Das war fast wie vorhin mit Andrea. Erika war angenehm überrascht von der Hilfsbereitschaft des Bürgermeisters und froh über seine Begleitung.

„Ja, gern", sagte sie und trottete auf wunden Füßen brav hinter ihm her.

*

Wagner ließ sich sein Erschrecken nicht anmerken, als Aurora Crepaldi mit Josef Gasser auf dem Beifahrersitz ihres Sportwagens vor dem Sanitärhaus bremste. Noch im geschlossenen Trenchcoat, den Kragen hatte sie über einem grob gewebten Halstuch hochgeschlagen, fand er sie umwerfend. Ihre langen Beine steckten in schmalen, aber nicht hautengen Jeans, als einzigen Farbfleck hatte sie knöchelhohe rote Stiefeletten gewählt. Die Ärztin begrüßte ihn ausgesprochen herzlich, was Wagner nur zu gern als einen diskreten Hinweis an Gasser werten wollte. Obwohl er sich dessen ganz und gar nicht sicher war. Gasser nickte ihm zu und sagte:

„Piacelli schickt mich, nach Abschluss der Untersuchungen hier soll ich mit Ihnen zurück in die Questura fahren."

Das war schon kein Wink mehr, das war ein Hieb mit dem Zaunpfahl. Piacelli schickte ihm, dem Leiter der Mordkommission, einen Kontrolleur auf den Hals. Damit wollte er wohl verhindern, dass Wagner Hinweise auf das Hotel und seine Familie verschwieg. Oder noch schlimmer, verschwinden ließ. Fast konnte Wagner es ihm nicht verdenken. Auch ihm gingen die Verbindungen, die alle drei Toten und einige Lebende zu seinen Eltern und seiner Tochter hatten, entschieden zu weit. Trotzdem, es war immer noch seine Familie und war immer noch sein Fall, dachte er trotzig. Und damit seine Sache, sich um beides zu kümmern.

Jetzt war aber erstmal Roland Milser dran. Wagner ließ die Rechtsmedizinerin in den Schlafbereich vortreten und wartete auf der anderen Seite des Bettes auf ihren ersten Bericht. Gasser postierte sich in die Türöffnung zwischen Wohn- und Schlafbereich und neigte sein Ohr zur Ärztin.

„Sieht aus, als ob er es sich im letzten Augenblick anders überlegt hat", kommentiert sie, „aber da war es schon zu spät. Armer Kerl."

Aurora Crepaldi nannte Roland Milser einen armen Kerl, obwohl sie ihm die Vaterschaft von Alenka Schubert nachgewiesen hatte. Gasser kam Wagner zuvor.

„Na ja, ganz so bemitleidenswert nun auch wieder nicht. Immerhin war er der biologische Vater des ersten Mordopfers und gehört damit immer noch zu unseren Hauptverdächtigen."

„Aber hatte er nicht ein Alibi?", fragte die Ärztin.

„Aus dem Mund seiner Frau", antwortete Gasser, „was gar nichts besagt. Zu dem Zeitpunkt wusste sie ja offiziell noch nicht, dass er der Vater war. Und wenn sie es doch gewusst hat, dann kann genauso gut sie es gewesen sein. Das sind schon ziemlich viele Fäden und Spuren, die an einem so kleinen Ort zusammenlaufen. Das kann nicht alles Zufall sein."

Meinte er damit etwa das Camporondo? Aurora Crepaldis melodische Stimme ließ Wagner keine Zeit zum Nachdenken.

„Schon möglich", sagte sie und blickte dabei nicht Gasser, sondern ihn an, „aber was heißt das schon? Wir begehen doch alle unsere Irrtümer und stolpern über unsere Defekte und machen manchmal alles falsch, was man nur falsch machen kann. Trotzdem haben wir, wenn wir nicht gerade Hitler oder Mussolini heißen, ein Recht auf unser Leben. Und dieser Mann hier", sie deutete auf Roland Milser, „dieser Mann hier mag allen möglichen Mist in seinem Leben gebaut haben und wollte es vermutlich deshalb wegschmeißen. Vielleicht war es auch nur ein Hilferuf und er hat gehofft, dass jemand kommt, seine Frau vielleicht, ihn rechtzeitig findet und in ein besseres Leben zurückholt."

Wagner erinnerte sich an die Entscheidung von Aurora Crepaldi, von der Forensik in die Pathologie zu wechseln, und verstand sie nach ihren Ausführungen zum möglichen Suizid von Milser besser.

Gasser fragte: „Wie dem auch sei, können sie uns etwas über den Todeszeitpunkt sagen? Die Ursache scheint ja festzustehen."

„Jedenfalls auf den ersten Blick", sagte die Ärztin und leuchtete mit ihrer kleinen Stablampe in die Augen des Toten. „Vermutlich ist er seit ungefähr einer Stunde tot, aber natürlich kann ich das definitiv erst nach der Obduktion sagen. Morgen werden Sie meinen Bericht erhalten. Puh, ist das warm hier." Sie zog ihren Trenchcoat aus und wickelte das Halstuch ab, reichte beides Gasser und fragte nach den Kollegen von der Technik. „Sie sollten so schnell wie möglich ihre Fotos von dem Toten machen und ihn dann vernünftig lagern, bis der Sarg kommt."

„Das wäre geschafft", sagte Dottoressa Crepaldi, legte ihre warme Hand auf Wagners Rücken und drückte ihn sanft aus dem Raum. Sie fotografierte die leeren Medikamentenschachteln auf dem Tisch aus unterschiedlichen Blickwinkeln.

„Das ist eine interessante Mischung aus Antidepressiva und Aufputschmitteln, Beruhigungs- und Schlaftabletten. Ein wildes Durcheinander, das ihm wahrscheinlich im Laufe der Jahre in verschiedenen Phasen seiner Krankheit oder von mehreren Ärzten verschrieben wurde. Wenn es denn eine Krankheit war."

Wagner nahm Gasser mit einer Entschlossenheit, die ihn selbst überraschte, Tuch und Mantel der Ärztin ab.

„Kommen Sie", sagte er, trat nach außen und reichte ihr von unten die Hand. Sie lächelte und ließ sich die Trittstufe hinunterführen.

„Danke, und entschuldigen Sie, ich weiß ja, dass Sie ein halber Deutscher sind, aber trotzdem: Nach diesem verlängerten Wochenende könnte man meinen, Sodom und Gomorra lagen in Germania und nicht am Toten Meer."

Wagner lachte. „Ja, es sieht ganz danach aus. Aber ich kann Ihnen versichern, dass wir es hier normalerweise fast immer mit Italienern zu tun haben. Bei den Opfern wie bei den Tätern."

Gasser hatte während ihrer Unterhaltung unschlüssig in der aufgebrochenen Tür gestanden. Er deutete in Richtung Sanitärhaus.

„Da kommen die Kollegen von der Technik, das ging ja mal wieder richtig schnell. Und wir müssen Frau Milser benachrichtigen."

Wagner wand ein: „Das habe ich schon versucht, aber sie geht nicht an ihr Telefon."

"Wissen Sie, wo sie sein könnte?"

„Keine Ahnung, woher soll ich das wissen?"

Wagner dachte an seine Mutter und die Vorbereitungen für das Catering morgen. Erika Milser hatte am Nachmittag wiederkommen und helfen wollen. Aber er hatte nicht die geringste Lust, jetzt mit Gasser im Hotel vorbeizufahren oder in seinem Beisein dort anzurufen.

Stattdessen sagte er zu ihm: „Eines der beiden Elektroräder fehlt, vielleicht ist sie damit unterwegs und hört ihr Smartphone nicht".

Aurora Crepaldi mischte sich in die Unterhaltung der beiden Männer.

„Vielleicht macht sie eine Spazierfahrt am See entlang. Heute ist das Wetter ja endlich mal wieder wie geschaffen dafür." Sie schaute zum Himmel. „Kein Regen, kein Wind, nicht ganz so kalt und zeitweilig schien sogar die Sonne, jedenfalls über Verona. Allerdings, es wird bald dunkel. Womöglich ist sie schon wieder auf dem Rückweg."

Wagner beauftragte den Carabiniere, Verstärkung von der Wache herbeizurufen. Jemand musste die wenigen Anwesenden auf dem Platz befragen, und vor der Einfahrt sollte jemand Wache stehen, damit die Witwe nicht unvorbereitet in das Wohnmobil platzte und ihren toten Ehemann fand.

Aurora Crepaldi bot Wagner an, ihn in ihrem Wagen nach Verona mitzunehmen. Liebend gern nahm Wagner an und warf dem verdutzten Gasser seinen Dienstwagenschlüssel zu. Bevor sie sich trennten, fragte Gasser nach dem Sicherheitsschloss an der Außentür.

„War das vorgeschoben?"

„Ja", sagte Wagner, „die Tür war abgeschlossen und das Sicherheitsschloss vorgeschoben. Aber Sie können innen neben der Tür einen kleinen Metallhebel sehen. Mit dem lässt sich das Schloss auch von dort zuschieben und feststellen. Da wollte Milser wohl noch sichergehen, dass er nicht vorzeitig gefunden wird."

„Oder", sagte Gasser, „jemand wusste, was er vorhatte, und wollte sicherstellen, dass es auch klappt. Nach den Ereignissen und Vernehmungen von heute kann ich mir sogar vorstellen, wer."

Wagner stellte sich etwas ganz anderes vor. Wenn er nicht noch einen Espresso mit dem Carabiniere auf der Wache getrunken hätte und wenn er nicht so lange in der Hotelküche herumgetrödelt hätte, könnte Roland Milser vielleicht noch leben.

*

Erika sah nicht die Häuser, Gärten und Geschäfte, an denen sie vorbeigingen, und achtete nicht auf die Namen der Straßen, die sie kreuzten. Sie starrte auf Asphalt, Pflastersteine und festgetretenen Sand, um nicht über eine der vielen Unebenheiten oder die herumliegenden Steine oder gar Hundekot zu stolpern. Sie wollte ihren Füßen nicht noch mehr Schmerz zumuten. Nur gelegentlich hob sie den Kopf, um sich zu vergewissern, dass der Bürgermeister sich nicht zu weit entfernt hatte, und war froh zu sehen, dass auch er sich immer wieder nach ihr umdrehte. Wann immer der Gehweg sich verbreiterte, hob er ihre mehr als 25 kg Fahrrad darauf und bedeutete Erika, sich hinten am Gepäckträger festzuhalten.

Wie besorgt er doch war, das tat gut.

Erika konnte sich nicht erinnern, wann Roland sich das letzte Mal um sie gesorgt hatte. Immer war es umgekehrt gewesen: Sie kümmerte sich um seine Belange, sie organisierte sein Leben, sie sorgte sich um sein körperliches und seelisches Wohlergehen. Erika fixierte den geraden Rücken des Bürgermeisters und horchte in sich hinein. Würde sie Roland vermissen? Noch fühlte sie nichts, da war nur Leere. Vielleicht wäre es besser gewesen, vor Einbruch der Dunkelheit auf den Stellplatz zurückzukehren, ihn zu finden und sofort die 112 zu rufen. Dafür war es jetzt zu spät. Außerdem, das dritte Mal die Erste bei einem Toten, da konnte sie es niemandem verdenken, wenn er skeptisch würde. Schon gar nicht Kommissar Wagner. Erika überlegte, ob irgendjemand anders Roland vermisste, nach ihm fragte oder ihn suchte. Ihr fiel niemand ein. Sie beide kannten hier ja nur die Wagners, und die würden sich um Erika sorgen, aber bestimmt nicht um ihren Mann. Genauso wenig wie Paul Battenberg. Was hatte der Engländer mit Roland zu tun?

Die Stimme des Bürgermeisters schreckte Erika aus ihren Gedanken. „Hoffentlich vermisst Ihr Mann sie nicht."

„Das glaube ich nicht", sagte Erika, „er weiß ja, dass ich mit dem Rad unterwegs bin." Sie dachte an Anna, der sie versprochen hatte, heute Nachmittag wieder ins Hotel zu kommen. „Allerdings wollte ich Anna Wagner heute noch in der Küche helfen bei den Vorbereitungen für Ihre Feier morgen. Ich habe es ihr fest versprochen, sie wird sich Gedanken machen. Vielleicht sollte ich doch lieber jetzt gleich zu ihr fahren, mit dem Rad scheint doch alles in Ordnung zu sein."

Fontana blieb stehen und drehte sich um.

„Wie ich Anna kenne, hat sie schon ihre ganze Familie und das halbe Dorf eingespannt, da müssen Sie sich keine Gedanken machen." Er lächelte. „Aber es freut mich sehr, dass ich Sie morgen im Rathaus wiedersehen darf. Auch wenn Sie mit Anna das Büffet bewachen, wird sich eine Gelegenheit finden für ein Glas Wein zusammen."

Erika fühlte sich geschmeichelt. Domenico Fontana war so viel freundlicher und charmanter, als sie bisher geglaubt hatte. Wahrscheinlich war er bei ihrem gemeinsamen Essen gestern nur nervös gewesen. Anna hatte ihr erzählt, dass seine Ex-Frau ihm im Nacken saß und immer mehr Geld für sich und ihre vier Kinder forderte, und dann durfte er die Kinder noch nicht einmal so oft sehen, wie er wollte. Oder war er etwa eifersüchtig auf Paul Battenberg gewesen? Egal, ihre Füße schmerzten immer mehr, hoffentlich war es nicht mehr weit.

Wieder unterbrach Fontana ihre Gedanken, als ob er sie lesen könnte.

„Nur noch einmal um die Ecke, dann sind wir auch schon da." Er bog in eine Querstraße ein und streckte den Arm aus. „Da vorne ist es auch schon."

„Das?", fragte Erika. „Ist das nicht … ?"

Fontana lachte. „Dort wohnen Prostituierte, ja, das ist richtig. Aber eben auch eine Freundin von mir, wie ich schon sagte."

Er lehnte das Fahrrad an die Hauswand. Erika kramte in ihrer Manteltasche nach dem Schlüssel und stutzte. Sie fühlte die Schlüssel zum Wohnmobil und für das Fahrrad in ihrer Hand, aber etwas fehlte. Der USB-Stick, den Andrea ihr gegeben hatte, war nicht mehr da. Sie durchsuchte die andere Außentasche und auch die im Mantelfutter. Nichts.

„Stimmt etwas nicht?", fragte Fontana. „Falls Sie den Schlüssel nicht finden, Ihr Fahrrad steht hier sicher. Es sind ja nur ein paar Minuten."

Erika wollte nach ihrer Handtasche im Korb greifen, aber Fontana hatte sie schon an sich genommen und über seine Schulter gehängt. Mit einer Hand griff er fest nach ihrem Arm, ein bisschen zu vertraut für ihren Geschmack, mit der anderen gab er den Zahlencode für die Haustür ein. Fontana stupste Erika hinein, hinter ihnen fiel lautlos die Tür ins Schloss. Erikas dachte nur daran, sich endlich hinzusetzen.

*

Den größten Teil der Fahrt nach Verona schwiegen Wagner und Aurora Crepaldi. Wagner hing seinen Gedanken nach und vermutete dasselbe bei der Rechtsmedizinerin. Sie fuhr ihren Sportwagen selbstbewusst, bedacht und sicher. Auf dem Parkplatz vor der Questura verabschiedete sie sich mit dem Hinweis, dass sie morgen früh als erstes die innere Leichenschau von Roland Milser vornehmen würde, ohne davon große Überraschungen zu erwarten. Der erste Augenschein hatte keinerlei Hinweis auf Gewalteinwirkung ergeben, auch keine Abwehrspuren. Neben der

Obduktion würde erst die Laboranalyse Aufschluss über die endgültige Todesursache geben können.

„Diese ganzen Schachteln können kaum voll gewesen sein, dann hätte er wahrscheinlich erbrochen. Das sieht mir eher aus wie absichtsvoll arrangiert."

Ihr Händedruck war warm und fest.

Kaum hatten sie sich verabschiedet, lenkte auch Gasser den Dienstwagen auf den Parkplatz. Wagner passte ihn ab und nebeneinander stiegen sie die Treppen hoch, weil der Fahrstuhl auf sich warten ließ. Wagner dachte, dass er seinem Kollegen damit einen Gefallen tat, denn so wirkte es, als ob sie beide gemeinsam in Gassers Wagen gekommen wären. Letztlich konnte Gasser nichts dafür, dass der Vice-Questore ihn zur Kontrolle seines Vorgesetzten verdonnert hatte. Oder doch? Hatte er es darauf angelegt?

Die Tür zum Büro ihres Chefs stand sperrangelweit offen, was einem Befehl zum Eintreten gleichkam. Wagner trat als erster durch den Türrahmen, Gasser blieb einen halben Schritt hinter ihm stehen. „Kommen Sie, kommen Sie". Piacelli winkte sie vor seinen Schreibtisch, bot ihnen jedoch keinen Stuhl an. „Noch ein Toter in Garda", brüllte er, „doch nicht etwa schon wieder in Ihrem Hotel?".

Wagner verzichtete auf eine Klarstellung der Besitzverhältnisse des Camporondo und sagte:

„Der Fundort des Toten ist sein eigenes Wohnmobil auf dem Stellplatz."

Piacelli wetterte weiter: „Heute Mittag bei der Vernehmung hier im Haus war er noch quicklebendig, und von Suizidgedanken habe ich nichts bemerkt. Sie etwa, Commissario Gasser?"

Dieser verneinte, und Wagner sagte: „Das muss aber nichts heißen."

Piacelli wurde gefährlich ruhig. „Wollen Sie damit etwa andeuten, dass ich und Ihr Kollege hier den Verdächtigen zu hart angefasst haben? Wollen Sie das damit sagen?"

„Natürlich nicht, nichts liegt mir ferner. Ich konnte mich oft genug von den professionellen Verhörmethoden des Kollegen Gasser überzeugen. Und Sie habe ich noch nie unbeherrscht erlebt."

Die Ironie saß. Piacelli ließ vom Thema ab und fragte: „Also, was ist vorgefallen?"

Wagner zog sich einen der Stühle heran und setzte sich. Piacelli bedeutete Gasser, es ihm gleichzutun. Der Leiter der Mordkommission berichtete vom Auffinden der Leiche Roland Milsers und der höchst wahrscheinlichen Todesursache Selbstmord durch eine Überdosis an Tabletten. Bisher keinerlei Anhaltspunkte, die auf einen Mord hindeuteten, die Techniker seien aber noch vor Ort. Nein, einen Abschiedsbrief hätten sie nicht gefunden. Und nochmal nein, von Erika Milser keine Spur, allerdings fehlte ihr Fahrrad. Piacelli stieg nahtlos vom Fahrrad auf das Motorrad um und fragte, ob die Harley des zweiten Mordopfers wieder aufgetaucht sei.

„Ja", sagte Wagner, „sie steht im Hof des Hotels."

„Sie steht wo?", fragte Piacelli mit drohendem Unterton, während Gasser sich zu Wagner umdrehte und beide Augenbrauen hochzog.

„Die Harley Davidson von Konrad Schubert steht im Hof des Hotels Camporondo, das im Übrigen immer noch nicht mein Hotel ist. Das heißt, wahrscheinlich steht sie schon nicht mehr da. Ein Carabiniere wollte sie nach Verona fahren, sobald die KTU sie freigibt."

„Das hätte ich auch gern getan", sagte Gasser.

Piacelli sah von einem zum anderen. „Und keinen von Ihnen wundert es, dass das Motorrad auf dem Gelände des Hotels der Familie Wagner gefunden wurde?"

„Mich jedenfalls nicht", sagte Wagner, „immerhin war das der letzte Aufenthaltsort von Konrad Schubert und die Harley Davidson seine Maschine. Wer auch immer damit weggefahren ist, wollte vielleicht nur eine Spritztour machen und hat sie wieder zurückgebracht. Womöglich hat das überhaupt nichts mit dem Mord an ihrem Besitzer zu tun und lenkt uns nur von wichtigeren Fährten ab."

Wagners *telefonino* läutete. Er erkannte die Nummer der KTU und schaltete auf laut. Auf dem Glas in der Spüle des Wohnmobils fanden sich ausschließlich Fingerabdrücke von Erika Milser, sie hatte daraus wohl den Rotwein von der Flasche daneben getrunken; in dem Wasserglas auf dem Wohnzimmertisch waren Spuren von Medikamenten und die DNA von Roland Milser nachweisbar. Auf den leeren Tablettenschachteln unzählige Fingerabdrücke von Roland Milser, etliche unbekannte, was bei Handelsware normal war, und einige von Frau Milser. Nicht viele, aber sie überdeckten die anderen.

„Fahndung", ordnete Piacelli an, „fragen Sie die Kollegen in Garda, ob die Frau wieder aufgetaucht ist, und wenn nicht, lassen Sie sie zur Fahndung ausschreiben." Wagner sah mit Genugtuung, dass Gasser erneut die Augenbrauen hochzog. Mit einem donnernden „SOFORT!" waren beide Kollegen entlassen.

*

Im unbeleuchteten Hausflur der *cases popolari* nahm Erika eine Tür auf der rechten Seite wahr und zwei auf der linken. Am Ende des Gangs führte eine Wendeltreppe nach oben. Fontana schloss die rechte Tür auf und schob sie in einen schummrigen Raum. Eine halbrunde Bar vor verspiegelter Wand, davor einige Hocker und an der Wand neben der Tür ein altmodisch geschwungenes Sofa, bezogen mit königsblauem Stoff. Von dem verschnörkelten Holz der Armlehnen blätterte goldene Farbe ab, und vor der Außenwand hingen von der Decke bis zum Boden zwei Schals aus demselben Stoff wie das Sofa.

Hinter diesen Gardinen ist also das Fenster, aus dem der Bürgermeister mich und Andrea mit dem Fahrrad beobachtet hat, dachte Erika, und steckte beide Hände in die Manteltaschen auf der Suche nach dem Metallstick. Wieder ertastete sie nur ihre Schlüssel.

„Suchen Sie das?" Fontana hielt den glänzenden Penis in die Luft. Erika streckte die Hand aus, aber Fontana lachte nur und packte sie am Handgelenk. Mit der freien Hand stieß er eine der beiden Türen in der tapezierten Wand links von der Bar auf. Immer noch mit ihrer Handtasche über der Schulter zog Fontana Erika in das Nebenzimmer.

„Setzen Sie sich hier auf das Bett", sagte er und schaltete das Licht ein.

Erika gehorchte und ließ sich auf das Bett fallen. Zeit gewinnen, dachte sie, ich muss jetzt vor allem Zeit gewinnen.

„Was soll das?", fragte sie Fontana, der ihr so gar nicht mehr wie ein seriöser Bürgermeister vorkam, geschweige denn Ähnlichkeit hatte mit dem Kavalier, der ihr noch vor wenigen Minuten aufgeholfen hatte.

„Warum haben Sie mich hierhergebracht?" Trotz der Kälte im Raum schwitzte Erika und knöpfte ihren Mantel auf. Sie wickelte ihr großes Tuch auf dem roten Bettzeug zu einer Rolle zusammen und legte es sich in den Schoß. Sie blickte hinauf in sein Gesicht. Ich sollte besser aufstehen und auf Augenhöhe mit ihm reden, dachte sie, befürchtete jedoch, dass ihre Füße sie nicht mehr tragen würden.

„Was das soll? Das fragen Sie mich?" Fontana sah ehrlich verwundert aus, und er schien unschlüssig, was er tun sollte.

„Ja", sagte Erika und versuchte zu lächeln. „Ich meine, Sie haben mir so freundlich geholfen, und Sie sind der Bürgermeister, ein geachteter Mann, und jetzt bringen Sie mich an diesen Ort hier. Ich weiß wirklich nicht, was ich davon halten soll. Bitte erklären Sie es mir."

Fontana setzte sich neben Erika auf die Bettkante, ließ den Kopf hängen und spielte mit dem Stick in seinen Händen. „Da verlangen Sie sehr viel von mir. Ich weiß ja selbst nicht mehr, wie das alles gekommen ist."

Unvermutet legte er seine Hand auf die ihre, drückte sie und sagte: „Ich wollte das alles nicht, das müssen Sie mir glauben. Mein Leben war gut, bis meine Frau meinte, sie braucht mehr und mehr und nochmal mehr, und das bei vier Kindern. Die kosten doch schon genug."

Zeit gewinnen, dachte Erika wieder, ich muss Zeit gewinnen.

„Wie haben Sie das geschafft?", fragte sie. „In Deutschland ist das mit einem normalen Beamtengehalt kaum möglich."

Fontana lachte bitter. „Glauben Sie mir, in Italien auch nicht! Ich habe hier mal eine Baugenehmigung erteilt und da ein paar Zahlen in den Büchern verschoben. Ich war ja schon etliche Jahre im Rathaus und hatte einen guten Ruf, und das war ja auch alles noch im Rahmen. Aber dann … ". Er stockte.

„Was dann?" Zum ersten Mal fragte sich Erika, welche Informationen auf dem Datenträger sein könnten. Sie musste Fontanas spontane Beichte ausnutzen und so viel wie möglich aus ihm herauslocken, und dann - ja, was dann? Er hatte die Tür zu diesem Zimmer nicht abgeschlossen, und auch die Haustür war nur eingerastet. Es dürfte nicht schwierig sein, beide zu öffnen und aus dem Haus zu gelangen. Auf der Straße würde sie sicher sein. Aber soweit musste sie erst einmal kommen.

„Was passierte dann?", fragte Erika noch einmal und drehte dem Mann ihr Gesicht zu.

„Dann, dann kam Maria zurück aus Verona und brauchte Räume für ihr Geschäft. So kam ich auf die Idee mit dem Laden hier. Ich meine mit dem Bordell, wenn man es denn so nennen will. Maria schuldete mir noch einen Gefallen. Ich habe also dieses Haus hier besorgt. Das heißt, es ist meins, gehört aber einer Firma, in der mein Name nicht auftaucht."

Fontana schien erleichtert, sich endlich einmal alles von der Seele reden zu können. Er schlug sich an die Stirn. „Mein Gott, sie kann sich doch wirklich nicht beschweren. Es ist für uns beide gut gelaufen. Sie und die anderen

Frauen konnten hier unbehelligt arbeiten, und wir alle haben gut dabei verdient. Und dann hetzt sie mir dieses kleine Miststück auf den Hals." Er schüttelte heftig den Kopf, als könne er es immer noch nicht glauben, und vergrub das Gesicht in beide Hände.

Das war ihre Chance. Erika raffte ihren ganzen Mut zusammen, stieß Fontana mit der Schulter aufs Bett, warf ihr Tuch auf sein Gesicht und stemmte sich blitzschnell in die Höhe. Mit zwei Schritten war sie an der Tür, dann im Hausflur und hetzte die wenigen Meter zum Ausgang. Erika fasste den Türgriff mit beiden Händen.

*

Wagner parkte sein Cabrio auf dem Hof des Camporondo. Schuberts Harley stand nicht mehr an ihrem Platz und auch das rostige Fahrrad war nicht wieder aufgetaucht. Durch den Spalt zwischen Tür und Rahmen sah Wagner Licht in der Werkstatt. Ohne anzuklopfen zog er die Tür auf und trat ein. Erwin Wagner saß an seiner Werkbank und starrte auf den Bildschirm von Saras Laptop.

„Hallo Papa", sagte Salvatore und trat hinter ihn, die Augen fest auf den Bildschirm geheftet. Erschreckt klappte sein Vater diesen nach unten und drehte sich um.

„Ach, du bist es". Das klang erleichtert. Wagner hatte wenig, aber doch genug gesehen, um diese Erleichterung zu verstehen. Was ist schon dabei unter Männern, wenn einer sich Bilder von kaum bekleideten Frauen anschaut? So jedenfalls schien sein Vater zu denken. Nur eines wunderte ihn.

„Du warst bei Maria?", fragte er seinen alten Vater.

„Aber Junge, wo denkst du hin!", sagte Erwin, „ich wollte mir nur ein paar Bilder von ihr anschauen. Das kann man doch heute alles aus dem Internet raussuchen."

„Du surfst im Internet?" Wagner konnte es kaum glauben, auch wenn sein Vater vor Jahren an einem Computerkurs teilgenommen hatte. Er besaß weder *telefonino* noch Tablet und hatte, soviel er wusste, auch sonst keinerlei Interesse an der digitalen Welt. Die Nachrichten las er gedruckt auf Zeitungspapier oder folgte ihnen auf dem Bildschirm seines Fernsehers. Am liebsten hörte er Neuigkeiten sowieso von seinen Kumpels in einer Bar.

Erwin Wagners Mund war leicht geöffnet, anscheinend hatte er die Frage nicht verstanden. Logisch, dachte Wagner, Surfen hat für ihn ausschließlich etwas mit Wasser, Wind und Wellen zu tun. Er formulierte seine Frage neu: „Du weißt, wie man etwas im Internet sucht?"

Erwin Wagner nickte eifrig. „Und sogar findet, mein Junge. Sogar finden kann ich, wonach ich suche. Aber was machst du hier? Du bist doch nicht etwa gekommen, um deiner Mutter zu helfen?" Er zwinkerte ihm zu. „Ich habe mich gerade eben erst verdrückt, sie wird sich freuen, wenn du ihr hilfst. Sara ist auch dabei."

Wagner freute sich, sein Vater schien einen klaren Kopf zu haben. Gleichzeitig schämte er sich, weil er sofort daran dachte, diesen Umstand für seine Ermittlungen auszunutzen. Er zwinkerte zurück. „Ja, ich will wenigstens schauen, ob sie noch Hilfe braucht. Aber sag mal, ist dir wieder eingefallen, wohin du gestern mit Andrea gefahren bist? Du weißt, wir suchen immer noch nach ihm, und irgendwo muss er doch übernachten. Wenn er nicht gerade hier schläft." Wagner deutete auf das Regal vor dem Durchgang zu ihrem Kinderversteck.

„Ja, das stimmt", bestätigte sein Vater, als hätte er nie etwas anderes behauptet. „Andrea hat sich hier versteckt, oder besser ich habe ihn da drinnen versteckt. Der Junge ist unschuldig, der hat ganz bestimmt nichts Böses getan. So etwas merkt man doch, und er musste doch irgendwo hin. Ich konnte ihn bei dem Wetter unmöglich draußen schlafen lassen." Diese ruhig vorgetragenen Worte überraschten Wagner. Hoffentlich hielt die klare Phase seines Vaters an und mit ihr seine Ehrlichkeit.

„Woher willst du wissen, dass er unschuldig ist? Glaub mir, Papa, so etwas merkt man durchaus nicht immer. Ich habe mich bei meinen Ermittlungen schon oft in den Menschen geirrt."

Erwin Wagner wickelte den Laptop sorgfältig in Noppenfolie und verstaute ihn in einem Stapel ausrangierter Bettwäsche.

„Das ist eben der Unterschied, mein Junge", sagte er, „du siehst mit den Augen und hörst mit den Ohren deines Berufes, und da sieht und hört man nur die klaren Dinge. Nur das, was man messen und wiegen kann. Ich bin ein alter Mann, jaja, du brauchst gar nicht zu protestieren, und ich weiß leider auch, dass ich manchmal Aussetzer habe. Aber was ich sagen will, ich sehe die Dinge mit der Erfahrung meines alten Herzens. Glaube mir, dieses Herz hat viel gesehen in all den Jahren. Vielleicht zu viel. Ich weiß und ich sage dir, der Junge ist unschuldig."

„Vielleicht ist er das ja, das ist durchaus möglich, aber warum versteckt er sich dann?"

Wagner erhielt keine Antwort, stattdessen stellte sein Vater sich so nah vor ihn, dass sein keuchender Atem ihn stoßweise traf.

„Das hört jetzt auf, verstehst du?" Das war eine Drohung, die gute Phase schien vorbei. „Das hört jetzt sofort auf, ich habe nichts getan. Aus dem Weg, geh mir aus dem Weg!"

Wagner trat einen Schritt zur Seite. „Ach Papa", seufzte er, „gib mir wenigstens den Laptop."

„Den was? Was soll ich dir geben?" Die letzten Worte schrie der alte Mann.

„Den Computer von Sara, ich bringe ihn ihr zurück."

„Das könnte dir so passen, Salvatore! Nichts wirst du damit machen. Der bleibt hier, solange ich ihn brauche. Und wenn du dich auf den Kopf stellst!" Erwin Wagner kreuzte seine Handgelenke und streckte seinem Sohn die Hände hin. „Du kannst mich ja verhaften, wenn du willst."

„Ach Papa, so geht das doch nicht."

„Und ob das so geht! Genau so geht das. Und merk dir das eine: So schnell will ich dich hier nicht wieder sehen. Hast du das verstanden?"

In der Küche empfing Anna Wagner ihren Sohn mit hochrotem Kopf. Sie war umgeben von einer Unmenge an Vorratsdosen in allen Formen und Größen. Wagner fragte sich, wie sie das alles in der Kühlkammer verstauen wollte.

„Salvatore, schön, dass du kommst. Dein Vater hat sich davongemacht, aber ich will nicht meckern, er hat wirklich geholfen. Sara auch, sie macht nur eine kurze Teepause auf ihrem Zimmer. Hier, halt das mal." Anna drückte ihrem Sohn ein Holzbrett mit einem saftigen Braten darauf in die

Hand. „Den muss ich noch irgendwo unterbringen". Wagner merkte seiner Mutter ihre Nervosität an und fragte sich, ob sie mit ihren 71 Jahren nicht allmählich zu alt wurde für derartige Veranstaltungen.

„Hast du etwas von Erika gehört?", fragte sie ihn. „Sie wollte schon längst hier sein, und an ihr Handy geht sie auch nicht. Das sieht ihr so gar nicht ähnlich, ich fange wirklich an, mir Sorgen zu machen. Hoffentlich ist ihr nichts passiert."

„Ihr vielleicht nicht", sagte Wagner, „aber ihrem Mann."

Anna Wagner legte das Messer aus der Hand, mit dem sie Speck in winzige Würfel schnitt. „Wieso, was ist los mit ihm?"

„Er ist tot, Mama."

Seine Mutter setzte sich auf den erstbesten Hocker und starrte ihn entgeistert an. „Tot? Erikas Mann ist tot? Sag jetzt bitte nicht, er wurde auch umgebracht."

„Mama, du weißt, dass ich dir dazu nichts sagen darf. Die endgültige Todesursache steht auch noch nicht fest."

„Und Erika? Was sagt Erika dazu?"

„Genau das ist der Punkt, Mama, das wissen wir nicht. Deine Freundin ist spurlos verschwunden. Nicht nur du suchst sie, der Vice-Questore persönlich hat sie zur Fahndung ausgeschrieben."

Anna Wagner nahm ihre Kochmütze ab und fuhr sich durch die Haare. „Aber Salvatore, ihr glaubt doch nicht allen Ernstes, das Erika etwas damit zu tun hat?"

„Wir glauben gar nichts, aber wie gesagt, der Vice-Questore persönlich … ".

„Verdammt!", sie schlug mit der flachen Hand auf den Tisch, „Salvatore, hör auf, dich hinter deinem Chef zu verstecken. Du selbst hast das gemacht, du jagst die Arme doch schon seit Tagen. Immer bist du hinter ihr her und willst etwas von ihr. Glaubst du, ich merke das nicht?"

Wagner kannte diesen stählernen Glanz in den Augen seiner Mutter. Nur war es Jahre her, dass sie ihre Pfeile auf ihn abgeschossen hatte. Sie war kurz davor, jedes Maß zu verlieren. Er wollte sie beruhigen, aber sie ließ ihn nicht mehr zu Wort kommen.

„Weißt du was? Ich brauche deine Hilfe nicht. Geh und such Erika, und wenn du sie gefunden hast, sag mir Bescheid." Wagner blieb unschlüssig stehen und suchte nach Worten. Jedem Satz eines Zeugen oder einer Verdächtigen vermochte er etwas zu entgegnen, aber bei seiner Mutter wusste er nicht mehr weiter.

„Raus!", rief Anna Wagner und zeigte ihrem Sohn die Tür. Erst sein alter Vater und jetzt auch noch sie.

Hinter der Tür zu Saras Zimmer vernahm Wagner die Stimme seiner Tochter, konnte aber nicht verstehen, was sie sagte. Er klopfte und hörte ihre Schritte.

Sara öffnete und sprach gleichzeitig in ihr *telefonino*: „Okay, du weißt dann Bescheid. Ich muss jetzt Schluss machen. Wir sehen uns." Wagner hätte zu gern gefragt, ob die Person am anderen Ende De Luca war, fürchtete sich aber davor, eine Trotzhaltung zu provozieren.

„Ciao Papa", Sara zog die Tür weit auf, stellte sich auf die Zehenspitzen und küsste ihren Vater auf beide Wangen.

„Ciao meine Süße". In diesem Augenblick hoffte Wagner inständig, dass sein kleines Mädchen keinen Zentimeter mehr wachsen würde. Und schon gar nicht erwachsen würde.

„Komm rein, Papa, willst du einen heißen Tee? Oma hat mir eine ganze Kanne voll mitgegeben für meine Pause. Das ist viel zu viel für mich." Sie zeigte auf die Thermoskanne auf ihrem Schreibtisch.

„Danke, das ist lieb von dir, aber ehrlich gesagt wäre mir ein Glas Wein jetzt lieber."

Sara lachte. „Damit kann ich nicht dienen, Papa, aber setzen darfst du dich trotzdem." Ihr Vater zog einen Stuhl heran und überlegte, wie er das Gespräch auf Andrea de Luca bringen könnte, ohne die friedliche Stimmung zwischen Vater und Tochter zu zerstören. Er seufzte und schlug die Beine übereinander.

„Ist etwas, Papa?", fragte Sara. Sara, seine Kleine. Seine Süße.

„Ach Sara", sagte Wagner, „willst du mir nicht doch sagen, was du über den Verbleib von Andrea de Luca weißt?" Seine Tochter versteifte ihren Rücken und presste die Zähne aufeinander. Genau das hatte er befürchtet. „Wir haben neue Erkenntnisse und neue Verdächtige. Aber durch sein Verschwinden macht er es uns und vor allem sich selbst nur immer schwerer."

Er nahm ihre schlanken Hände in seine. „Die sind ja ganz kalt." Sanft rieb er ihre Finger.

„Lass das, Papa." Sara entzog sich ihm. „Von mir erfährst du nichts."

„Aber warum denn nicht, Sara? Ich mache doch nur meine Arbeit. Und glaub mir, es ist alles andere als leicht für mich, wenn meine eigene Familie mich dabei behindert. Das haben sie auch schon in der Questura bemerkt."

Sara stand auf und knallte ihren Stuhl unter den Schreibtisch. „Da kann doch ich nichts dafür!" Ihr Gesicht war hochrot angelaufen. „Glaubst du, mir macht das Spaß? Aber ihr habt doch keine Ahnung!"

Wagner traute seinen Augen nicht. Sara schritt zur Tür und riss sie weit auf. Nach Vater und Mutter schmiss auch seine Tochter ihn raus. „Sara, bitte", flüsterte er mit rauer Stimme.

„Ich kann wirklich nichts dafür, Papa, und deinen Job hast du dir selbst ausgesucht." In der Tür drehte er sich noch einmal um. Sara saß schon wieder am Schreibtisch, sein Blick prallte an ihrem stocksteifen Rücken ab.

*

Sieben Schritte zählte Erika bis zur Haustür, sieben fliegende Schritte in die Freiheit. Sie konnte sich nicht erinnern, dass Fontana einen Schlüssel umgedreht hatte, zumindest steckte keiner im Schloss. Umso bitterer die Enttäuschung, umso verzweifelter ihr Ruckeln am Griff der Tür, ohne dass diese sich auch nur einen Millimeter weit öffnete.

„Was glauben Sie denn? Dass ich Sie hier so einfach wieder weglasse? Ich hätte Sie für intelligenter gehalten."

Erika drehte sich um. Der Bürgermeister stand jetzt so dicht vor ihr, dass Sie seinen Atem spürte. Ein Hauch von Eis erfasste sie. Wieder packte Fontana sie am Arm, dieses Mal grob und schmerzhaft, und zerrte sie hinter sich her. Im Zimmer warf er sie aufs Bett, sie kam auf dem Rücken zu liegen. Erika sah die Beine von Konrad Schubert vor sich, wie sie in den Knien abgeknickt über der Bettkante leblos auf den Boden baumelten. So also ist das passiert, dachte sie und versuchte sich aufzurichten.

Fontana drückte ihren Oberkörper mit aller Kraft an den Schultern aufs Bett. Erika zappelte mit den Beinen, zog ihre Knie an und versuchte, sie in seinen Unterkörper zu stoßen; sie warf ihren Kopf hin und her und biss in sein linkes Handgelenk, dass es knirschte. Sie spürte seine behaarte, trockene Haut in ihrem Mund und musste würgen.

„Verdammte Hure", schrie Fontana, „ihr seid doch allesamt verdammte Huren, seid ihr", und schlug ihr ins Gesicht. Eine Ohrfeige, die im ganzen Kopf widerhallte. Der Mann hielt sie mit einer Hand an beiden Handgelenken fest, und Erika fürchtete, er würde ihr die Schlagadern abklemmen. Mit der anderen nestelte er am Kopfteil des Bettes nach schepperndem Metall. Er quetschte ihren Oberkörper zwischen seine Knie, die Unterschenkel hielten ihre Hüfte in Schach. Erika trat mit eingezwängten Beinen um sich, soweit sie konnte, traf mit aller Wucht aber nur ins Leere. Sie stieß einen tierischen Laut aus, zwischen Wut und Klage, und gab auf. Unvermutet ließ Fontana ihre Hände los. Schweiß tropfte von seinem Gesicht, Erika schloss die Augen. Jetzt erst wurde ihr bewusst, dass es sich bei dem Metall um Handschellen handelte. Ihr Arm unter seinem Knie schmerzte höllisch, als er sich aufrichtete und ihre linke Hand an den Bettpfosten fesselte. Noch einmal versuchte Erika hochzukommen und ihren Peiniger zu beißen, vergebens. Fontana ließ von ihrem Oberkörper ab, rutschte rückwärts auf den Boden und schwang ihre Unterschenkel aufs Bett.

Erneut wehrte Erika sich mit Tritten. Sie zielte auf sein Geschlecht, landeten aber nur einen lahmen Hieb in seinem

Bauch. Immerhin, er berührte sie nicht mehr, stand nur da, stemmte die Fäuste in die Taille und grinste auf sie herab.

„Wie ich schon sagte, Frau Milser, ich hätte sie für intelligenter gehalten. Sie machen es sich nur noch schwerer." Er sprach mit ihr wie mit einem unverständigen Kind. Ein Tonfall, den Erika schon immer gehasst hatte.

„Ich hatte gar nicht vor, Sie zu fesseln, ich wollte Sie nur einsperren. Das hier ist ein schalldichter Raum, von hier dringt nichts nach draußen. Kein Rufen und auch kein Schreien. Aber wenn Sie so dumm sind und nicht auf mich hören, bleibt mir gar nichts anderes übrig."

Erika blickte sich im Zimmer um. Tatsächlich, die Wände und auch die Tür waren gepolstert, und sie sah kein Fenster. Sie dachte an Andrea, jetzt könnte sie seine Hilfe gebrauchen. Sie sah ein, dass körperlicher Widerstand zwecklos war, und versuchte es auf andere Weise.

„Ich muss mal."

Fontana wirkte verblüfft, als ob er diese Möglichkeit nicht in Betracht gezogen hätte.

„Daran hätten Sie vorher denken müssen. Jetzt ist es dafür zu spät."

„Aber Sie können doch nicht wollen, dass ich ins Bett mache?"

Fontana schien mit sich zu kämpfen.

„Sie können mich doch hinterher wieder fesseln und dann mit mir machen, was Sie wollen. Das verspreche ich Ihnen."

Das ich alte Frau das noch erleben muss, dachte Erika, Sex mit Fesseln. Ich will das nicht. In ihrer Handtasche klingelte das Handy. Fontana ließ es klingeln, schaute nicht einmal nach, wer das sein könnte. Erst als es still war, zog er das Telefon aus der Tasche, öffnete es und zerrte die SIM-Karte hervor. Ein Knirschen unter seiner Schuhsohle, das war alles. Erika kam der Gedanke, dass es um weitaus mehr gehen könnte als erzwungenen Sex.

Mit einem unerwarteten Ruck brachte Fontana sie in eine gerade Rückenlage, ging auf die Seite mit dem freien Arm und fesselte auch diesen an einen Pfosten des Kopfteils.

„Die Füße auch?", fragte er sein Opfer und schien ernsthaft darüber nachzudenken, ob das nötig sei.

„Bitte nicht", flehte Erika, „ich kann mich doch so schon nicht mehr rühren."

„Ist ja auch egal, morgen Mittag sitze ich im Flieger, und nach mir die Sintflut."

Fontana setzte sich auf das Fußende des Bettes, mit dem Rücken zu Erika. Sie überlegte, ob sie ihn mit einem überraschenden Tritt ins Kreuz von der Bettkante stoßen konnte. Aber was würde das nützen? Sie war gefesselt und musste erreichen, dass wenigstens ihr Unterkörper und die Beine beweglich blieben. Wenn sie schon nicht auf die Toilette durfte. Fontana stand auf, drehte sich um und sah auf sie herab. Hatte er etwa Mitleid mit ihr? Das könnte ihre Chance sein, sie musste nur den richtigen Moment finden. Und den richtigen Ton.

„Ich wollte das alles nicht", wiederholte Fontana und setzte sich auf einen nackten Eisenstuhl. „Das müssen Sie mir glauben, ich wollte das wirklich nicht. Mein Leben hat so gut angefangen, ich war zufrieden mit dem, was ich hatte, und dann konnte dieses Weib den Hals nicht voll genug kriegen." Er ballte die Fäuste zwischen seinen Knien. „Können Sie sich das vorstellen? Vier Kinder und die

Signora denkt nur an immer schönere und immer teurere Klamotten. Zum Schluss wollte sie auch noch Designermöbel! Und ich Trottel habe nicht einmal bemerkt, dass diese Hure schon lange einen Liebhaber hatte."

„Das kenne ich", sagte Erika und meinte es ernst.

„Ach ja?" Fontana dachte einen Moment nach, dann schob er den Stuhl beiseite und ging langsam zur Tür. „Es tut mir leid", sagte er und wandte sich ein letztes Mal zu ihr um. „Es tut mir wirklich leid. Aber warum mussten Sie sich auch überall einmischen?"

„Bitte", flehte Erika, „Sie wollen mich doch hier nicht einfach so liegenlassen?"

Statt einer Antwort dimmte Fontana die Beleuchtung auf ein Minimum und schloss die Tür von außen ab. Sie konnte nicht hören, ob er den Zimmerschlüssel abzog oder stecken ließ.

Alenka

Mein liebes Kind, meine süße kleine Alenka!

Wenn du diesen Brief liest, dann bist du schon groß und ich schon lange tot. Ich weiß noch nicht einmal, ob du unsere Schrift lesen kannst, ich habe ja nicht mehr die Zeit sie dir beizubringen. Meine Arbeit hier in der Stadt, nachdem ich aus dem Hotel raus war, war ekelhaft und hat mir diese schreckliche Krankheit eingebracht, aber dafür hat sie dich und deine Zukunft gerettet. Dafür bin ich bis in alle Ewigkeit dankbar. Du bist erst drei und es bricht mir schon jetzt das Herz, dass ich nicht immer bei dir sein kann. Aber du wirst es gut haben bei deinem Papa, bei Konny, er wird gut für dich sorgen und auf dich aufpassen. Dafür sollst du, wenn er alt ist, dich um ihn kümmern und auf ihn aufpassen. Er ist ein guter Mann. Und du, meine kleine Alenka, du bist das Beste, das er je hatte!

Ich muss dir auch etwas sagen, das nicht so schön ist, aber du musst es wissen. Auch wenn es mir schwerfällt.

Konny liebt dich. Er liebt dich wie sein eigenes Kind. Aber du sollst wissen, dass er nicht dein richtiger Vater ist. Er wird es dir sagen, wenn du volljährig bist, das hat er mir versprochen. Und er ist ein guter Mann, er hält seine Versprechen. Das weiß ich. Das tut er immer.

Dein richtiger Vater ist jemand anders. Er ist Deutscher und heißt Roland Milser. Das weiß ich von dem Anmeldebuch aus dem Hotel. Mehr stand da nicht drin. Aber vielleicht kannst du ihn finden, wenn du es willst. Die Deutschen sollen ja gut organisiert sein. Ich glaube er ist kein schlechter Mensch, er ist ja dein Vater, und du bist wunderbar. Mein Kind, mein Glück. Er war mit seiner Frau in dem Hotel, in dem ich gearbeitet habe, da hat er mir ein Kind gemacht, dich. Ich wollte das nicht, aber jetzt bist du mein ganzes Glück. Sie waren mit einem großen neuen Auto da, einem Mercedes. Er hat also Geld, und du hast ein Recht auf deinen Anteil.

Meine Kleine, meine ganze Liebe! Ich gebe diesen Brief Maria, bevor wir die Stadt verlassen. Maria ist eine gute Freundin und hat mir geholfen und mir viel beigebracht. Sie hat sogar ihre Wohnung mit mir geteilt. Maria kennt auch Konny, deinen Papa und weiß, dass er wiederkommen wird, wenn du größer bist. Dann wird sie dich erkennen und dir meinen Brief geben. Du siehst genauso aus wie ich als kleines Mädchen. Du bist das Schönste und das Wertvollste, was ich dieser Welt vermachen kann.

Lebe wohl, meine Kleine, meine geliebte Alenka!

Für immer deine Mama

Dienstag, 15. Oktober

So sehr Erika sich auch anstrengte und mit gespitzten Ohren ihren Hals in alle ihr noch möglichen Richtungen verrenkte, das Ergebnis blieb gleich Null. Kein noch so leises Geräusch drang durch die Isolierung von Wänden und Tür, weder von der Straße noch vom Flur noch aus den Räumen neben und über ihr. Nicht einmal Kellergeräusche wie das Anspringen einer Heizung oder das Gluckern von Abwasser hörte sie.

Sie konzentrierte sich auf das, was sie vom Bett aus sehen konnte. Über die Polsterung an Tür und Wänden war ein rubinroter Stoff gespannt, wie Pannesamt, an einigen Stellen schimmerten schon die Webfäden durch. So sieht also ein Sado-Maso-Raum aus, dachte Erika und zählte die Peitschen (sieben), die Lederriemen (dreizehn) und die langen spitzen Nägel (fünf), die jeder einzeln in einer Klarsichthülle von den Haken hingen. Hygienisch einwandfrei. Als ob sie nach Gebrauch sterilisiert würden. Erika sog verzweifelt die Luft ein, ein Fiepen wie von einem gequälten Tier. Sollte Sie allen Ernstes ausgerechnet hier sterben? Umgeben vom Handwerkszeug einer Domina?

Erika konnte schreien und jammern, soviel sie wollte, niemand hörte sie. Kopflos warf sie die Beine hin und her.

Einzige Wirkung waren immer heftigere Schmerzen in den gefesselten Handgelenken. Ihre Füße brannten. Mit einem Schuh kratze sie den anderen vom Fuß und schob ihn von sich, hörte ihn auf den Boden klacken. Für den zweiten brauchte sie mehr Zeit, sie hatte ja nur noch ihre Zehen als Werkzeug, mit denen sie ihn von der Ferse schabte und wegstieß. Plopp, landete auch er auf dem Boden.

Wenigstens hatte er die Handschellen nicht an der obersten Stange des Kopfteils angebracht. Es war so schon schlimm genug zu spüren, wie der Schmerz vom Handgelenk bis in die Achselhöhlen zog und von dort den Brustraum attackierte. Noch dazu stand ihre linke Wange in Flammen, vor allem tat die Stelle höllisch weh, wo Fontana mit seinem Siegelring den Wangenknochen getroffen hatte. Hoffentlich war nichts gebrochen.

Der Anfall von Verzweiflung ließ nach. Es nützte ja auch alles nichts, sie musste sich beruhigen. Hatte sie sich jemals in ihrem Leben so leer gepumpt gefühlt? Erika konnte sich nicht erinnern. Normalerweise schlief sie auf der Seite ein, in früheren Jahren zu Roland gewandt, seit längerem mit der Kehrseite zu ihm. Diese Nacht musste sie auf dem Rücken liegen. Irgendwann fiel ihre Wange auf das Kissen, und so schlief sie ein. In den Wachphasen betäubten wirre Gedanken sie bis hin zu atemloser Todesangst.

Wer würde sie vermissen, jetzt, wo Roland tot war? Roland. Ob ihn schon jemand gefunden hatte? Wenn sie den Notruf gewählt und seinen Tod verhindert hätte, würde er sich jetzt um sie sorgen und sie retten? Und dann? Anna Wagner würde sie vermissen, da war Erika sich sicher, aber die hatte so viel Arbeit, da gingen die Gedanken an sie bestimmt unter. Paul Battenberg? Er war der Einzige, der sie hatte wegfahren sehen. Andrea? Erika hatte keine Vorstellung, wo er sein konnte und was auf dem Datenträger war. Ein USB-Stick in Penisform, der passte perfekt in diesen Raum.

Erika wusste nicht, wie oft sie weggeduselt und wieder aufgewacht war. So sehr sie sich auch verdrehte, sie konnte das Zifferblatt ihrer Armbanduhr nicht sehen. Keine Minuten und Stunden zählen, nichts. Noch nicht einmal ein Tick-Tack-Geräusch brachten diese modernen Dinger zustande. War es schon Morgen oder noch mitten in der Nacht? Sie befürchtete einzunässen, obwohl sie noch keinen Druck spürte. Sie hatte auch den Tag über kaum etwas getrunken und viel geschwitzt.

Am schlimmsten war das Gefühl der Ohnmacht. Zeitweise empfand Erika keinerlei Schmerzen mehr und keine Angst. Rein gar nichts fühlte sie und war schwerelos, taub und leer. In diesem Zustand schwebte sie über allem und sah sich selbst von oben, auf diesem Bett, als wäre es das Normalste der Welt.

Fühlt sich das so an, wenn der Tod naht?

*

In seinem Büro wartete Wagner seit dem frühen Morgen auf Nachrichten, die den Fall weiterbringen könnten. Am Computer blätterte er in den digitalen Ausgaben der Zeitungen, die Berichte waren haarsträubend ungerecht. Irgendjemand hatte den Journalisten gesteckt, dass der Leiter der Mordkommission in privater Verbindung stand zu mindestens einem der Hauptverdächtigen, dem verschwundenen Andrea de Luca. Selbstverständlich wurde auch die

Verbindung seiner Mutter zu der mittlerweile zur Fahndung ausgeschriebenen Deutschen Erika Milser ausgeschlachtet. Wenigstens hatte bislang niemand seinen Vater interviewt. Das hätte gerade noch gefehlt. Auch der Tod von Roland Milser war zum Glück noch nicht an die Öffentlichkeit gedrungen.

Piacelli rauschte mit einem ganzen Packen von Zeitungen unter dem Arm in Wagners Büro und knallte sie ihm auf den Tisch. „Da, lesen Sie das!"

Wagner schob den Stapel zur Seite und grüßte seinen Chef: „*Buongiorno* Vice-Questore". Er drehte ihm den Bildschirm zu.

„Schauen Sie, ich bin gerade dabei, mich auf den neuesten Stand zu bringen. Bei einer derartigen Menge an Nachrichten kommen die Druckereien gar nicht nach, die digitalen Zeitungen sind den Print-Medien weit voraus."

Piacelli machte auf dem Absatz kehrt und brüllte aus der offenen Tür: „Dann wissen Sie ja, was Sie bei der Pressekonferenz zu tun haben! Klären Sie das auf, beides, die Mordfälle und Ihren ganzen privaten Sumpf. Sie wissen, was Ihnen sonst blüht!"

Nur zu gut wusste Wagner das. Piacelli würde ihn von dem Fall abziehen, hätte es wahrscheinlich schon längst getan, wenn nicht so viele Kollegen in Urlaub wären. Sie alle waren klug genug gewesen, entfernte Urlaubsziele zu wählen, von denen er sie nicht kurzfristig abrufen konnte.

Seit Wagner die Leitung der Mordkommission übernommen hatte, war er es gewohnt, im Visier der Presse zu stehen. Aber noch nie war er so direkt angegriffen worden. Hatte er das Gasser zu verdanken? War er es, der so viele Einzelheiten über seine Familie weitergegeben hatte?

Wagner war froh, dass seine Eltern mit dem Catering heute viel zu beschäftigt waren, um Zeitung zu lesen.

Noch einmal wühlte er sich durch die Akten, die zu dem sprichwörtlichen Berg angewachsen waren. Irgendetwas musste ihnen entgangen sein, hatten sie übersehen. Gasser hatte angekündigt, dass er heute später ins Büro käme, sonst hätte Wagner sich mit ihm zusammengesetzt. Trotz aller unterschwelliger Differenzen, die er sich vielleicht auch nur einbildete, ergänzten sie sich gut.

Um 10:00 Uhr erreichte ihn ein Anruf aus der Wache in Garda. Die junge Polizistin von Freitagnacht informierte ihn, dass ein E-Bike aufgetaucht sei, auf das die Beschreibung des Rades von Erika Milser passte. Sofort wurde Wagner hellhörig.

„Wo haben Sie es gefunden?"

„Vor zwei Stunden haben wir die Garage eines Verdächtigen geöffnet und darin eine Menge Diebesgut gefunden, unter anderem dieses Elektrorad."

„Haben Sie den Dieb schon befragt?"

„Selbstverständlich, Commissario Capo", sagte die Polizistin. Kein Vorwurf, nur Stolz lag in ihrer Stimme. „Erst hat er sich geweigert und einen auf unschuldig gemacht, aber dann hat er zugegeben, dass er das Rad gestern Abend vor den *cases popolari* gefunden hat. Gefunden! Dort hatte es wohl an der Wand gelehnt." Sie lachte. „Er konnte sein Glück kaum fassen, weil es nicht abgeschlossen war, und will uns allen Ernstes weismachen, dass es sich deshalb nicht um Diebstahl handelt. Dabei habe ich es selbst in der Nacht zum Samstag auf dem Stellplatz gesehen, zwischen den beiden Wohnmobilen. Und die Besitzerin ist doch zur Fahndung ausgeschrieben."

„Danke, dass Sie mich sofort informiert haben, das war sehr gut. Bitte warten Sie auf mich, ich komme so schnell wie möglich zu Ihnen."

Wagner verwarf den Gedanken, den Vice-Questore zu informieren, schickte stattdessen eine Nachricht an Josef Gasser und raste im Dienstwagen mit Blaulicht nach Garda.

*

War sie erst eine Nacht in diesem absurden Käfig eingesperrt oder schon zwei oder gar drei? Vielleicht noch nicht einmal eine? Erika hatte jedes Zeitgefühl verloren. Das mit dem Zeitgefühl ist Quatsch, dachte sie, Zeit ist doch kein Gefühl, Zeit kann man messen, abzählen und kalkulieren, und ein Tag hat immer 24 Stunden, egal, wie man sich fühlt und ob man weiß, dass es ein Tag ist. Und doch, manchmal rast die Zeit so schnell, dass man aus der Puste kommt und kollabiert. Oder schleicht so langsam, dass man im Stehen hinfällt und auf der Strecke bleibt.

Bei diesen Überlegungen fühlte Erika sich uralt. Vor allem fühlte sie eine Müdigkeit, die sie herabzuziehen drohte in ungeahnte Tiefen von Ohnmacht oder Tod. Hatte Roland das auch gefühlt? Reiß dich zusammen, dachte sie, reiß dich gefälligst zusammen und mach was. Tu irgendetwas!

Als erstes öffnete und schloss sie ihre Hände mühsam zur Faust, bis das Taubheitsgefühl in ein stechendes Kribbeln überging. Immerhin, ein Beweis für Leben. Dann umfasste sie mit jeder Hand eine der Längsstreben des Kopfteils, so gut es eben ging, und zog sich Zentimeter für

Zentimeter näher heran, rutschte mit dem Hintern nach oben, bis ihre Arme nicht mehr so sehr gedehnt waren.

Erika streckte die Beine in die Höhe, eines nach dem anderen, und strengte sich an, sie im Knie so fest wie möglich durchzudrücken. Lange konnte sie ihre Füße nicht oben halten. Im Liegen Radfahren, das ist gut für die Durchblutung, und dann wieder die Hände zu Fäusten ballen und wieder öffnen, schließen und öffnen, damit sie nicht einschlafen. Den Kopf langsam von einer Seite zur anderen drehen, von den Nägeln zur linken zu den Peitschen zur rechten, damit die Nackenmuskulatur sich nicht zu Stein verhärtet. Wie ein Brett fühlte sie sich jetzt schon an. Die Schultern kreisen lassen, soweit das im Liegen möglich ist.

Vor allem jede Übung mitzählen, dann bleibt auch das Gehirn in Gang. Und nicht weinen, auf gar keinen Fall weinen. Was würden die Leute denken, wenn sie sie hier heulend finden würden? Mit Handschellen auf dem Bett gefesselt in einem Sado-Maso Raum. In ihrem Alter.

In ihrem Lodenmantel war Erika klitschnass geschwitzt und zitterte gleichzeitig vor Angst und Kälte. Was hatte der Bürgermeister vor, wo doch am Dienstag seine Feier war? War heute schon Dienstag? Der 15. Oktober, ihr Hochzeitstag. O Gott, wo soll das enden, sie musste sich zusammenreißen. Erika begann, die Polsternägel zu zählen, mit denen die Isolierschicht unter der Stofftapete im Abstand von ziemlich genau zwanzig Zentimeter an der Wand befestigt war. Zwanzig Zentimeter in der Höhe und auch in der Breite. Eins – zwei – drei – hundert - weiter, immer weiter.

*

Auf der Bank am Seeufer, zwischen Hotel und Polizeiwache, wartete die Polizistin auf Wagner. Vor ihr stand das Elektrorad. Kein Zweifel, ein derart teures Stück hatte auch Wagner bisher nur auf dem Stellplatz gesehen, und dort gleich in zweifacher Ausführung. Es musste das E-Bike von Erika Milser sein. Aber wo war die Frau?

„Warten Sie bitte einen Moment hier, ich bin gleich zurück."

Wagner eilte ins Hotel. Zwei Frauen aus dem Ort arbeiteten in der Küche, eine andere bediente im Frühstücksraum. Den Fiorino fand er weder im Hof noch in einer der Garagen. Wahrscheinlich waren seine Eltern längst im Rathaus, wo seine Mutter die Möbel für das Büffet zusammenstellte und die Tische eindeckte. Hoffentlich war sein Vater so gut in Form wie gestern und konnte ihr eine wirkliche Hilfe sein.

Die Tür zur Werkstatt war verschlossen, Wagner musste zurück und den Schlüssel vom Brett in der Rezeption holen. Gott sei Dank, Saras Laptop steckte noch zwischen der Bettwäsche. Er zog ihn heraus, legte ihn auf die Werkbank und klappte den Bildschirm hoch. Er hatte Glück, wie vermutet hattet sein Vater das Gerät nur zugeklappt, aber nicht ausgeschaltet. Noch nicht einmal die zuletzt aufgerufenen Programme hatte Erwin Wagner geschlossen. Schnell fand er den Ordner, den sein Vater am Vortag geöffnet hatte, mit den Fotos der fast nackten Maria. Auch zwei weitere Frauen sah er, eine in normaler Alltagskleidung, die andere mit viel Leder und Metall hergerichtet wie eine Domina. Vor ihr kniete ein Mann mit

Hundemaske vor dem Gesicht und einem auf den Rücken geschnallten Fell, auf das sie mit offensichtlicher Wucht die Peitsche schwang. Auf einem anderen Bild der Rücken eines Mannes im dunklen Anzug, dem Maria mehrere Geldscheine zusteckte. Wieder auf einem anderen Ausschnitt die bekleidete Frau, von der Wagner wusste, dass sie in den *cases popolari* arbeitete. Auch sie drückte dem Mann Geldscheine in die Hand.

Auf diesen Bildern kassierten nicht die Frauen von ihren Freiern, sondern ein Mann von den Prostituierten. Irgendetwas an dessen Haltung kam Wagner bekannt vor, aber es fiel ihm nicht ein, wer das sein könnte.

Mit dem Laptop unterm Arm kehrte er zur Wache zurück, wo Aurora Crepaldi ihn telefonisch über das Ergebnis der Autopsie von Roland Milsers Leichnam informierte: „Wie erwartet handelt es sich um Suizid durch eine Überdosis von Medikamenten. Darüber hinaus haben wir in keiner Körperflüssigkeit andere chemische Substanzen gefunden. Also kein Gift oder Drogen. Es gibt auch keinen Hinweis darauf, dass die Medikamente dem Mann gewaltsam eingeflößt wurden, weder durch den Mund noch aufgelöst und injiziert. Auch keinerlei Abwehrspuren.“ Sie machte eine kurze Pause und sagte dann: „Interessant ist etwas anderes.“

„Ach ja? Und was?“

„Der Mann war sterilisiert.“

„Wie bitte? Ich denke, er ist der biologische Vater unseres ersten Mordopfers.“

„Das ist er auch, daran besteht kein Zweifel. Aber bei der visuellen Untersuchung fiel meinem jungen Kollegen eine winzig kleine Narbe am Hodensack auf, wie sie sich manchmal nach einer Vasektomie bildet. Und siehe da, er hatte recht." Sie lachte. „Er hat ja auch lange genug durchs Mikroskop geschaut. Die Vasektomie ist eine Routinemethode zur Sterilisation des Mannes. Dabei werden die Samenleiter durchtrennt und die Schnittenden verödet. Aber der Mann hatte Pech, oder Glück, wie man's nimmt. Laut Statistik wachsen bei einem von tausend auf diese Art sterilisierten Männern nach einigen Jahren die Samenleiter wieder zusammen. Dadurch werden sie erneut uneingeschränkt zeugungsfähig. Bei Roland Milser war das anscheinend der Fall."

Wagner war aus irgendeinem Grunde froh, dass nicht die Ärztin selbst, sondern ein Assistent sich so ausgiebig des Hodens von Roland Milser angenommen hatte. Er bedankte sich und tippte auf die Nummer von Gassers *telefonino*, der auf dem Weg ins Büro war.

„Das trifft sich", sagte Wagner, „kehren Sie um und fahren Sie so schnell wie möglich nach Garda. Die Kollegen hier haben das Fahrrad der Vermissten gefunden … ".

Gasser unterbrach seinen Vorgesetzten. „Sie meinen die flüchtige Erika Milser?"

Schon wieder, dachte Wagner, und sagte: „Nun, ich habe gerade mit Dottoressa Crepaldi gesprochen, Roland Milser hat eindeutig Suizid begangen. Wer weiß, vielleicht ist seine Frau das nächste Opfer von Mord oder Selbstmord, wenn wir nicht ausnahmsweise mal schneller sind. Also machen Sie sich bitte sofort auf den Weg. Sie finden mich vor oder in den *cases popolari*. Sie wissen, wo das ist?"

„Ja, ich kenne das", antwortete Gasser. „Vom Vorbeifahren", setzte er nach.

„Na, wenn das so ist". Wagner wies die Polizistin an, das Fahrrad einzuschließen und sich mit ihren Kollegen bereitzuhalten. Seit Freitagnacht hatte sie das ganze Wochenende Dienst geschoben und Überstunden angehäuft, jetzt verzog sie kläglich das Gesicht. „Aber der Bürgermeister hat uns doch alle ins Rathaus eingeladen".

Wagner lächelte und munterte sie auf. „Keine Sorge, ich bin sicher, wir kommen heute alle noch auf unsere Kosten. So oder so."

∗

Zwischen Schlafen und Wachen träumte Erika sich abwechselnd in eine vage Zukunft, in ein Leben ohne Roland, und in die Vergangenheit, in das verlorene Leben mit ihm. Das Leben vor ihrer Rosenhochzeit.

Ihre Augenlider brannten vor Müdigkeit, in ihrem Magen war der Hunger einem Stein gewichen, und in der Mundhöhle rieben sich Zunge und Gaumen aneinander wund. Erikas Arme waren eingeschlafen, sie fror erbärmlich. Ihr kam der Gedanke, dass sie nur deshalb noch nicht ins Bett gemacht hatte, weil ihr Körper die Flüssigkeit solange wie möglich zurückhielt, in der Hoffnung auf Nachschub. Eine Überlebensstrategie der Natur?

Wie lange war sie schon hier? Was für eine dumme Frage, darauf gab es für sie schon lange keine Antwort mehr.

Erika versuchte es erneut mit Gymnastik. Verzagter als am Anfang, ohne Rhythmus, aber mit Trotz in den Bewegungen. Beine hoch und hundertmal Radfahren lag nicht mehr drin, aber bis zwanzigmal schaffte sie es noch. Und brachte sogar ihre Arme wieder soweit in Gang, dass sie die Finger strecken konnte und danach zu Fäusten ballen.

Zwar musste Erika sich enorm anstrengen, alle Kraft und Konzentration zusammennehmen, aber sie konnte immer noch mitzählen. Nie verhaspelte oder verzählte sie sich. Laut musste sie zählen, laut und mit geschlossenen Augen, dann ging es besser. Sonst wirbelten die Zahlen in ihrem Kopf durcheinander. Die Zahlen und mit ihnen die Ereignisse der letzten Tage. Ein Durcheinander von Hoffnung und Angst und all den anderen Gefühlen, die zwischen ihnen lagen.

Nach dem letzten imaginären Pedaltritt spreizte Erika ihre Beine für zehnmal Grätschen. Sie öffnete die Augen, um zu kontrollieren, wie weit die Füße auseinander gingen, und wurde bis ins Mark getroffen von den Augen eines Mannes, der sie durch das offene V ihrer Beine hindurch anstarrte.

*

Wagner nahm die Polizistin in seinem Dienstwagen mit, das übrige Team folgte ihnen im Streifenwagen der Wache. Ungeachtet des Parkverbots hielten beide Autos vor den *cases popolari*. Wagner drückte den Klingelknopf über der Tastatur für den Zahlencode und hörte den bekannten melodischen Summton. Die Sprechanlage blieb stumm. Ein letztes Mal versuchte er, Maria am Telefon zu erreichen, nur um festzustellen, dass nicht einmal mehr die Mailbox ansprang.

Einen Augenblick später fuhr Gasser vor und bremste seinen Wagen neben dem seines Vorgesetzten, womit die

Straße für den Durchgangsverkehr gesperrt war. Wagner zog den Laptop vom Rücksitz und zeigte Gasser die verdächtige Fotoserie.

„Erkennen Sie diesen Mann?", fragte er, „er kommt mir irgendwie bekannt vor. Aber ich kann ihn beim besten Willen nicht unterbringen."

„Mir sagt das Bild nichts", antwortete Gasser, „außer, dass der Mann vielleicht Linkshänder ist. Jedenfalls greift er mit der linken Hand nach den Scheinen." Er machte eine kurze Pause und fuhr fort: „Normalerweise zahlen doch die Männer für die Dienste der Frauen und nicht umgekehrt."

Gasser grinste. „Jedenfalls habe ich das so gehört. Warum sind Sie so sicher, dass die Gesuchte hier ist? Ist Frau Milser nicht ein bisschen zu alt für so etwas?"

Wagner hörte nur mit halbem Ohr zu, das Wort Linkshänder ging ihm nicht aus dem Kopf. Ein winziger Punkt glühte auf, vibrierte in dem Konglomerat seiner Erinnerungen und versuchte, sich an die Oberfläche zu kämpfen. Jetzt hätte er ein Glas Bardolino gebraucht, um aus dem Punkt einen Faden zu spinnen. Konrad Schubert war Linkshänder, daran erinnerte er sich, aber der hatte so gar nichts mit dem Mann auf den Fotos gemein. Weder Statur noch Größe passten.

„Was ist?", fragte Gasser.

„Ich denke über Ihre Bemerkung nach, dass der Mann auf den Fotos Linkshänder sein könnte. Fällt Ihnen jemand aus dem näheren Umfeld unserer Fälle dazu ein? Ich meine außer Konrad Schubert?"

Gasser zog die Augenbrauen zusammen und kratzte sich am Kopf. „Gestern oder vorgestern, das weiß ich schon gar nicht mehr, im Restaurant Ihrer Mutter, da saß der Bürgermeister und schrieb mit der linken Hand."

Wagner schlug sich vor die Stirn. „Natürlich! Dass ich darauf nicht gekommen bin! Domenico!"

„Domenico?"

Schon wieder eine private Verbindung, dachte Wagner. Kein Wunder, dass Gasser und Piacelli immer skeptischer wurden. Skeptisch bis misstrauisch.

„Ja, Domenico Fontana. Wir sind auf dieselbe Schule und in denselben Sportverein gegangen. Er war ein paar Klassen über mir. Eigentlich ein anständiger Kerl, aber wenn er in die Ecke getrieben wurde, konnte er äußerst unangenehm werden. Dann war er unberechenbar und ist auch schon mal ausgerastet. Ich meine nicht nur verbal."

Er legte Gasser die Hand auf die Schulter und rief seine Mutter auf ihrem *telefonino* an. Wider Erwarten meldete sie sich sofort.

„Mama, ich weiß, du bist im Stress. Sag mir nur eines, ist Domenico Fontana schon im Saal?"

„Natürlich ist er hier", sagte sie, „es ist doch seine Feier. Aber ich vermisse immer noch Erika, ich mache mir ernsthaft Sorgen um sie. Da stimmt etwas nicht, Salvatore, glaube mir."

„Vielleicht wissen wir schon sehr bald, wo sie ist, Mama, mach dir keinen Kummer deswegen. Aber ich muss jetzt auflegen, ich erkläre dir das alles später."

Zu Gasser sagte er: „Fahren Sie mit den Kollegen sofort zum Rathaus. Fontana hat sowieso die komplette Mannschaft der Wache eingeladen, uniformierte Beamte fallen da überhaupt nicht auf. Er darf auf keinen Fall Verdacht schöpfen und den Saal verlassen. Wenn es sein muss, dann machen Sie eben ein Interview mit ihm oder lassen sich irgendetwas einfallen. Ich komme so bald wie möglich nach."

Gasser stellte keine Fragen, winkte die Polizistin auf den Beifahrersitz und gab die Anweisung seines Vorgesetzten an alle Kollegen weiter. Wagner wartete, bis beide Autos außer Sichtweite waren, und tippte den Zahlencode für die Eingangstür ein. Er hätte schwören können, dass außer Maria und den anderen Frauen er der Einzige war, der die Ziffernfolge kannte, aber vielleicht irrte er sich. Er trat in den dunklen Flur und schloss leise die Tür.

Vorsichtshalber zog Wagner seine Waffe aus dem Halfter, sein *telefonino* diente ihm als Taschenlampe. Blitzschnell stieß er die Tür zur Bar auf und vergewisserte sich, dass niemand im Raum war. Immer noch machte er kein Licht. Er öffnete die Tür zu Marias Küche und leuchtete in alle Ecken. Sie wirkte derart sauber und aufgeräumt, als ob Maria so schnell nicht wiederkommen wollte. Von wo auch immer. Wagner trat zurück in die Bar.

Nie hatte Maria ihm gezeigt, was sich hinter der zweiten tapezierten Tür an der Wand gegenüber der Außenmauer verbarg. Der altmodisch verschnörkelte Schlüssel steckte. Wagner legte sein Ohr an, kein noch so schwacher Laut war zu hören. Langsam drehte er den Schlüssel herum und drückte den Griff nach unten. Dämmriges Licht und eine heisere Frauenstimme empfingen ihn. Sie sprach nicht, sie zählte. Auf Deutsch. Was auch immer. Dazu sah er ein Bild, dass er so schnell nicht vergessen sollte.

Erika Milser lag mit dem Rücken auf einem französischen Bett, im offenen Mantel, dessen Vorderteile zu beiden Seiten wie Dreiecksflügel abstanden. Am Fliegen gehindert wurde sie durch Handschellen, mit denen sie an die Metallstäbe des Kopfteils gefesselt war. Die Frau grätschte ihre langen Beine mit eingeknickten Knien auseinander und führte sie wieder zusammen, auseinander und wieder zusammen. Ohne erkennbaren Rhythmus, ziemlich wacklig wirkte das sogar. Ein Strumpf war über dem Knöchel eingerissen, die Laufmasche zog sich den Unterschenkel hoch und verdrehte sich bis in die Kniekehle. Der klassische Schottenrock, in dem sie gestern so sonderbar fremd auf ihn gewirkt hatte, war bis über die Taille hochgerutscht und gab den Blick auf ihren Unterkörper frei, wo die Strumpfhose sich verdreht hatte und Falten geworfen. Erika Milser hatte die Augen geschlossen und zählte die Bewegungen ihrer Beine mit.

Wagner steckte seine Waffe zurück und trat ans Fußende des Bettes. Während er noch darüber nachdachte, wie er sich bemerkbar machen konnte, ohne sie zu erschrecken, riss Erika Milser die Augen auf und starrte ihn fassungslos an. Mit einem Ruck zog sie die Beine an und setzte die Füße mit zusammengepressten Knien auf.

„Kommissar Wagner", stammelte sie, und wieder und wieder: „Kommissar Wagner." Aus ihren Augen quollen Tränen, erst vereinzelt, dann in einem nicht versiegenden Schwall. Die Frau zitterte am ganzen Körper.

„Es ist vorbei, Frau Milser", sagte Wagner, „Sie sind in Sicherheit". Er ging um das Bett herum und überprüfte die Handschellen. Es waren keine professionellen aus der Materialkammer der Polizei, eher gut gemachtes Spielzeug. In der rechten steckte noch ein kleiner Schlüssel, den die Gefangene nicht sehen, geschweige denn erreichen konnte. Schnell befreite er sie und fragte, wie und wann sie in diesen

Raum gekommen sei. Erika Milser streckte und reckte mit zusammengebissenen Zähnen Arme und Beine und den Rücken, hob im Liegen das Gesäß und zog den Rock nach unten. Mit den Handrücken wischte sie sich die Tränen aus dem Gesicht. Tränen und Reste ihres Makeups.

Mit heiserer Stimme fragte sie: „Welchen Tag haben wir heute und wie spät ist es?"

„Heute ist Dienstag, der fünfzehnte Oktober, und wir haben gleich viertel nach elf."

Erika Milser setzte sich auf und berichtete kurz, dass der Bürgermeister sie am Abend zuvor hier eingesperrt hätte. Ihr zweiter Satz galt einer Toilette. Wagner hob ihre Handtasche vom Boden, reichte sie ihr und begleitete sie den Flur entlang bis zu einer Tür mit der Aufschrift „Nur für uns!" und einem Relief aus kunstvoll verformten Schamlippen.

Als sie zurückkam, war es schon fast halb zwölf, und Wagner blieb nichts anderes übrig, als die Frau in seinem Wagen mitzunehmen. Er konnte sie schlecht am Stellplatz absetzen, wo ihr Wohnmobil immer noch versiegelt war. Vielleicht wusste sie auch noch gar nicht, dass ihr Mann tot war.

Aber wenn doch? Das Rotweinglas mit ihrer DNA und ihre Fingerabdrücke auf den Medikamentenschachteln, die die anderen überdeckten, genauso wie auf dem Smartphone von Roland Milser, gaben ihm zu denken. Andererseits war es nur logisch, dass sich überall im Wohnmobil Spuren von ihr fanden, auch auf dem äußeren Sicherheitsschloss. Der Engländer hatte sie am frühen Nachmittag auf dem Fahrrad wegfahren sehen, konnte sich jedoch nicht mehr an die genaue Uhrzeit erinnern. Es war sehr gut möglich, dass Roland Milser die Tabletten danach genommen hatte.

Oder doch vorher? Wagner verschob seine Befragung über diesen Sachverhalt auf später und raste mit der Befreiten auf dem Rücksitz zum Rathaus.

*

Kaum waren sie eingetreten, wies der Kommissar Erika an, sich zu setzen und auf seine Mutter zu warten. Sie blickte seinem Rücken nach, wie er die Treppe hochstürmte. Erika dachte gar nicht daran stillzusitzen, sie hatte lange genug an einer Stelle verharren müssen, und folgte ihm. Sie war jedoch zu lädiert, um sein Tempo auch nur ansatzweise mithalten zu können. Im Flur des ersten Stocks gönnte sie sich eine Verschnaufpause und lehnte mit dem Rücken an der Wand, als sie ein schwaches Klopfen zu hören glaubte. Unsicher, ob es sich nicht um eine Nachwirkung aus den Fantasien der vergangenen Nacht handelte, tastete sie sich den Korridor entlang. In einer Tür am Ende des Flures steckte der Schlüssel, dahinter rief eine weibliche Stimme.

„Lasst mich raus, ich will hier raus! Mein Vater ist bei der Polizei."

Erika zögerte nicht lange und drehte den Schlüssel herum. Aus der Tür fiel jenes junge Mädchen, das am Samstag so empört in das Zimmer von Schubert gestürmt war und lautstark Andrea verteidigt hatte. Das musste die Tochter von Kommissar Wagner sein. „Danke, vielen vielen Dank", rief sie, rappelte sich auf, rannte zur Treppe und hastete nach oben. Wieder konnte Erika ihr nur nachschauen. Stumm hangelte sie sich am Geländer hoch in den

Festsaal im zweiten Stock, aus dem die gewaltige Stimme der Sängerin Laura Pausini mit jeder Stufe lauter ertönte.

Domenico Fontana reckte sich auf einem Hocker hinter dem Stehpult und raschelte gewichtig mit Papieren. Seine Brust dekorierte ein breites Band in den italienischen Nationalfarben, daran hing eine gezackte Medaille. Wofür er die wohl erhalten hatte?

Erika sah, wie Anna Wagner mit erfahrenem Auge und geübten Fingern das üppige Büffet kontrollierte.

„Erika! Wie siehst du denn aus?", rief Anna und schlug sich die Hand vor den Mund. In dem Stimmengewirr des überfüllten Saales konnte Erika ihre Freundin kaum verstehen. Auf tauben Füßen näherte sie sich dem Büffet und machte sich klein, damit Fontana sie nicht entdecken konnte. Wagners Tochter stand neben Anna und redete mit einem italienischen Wortschwall so hastig auf sie ein, dass Erika kein Wort verstand.

Einige der älteren Gäste hatten es sich auf den wenigen Stühlen bequem gemacht, während die meisten in kleinen Gruppen Stehtische umrundeten. Servierkräfte gingen von einem Gast zum anderen, tauschten volle Gläser gegen leere oder schenkten nach. Vielen Gästen sah man an, dass sie auf die Eröffnung des Büffets warteten. Sie konnten kaum ihre hungrigen Augen von Antipasti, Braten und Dessert abwenden.

Zwischen die Gäste hatten sich Carabinieri gemischt. Erika entdeckte auch Kommissar Gasser, er stand am Ende des Büffets neben einer jungen Polizistin. Hauptkommissar Wagner lehnte an der gegenüberliegenden Wand. Sie fragte sich, wie lange das hier wohl noch einen friedlichen Verlauf nehmen würde. Als Antwort hörte sie einen Aufschrei vom Büffet.

„Nein!", rief Anna, „was soll das? Was machst du da? Gib sofort das Messer wieder her!"

Die wenigen, die ihre Worte gehört hatten, drehten sich um, neugierig und verschreckt, aber in dem Gewühle konnte kaum jemand das Geschehen verfolgen.

Erika folgte Annas entsetztem Blick und erhaschte, wie Andrea de Luca sich mit dem langen Fleischmesser, das er aus dem Kalbsbraten gezogen hatte, seinen Weg zum Stehpult bahnte. Der sonst so ruhige junge Mann schwenkte es in der Luft, das passte so gar nicht zu ihm und wirkte auf Erika wie eine misslungene Theaterprobe. Der Bürgermeister klopfte mit einem Kaffeelöffel an sein Sektglas, worauf irgendjemand Laura Pausini abstellte. Auch die Menge verstummte.

„Meine sehr verehrten Damen und Herren, liebe Mitbürgerinnen und Mitbürger von Garda … ". Weiter kam Fontana nicht.

Andrea de Luca ließ sich nicht aufhalten von den wenigen Gästen, die es wagten, sich ihm in den Weg zu stellen. Mit drei flinken Schritten umrundete er das Stehpult und baute sich hinter dem Bürgermeister auf. Er reichte dem Mann auf dem Hocker noch nicht einmal bis zur Schulter. Mit der freien Hand riss Andrea Fontanas Kopf in den Nacken und trat gleichzeitig so kräftig nach dem Hocker, dass der Bürgermeister bei dem ungewollten und rasanten Abstieg Haltung und Fassung verlor und beinahe zu Fall gekommen wäre. Damit hatte der Platzwart seinen Chef fest im Griff, und spätestens jetzt rissen die Anwesenden ihre Smartphones aus den Taschen und knipsten wild um sich oder schalteten auf Video in der Hoffnung, den entscheidenden Moment festzuhalten.

Erika bemerkte aus den Augenwinkeln, wie Kommissar Wagner den Polizisten ein Zeichen machte, worauf diese sich Andrea und dem Bürgermeister näherten und versuchten, auf ihrem Weg die Gäste nach hinten zu scheuchen, in Richtung Ausgang. Bei der erkennbaren Neugier fast aller Anwesenden ein hoffnungsloses Unterfangen. Einer der Polizisten griff zu seinem Funkgerät und sprach hinein.

Andrea legte die Messerschneide an die Kehle seiner Geisel und fauchte Fontana an. Mucksmäuschenstill war es im Saal, keiner wollte sich auch nur eine Silbe entgehen lassen. „Gib es zu, du hast sie umgebracht!"

„Verdammt nochmal, Salvatore", zischte Fontana, „tu doch endlich was!".

Andrea drehte sich zu Wagner, der wenige kurze Schritte näherkam. „Bleiben Sie, wo Sie sind - sonst schneide ich ihm die Kehle durch! Keinen Schritt mehr, das gilt auch für Ihre Leute. Für alle!"

„Schon gut, ganz ruhig. Andrea, bleiben Sie ganz ruhig", sagte Wagner, „lassen Sie bitte von dem Mann ab und überlassen Sie uns diese Arbeit. Wir sind gekommen, um ihn festzunehmen."

Andrea ließ nicht locker: „Erst, wenn das Schwein hier vor allen Leuten gestanden hat. Und glauben Sie bloß nicht, dass ich bluffe."

Er bog Fontanas Kopf weiter in den Nacken, soweit das überhaupt noch möglich war, und fuhr mit der Messerschneide hautnah an seinem Kehlkopf entlang.

Erika hörte, wie Anna ihre Enkelin davon abhalten wollte, sich nach vorn durchzuarbeiten. Ein vergebliches

Unterfangen. Erika scherte aus ihrer Deckung, erwischte einen Arm des Mädchens und flüsterte ihr zu.

„Komm, das machen wir gemeinsam, mich kann dein Vater nicht aufhalten."

„Wer sind Sie?" Erika blickte hinab in dunkelbraune Augen, weit aufgerissen. Sie sah darin mehr Entschlossenheit als Zweifel oder gar Angst.

„Das erkläre ich dir später. Jetzt komm, bevor es zu spät ist."

Erika ließ nicht von dem Arm des Mädchens ab und bugsierte sie neben sich her durch die Reihen der Menschen, deren Anspannung sie bei jedem Schritt spüren konnte. Wenige Meter vor dem Pult blieben sie stehen. Das Gesicht des Bürgermeisters war kreidebleich, sein Atmen ein Krächzen. Der Anblick der befreiten Frau schien ihm den Rest zu geben, seine Augen flatterten in die Irre. Erika registrierte den entsetzten Blick des Kommissars und schob sich seine Tochter hinter den Rücken. Sie sprach den Platzwart an.

„Andrea, erinnern Sie sich noch an mich?"

Beim Klang ihrer Stimme bebte Fontana am ganzen Leib. De Luca verdrehte aus starrem Kopf seine Augen in ihre Richtung und nickte.

„Ich bin Erika Milser, wir sind am Freitagvormittag auf dem Stellplatz angekommen. An dem Tag, an dem das Unglück geschah."

„Das Unglück? Ein Unglück nennen Sie das? Dieses Schwein hier hat Alenka kaltblütig umgebracht."

Andrea de Luca gebrauchte fast dieselben Worte, die ihm noch vor wenigen Tagen Konrad Schubert an den

Kopf geworfen hatte. Erika sah, dass der Bürgermeister mit seinem zurückgezerrten Kopf kaum noch atmen konnte.

„Ja, das hat er getan." Erika versuchte, ihrer Stimme einen beruhigenden Klang zu geben: „Und ich bin ganz sicher, dass er dafür seine gerechte Strafe bekommen wird."

„Da können Sie sicher sein", schaltete Wagner sich ein, „aber hierüber wird ein Gericht entscheiden. Nicht Sie und auch nicht wir." Erika bemerkte, dass er einige Schritte nähergekommen war.

„Da hören Sie's, Andrea", sagte sie, „dieser Mann bekommt seine gerechte Strafe, aber dafür müssen Sie ihn der Polizei übergeben. Machen Sie sich bitte nicht unglücklich."

De Luca wandte seinen Blick von ihrem Gesicht ab und fixierte das junge Mädchen neben ihr. Gleichzeitig eilte Kommissar Wagner auf sie zu und rief: „Sara, bleib wo du bist!" Aber seine Tochter war schon aus Erikas Schatten herausgetreten und stellte sich neben den verdutzten Platzwart.

„Tu das nicht, Andrea, bitte tu das nicht. Ich brauche dich doch noch. Bitte, bitte gib meinem Vater das Messer."

Wagner zog seine Tochter mit einer Hand vom Pult weg und streckte die andere Andrea entgegen. Saras Auftreten hatte den jungen Mann überrumpelt. Einen Moment noch verharrte er in seiner drohenden, todbringenden Haltung, dann ließ er sich widerstandslos das Messer abnehmen.

Sofort stürmten Kommissar Gasser und die Polizistin zum Pult und griffen nach dem Bürgermeister. Wagner hielt De Luca fest und übergab ihn den Carabinieri.

„Papa", rief Sara, „warum nehmen sie Andrea mit? Das darfst du nicht zulassen. Er hat doch nichts getan!"

Wagner legte den Arm um seine Tochter und führte sie zu ihrer Großmutter.

„Doch, Sara, er hat etwas getan. Andrea de Luca hat sich der Staatsgewalt entzogen und einen Menschen bedroht. Aber mach dir keine Sorgen, er wird bestimmt nicht ins Gefängnis kommen. Noch nicht einmal für diese eine Nacht."

Anna Wagner nahm Sara und Erika an die Hand und zog sie hinter das Büffet. Während die Polizisten den Saal leerten, fischte Erika mit den Fingern ein Stück nach dem anderen von den Tellern mit den Antipasti und steckte es ohne Umschweife in den Mund. Dafür brauchte sie weder Besteck noch Serviette. Das Glas Wasser, das Anna ihr reichte, leerte sie in einem Zug.

*

Mit 25 Minuten Verspätung und einem Aktenberg unter dem Arm betrat Wagner den Vorraum zur Aula der Questura, wo die Pressekonferenz angesetzt war. Piacelli scharrte schon mit den Hufen.

„Wagner! Das wird aber auch Zeit! Wo haben Sie bloß die ganze Zeit gesteckt? Schauen Sie mal auf Ihr Telefon, wie oft ich versucht habe, Sie anzurufen. Sie und Gasser. Noch nicht einmal er ist rangegangen. Ich hoffe, Sie haben der Meute da drinnen etwas zu bieten. Die sind hungrig." Er wies auf die geschlossene Tür, hinter der Wagner vielstimmiges Gemurmel vernahm.

„Ich auch, das können Sie mir glauben", sagte Wagner, öffnete jene Tür und wurde auch ohne hinzusehen gewahr, dass alle für die Journalisten bereitgestellten Stühle besetzt waren. Er trat an das Stehpult neben dem langen Tisch, der gegenüber von den Presseleuten aufgebaut war. Schon wieder ein Stehpult. Sollte sich doch der Vice-Questore an den Präsentiertisch setzen, in die Mitte oder an die Spitze, ganz wie es ihm beliebte.

Piacelli machte keinerlei Anstalten, sondern folgte Wagner an das Pult. Er vergewisserte sich, dass das Mikrofon ausgeschaltet war und zischelte:

„Was zum Teufel soll das? Sind Sie von allen guten Geistern verlassen?"

„Schon möglich", sagte Wagner, „aber vorher haben die guten Geister mir geholfen, den Mörder von Konrad Schubert und seiner Tochter zu fassen."

„Ich denke, sie war die Tochter von diesem Deutschen."

„Dieser Deutsche heißt Roland Milser und ist lediglich der biologische Vater des Mädchens. Besser gesagt er war es, denn wie Sie wissen, hat er sich das Leben genommen. Aufgezogen wurde das Mädchen von Konrad Schubert, und er war tausend Mal mehr ihr Vater als Roland Milser."

Wagner schob seinem Chef die Aktenordner zu.

„Wissen Sie was, Vice-Questore, wollen Sie das nicht selbst übernehmen? Hier steht alles drin." Er klopfte auf den obersten Aktendeckel. „Allerdings noch nicht, dass wir den Mörder verhaftet haben. Besser gesagt, den Doppelmörder."

Piacelli reagierte wie erwartet. Noch nie hatte er es sich nehmen lassen, gute Nachrichten selbst zu verkünden. Nur wenn sie nicht weiterkamen bei ihren Ermittlungen, wenn sie festsaßen in einem Sumpf aus Indizien, widersprüchlichen Zeugenaussagen und Verdächtigen ohne Motiv und ohne handfeste Beweise gegen sie, nur dann ließ Piacelli dem Leiter der Mordkommission den Vortritt.

„Sie haben De Luca verhaftet? Das ist ja großartig, fantastisch! Mann, warum sagen Sie das nicht gleich?"

Sprach's und klemmte sich die Papierstapel unter den Arm. Wagner konnte ihn gerade noch festhalten, bevor sein Chef vor laufenden Kameras und Mikrofonen in die größte Blamage seiner Karriere stolperte.

„Wir haben den Mörder verhaftet und in Gewahrsam gebracht, aber es handelt sich nicht um Andrea de Luca."

„Nicht? Verdammt, wer soll es denn sonst sein?"

„Domenico Fontana, der Bürgermeister von Garda."

Wagner weidete sich einen kurzen Moment an Piacellis verdattertem Gesicht. Er wusste, dass dem Vice-Questore ein unbedeutender Platzwart als Mörder tausendmal lieber war als der Bürgermeister eines Touristenortes. Noch dazu waren sie Parteigenossen. Auch wenn Piacelli Garda gern als Kaff bezeichnete und betonte, er selbst würde es nur in der Stadt aushalten. In einem der teuersten Viertel Veronas und in einer Wohnung in Bardolino mit unverbaubarem Blick auf den See und seine Yacht.

Piacelli war sprachlos. Wagner musste ihn füttern, damit er vor der gierigen Pressemeute den Mund aufmachen konnte.

„Fontana wurde von Alenka Schubert erpresst, zumindest hat sie es versucht, und deshalb musste sie sterben. Warum auch ihr Vater zum Opfer wurde, wissen wir noch nicht, aber Fontana hat auch diesen Mord bereits gestanden. Was wir übrigens ein wenig dem Platzwart zu verdanken haben, auch wenn sein Vorgehen nicht unbedingt korrekt war."

„Dann erzählen Sie es mir lieber nicht. Womit um Himmels Willen konnte die Kleine den Bürgermeister erpressen?"

„Er hat in einem seiner Häuser in Garda nicht nur die Miete von den dort wohnenden Prostituierten kassiert, sondern vor allem von ihren Einnahmen abgesahnt. Die Frauen standen unter seinem persönlichen Schutz, so hat er sich ausgedrückt. Inwieweit er dafür Kollegen der Wache eingespannt hat, muss noch untersucht werden. Auch wissen wir noch nicht, woher Alenka Schubert das Fotomaterial hatte, mit dem sie ihn erpressen wollte. Vielleicht werden wir es nie erfahren. Immerhin, wir haben einiges sicherstellen können."

„Das ist gut, das ist sehr gut. Am besten geben Sie mir jetzt gleich das ganze Material."

„Tut mir leid, Vice-Questore, aber Kollege Gasser hat es sofort in die technische Abteilung gebracht zur beweistauglichen Untersuchung."

Wagner ahnte, dass Piacelli in Gedanken blitzschnell alle Möglichkeiten durchging, die ihn mit Fontanas Geschäften in Verbindung bringen könnten. Sein Chef wiegte besorgt seinen Kopf.

„Kollege Wagner, bitte kommen Sie mit mir an den Tisch, falls weitere Fragen auftauchen. Ich kann ja schlecht vor allen Leuten diese Ordner wälzen, wie würde das aussehen."

Sehr authentisch würde das aussehen, dachte Wagner, und folgte seinem Chef vor die ungeduldig wartenden Presseleute.

*

Erika ging Anna Wagner und Sara zur Hand beim Verpacken der Unmengen von Antipasti und anderen Leckereien in große Kunststoffkästen. Die körperliche Arbeit strengte sie an, lenkte sie aber auch ab. Sara hatte Andrea aus dem Festsaal folgen wollen, was ihr Vater im letzten Moment verhindern konnte. Mit erhobener Stimme machte er seiner Tochter klar, dass je eher der junge Mann verhört wurde, desto schneller er wieder auf freiem Fuß sein könnte. Zunächst murrte Sara, half dann aber doch ihrer Großmutter und den Servicekräften. Gemeinsam trugen sie die Behälter vom Rathaus ins Restaurant und verstauten die Gerichte im Kühlraum.

„Und jetzt?", fragte Anna, „was soll ich denn jetzt mit all dem machen?"

Ihre Enkelin hatte die Idee, am Abend alle Beteiligten im Restaurant zu versammeln und zum gemeinsamen Tafeln einzuladen. Nach kurzem Zögern stimmte Anna zu und sagte: „Ich fürchte, die Bezahlung vom Rathaus kann ich sowieso abschreiben."

Dankbar nahm Erika Annas Angebot an, sich in einem der Hotelzimmer auszuruhen und frisch zu machen. Sogar Unterwäsche, Pullover und eine Hose zum Wechseln aus ihrem Kleiderschrank legte Anna ihrer Freundin auf das Bett. Erika war das peinlich, aber sie steckte seit dem gestrigen Morgen in denselben Sachen, noch dazu im Mantel. Darin hatten die Gymnastikversuche ihr den Schweiß aus allen Poren getrieben. Sie duschte ausgiebig, salbte sich mit der Creme aus dem Badezimmer und kuschelte sich in einen an der Heizung vorgewärmten Morgenmantel. Zum Glück hatte Anna ihr weder die Nummer 14, das

Hochzeitszimmer, noch die Nummer 6, Konrad Schuberts Zimmer gegeben. Erika wollte sich nur ein wenig aufs Bett legen und ausruhen, aber schon nach wenigen Minuten schlief sie ein.

Wahrscheinlich hätte sie bis zum nächsten Morgen durchgeschlafen, wenn nicht hartnäckiges Klopfen sie geweckt hätte. Anna rief nach ihr, weil ihr Sohn aus Verona zurück war und noch mit ihr sprechen wollte. Rasch schlüpfte Erika in die Sachen von Anna, die ihr erstaunlich gut passten. Nur die Hose war ein wenig kurz, aber egal. Erika konnte sich denken, was der Kommissar ihr sagen wollte, und versuchte, sich darauf einzustellen. Was wusste er? Stand sie etwa schon wieder unter Verdacht? Oder immer noch?

Erika fand ihn am Familientisch im Restaurant, Anna stellte ihnen Kaffee hin. Wagner sah frisch aus und erleichtert. Kein Wunder, die beiden Mordfälle waren aufgeklärt. Nur mit ihr schien er noch nicht fertig zu sein.

„Sie wollten mich sehen, Kommissar Wagner?", fragte Erika und nahm dankbar einen Schluck von dem heißen Kaffee.

„Frau Milser, haben Sie eigentlich schon Ihren Mann informiert? Ich meine, vermissen Sie ihn denn nicht nach all der Aufregung?" Über den Rand seines Milchkaffees hinweg fixierte er sie. Erika ließ sich Zeit mit der Antwort.

„Offengestanden, nein. Ganz und gar nicht. Seit ihrem Besuch bei uns am Sonntagmorgen, als Sie meinem Mann den Nachweis seiner Vaterschaft zeigten, will ich ihn tatsächlich so wenig wie möglich sehen."

Sie nahm einen weiteren Schluck und ärgerte sich, weil ihre Hand leicht zitterte, als sie die Tasse absetzte. „Wissen

Sie, ich weiß immer noch nicht, was ich mit dieser Information anfangen soll. Mich scheiden lassen? Ihn umbringen? Weglaufen? Ich glaube, das war der Grund, weshalb ich mich gestern aufs Fahrrad gesetzt habe und blindlings drauflos gefahren bin. Erst einmal weg, so schnell wie möglich und egal wohin, und versuchen, einen klaren Kopf zu bekommen."

„Und?", fragte Wagner, „ist Ihnen das gelungen? Ich meine, wissen Sie jetzt, ob Sie die Scheidung einreichen oder Ihren Mann doch lieber umbringen wollen?"

Fragte er sie das im Ernst? Konnte es sein, dass Roland immer noch auf dem Bett im Schafzimmer lag? Das war durchaus möglich, wer außer ihr sollte ihn schon vermissen? Wenigstens haben wir keine Augusthitze und es ist kühl im Wohnmobil, dachte sie. Erika konnte sich nicht erinnern, ob die Heizung eingeschaltet war. Aber wenn ja, dann hätte das Gas nur noch für wenige Stunden gereicht und die Heizung hätte sich automatisch abgeschaltet.

„Es wird wohl auf eine Scheidung hinauslaufen", sagte Erika und versuchte einen Scherz. „Glauben Sie bloß nicht, nur weil Sie mich befreit haben, erzähle ich einem Kriminalkommissar von meinen Mordabsichten."

Wagner lächelte. Als er sprach, wurde sein Gesicht wieder ernst. „Frau Milser, ich muss Ihnen mitteilen, dass wir Ihren Mann gestern tot aufgefunden haben."

Erika war vorbereitet. „Was haben Sie?", fragte sie und tat erstaunt. „Was ist passiert? Er wurde doch nicht etwa auch ermordet?"

„Hatte denn außer Ihnen noch jemand einen Grund dafür?", fragte Wagner. Erika zuckte mit den Schultern und schwieg.

„Nein", sagte der Kommissar, „alle Untersuchungen der Rechtsmedizin weisen bislang auf einen Selbstmord hin. Selbstmord durch Tabletten. Wir fragen uns nur, ob er die Medikamente schon eingenommen hatte, als Sie noch vor Ort waren. Offensichtlich haben Sie ein Glas Rotwein getrunken, bevor Sie weggefahren sind."

„Ja, das habe ich. Glauben Sie mir, den hatte ich auch bitter nötig nach der Nachricht von seiner Vaterschaft und dem Verhör in Verona. Ihr Chef hat mir allen Ernstes unterstellt, dass ich die junge Frau und ihren Vater, ich meine ihren Adoptivvater, umgebracht haben soll. Oder mein Mann und ich zusammen."

„Nun ja," sagte Wagner, „wir müssen allem nachgehen, in alle Richtungen ermitteln, auch wenn sie zunächst noch so ausweglos erscheinen. Wo waren Sie und wo war ihr Mann, als Sie den Wein tranken?"

„Roland hatte sich hingelegt und ich stand vor dem Küchenblock. Man könnte wohl sagen, ich habe den Wein runtergekippt."

„Noch etwas", sagte Wagner, „auf manchen der leeren Tablettenschachteln haben wir ihre Fingerabdrücke gefunden, und zwar über all den anderen. Genauso wie auf dem Telefon Ihres Mannes. Können Sie mir das erklären?"

Bei dem Wort Fingerabdrücke erinnerte Erika sich daran, dass sie vor dem Hinausgehen mit der bloßen Hand durch den Haufen leerer Schachteln auf dem Tisch gefahren war. Und Rolands Handy dazu gelegt hatte.

„Das kann ich, Herr Kommissar. Roland hatte die leeren Schachteln in einer Küchenschublade gelagert, wo sie mich gestört haben. Also habe ich sie am Sonntag von dort weggenommen und auf den Tisch gelegt, damit er sie entsorgt. Genauso sein Handy, das habe ich vom Fahrersitz genommen und auf den Tisch gelegt."

„Sie glauben also", sagte Wagner, „Ihr Mann hatte sich die nötige Menge an Medikamenten schon vorher zurechtgelegt?"

Erika nickte und versuchte, zumindest einen Ansatz von Trauer zu zeigen. Es fiel ihr schwer, sich zu verstellen. Sie gönnte sich eine Pause, bevor sie sagte: „Ein Freitod also. Roland hat schon zweimal versucht, sich umzubringen. Er litt seit vielen Jahren unter Depressionen."

Bei Wagners nächsten Worten fühlte Erika, dass er sie scharf beobachtete. „Nun, ganz frei hat ihr Mann die Entscheidung vielleicht nicht getroffen. So, wie wir ihn aufgefunden haben, sah es so aus, als ob er es sich anders überlegt hätte. Er hatte versucht, sich an der Gardine vor dem Fenster hochzuziehen. Als wollte er auf sich aufmerksam machen."

Erika war ehrlich überrascht, ging aber nicht weiter darauf ein. Sie fragte, wann und wie sie den Leichnam ihres Mannes nach Deutschland überführen könnte, damit er dort im Beisein seiner Familie beerdigt würde.

„Das klären Sie am besten mit den Kollegen auf der Wache, es ist ja nicht das erste Mal, dass am Gardasee ein Ausländer stirbt. Ich bin sicher, dass der Körper Ihres Mannes in ein paar Tagen freigegeben wird. Der Kollege Gasser, den Sie ja bereits kennen, wird Sie noch zu den Ereignissen von gestern Abend befragen müssen."

Wagner trank seinen Kaffee aus. „Da ist noch etwas anderes. Fontana hat angegeben, dass Sie im Besitz eines USB-Sticks mit belastendem Material über ihn waren.

Stimmt das? Und wenn ja, woher haben Sie den? Und wissen Sie, was darauf ist?"

Erika dachte an das Versprechen, dass sie Andrea gegeben hatte. Sie war fest entschlossen gewesen, es zu halten, aber nach der Verhaftung des Bürgermeisters half dem jungen Mann bestimmt eher die Wahrheit als Verschwiegenheit.

„Nein, ich habe keine Ahnung, was da drauf ist und warum dieses Ding so wichtig ist. Gestern habe ich zufällig Andrea getroffen, er war mit dem alten Fahrrad vom Stellplatz unterwegs, und als der Bürgermeister aus dem Haus kam, ich meine aus den *cases popolari*, da hat er ihn mir schnell in die Hand gedrückt und ist wieder verschwunden." Über die ungewöhnliche Form des Sticks verlor sie kein Wort.

*

Wagner liebte den Blick aus den Fenstern der Mordkommission, vor allem am Abend. In der Dämmerung warf die Stadt eine Mischung aus dunstigem Schein und tanzenden Lichtflecken auf den Fluss, und zu beiden Seiten dehnten sich die roten und gelben Strahlen des Autoverkehrs bis zum nächsten Ampelstopp in die Länge.

Die Pressekonferenz war ohne Überraschung verlaufen. Piacelli hatte mit fester Stimme die Leitung übernommen und verkündete „mit großer Freude" den „außerordentlichen Erfolg meiner Mannschaft bei der Ermittlung von gleich zwei überaus komplizierten Mordfällen so kurz hintereinander". Dabei war er sich nicht einmal zu schade, den Leiter der Mordkommission namentlich zu benennen, und erwähnte scherzhaft „den heldenhaften Einsatz" von dessen Familie bei der Festnahme des mutmaßlichen Doppelmörders. Nur mit dem Namen des Täters tat er sich schwer und vertröstete die zappelnden Presseleute auf den morgigen Tag, „wenn sein vollständiges Geständnis vorliegt". Wagner fand das in Zeiten des Internets albern. Mit Sicherheit kursierten schon jetzt Fotos von dem Polizeieinsatz im Rathaus in den Sozialen Medien, und manche Hobbyfotografen versuchten, ihre Bilder an die Presse zu verkaufen.

Anna Wagner hatte ihrem Sohn eine kleine, aber feine Auswahl von Antipasti, Pasteten und Pralinen zusammengestellt für seinen Chef und den Kollegen Gasser. Er verteilte die Teller auf dem Konferenztisch in seinem Büro und überlegte, ob er Aurora Crepaldi einladen sollte. Entschlossen griff er zum Telefon. Die Forensikerin befand sich in der Gerichtsmedizin und bedauerte, dass Sie noch eine längere Besprechung mit ihrem Institutsleiter habe. Wagner gab sich einen Ruck.

„Ach, das ist aber schade. Hätten Sie denn später am Abend Zeit und Lust? Der Großteil des Büffets wartet im Restaurant meiner Eltern auf hungrige Münder, und ich versichere Ihnen, die Küche meiner Mutter kann sich schmecken lassen."

Dottoressa Crepaldi lachte. „Das glaube ich Ihnen aufs Wort. Kollege Gasser hat mir schon davon vorgeschwärmt. Wenn nicht nur das Büffet, sondern auch Sie auf mich warten, dann fahre ich sehr gern heute Abend noch nach Garda. Den Weg kenne ich ja."

Endlich! „Ich werde keinen Bissen anrühren, bevor Sie nicht dort sind. Dann bis nachher."

„Ich freue mich, Salvatore." Jetzt war sie ihm doch tatsächlich schon wieder einen Schritt voraus, dachte Wagner, und lächelte in sich hinein. Aurora.

Wagner lächelte immer noch, als Gasser und Piacelli gemeinsam eintraten und sich ohne Umschweife an den Tisch mit den Leckereien setzten. Gasser hatte alkoholfreies Bier mitgebracht, was Piacelli mit der Bemerkung kommentierte, dass ihm ein guter Wein lieber wäre. Ausnahmsweise sind wir da einer Meinung, dachte Wagner und setzte sich zu den beiden.

„Greifen Sie zu", sagte er und erkundigte sich, was die Befragungen von De Luca und Fontana ergeben hatten.

Die Vernehmung des Bürgermeisters hatte der Vice-Questore Gasser überlassen. Anfangs zeigte Fontana sich störrisch, widerspenstig wie ein kleiner Junge, der bei einem Diebstahl im Spielzeugladen erwischt worden war. Was ihm am meisten zu schaffen machte, war, wie knapp vor seiner geplanten Flucht in die Karibik er gefasst worden war. Gleich nach der Feier hatte er zum Flughafen fahren und um 14:50 Uhr eine Maschine nach Rom besteigen wollen.

„Schon daran sieht man", sagte Gasser, „dass Fontana nichts von langer Hand geplant hat. Wir haben bei ihm allen Ernstes vier Flugtickets von verschiedenen Fluggesellschaften gefunden, die ihn über Rom nach Lissabon und von dort über Boston nach Nassau gebracht hätten. Sage und schreibe mehr als 50 Stunden wäre er damit unterwegs gewesen. So etwas macht doch kein vernünftiger Mensch, der seine Morde und die Flucht danach in Ruhe plant und ausführt."

Wagner fragte sich, ob ein vernünftiger Mensch überhaupt Morde plant. Domenico Fontana war laut Gasser getrieben von der Wut auf seine Ex-Frau, die ihn finanziell ausnahm und die Kinder gegen ihn aufhetzte. Zunächst besserte er sein Gehalt auf, wie er es nannte, mit der Vergabe von öffentlichen Bauaufträgen gegen Kommissionszahlungen und mit der Genehmigung von Bauvorhaben gegen Schmiergeld. Ich wusste es, dachte Wagner, ich wusste es! Darum wird er seit der unbürokratischen Genehmigung der Umbauten des Camporondo im Restaurant umsonst bewirtet. Aber das hat ja nun ein Ende. Von einem der besten Restaurants in Garda zum Blechnapf im Gefängnis vom Verona.

Später hatte Fontana Maria und ihren Kolleginnen eines seiner Häuser vermietet und sie gezwungen, ihn an ihren Einnahmen zu beteiligen.

„Wie hat er das geschafft?", fragte Wagner, „immerhin ist Prostitution in Italien legal".

„Ganz einfach", sagte Gasser, „als klar war, welche Mieter er in seinem neuen Haus bekommen würde, hat er in allen Räumen versteckte Kameras angebracht und den Frauen mit einigen höchst delikaten Aufnahmen gedroht, ihre zum Teil in der Öffentlichkeit stehenden Freier bloßzustellen. Das hätte für alle das Ende ihrer Tätigkeit bedeutet."

Kameras in allen Räumen! Mehr hörte Wagner nicht. Er hörte plötzlich gar nichts mehr und presste die Mittelfinger an beide Ohren, verstärkte und verminderte deren Druck, bis er das Gefühl hatte, dass sein Gehörgang wieder frei war. Gasser sprach immer noch:

„Diese Videobänder haben wir allerdings noch nicht gefunden, weder bei ihm zu Hause noch in seinem Büro. Er behauptet, dass er sie vernichtet hat."

Piacelli hob mit hochrotem Kopf den Zeigefinger, wie ein Schuljunge, und fragte: „Aber warum hätte er das tun sollen? Im Notfall hätte er sie doch auch als Druckmittel gegen einige der Freier verwenden können."

Wagner schwieg, und Gasser berichtete, dass Maria irgendwann den Spieß umgedreht und ihrerseits mit versteckter Kamera Videos und Fotos von Fontana gemacht hatte. Auf dem Datenträger, den der Commissario Capo sichergestellt habe, sei unter anderem zu sehen und zu hören, wie Fontana von den Frauen nicht nur die Miete kassierte.

Piacelli wandte sich zwischen zwei Bissen an Wagner und fragte: „Woher haben Sie die Aufnahmen?"

Also hatte Gasser nichts gesagt von dem Laptop, den er ihm auf der Straße gezeigt hatte. Vor Beginn der Pressekonferenz hatte Wagner noch auf dem Parkplatz im Auto eine Kopie besagter Aufnahmen gemacht und den Datenträger den Kollegen von der KTU übergeben. Jetzt sagte er:

„Ach, das ist eine lange Geschichte."

Piacelli hatte schon das nächste Stückchen Pastete in der Hand und gab sich zufrieden. Von dem Stick in der Form eines männlichen Gliedes, der den Hals seines Vaters geschmückt hatte, war nicht die Rede. Wahrscheinlich, hoffentlich hatte Fontana ihn vernichtet. Immer noch wusste Wagner nicht, wie Andrea de Luca an diesen speziellen Datenträger gelangt war, und nahm sich vor, ihn danach zu fragen.

Laut Fontana hatte Maria das belastende Material Alenka Schubert übergeben, und war mit unbekanntem Ziel verschwunden. Statt ihrer tauchte eines Tages Alenka in seinem Büro auf, konfrontierte ihn mit kompromittierenden Fotos und forderte 100.000 € für die Vernichtung der Daten. Darauf konnte er unmöglich eingehen, das müssten die Commissari doch verstehen. Deshalb wollte Fontana ihr am späten Abend auf dem Stellplatz einen Besuch abstatten, nachdem er ihren Vater auf dem Motorrad an seiner Wohnung hatte vorbeifahren sehen. Er schwor Stein und Bein, dass er mit seiner Erpresserin nur hatte reden wollen. Sie zur Vernunft bringen wollte.

Warum er dann die Sicherung für die Beleuchtung auf dem gesamten Stellplatz ausgedreht hatte? Immerhin, hatte Fontana geantwortet, war er doch der Bürgermeister und wollte nicht dabei gesehen werden, wie er am späten Abend eine junge Frau in ihrem Wohnmobil besuchte.

Gasser fuhr fort: „Fontana hat immer wieder beteuert, dass er nie vorhatte, dem Mädchen irgendetwas anzutun. Er wusste wie so viele andere auch, dass das Schloss an der Tür kaputt war, und als er innen nichts hörte, hoffte er, dass sie genauso wie ihr Vater nicht da war und er das Wohnmobil nach einem Datenträger oder einer Kamera oder ihrem *telefonino* durchsuchen konnte."

Wagner nahm den letzten Schluck aus seiner Bierflasche. „Aber darauf hatte er sich doch gut vorbereitet. Die Kollegen von der Technik haben nur wenige Fingerabdrücke von ihm gefunden, die wahrscheinlich von seinem Besuch bei Schubert am Freitagnachmittag stammen. Nichts an Schubladen oder Schranktüren, er muss also Handschuhe getragen haben."

„Ja", sagte Gasser, „er hatte vorgehabt, das Wohnmobil zu durchsuchen, und war wohl auch dabei etwas blauäugig. Wie dem auch sei, angeblich fand er Alenka Schubert nackt in dem Ersatzbett vor … "

Wieder erhob Piacelli den Zeigefinger, dieses Mal in belehrender Manier, und unterbrach Gassers Ausführungen: „Hubbett, Kollege Gasser, das nennt man Hubbett."

Gasser rieb sich die Augen. „Wie auch immer. Für derlei Kenntnisse reicht meine Gehaltsstufe nicht aus. Jedenfalls war sie nackt, dazu ein leeres Weinglas und eine Fernbedienung neben sich. Es gab einen kurzen Schlagabtausch, bei dem er den Eindruck hatte, dass sie bekifft oder betrunken war oder beides zusammen. Bei dem Wortwechsel, den Fontana nicht wortwörtlich wiederholen wollte oder konnte, ist er durchgedreht, jedenfalls hat er das so geschildert, weil sie angeblich gedroht hatte, ihn anzuzeigen wegen sexueller Belästigung. Nach seinen Angaben hatte das Messer, die Mordwaffe, auf dem Tisch gelegen, in unmittelbarer Nähe des Bettes, und als das Mädchen ihn auslachte und drohte, laut um Hilfe zu rufen, was er als Bürgermeister nicht riskieren konnte, da hat er nach dem Messer gegriffen und es ihr in den Leib gestoßen. Ein unbewusster Reflex sei das gewesen. Aber das sagen sie ja alle. Mit der Serviette, die wie das Messer auf dem Tisch gelegen hatte, will er dem Mädchen danach das Gesicht zugedeckt haben, weil er den Anblick ihres Todeskampfes nicht ertragen konnte."

„Was ich jetzt nicht mehr ertragen kann, ist dieses Gesöff hier". Piacelli warf einen vielsagenden Blick auf die Flaschen mit alkoholfreiem Bier und verließ das Büro.

Wagner wandte sich an Gasser: „So ganz kann das alles nicht stimmen. Laut Zeugenaussagen hörten die Nachbarn keine laute Unterhaltung, weder die Stimme des Opfers noch eine männliche. Und dass Fontana den Anblick ihres Todeskampfes nicht ertragen konnte, ist ja wohl ein schlechter Scherz. Blanker Zynismus, würde ich sagen. Vielleicht wäre sie noch zu retten gewesen, wenn er Hilfe geholt hätte."

„Da haben Sie wahrscheinlich recht. Übrigens haben wir in seiner Wohnung die Handtasche des Opfers mit allen Papieren und auch ihr *telefonino* sichergestellt. Die Auswertung der Daten steht noch aus. Er hatte wohl gehofft, darin die entscheidenden Dateien zu finden."

Wagner lachte, als Piacelli mit einer entkorkten Rotweinflasche und drei Gläsern wiederkam. Gern nahm er ihrem Chef das Einschenken ab, ihre Gläser klirrten aneinander, und der Vice-Questore sagte: „Auch wenn wir noch im Büro sind, so sind wir doch schon außer Dienst. Und wir haben ja auch Grund genug zum Feiern. Zum Wohl, meine Herren, auf unseren Erfolg."

Wagner fragte: „Aber warum hat er dann auch noch den Vater des Mädchens umgebracht?"

„Dazu komme ich gleich", sagte Gasser, „nur eines noch zum Tod seiner Tochter. Ich habe Fontana nach der Fernbedienung gefragt, und er sagt aus, dass sie sich selbst hochgefahren und damit den letzten Todesstoß gegeben habe. Aber meiner Meinung nach ist es genauso gut möglich, dass es Fontana war und er danach die Fernbedienung auf das Bett geworfen hat."

Wagner sagte: „Das wäre ein erschwerendes Detail, das wir ihm ohne ein Geständnis kaum nachweisen können. Darüber wird das Gericht entscheiden müssen."

Der Vice-Questore schaltete sich ein und fragte: „Will einer von Ihnen das letzte Stückchen Pastete hier? Nein? Dann bin ich so frei. Das ist wirklich ganz ausgezeichnet, richten Sie das bitte Ihrer Frau Mutter aus von mir."

„Das werde ich gerne tun, über ein Kompliment aus so berufenem Mund wird sie sich sehr freuen."

Gasser schmunzelte. „Also, was den Vater anbelangt: Laut Fontana hat Alenka Schubert behauptet, dass ihr Vater die Daten für sie verwahrt und sie keine Ahnung hätte, wo genau das sein könnte. Fontana hielt es angeblich nicht lange aus im Beisein der Sterbenden, er wusste auch gar nicht, wo er in dem Wohnmobil suchen sollte. Er hat wohl ein paar Schubläden und Schranktüren aufgerissen, aber nichts gefunden. Außer im Schlafzimmer, in einem Kleiderfach zwischen der Wäsche, Schuberts Pistole, die er dann ja auch eingesteckt hat. Angeblich ohne zu wissen, wofür."

„Noch so ein Reflex", sagte Wagner und schüttelte den Kopf, „der Mann ist ja voll davon".

Gasser nickte und fuhr in seinem Bericht fort: „Jedenfalls, als Fontana hörte, dass Schubert im Hotel übernachtet, stattete er ihm einen Besuch ab. Er behauptet, dass er Schubert nur nach diesen Unterlagen habe fragen wollen, aber der hätte ihn ausgelacht. Was ich mir im Übrigen durchaus vorstellen kann, so wie wir den Mann kennengelernt haben."

„Und", sagte Wagner, „wenn man berücksichtigt, in welcher Situation er sich befand. Seine Tochter tot, auf grausame Weise ermordet. Ich denke, man kann sagen, er war seines Lebensinhalts beraubt."

„Ja", sagte Gasser, „vermutlich haben Sie recht. Er hatte nichts mehr zu verlieren. Jedenfalls behauptet Fontana, dass es ein Handgemenge gab, bei dem sich der Schuss gelöst hat, während er versuchte, dem Opfer die Waffe wegzunehmen. Da hatte er noch nicht zugegeben, dass er sie selbst aus dem Wohnmobil mitgenommen hatte. Gegen diese Version sprechen auch die Ergebnisse von Autopsie und KTU, wonach das Opfer brutal an den Haaren gezogen und die Waffe aus nächster Nähe aufgesetzt wurde. Auch dass die Bettwäsche keinerlei Spuren eines Kampfes aufwies. Lediglich Frau Milser hat Spuren hinterlassen und damit wahrscheinlich die von Fontana verdeckt. Der muss ja ziemlich genau an derselben Stelle auf dem Bett gekniet haben wie sie, als er dem Opfer die Waffe in die Hand gedrückt hat."

Wagner schenkte Wein nach und fragte nach Andrea de Luca.

„Das ist ein ganz anderes Kapitel", sagte Gasser und schob sich gedankenverloren eine Garnele in den Mund. „Er rückt einfach nicht mit der Sprache raus, wo er sich versteckt hat, und wer die Person ist, die ihn mit dem Motorrad gefahren hat. Aber", sagte er und blickte den Vice-Questore an, „ich denke, das ist jetzt auch unerheblich. Wir sollten uns auf weitere Ermittlungen im Umfeld von Fontana konzentrieren. Das Einzige, weshalb De Luca angeklagt werden könnte, ist die Bedrohung Fontanas im Rathaus, und das war ja eher so eine Art Selbstverteidigung und hat uns sogar den wahren Mörder in die Hände gespielt."

Wagner fragte sich, ob Gasser mit diesen Worten ihn und seine Familie oder den Platzwart in Schutz nehmen wollte.

In die Runde fragte er: „Trinken wir die Flasche leer?". Piacelli nickte, hielt ihm sein leeres Glas hin und lächelte selig.

*

Nach der Befragung durch Kommissar Wagner folgte Erika dem Drängen ihres Körpers sowie Annas Rat und legte sich noch einmal hin, im selben Hotelzimmer wie zuvor. Wirklichen Schlaf fand sie nicht, aber die Ruhe tat ihr gut und das schummrige Licht ein Übriges. Ihr Körper entspannte sich und ihr Geist hörte auf, in der Vergangenheit zu graben und über das Gefundene zu grübeln. Sogar die Schwellung im rechten Fuß war zurückgegangen. Wieder hatte Erika das Gefühl, über allem zu schweben, so als ob keine Nachricht und kein Tatbestand sie mehr erreichen konnte. Zumindest nicht in ihrem Inneren.

Erika hatte Anna beim Aufbau ihrer Köstlichkeiten im Restaurant helfen wollen, aber als sie um kurz nach 20:00 Uhr den Raum betrat, war schon alles hergerichtet. Erwin Wagner begrüßte sie mit einem galanten Handkuss und den Worten: „Wie schön, dass Sie auch kommen." Mit großer Geste wies er auf einen ovalen Tisch in der Mitte des Restaurants, auf dem Fisch und Fleisch, Antipasti und Dessert höhenversetzt verteilt waren. Seine Frau hatte die Speisen aus dem Rathaus neu arrangiert, alles sah wieder frisch und appetitlich aus.

„Da bist du ja", begrüßte Anna ihre Freundin und umarmte sie herzlich. „Ich bin so froh, dass dieser Alptraum vorbei ist. Komm, setz dich zu uns an den Tisch. Heute

Abend sind wir unter uns. Ich glaube, das haben wir uns alle redlich verdient."

Sie nahm Erika an der Hand und führte sie an den Familientisch, ohne ihren Redefluss zu unterbrechen.

„Wer hätte das gedacht, Erika, unser Bürgermeister! Ich meine Domenico, ich möchte gar nicht wissen, warum er das gemacht hat. Nie im Leben hätte ich ihm einen Mord zugetraut. Und dann gleich zwei, und einer davon sogar in unserem Hotel. Unter meinem Dach! Wo er nach seiner Scheidung hier doch fast zu Hause war." Sie schüttelte den Kopf und platzierte Erika neben ihrer Enkelin.

Nach und nach trudelten die Gäste ein. Die Polizistin von der Wache und ihre männlichen Kollegen, alle in Uniform, belegten einen Tisch. Josef Gasser in Jeans und sportlichem Pullover mit V-Ausschnitt setzte sich zu ihnen. Ein paar Verwaltungsangestellte des Rathauses waren vertreten, auch sie hatten Kostüm und Anzug gegen Freizeitkleidung getauscht und sich nicht gescheut, ihre Ehemänner oder -frauen mitzubringen.

Salvatore Wagner ging von einem Tisch zum anderen.

„Salvatore, mein Junge, du bist ja immer noch ganz nervös", rief seine Mutter. „Komm, hör auf herumzuwandern und setz dich endlich zu uns."

Ihr Sohn zögerte und spähte aus dem Fenster auf die erleuchtete Seepromenade, als eine attraktive, hochgewachsene Frau aus der Hotelrezeption trat und sich mit aufreizender Gelassenheit im Restaurant umsah. Wagner schien ihr Erscheinen im Nacken zu spüren. Er drehte sich um und ging auf sie zu, nahm ihr den Mantel ab und führte sie an den Tisch.

„Mama, ich möchte dir Dottoressa Crepaldi vorstellen, unsere Rechtsmedizinerin. Sie war es, die Sara in der Nacht zum Samstag nach Hause gebracht hat."

Anna begrüßte die Ärztin herzlich, auch Sara stand brav auf und bedankte sich noch einmal für diese Freundlichkeit zu nächtlicher Stunde.

Wieder ging die Tür zur Promenade auf, das Schild „Geschlossene Gesellschaft" klapperte an seiner Kette gegen das Holz. Zu Erikas Überraschung und Freude betrat Andrea de Luca das Lokal. Er schaute sich unsicher um, bis Sara aufstand und ihn aufgeregt zu sich rief.

„Andrea, hier, ich bin hier".

Der junge Mann ging zögernd auf den Tisch zu, wo Erwin Wagner ihm einen Stuhl heranzog. Erika und Andrea begrüßten sich mit einem Lächeln. Einem Verschwörerlächeln, wie sie fand. Erika hob ihr Glas.

„So sieht man sich wieder. Erst waren wir dringend tatverdächtig, und jetzt lädt uns der Leiter der Mordkommission sogar zu Speis und Trank ein."

„Also, diese Einladung kommt von mir", protestierte Anna und prostete ihnen zu.

„Aber Andrea habe ich eingeladen", rief Sara und bekam einen hochroten Kopf. „Obwohl er mich im Rathaus in so eine blöde Kammer eingesperrt hat. Da musste erst Frau Milser kommen und mich befreien."

„Was haben Sie getan?", fragte Wagner. „Sie haben meine Tochter eingesperrt? Sie können froh sein, dass ich davon nichts mitbekommen habe."

„Das war nur zu ihrem Schutz. Ich wollte nicht, dass Sara dabei ist, wenn ich den Bürgermeister zur Rede stelle."

„Zur Rede stellen? So kann man das natürlich auch nennen."

Erika hatte den Eindruck, dass Wagner nicht sonderlich zufrieden war mit Andreas Antwort, sich im Augenblick aber mehr für die Ärztin interessierte. Ihr entging auch nicht, wie wohlwollend Annas Blick auf ihrem Sohn an der Seite dieser attraktiven Frau ruhte. Als die beiden kurz darauf erst zaghaft und mit jedem Glas Wein unbeschwerter miteinander flirteten, zwinkerte Anna ihrer Freundin in einem unbeobachteten Moment zu und stieß über den Tisch hinweg mit ihr an.

Weniger gefiel Anna offensichtlich, wie Sara sich mit dem verführerischen Charme ihrer fünfzehn Jahre um ihren Nachhilfelehrer bemühte. Dieser hingegen behandelte das mehr als zehn Jahre jüngere Mädchen mit freundlicher Distanz. Er beantwortete jede ihrer Fragen, hielt sich ansonsten aber sehr zurück. Erst als Erwin Wagner sich an einen kleinen Tisch in unmittelbarer Nähe setzte und seine Enkelin und den jungen Mann zu sich winkte, taute der Platzwart auf. Sara stellte eine Platte mit den Köstlichkeiten des Büffets zusammen und versorgte sie mit Tellern, Gläsern und Besteck. Die Drei steckten die Köpfe zusammen, tuschelten, stießen sich mit dem Ellenbogen an und lachten mit der Unbeschwertheit ihrer Jugend und Altersdemenz.

Als Sara vom Tisch aufstand und für ein paar Minuten verschwand, was Erwin Wagner nutzte, um die attraktive Begleitung seines Sohnes zu umschwärmen, nahm Erika den Platz seiner Enkelin ein und fragte Andrea nach seinen Zukunftsplänen.

„Habe ich welche?", lautete seine ironische Gegenfrage.

„Sie werden mir doch hoffentlich nicht erzählen, dass Sie noch länger auf diesem Stellplatz versauern wollen. Soviel ich weiß, haben Sie Ihr Biologie-Studium kurz vor dem Examen abgebrochen."

„Ach, hat sich das jetzt bis zu Ihnen rumgesprochen?"

Erika war sich bewusst, dass sie nicht mehr ganz nüchtern war und sie das Thema sowieso nichts anging. Trotzdem ließ sie nicht locker und legte dem jungen Mann eine Hand auf den Arm.

„Schauen Sie mich an, Andrea. Ich bin eine alte Frau. Jaja, lachen Sie ruhig, aber mit 61 ist man alt. Ich blicke also auf über vierzig Jahre meines Lebens als Erwachsene zurück und wenn ich eines bereue, dann dass ich mein Medizinstudium abgebrochen habe."

„Warum denn das?". Andrea schien wirklich interessiert.

„Weil ich dumm war. So dumm, dass ich glaubte, die Ehe mit meinem Mann und meine Arbeit als Sekretärin im Krankenhaus würden mich ausfüllen."

Erika leerte ihr Weinglas und schüttelte den Kopf.

„Bescheuert. Und genauso wenig werden Sie auf Dauer mit Ihrer Arbeit als Platzwart auf dem Stellplatz in Garda oder wo auch immer zufrieden sein."

„Wenn ich ehrlich bin, überlege ich seit kurzem ernsthaft, ob ich wieder mit dem Studium anfange."

Auch Andrea trank mit einem großen Schluck.

„Tatsächlich hat mich Alenka auf die Idee gebracht. Sie wollte nämlich ihr Medizinstudium wieder aufnehmen. Aber daraus wird ja nun nichts mehr." Er leerte sein Weinglas in großen Zügen und schenkte beiden nach.

Erika sagte: „Aber Sie, Andrea, Sie haben noch die Chance und können etwas aus Ihrem Leben machen."

Sie staunte selbst am meisten über sich. Was ging sie das eigentlich an? Aber sie mochte diesen jungen Mann, hatte ihn von Anfang an gemocht. Bloß, wie war er an diesen Penis-Stick gekommen?

Bevor sie ihn danach fragen konnte, drehte Salvatore Wagner sich zu ihnen um.

„Ich glaube, Frau Milser hat recht. Noch sind Sie jung genug, und in Neapel können Sie bestimmt wieder anknüpfen."

Daher weht also der Wind, dachte Erika. Neapel. Der Kommissar wünschte sich Andrea so weit weg wie möglich von seiner Tochter. Andrea nickte zu ihm hinüber und antwortete mit unverbindlichen Worten:

„Ja, ich glaube, da könnten Sie recht haben." Nach kurzem Zögern fügte er in festem Ton hinzu: „Das wird sicherlich das Beste sein."

Als Wagner ihnen wieder den Rücken zukehrte, nutzte Erika ihre Chance und fragte den Platzwart leise:

„Was mich noch interessiert, Andrea, wie sind Sie bloß an diesen ominösen USB-Stick gekommen? Und was ist da eigentlich drauf?".

„Ehrlich gesagt, weiß ich das gar nicht. Ich bin ja nie dazu gekommen, mir die Daten anzusehen."

Er beugte sich näher zu Erika.

„Wissen Sie, am Freitag waren Alenka und ich hier im Restaurant, und nach dem Essen haben wir uns gestritten. Irgendwann ist sie wütend auf die Toilette gegangen. Ohne ihre Handtasche, die stand offen auf dem Stuhl neben mir, und ich habe reingeschaut und das Ding gesehen. Ich wusste ja, dass sie irgendetwas Schlimmes vorhatte, und hatte so eine Ahnung, dass das etwas damit zu tun haben könnte. Na ja", er kratzte sich am Hinterkopf, „da habe ich ihn rausgenommen."

Erika stützte ihr Kinn in die Hand.

„Und Sie haben den Stick die ganze Zeit bei sich gehabt? Ich meine, auch im Krankenhaus, bis Sie ihn mir gegeben haben?"

„Nein, so war das nicht."

„Wie war es dann?"

„Als ich draußen meinen Fahrradschlüssel suchte, ich meine von meinem richtigen Fahrrad, nicht diese Rostbeule vom Stellplatz, da ist er mir aus der Tasche gefallen, dem alten Wagner direkt vor die Füße. Der hat sich schlappgelacht, aber mir war das ziemlich peinlich. Ich habe ihm gesagt, er soll das Ding in den Safe einschließen, bis Alenka oder ich es abholen. Hat er aber nicht, sondern ihn sich um den Hals gehängt, bis er ihn mir wiedergegeben hat, und danach lief ja sowieso alles aus dem Ruder."

Sara schwebte mit kräftig aufgefrischter Schminke und in einer Wolke von Parfüm zurück an den Tisch. Erika gab ihren Platz frei und setzte sich wieder neben Anna. Die aber stand auf und winkte Paul Battenberg, der mit einem breiten Lächeln und in dezent karierten Hosenbeinen zu Ihnen trat. „*Sorry, I'm late*", grüßte er in die Runde.

Ich muss mehr essen, dachte Erika, sonst steigt mir der Wein zu Kopf. Wenn es nicht schon zu spät ist. Sie lehnte sich an die Wand und schloss die Augen. Ganz in ihrer Nähe rief eine Frau immer wieder:

„Unser Bürgermeister! Ich fass es nicht."

Fernes Stimmengewirr - vereinzeltes Lachen, mal grell in der Nähe und dann wieder schwach aus der Ferne - Gläserklirren und Besteckgeklapper - jemand hüstelte - im Hintergrund populäre Klassik. War das nicht Verdi? Ab und zu, wenn die Raucher nach draußen gingen oder wieder reinkamen, drang ein Windzug vor bis hin zu Erika und erfrischte ihre Wangen.

Wie lange hatte sie so dagesessen? Erika hatte gar nicht gemerkt, wann Paul Battenberg seinen Arm um ihre Schultern gelegt hatte. Sie spürte nur, dass ihre Nackenmuskulatur entspannter war als noch vor wenigen Minuten. Vielleicht hatte er auch schon länger mit ihr geredet, sie wusste es nicht. Nur seine letzte Frage blieb in ihr haften.

„Wer fährt denn jetzt ihr Wohnmobil zurück nach Deutschland?"

Erika öffnete die Augen und starrte einen Augenblick ins Leere, bevor sie sich aus der wohligen Haltung in seinem Arm löste und kerzengerade aufrichtete. Nicht dem Engländer galt ihre Antwort, die Worte flogen ziellos in den Raum.

„Ich natürlich. Sobald es geht, fahre ich mit meinem Wohnmobil nach Hause."

Die Tage danach

Vor ihrer Abreise musste Erika sich mit Rolands Schwester in Deutschland in Verbindung setzen. Diese brach am Telefon in Tränen aus und hörte gar nicht wieder auf zu schluchzen. Immerhin EINE Frau, die um ihn weint, dachte Erika und fühlte selbst immer noch nichts. Später rief Rolands Schwager zurück und sprach sich im Namen der Familie für eine Einäscherung in Italien aus mit nachfolgender Urnenbeisetzung in Deutschland.

„Du kannst doch die Urne mitbringen", schlug er vor, „wenn du die Genehmigung dafür hast".

Erika versprach, sich darum zu kümmern, sobald der Leichnam freigegeben würde.

Im Rechtsmedizinischen Institut lehnte Erika es ab, ihren Mann noch einmal zu sehen, ließ sich aber von dem diensthabenden Arzt zusammenfassend über das Ergebnis der Autopsie informieren. Nachdem Fremdverschulden ausgeschlossen werden konnte, stand dieser Offenheit der Witwe gegenüber rechtlich nichts im Wege.

So geschah es, dass Erika aus dem Mund desselben Arztes, der Aurora Crepaldi bei der Obduktion assistiert hatte, von der Sterilisation ihres Mannes erfuhr. Hilflos tastete sie nach dem einzigen Stuhl im Raum, den ihr der junge Mann geistesgegenwärtig unterschob, und ließ sich von ihm ein Glas Wasser reichen. Auf ihre Frage erklärte er eifrig, warum es in seltenen Fällen trotz erfolgreicher Operation nach Jahren zu einer Rückkehr der Zeugungsfähigkeit kommen kann.

Wie nach dem Verhör in der Questura nahm Erika ein Taxi für die Fahrt von Verona nach Garda, und wieder nahm sie nichts von der vorbeifliegenden Landschaft wahr. Im Wohnmobil entkorkte sie ihre letzte Rotweinflasche. Roland hatte also nach den ersten Ehejahren, die auch seine ersten Jahre als Studienrat waren, keine Kinder gewollt und sich ohne ihr Wissen sterilisieren lassen. Und das, obwohl er genau wusste, wie sehr sie sich Kinder wünschte!

Erika rief sich den Abend ihres zehnten Hochzeitstages in Erinnerung. Schlagartig ging der Vorhang hoch und zeigte ihr den ersten Akt des nächtlichen Dramas, als sie ihm so glücklich von ihrer Schwangerschaft erzählte. Roland reagierte völlig entgeistert, genauso wie in der Nacht, als er die tote Alenka sah, ihrer Mutter wie aus dem Gesicht geschnitten. Er musste an jenem Abend ihrer Rosenhochzeit geglaubt haben, dass Erika ihn mit einem anderen Mann betrogen hatte, eine bis dahin für beide vollkommen abwegige Möglichkeit. Aber er konnte diesen Verdacht nicht äußern geschweige denn ihr vorwerfen, ohne seinen eigenen Betrug mit der heimlichen Sterilisation zuzugeben. Und reagierte sich in seiner Ohnmacht an einem unschuldigen Zimmermädchen ab.

Erika verwandelte das anfängliche Monsterauto zu ihrem Zuhause auf Rädern, indem sie alles, was in seinem Innern nicht niet- und nagelfest war, in seine Einzelteile zerlegte, hygienisch einwandfrei einseifte und nach dem Spülen und Trocknen wieder zusammensetzte. Das Plastikgeschirr schenkte sie Andrea und kaufte Gläser und Porzellan, schließlich hatte sich das Gesamtgewicht des Fahrzeugs um das Körpergewicht von Roland reduziert. Das fast neue Bettzeug konnte Anna für ihr Personalzimmer gebrauchen und gab ihr dafür noch originalverpackte Hotelbettwäsche.

Sie hatte Glück, während ihrer letzten Tage am See herrschte eitel Sonnenschein. Erika genoss lange Spaziergänge an der von den Herbsttouristen wiederbelebten Promenade, trank Kaffee unter einem Sonnenschirm und schleckte Eis auf einer Bank. Sie schlenderte am Hafen entlang, wo einige Boote kieloben zwischen Promenade und Wasser auf dem Trockenen lagen. In einem Transistorradio kämpften das Knistern und Krächzen alter Technik gegen die melodische Stimme des Nachrichtensprechers und wurde noch übertönt vom Quietschen und Surren der Schleifmaschine, mit der ein Junge im Blaumann einen alten Bootskörper bearbeitete.

Wie vor 25 Jahren spähte sie durch die grünen Eisenstäbe des Tores mit den goldenen Zinnen vor dem Eingang der Villa degli Albertini und fragte sich, warum das Gebäude aus dem 16. Jahrhundert am Ende der Allee von seinen Besitzern nicht wenigstens für ein paar Stunden pro Woche zur Besichtigung freigegeben wurde. Lediglich eine Gedenktafel rechts vom Tor war für die Öffentlichkeit angebracht worden. Sie war der Tatsache gewidmet, dass König Carlo Alberto im Juni 1848, während des Unabhängigkeitskrieges gegen Österreich, ein paar Tage hier logierte, und rühmte ihn als Kämpfer für die Freiheit Italiens.

Ein Zebrastreifen führte vom Eingang der Villa direkt zum langen Steg für die Ausflugsboote und Fähren, aber Erika suchte immer wieder den kurzen Holzsteg auf, der in einer überdachten, sechseckigen Terrasse auf Stelzen endete. Dort lehnte sie sich an das Geländer und ließ ihre Gedanken ins Wasser strömen. Irgendwohin, wo sie ihr Herz nicht mehr belästigten.

Paul Battenberg hatte es aufgegeben, Erika zum Essen einzuladen. Sein Angebot, mit ihm an ihrer Seite einige Proberunden über den fast leeren Stellplatz zu drehen, nahm sie jedoch dankbar an und fand danach seine Visitenkarte im Ablagefach vor dem Beifahrersitz. Das Wohnmobil ließ sich leichter fahren als gedacht, und Erika begann, sich auf die Rückfahrt zu freuen. Vorher zeigte Andrea ihr noch, wie sie Frischwasser auffüllen, Schmutzwasser ablassen und die Toilettenkassette leeren konnte. Er protestierte, als Erika ihm die überschüssigen Tage bezahlen wollte, aber sie bestand darauf. Sollte er sich das Geld doch in die eigene Hosentasche stecken, das würde sie freuen. Er hatte ja sowieso keinen Chef mehr.

Am Morgen ihrer Abfahrt verstaute Anna Wagner Lebensmittel und vorgekochte Gerichte im Kühlschrank des Wohnmobils, während ihr Mann eine Kiste mit 12 Flaschen Bardolino in die Garage schob. Erika bedankte sich lachend, die Vorräte würden für mindestens eine Woche reichen. Sie war froh, dass Erwin Wagner keine Bemerkung über die Urne mit Rolands Asche machte, die in der Garage in einem offenen Karton steckte.

Sie durfte auf keinen Fall vergessen, ihn vor dem Start gut zu verschließen und rutschfest zu sichern.

Danke!

Ich wollte schon immer mal einen Krimi schreiben und kann es kaum glauben, dass ich diesen Wunsch in die Tat umgesetzt habe. Was niemals geklappt hätte ohne die Hilfe derer, die sich ohne Zögern mein erstes Manuskript zugemutet haben und sich tapfer durch die folgenden kämpften.

Das sind vor allem Frauke in Bremen und Renate in Vlotho, Freundinnen seit mehr als einem halben Jahrhundert. Sie haben Vorschläge gemacht zum Kürzen hier und Einfügen dort, Unlogisches aufgedeckt und Zusammenhangloses bemängelt, Fehler rot angestrichen und Lücken blau markiert.
Dafür werde ich euch immer dankbar sein!

Auch meine Freundin Cecilia hat sich in Palma durch das Manuskript gearbeitet und mir mit ihren Tipps und Fragen sehr geholfen. Dazu Gabriela und Geerd in Bremen, die meinen Text mit medizinischem Fachblick auf Hieb- und Stichfestigkeit überprüften.
Ein herzliches Dankeschön!